출구 없는 고속도로

실화수기
배영화 장편소설

뿌리출판사

글쓴이 약력

1926년 황해도 재령출생. 1943년 서울정신여고 졸업.
1958년 삼육대학 신학과 졸업. 1953~1960년 삼육초등교 교사.
1974년 미주 로스앤젤레스(LA)이민. 미주 남가주 글렌데일 한인교회 출석.
1979년 미주 중앙일보사 주최 이민수기공모 우수작 당선.
미주 중앙일보 수필 다수 발표, 미주 한국일보 시 다수 발표.
미주 남가주 기독교회 연합장로회주최 백일장에 시 부분 어머니 장원당선,
미주 글마루 문학에 시, 기행문 발표. 북한 황해도 평양 세차례 방문('89~2001),
2002년 현재 미주 글마루 문학원 회원.

출구없는 고속도로

2002년 11월 18일 발행
2002년 11월 25일 1쇄

지 은 이 /**배 영 화**
펴 낸 이 /**윤 현 호**
펴 낸 곳 /**뿌리출판사**
홈페이지/**www.rootgo.com**
주   소 /서울특별시 성동구 성수 2가 3동 317-10호 (2층) 우편번호/133-835
전   화/(02)2247-1115(代), 466-4516, 팩 스 /(02)466-4517
출판등록/서울시 등록(카) 제 1-551호 1987.11.23

값 / 9,000원
ISBN 89-85622-32-3

차   례

고 원(비교문학 박사, 대학교수, 시인)

배영화 선생의 장편소설 《출구 없는 고속도로》가 책으로 나오게 된 데 대해 저자에게 진심으로 축하를 드립니다. 아주 큰일을 하셨습니다.

얼른 보기에는 재래식 장편소설 구성의 테두리를 벗어난 듯합니다만, 이 때문에 오히려 더 참신하다고 말할 수 있으리라고 생각합니다.

이 속에 일어나는 사건들이 다 생생한 현실감을 주면서 독자의 마음을 사로잡습니다. 어떤 특별한 기법을 적용하지 않고도 흥미와 감동을 불러일으켜서 계속 끌고 가는 전개가 시종 신선합니다.

이 소설을 떠받치고 있는 세 가지 중요한 흐름이 있습니다.

첫째 주목할 일은, 한민족이 겪은 쓰라린 역사가 새겨져 있다는 사실입니다. 일본 통치시대, 해방 후의 조선(북한)과 한국(남한)의 정치 상황, 그리고 거기서 빚어지는 온갖 사회적인 풍파가 선명하게 드러나 보입니다.

그런 배경과 환경 속에서 부당하게 슬픈 세월을 보내야 하는 한 여성, 한 인간의 고통과 갈등, 그리고 처절한 싸움이 격동합니다. 여기서 신음하고 울부짖고, 그러면서 좌절의 고비들을 이겨내는 심령을 대합니다. 여러 종류의 인간적인 문제들이 불거지고, 번져나가고, 악화되는 중에도 인생은 귀하고 아름답다고 절감하게 만듭니다.

최후의 승리는 무엇인가요. 우리는 잠시 1930년대에 신문연재소설로 발표됐던 이광수 선생의 《그 여자의 일생》을 상기하게 됩니다. 주인공 이금봉은 식민통치하의 봉건사회에서 갖가지 어려운 곡절을 겪은 후 금강산에 들어가 머리채를 잘라버리고 중이 됩니다. 그리고 새로운 평화를 찾습니다.《출구 없는 고속도로》의 주인공 영희는 예수님을 영접하는 교인으로 거듭납니다. 그의 암담한 고속도로에 새로운 삶이 펼쳐집니다.

한 많고 괴로운 영희의 일생을 통해 역사와 사랑과 종교가 자연스럽게 새 차원에서 융화를 이룬 승리의 증언이 여기 있습니다. 보통 소설에 없는 산 증언입니다. 글마루 글방에서 한식구가 되신 배영화 선생의 첫번째 장편소설을 기쁜 마음으로 추천합니다.

2002년 10월

로스앤젤레스에서 **고 원**

나이 먹고 이름도 없는 사람이 소설을 쓴다는 것은 참으로 황당한 일이다. 그러나 이 소설은 하루 이틀에 생각해 낸 것이 아니고 일생을 통하여 쓰고 싶고 간직해 왔던 간절한 글들임은 틀림이 없다.

어릴 때부터 책 읽기를 좋아해 어린이 월간잡지가 나오는 첫날은 책방으로 뛰어가 사봤고, 소학교 당시에는 교실 벽에 항상 내 작문이 걸려 반 아이들에게 읽혔으며, 여학교때 여행 후의 기행문이 대표로 뽑히기도 했고, 지육부에서 늘 봉사하면서 지육부장도 했으며, 학교 대표 연설은 거의 도맡아 했다.

결혼 후에도 계속 책을 많이 읽어 책벌레라는 소리를 들었으나, 경제적 여유가 없고 나 자신이 벌지 않으면 호구지책이 난감한 환경이 되면서 글 쓸 여유가 없었고, 미국으로 이민와서도 계속 시간외 근무(초과근무)를 하지 않고서는 아이들을 대학에 보낼 수 없었으니 도저히 책을 들 시간이 없었다.

그러던 중 미주 중앙일보사에서 이민수기를 모집한다고 해서 피곤하지만 밤잠을 안 자고 써낸 것이 우수작으로 당선이 되어 신문에 열흘간 연재가 되었고, 그 일로 용기와 힘을 얻어 평소에 쓰고 싶던 글, 꿈속에서도 쓰던 그 글, 너무나 아쉬워 견딜 수 없었던 소설을 쓰게 되었다.

그러나 계속되는 생활고에 시달리다 보니 도저히 펜을 들 시간이 없었고, 일선에서 은퇴한 후에야 시간적 여유가 생겨 미주문학원의 '글마루'에서 고원 박사님께 지도를 받아 변변찮은 글이지만 써 본 것이다.

이 소설의 주인공 영희는 아홉 살 난 어린 나이로 두 돌 된 남동생과 같

이 지척에 부모를 두고 생이별을 할 수밖에 없는 환경에서 아버지의 본부인인 큰엄마 손에 자라게 된다. 갖은 구박과 저주와 매질 속에 서러운 어린 시절을 보내고, 나이 들어 처녀시절엔 이웃에 사는 동성동본인 먼 친척 남성과 죽도록 서로 사랑했으나, 봉건사상이 극심한 그 시절이라 주위의 만류로 결혼을 못하게 되고, 결국 애인인 남자가 상사병으로 죽고 만다. 그 아픈 가슴을 일생 앓아야 하는 영희의 쓰라린 삶을 통해, 필자는 독자분들께 결혼은 절대적으로 사랑하는 사람과 해야지 돈이나 명예나 그 외 어떤 이유로라도 할 수 없는 것이라고 강조하고 싶다.

필자는 일제하, 세계 2차 대전, 6.25사변 등을 직접 겪으면서 자신이 당한 고통과 우리 민족이 당한 고통, 수많은 죽음, 흩어짐의 아픔을 주인공 영희를 통해 피력했으며, 평양 방문을 세 차례나 하면서 보고 느끼고 만난 흩어졌던 가족들의 실상을 낱낱이 적었으니, 이 글은 실제로 내가 겪고 당한 실화다. 변변치 못한 글이지만 끝까지 읽어주기를 간절히 소원하면서 몇 마디 적는다.

끝으로, 이 책을 펴내는 데 추천사를 써주신 북미주의 로스앤젤레스 소재, 존경하는 미주 '글마루' 문학원장 문학박사 고원 교수님과 바쁜중에도 원고정리에 힘써준 남편 정목사와 어려운 여건에도 출판을 맡아주신 윤사장님께 감사를 드리는 바이다.

2002년 11월
로스앤젤레스에서 배 영 화

비극의 시작

"큰엄마, 나를 대신 때려줘요. 동생아! 빨리 도망가! 내 동생은 불쌍해요! 젖이 얼마나 먹고 싶어서, 목이 얼마나 타서, 엄마가 얼마나 보고 싶어서 그리했겠어요! 시간이 지나면 섶삭아서 괜찮을 거예요."

영희는 큰엄마의 손을 잡고 애원했다.

동네 밖으로 나가서 조금 걸어가면 세 갈랫길이 나온다. 영희 동생은 겨우 두 돌 밖에 안됐는데 엄마가 그리워서 동네 밖으로 혼자 나섰으나, 세 갈랫길을 만나서는 어디로 가야할 지 몰라서 울고 서 있는 것이다.

동생이 보이지 않아서 쫓아가 보면 그 가련한 모습에 가슴이 찢어질 것 같아서 동생을 업고 동네로 들어온다. 동생도 울고 영희도 울고 둘이서 울면서 집으로 돌아오면 큰엄마는 회초리를 들고 동생을 때리는 것이다.

"네 어미가 그렇게 보고 싶으면 당장 가라. 꼴 보기 싫다! 이 빌어먹을 해눙, 노눙, 백장년의 자식들아!"

악을 박박 쓰면서 달려든다.

영희는 재빨리 동생에게 빨리 도망가라 하며 대문 밖으로 내몰고 큰엄마에게 자청한다.

"나를 때려줘요. 내가 잘못했어요. 내가 동생을 잘 살피지 못했어요."

영희는 도망을 못 친다. 그마저 도망을 가면 큰엄마의 분이 가라앉지 않기 때문이다. 큰엄마는 영희를 실컷 때려야 분이 가라앉는다. 영희는 그것을 알기 때문에 실컷 맞아야 한다.

큰엄마는 때려도 꼭 머리만 쥐어박는다. 그래서 영희의 머리는 혹이 나고, 곪고, 피도 나곤 했다. 그래도 영희 생각은 동생이 맞는 것보다 자기가 맞는 편이 마음 편하다. 동생은 이렇게 해서 매는 많이 안 맞고 컸다. 그리고 어려서부터 영리하고 재빨라서 도망도 아주 잘 친다.

피가 나도록 실컷 때리고 나면 분이 좀 가라앉는지 좀 가여운 생각이 드는지, 큰엄마는 자기도 울면서 말한다.

"애야, 많이 아프냐? 나는 네가 미워서 때리는 것이 아니고, 네 에미, 아니, 네 에미의 에미 그 할망구가 미워서 그러는 것이다. 어디다 딸년 시집을 못 보내서 네 에미를 우리 집으로 보내서 내가 이렇게 기막힌 세상을 살게 하느냐고."

그러면서 밀가루를 개어서 피나는 곳에 붙여 주면서 자기도 팔자 한탄을 하며 운다.

영희는 아픈 것도 잊어버리고 위로한다.

"큰엄마, 울지 마세요. 큰엄마가 애기만 낳으셨으면 왜 이런 일이 있겠어요?"

영희는 큰엄마가 불쌍한 생각마저 들어서 그 심정을 이해하리라 결심한다.

그러나, 워낙 천성이 악독하고 마음이 좁은 여자라 잠깐 후회하더라도 조금 지나면 또 발작이 일어나 발광을 한다. 자기가 아기를 못 낳아서 이런 일이 일어난 것은 꿈에도 생각지 않고 항상 영희 엄마와 외할머니를 욕하고 저주하고, 마치 자기가 당하는 일들이 자기 허물이 아니고 영희 엄마를 시집 보낸 외할머니 탓으로 돌린다. 얼마나 답답한 노릇인지!

이 큰엄마는 17살때에 영희 아버지와 결혼한 첫번째 부인이다. 그러나 나이가 33살이 되도록 수태를 못하니 영희 친할머니가 조바심이 나 며느리를 불러 앉히고, 더 이상 기다릴 수 없으니 친정으로 돌아가야겠다며 며느리에게 사정을 했다.

"너 생각해 보아라. 남의 집 대를 끊게 할 작정이냐? 순순히 물러가면 너 좋고 우리 좋고 다 좋은 일이다. 네가 일생 고생하지 않고 살 정도의 논밭은 떼어 줄 테니 걱정하지 말아라. 내가 이미 매파를 시켜서 색시감을 고르고 있으니 네가 이해를 해라."

이렇게 점잖게 타일렀다.

1935년 그 당시만 해도 옛날이고 왜정시대이고 보니 수태 못하는 여인은 칠거지악으로 몰아서 내쫓는 것이 하나도 문제될 것이 없었다. 그런 영희 할머니는 천성이 착하고 점잖으며 지혜로운 분이고, 여러 동네분들에게 존경을 받는 분이라 조용히 타이르고자 했다.

그러나 영희 큰엄마는 본래 성격이 독하고 사나운 여자라 독이 오른 음성으로 시어머니에게 대들었다.

"작은마누라를 얻어서 애를 낳으면 될 것이지, 왜 꼭 나를 내쫓으려고 하세요?"

할머니는 기가 막혔다.

"우리더러 첩을 데려 오라는 말이냐? 그건 못한다. 양반집 처녀를 물색해서 새장가를 가야지, 쌍것을 어찌 집안에다 들여오느냐. 우리 집안에서는 절대로 그렇게는 못한다."

야단도 치고 달래도 보았으나 큰엄마는 막무가내였다.

시어머니에게 권고를 받은 그날 밤 큰엄마는 영희 아빠인 남편을 붙들고 대성통곡을 했다.

"나는 죽어도 이 집에서 나갈 수는 없으니 내쫓을 생각은 꿈에도 하지 마세요! 정 나를 내쫓는다면 나는 당신을 죽이고 나도 죽겠어요."

영희 아버지 역시 할머니보다 더 착한 성격을 타고난 사람이라 통곡하는 아내를 보고 있노라니 마음이 아프고, 저 독한 여자가 무슨 짓을 할지도 겁나고, 또 오래 같이 산 정도 있고 해서 잘 타이르고 협상을 본 것이 이 집에서 그대로 살고 논밭도 따로 떼어주되, 새장가를 꼭 가야 하니 호적만 양보해 주고 첫번째 낳은 아들 하나를 주어서 키우도록 타협을 본 것이다.

그리하여 영희 엄마가 17살 난 어린 처녀로 영희 아빠와 결혼을 하게 된 것이다.

영희 엄마는 설산이라는 아주 산과 물이 좋은 시골 동네에서 딸 많은 집 셋째로 태어났다.

딸이 넷 아들이 하나뿐인데, 아버지가 젊어서부터 관절염이 심해 일도 못하고 누워지내는 반면, 어머니가 워낙 건강하고 부지런해서 많은 자식을 낳아 그들을 굶기지 않고 근근히 살아가는 형편이었다. 그래서 셋째딸만이라도 넉넉한 집으로 시집보내어 밥이라도 실컷 먹으라고 이 혼사를 성사시킨 것이다. 이 셋째딸은 아무것도 모르고 어머니가 시키는 대로 신랑의 얼굴도 보지 못하고 시집을 왔는데, 이런 엄청난 사연이 있는 줄은 꿈에도 몰랐던 것이다.

결혼식할 돈도 없어서 빚을 얻으려고 애쓰는데, 신랑이 예단 대신 현찰을 넉넉히 보내와 결혼식을 했다. 온 동네와 이웃 동네까지 푸짐하게 차려 먹이자, 사람들이 말했다.

"너는 복도 많다. 부잣집으로 시집가서 참 좋겠다. 이제 너희 부모 형제도 모두 잘 살게 되었구나. 우리 온 동네사람은 오늘 생일보다도 더 잘먹었다."

영희 할머니는 너그러운 분이라 온 동네 이웃 동네까지 청하여 잘 대접하였다. 이 집안에 경사요, 온 동네 경사였다.

할머니는 영리하고 부지런한 분이어서 여윳돈으로 밭을 사서 아주 열심히 가꾸어, 나중에는 그 동네에서 제일가는 부자가 되었다. 또, 소와 돼지도 많이 키웠다.

어느 날 밤에는 산에서 호랑이가 내려와서 돼지새끼를 물고 수수밭으로 들어가는데, 이 할머니는 막대기를 휘두르며 크게 고함을 쳐 호랑이를 쫓아갔다고 한다. 호랑이는 그 소리에 놀라서 돼지새끼를 놓고 도망을 갔다 하니 얼마나 기가 드센 분인지를 짐작할 수 있을 것이다.

이 일이 있은 후부터는 모든 사람들이 '호랑이 할머니'라 불렀다는 것이다.

영희 아빠는 그 당시 면사무소 직원으로 근무했는데, 세상이 점점 개화되니 사업을 해야 하겠다고 생각했다. 그래서 철로와 도로가 있고 배가 드나드는 강가 큰 다리 밑의 넓은 갈대밭을 싼값에 구입하여 집과 사무실을 짓고, 창고도 크게 몇 개 지었다. 그리고 정미소, 운송업, 비료와 소금 같은 생필품을 취급하는 회사를 차리고 '동양제일무역회사'라는 간판을 걸었다. 그렇게 시작한 사업이 시작부터 장사가 잘되어 엄청난 돈을 벌었다.

아침이면 벼를 사들이는 거간이 50명이나 자전거를 타고 사무실에 모여든다. 사장이 큰 철궤에서 돈뭉치를 꺼내어 나누어주면 모두 동네로 나가 벼를 사서 쌓아놓는다. 그것을 소달구지꾼들이 날라다가 정미소에서 밤낮 쉬지 않고 도정을 하고, 그러면 군청에서 당꼬 바지에 도리우찌 모자를 쓴 검사원이 나와서 검사를 한다.

이 검사원이 나오는 날은 큰 잔치가 벌어진다. 펄떡펄떡 뛰는 숭어, 잉어를 할아범이 구럭에다 담아 가져와 회를 친다. 이 할아범도 영희네 집 일꾼 중 한 사람이다. 잉어, 숭어는 연못을 파고 직접 키우므로 명령만 내리면 아무 때고 잡아온다.

검사원은 좋은 음식을 실컷 먹고 술이 거나하게 취한 후 물감통을 들고 다니며 쌀가마에 특등미 도장을 찍어준다.

한번은 군내에 오직 한 대의 전화가 배급되었는데, 신청자는 100여 명이었다. 그래서 제비를 뽑았는데, 운이라는 것도 세상에는 있는지, 영희 아빠가 당첨이 되었다.

그 당시 면사무소, 학교, 파출소에도 일반 전화는 없었다. 그리하여 면내 모든 관공서에서는 모두 영희 아빠의 사무실로 와서 전화를 빌려 썼고, 일본인들까지도

"햐꾸상(백선생), 전화 좀 빌려주세요."

하며 굽신거렸다.

명절 때는 일본인들로부터 귤상자가 선물로 들어와, 다른 사람들은 먹어도 못 보는 귤을 영희네 식구들은 실컷 먹었다.

전화를 놓고 나니 사업은 더욱 잘되어 판도가 자꾸 넓어지는데 평양, 함흥, 신의주 등 각 도시마다 쌀을 구입했다. 황해도 재령평야의 쌀은 윤이 반짝반짝 나고 입에 짝 달라붙어 맛이 특이하다.

영희 아빠가 경영하는 무역회사는 날이 갈수록 번창하고 주문이 쇄도하여 밤작업을 계속했고, 돈도 마구 쏟아져 들어왔다.

덕분에 영희는 잘먹고 남이 못 다니는 학교도 다니고 했지만, 부모를 지척에 두고도 피와 살이 섞이지 않은 큰엄마에게서 원수의 자식이라고 매일 구박과 매를 맞으며 살아야하니, 세상의 먹고 입는 것만 풍부하다고 행복한 것은 아니었다.

엄마 품을 떠나

    영희가 9살 나던 해, 학교는 3학년 올라가던 봄 동생 석이가 두 돌이 차서 약속대로 큰엄마에게 보내야 하는 날짜가 다가왔다.

    애당초 처음 낳은 아들 하나를 주기로 했는데, 영희는 엄마가 19살에 처음 난 딸이어서 해당이 안 되었다. 동생을 머슴에게 업혀 보내는데, 엄마와 영희와 아빠도 울면서 떠나보냈다. 석이도 엉엉 울었다. 철부지 어린것이 자기의 운명을 알아차린 듯 마구 울어댔다.

    영희 엄마는 치마폭으로 눈물을 닦으며 아버지를 붙들고 울었다.

    "여보, 난 정말 석이를 보낼 수 없어요. 제발 나와 이혼해 주세요. 난 애들 데리고 친정 가서 오손도손 사는 것이 이 애를 빼앗기고 사는 것보다 훨씬 행복해요. 제발 저 어린것을 보내지 마세요. 내가 어찌 삽니까?"

    영희 아빠는 엄마의 손을 잡으며 달랬다.

    "여보. 이제 와서 이러면 어떡해. 우리는 또 아들을 낳아서 키우면 되지 않아. 진정해요. 먼곳으로 가는 것도 아니고 20분이면 걸어갈 수 있는 거리인데, 보고 싶으면 아무 때고 가서 보면 될 것인데, 너무 서러워 말아요."

그리고는 영희더러 말했다.

"영희야, 너도 동생과 같이 가라. 새엄마에게 정이 붙을 때까지만이라도 네가 동생과 같이 살아야하겠다."

영희는 부모와 떨어져 사는 것이 서럽지만 어린 동생이 우는 것을 보고 있자니 너무 가엽고 안타까웠다.

"그래요. 나도 갈게요. 석이야, 울지마. 누나도 같이 가니까 아무 걱정하지마."

눈물을 닦아주며 달래었더니, 그때야 석이도 마음이 놓이는지 고개를 끄덕였다. 그리하여 영희는 애당초 예정되지도 않은 팔자라고 할까, 동생과 같이 큰엄마에게 가서 살게 되었다.

큰엄마는 남편 빼앗긴 것이 자기 팔자인데도 마치 제삼자들의 탓으로 생각하는지, 그 모든 분풀이를 가엾은 어린 영희에게로 화살이 꽂힌 것이다. 그 후 큰엄마는 작은 일이나 큰일이나 분통이 터지면 그 화풀이를 영희에게 했다.

그래도 영희는 동생이 불쌍해서 모든 것을 참으며 지내기로 결심했다.

석이는 어려도 아주 영리해서 돌이 되면서부터 대소변을 가렸고, 말을 빨리 배워 두 돌이 되면서는 못하는 말이 없이 아주 잘했다. 물론 걸음도 잘 걸었다. 그런데 갑자기 환경이 바뀌고 매까지 맞으니 겁에 질렸는지 밤에 요에다 오줌을 쌌다.

아침에 그것을 발견한 큰엄마는 부엌으로 가서 양은그릇과 키를 가져오더니 그 어린 동생의 고사리 같은 손에다 큰 양은대접을 들리고 머리에는 키를 씌웠다. 키를 쓰고 이웃집에 가서 소금 동냥을 해오라는 것이다.

말로는 들은 바 있지만 실제로 이런 꼴을 본 적이 없는 영희였다.

"큰엄마, 이 어린것이 자기 키보다 큰 키를 쓰고 어떻게 걸어갑니까? 용서해 주세요. 석이는 한번도 요에 싼 적이 없고, 첫 돌이 지나면서 잘 가리는데 환경이 바뀌어서 그랬을 거예요."

"아니다. 창피를 주어야 다시는 그런 일이 없을 테니, 너는 참견하지 말아라."

큰엄마는 그러면서 빨리 어린것을 대문 밖으로 내몰았다.

키가 땅에 질질 끌려 한손으론 키 머리를 붙들고 한손으로는 양은대접을 들고 대문 밖으로 걸어나가는 동생을 보고 있는 영희는 견딜 수 없이 가슴이 아프고 답답해서 대문 밖으로 뛰어나갔다. 엄마 아빠에게로 가서 도저히 우리는 큰엄마와 살 수 없다고 말하고자 했던 것이다.

❍ 정신여고 시절의 영희.

삼거리를 지나서 재령강 수리조합 물이 흐르는, 흙과 나무로만 만들어진 난간도 없는 다리를 건너면 높은 둑길이 있었다. 그 둑을 넘어서 조금 가면 엄마 아빠가 사는 곳이 보였다.

둑에 올라선 영희는 엄마 아빠가 사는 동네를 향해 소리를 질렀다.

"엄마! 아빠! 나는 어떻게 해! 어떻게 살아?"

그러나 영희는 생각했다. 자기 남매를 보내던 날 엄마가 목메어 울면서 아버지께 하소연하던 말을 기억한 것이다. 내가 가서 모든 것을 털어놓으면 엄마는 정말 친정으로 가버릴 것이다. 엄마 아빠가 잘 살아야 모든 사람이 행복할 테니, 내가 참아야지. 이렇게 생각하고 뒤돌아서면서 눈물을 삼켰다.

다시 강다리를 건너는데, 눈앞이 노랗게 되면서 앞이 캄캄해지더니 정신을 잃었다. 순간, 영희는 강물 복판에 빠져있었다.

'아, 이를 어쩌나!'

물을 꼴깍 꼴깍 먹으며 허우적거려도 몸은 자꾸 자꾸 떠내려갔다.

이 재령강은 일본인들이 수리조합으로 만들어서 강 남쪽 끝에 백두산 천지만큼이나 큰 저수지를 파고 기계시설을 어마어마하게 해놓고 강물을 마음대로 조절했다.

가뭄이 와서 강물이 마르면 저수지 물을 내보내서 농사를 짓게 하고, 비가 많이 오면 강물을 저수지로 끌어가서 강물이 강둑을 넘지 못하게 하니, 이 강은 실로 재령평야의 보물이었다.

수리조합 강물 주변은 전에는 모두 밭뿐이었는데, 지금은 모두 논으로 개간되어 영희네 동네 사람들은 쌀밥을 실컷 먹고 살림도 넉넉해졌다. 그래서 우리나라 3대 평야 중 하나인 재령평야가 이루어진 것이다. 이 저수지 둑이 만약에 무너지면 평양까지 물바다가 된다고 했다. 언제인가는 가뭄이 심해서 저수지 물이 마르니 아기만한 잉어, 숭어가 수천 마리 펄떡펄떡 뛰어서 사람들이 마구 구럭에다 주워담아다 요리해 실컷 먹고 장조림까지 해서 두고두고 먹었다 했다.

영희는 어린 나이라 헤엄도 못 치는데 물살은 아주 세어서 기를 쓰다가 정신을 잃었다.

얼마 후 깨어보니 안방 아랫목에 누워 있었다.

몇 집 건너 중학교 2년생 백동모라는 남학생이 살고 있었는데, 마음이 울적하여 바람이나 쐬러 강둑으로 나왔다가 물속으로 뛰어들어 영희를 구한 것이다. 조금만 늦었으면 인적도 없는 북으로 떠내려가 꼼짝없이 죽었을 영희는 은인을 만나서 살게 된 것이다.

조금 후 동모는 영희 집으로 와서 말했다.

"너 참 다행이다. 지금 봄방학 때라 내가 공부하다 괜히 엄마 생각이나서 강가로 자꾸 나가고 싶어서 나왔더니 사람이 떠내려가더구나. 그래서 뛰어들었지. 영희 너인 줄은 몰랐어."

"오빠, 참 고마워. 오빠가 아니었으면 나는 지금쯤 죽어 있을 텐데. 평생 은인으로 모실께."

이 동모는 영희와 먼 친척으로서 십촌도 더 넘는 동성동본 백씨인데, 좀 넉넉한 집안이라 중학교를 다니고 있는 학생이었다.

동모 아버지는 그 당시 감찰(도지사격)이라는 높은 벼슬 지위에 있었는데, 동모가 열두 살 나던 해 병으로 세상을 떠나고 1년 후에는 어머니가 비관 자살로 물에 빠져 목숨을 끊었다. 큰아들도 장가간 지 2년만에 죽어 19살 난 청상과부 큰며느리와 둘째아들 내외와 같이 생활했는데, 게다가 동모가 겨우 13살이어서 이 아들을 위해서라도 살아야 하는데도 이른 새벽 강가에 나와 신발을 가지런히 벗어놓은 채 물속으로 뛰어든 것이다.

그때 강둑에서 굿을 했으므로, 영희도 아주 어린 나이지만 동네 사람과 같이 굿구경을 갔다. 강둑에다 차일을 치고, 멍석을 깔고, 울긋불긋한 옷을 입은 무당이 북과 장구와 꽹과리에 맞춰 펄쩍펄쩍 춤을 추는데, 장구를 치는 여인은 무당을 쳐다보며 얼쑤 얼쑤 하며 흥을 돋구었다. 온 동네 사람이 다 나와 있었다. 백감찰댁 마님 혼신이 무엇 때문에 죽었는지 궁금도 하고, 그 당시 별로 구경거리가 없는 촌사람들에게 굿은 아주 흥미 있는 구경거리였기 때문이다.

영희도 동모 오빠와 나란히 서서 구경을 하고 있는데, 무당이 한참 신나게 춤을 추더니 울긋불긋한 비단으로 묶은 많은 방울을 흔들더니 동모에게로 다가왔다.

"내 아들 동모야. 애 사랑하는 막내야."

그러면서 방울 뭉치를 동모 가슴에 댔다.

"너를 두고 간 엄마를 원망하지 말아라. 오죽하면 내가 죽었겠느냐. 엄마 없어도 잘 자라서 성공해 다오. 내가 너를 지켜주마. 막내야 막내야. 잘 있거라. 나는 간다."

그러더니, 물속으로 막 뛰어들려고 했다. 미리 굵은 밧줄로 몸을 묶고 두 장정이 붙들고 있어서 물속에 빠지지는 않았다.

무당은 이번에는 영희 가슴에다 방울 뭉치를 들이댔다.

"언년아 언년아, 불쌍한 언년아. 밥이 없어 걱정이냐, 옷이 없어 걱정이냐. 먹을 것 입을 것이 아무리 많아도 엄마 아빠 사랑의 품만 하느냐. 참고 살아라. 우리 동모와 다정하게 지내라. 서로 도와주며 살아라. 네가 물에 빠졌을 때 내 아들이 건져주지 않았느냐. 내가 내 아들을 시킨 것이야. 빨리 빨리 나가 보라고 말이다. 착하고 예쁜 언년아, 잘 있거라. 나는 간다."

영희는 기가 막혔다. 어찌 이 무당은 한동네 사람도 아닌데 이렇게 모든 것을 잘 알고 있는 것이냐. 틀림없이 동모오빠의 엄마 혼신이 무당 위에 씌워서 다 말한 것이로구나 생각했다. 계속해서 무당은 청상과부의 가슴에다 방울을 치면서 말했다.

"아가야 아가야, 불쌍한 아가야. 기나긴 구만리 같은 세상을 어찌 살 것이냐. 양반이라는 허울좋은 테두리에서 팔자를 고칠 수도 없고, 어이 살리. 원통하다, 기막히다."

그리고는 또 춤을 덩실덩실 추다가는 강물로 또 뛰어들려고 했다. 장정들이 밧줄을 힘차게 잡아당겨 무당이 물속으로 못 들어가게 막았다.

둘째아들 윤모에게도, 그 둘째며느리에게도 방울을 들이댔다.

"고생줄이 훤하구나. 어찌 그 어려움을 다 견딜 것이냐. 과부형수 어린 동생 책임이 무겁구나. 참고 견디며 잘 돌봐라. 부탁한다."

둘째아들은 무당에게 자기 어머니에게 말하듯 말했다.

"걱정마세요, 어머니. 좋은 곳으로 편히 가셔서 잘 지내세요. 아무 걱정

마세요."

그러면서 지폐를 듬뿍 꺼내서 무당에게 바쳤다.

무당은 여러 번 춤을 추고 진혼을 하고 물속으로 뛰어들려고 애를 쓰며 몇 시간 동안 굿을 했다.

동모오빠는 자기 엄마를 본 듯 무당에게 안기며 "엄마! 엄마!" 하며 울었다.

영희는 영희대로 그가 너무 불쌍해서 손을 꼭 잡고 울며 말했다.

"오빠, 그만 울어. 내가 자주 놀러 갈게."

그러면서도 동모 못지않게 엉엉 울었다.

그날밤 영희는 잠을 이룰 수 없었다. 어쩌면 사람이 죽으면 귀신이 되는 것인가.

작년에 육촌언니가 만주가 살기 좋다고 삼촌을 따라갔다가 얼마 못 살고 죽었는데, 그 혼이 왔다며 당숙이 굿을 하는 데도 가보았다. 그때도 무당은 그렇게 구슬프게 울면서 말했다.

"어머니 어머니, 내가 왔어요! 아버지 아버지, 왜 나를 만주땅으로 가라고 했어요? 내 혼이라도 거두어 주세요. 나는 있을 곳이 없어 구천을 헤매고 있어요."

그래서 당숙은 무당이 시키는 대로 다리 밑에다가 나무로 혼백을 만들어 묻어주고 그곳에 좁쌀 한 말을 같이 묻어주었다.

처녀귀신은 이 집 저 집 가까운 사람 집을 돌아다니며 해코지를 한다고 하며, 다리 밑에다 좁쌀을 묻으면 좁쌀을 세느라고 꼼짝 못한다는 것이다. '한 알, 두 알, 셋, 넷, 다섯, 여섯, 열, 스물, 서른, 마흔, 쉰…' 한 말을 다 세려면 시간이 많이 걸리는데, 세는 도중에 다리 위로 사람이 쿵쿵 울리며 지나가면 그만 세던 숫자를 잊어버려 또다시 새로 '하나, 둘, 셋, 넷, 다섯…' 하고 세고, 그러다가 다시 사람이 지나가면 그 쿵쿵 울리는 소리에 또 세던 숫자들을 잊어버리는 바람에 오래오래 수백 년 수천 년을 세어도 그 좁쌀알을 못다 세므로 바깥세상에 못 나와서 해코지를 못한다는 것이다.

무당들이 하는 그 짓이 얼마나 그럴싸하고 사람이 꼭 속아넘어가게 하는지, 죽은 육촌언니는 영희를 얼마나 사랑했는지 모른다.

"영희 동생아, 너희 큰엄마가 성깔이 못되어서 네가 너무 고생한다. 어서 커서 15세만 되거라. 그때까지만 참고 살아라. 다 큰 처녀를 어찌 때릴 수 있겠니. 너희 아빠는 사업이 너무 잘되어 늘 출장 다니시고, 엄마는 아버지 뒷바라지에다 아기들 키우느라 너희 돌볼 시간이 없지 않니. 그러니 어서 크거라."

그렇게 나를 늘 위로하고 머리를 빗겨주던 언니였다.

"큰엄마가 머리도 안 빗겨 주시더냐? 내가 예쁘게 빗겨주마."

그토록 나를 극진히 사랑했는데, 집이 가난해서 돈 많이 벌어 가지고 돌아온다고 삼촌이 있는 만주땅으로 떠났던 언니, 그 언니가 왜 죽었는지 영희는 알 수가 없었다.

어느 일요일 육촌언니와 함께 나물을 캐러 들로 나갔는데, 두 철부지들은 아주 먼곳으로 나물을 캐러가다 철길을 만났다.

자꾸 철로를 걸어가다 보니 강을 만났다. 아주 긴 강이었다. 무조건 철로로 강을 건너다보니 기적을 울리며 긴 기차가 앞에서 달려오고 있었다. 둘은 미처 기차가 언제 올 지도 모르고 마구 강다리를 걸어온 것이다.

언니는 영희 손목을 잡아끌고 막 뛰더니, 강다리 복판에 조그맣게 만들어진 판자 대피소로 영희를 먼저 집어넣고 자기도 들어왔다.

기차는 '삐익!' 하고 기적을 울리면서 바로 대피소 앞을 지나갔다.

영희와 언니는 둘이 꼭 부둥켜안고 눈을 감고 귀를 막고 긴 기차가 다 지나가도록 숨도 못 쉬고 기다렸다. 기차가 다 지나간 후 영희와 언니는 마구 뛰어서 얼른 다리를 건넜다. 아래를 내려다보니 아주 높은 다리였고 난간도 없었다. 그 대피소 판잣집이 없었으면 꼼짝없이 기차에 치여 죽을 뻔했다. 얼마나 다리가 긴지, 대피소 판잣집이 두 군데나 있었다.

집에 돌아올 때는 너무 무서워서 그 철로를 피하여 수수밭 골을 가로질러 신작로로 기어올라 집으로 왔다.

큰엄마는 죽을 뻔하며 캐온 나물바구니를 잡아 낚아채더니 돼지우리에다 쏟아버렸다. 이렇게 지저분하게 캐온 나물을 사람이 어떻게 먹을 수 있느냐 했다.

영희는 참으로 마음이 아팠다. 얼마나 고생하며 한 싹 한 싹 캤는데. 다시 잘 다듬어서 먹으면 될 것인데, 매정하게도 돼지우리에 던져버리다니.

다른 애들은 나물을 캐오면 엄마들이

"애야, 참 고생했다. 많이도 캤구나. 내 예쁜이."

하면서 정성껏 다듬어 손질해서 식탁에 올려놓고 계속 식구들이 맛있게 먹으며 칭찬을 하는데, 큰엄마는 매사에 영희가 하는 일이 못마땅하고 밉기만 한 것이니 영희는 그저 한숨과 눈물 속에서 사는 수밖에 없었다.

영희 백부댁은 동네 한가운데 자리잡은 큰 기왓집이다. 백부네 큰 집 담을 한바퀴 돌면 동네를 한바퀴 도는 셈이다. 앞대문의 크기는 보통 집 대문의 몇 배 크고, 뒷대문, 중대문, 쪽대문 모두 대소 대문을 합치면 열두 대문이다. 사랑방까지는 안방에서 대문을 두 개를 거쳐야 할만큼 한참 멀다. 영희는 동생을 데리고 틈만 있으면 큰집에 가서 살았다.

방학 때는 거의 큰집에 가서 살다시피 했다. 백부는 영희네 남매를 자기 자식과 꼭 같이 먹이고 귀여워했다.

"큰아버지 집은 너희 집이나 다름없다. 마음대로 먹고 마음대로 뛰놀아라."

백부는 거의 사랑방에서 글을 읽고, 장기와 바둑을 두고, 소작인들을 불러 농사를 열심히 해서 수확을 올리라고 지시하며, 아침저녁은 안방에서 들고 점심식사는 사랑방에서 손님과 친구들과 같이 들었다.

백모는 아주 착하고 순하고 인정이 많으며, 부잣집 맏며느리답게 의젓하고, 얼굴도 희고 둥글게 보름달같이 아주 인물이 좋았다.

연평조기 큼직한 것 20마리씩 새끼에 엮어 가지고 장사꾼들이 바리로 싣고 와서 팔면 뒷담 쪽대문을 열고 곡식을 마구 퍼주고 샀다. 백부는 많이 사지 말라고 하며, 조기 한 두름이 땅 한 평인데, 땅을 더 사서 나 혼자는 못해도 동생네와 합해서 만석꾼 노릇해야지 하며 많이 못 사게 하지만, 백모는 중국비단, 일용잡화, 조기, 생선, 고기 할 것 없이 뒷담 쪽대문을 열고 곡식을 마구 퍼주고 자꾸 샀다. 아무리 퍼내어도 곳간에는 곡식이 항상 썩어났다.

제삿날이면 큰집에 아버지가 왔다. 그래서 영희 남매는 부모와 떨어졌으면서도 많은 서러움을 달래며 살 수 있었다.

큰집에서는 제사들을 많이 지내는데, 영희 남매는 그날이 참 기다려졌다. 그날은 아버지가 오시기 때문이다.

큰엄마는 며칠 전부터 영희 남매를 깨끗이 목욕시키고 고운 옷을 입히고 곶감을 주기도 했다.

"먹어라. 광에 얼마든지 있으니 언제이고 갖다 먹어라. 애야, 내가 때린 것은 미워서가 아니고 너 잘 되라 교육시킨 것이니, 아빠에게 매맞은 이야기는 하지 말고 내가 욕한 것 모든 것 일러바치지 말아라. 알았지? 내일이면 할아버지 제삿날인데, 너희 아버지가 오신다. 너희 둘이 아버지께 명랑하게 웃고 애교 있게 잘하여라."

그처럼 아주 상냥하게 굴었다.

장티푸스

두 남매는 아버지 만나는 것만 마냥 기뻤다.

"예 예, 걱정마세요, 어머니. 내가 아빠에게 아주 잘할게요."

그러면 동생도 말귀를 알아듣는지 영희가 대답하는 대로 '예 예.' 하는 것이다. 얼마나 순진한 남매들인지 아버지만 만나면 그저 반갑기만 하며, 지난날은 씻은 듯이 잊어버리고 큰집에서 사촌들과 같이 즐겁게 제삿날을 보내며 아버지를 만났다.

큰아버지는 봉건사상이 짙어 아들과 딸을 차별했다. 제사가 끝나면 아들들에게는 배를 주고 딸들에게는 사과를 주었다. 그 당시는 영희 생각에 약간 서운했으나, 나중에 생각하니 배보다 사과가 얼마나 영양이 좋은 것인데 큰아버지는 그 이치를 모르셨구나 싶었다.

영희는 12살 동생은 5살, 그럭저럭 세월이 흐르고 모든 일에 면역도 좀 생기고 해서 살만하다고 느끼게 되었다.

이 동네 백촌에는 백씨만 70여 가구 모여 살아 온 동네사람이 모두 친척이었다. 그런데, 갑자기 소위 '장질부사'라는 무서운 전염병이 들이닥쳤다. 환자가 생긴 집에는 대문 밖에 새끼줄을 빙 둘러치고 보건소에서 파견된 일꾼들이 마스크를 하고 소독약을 마구 뿌리며 사람들의 왕래와 출입을 금지하라는 푯말을 붙였다. 마치 동네 이 집 저 집이 초상집 같이 심각했다.

석신네 할머니가 돌아가셨다. 영옥엄마도 돌아가셨다. 석구 아버지도 죽었단다. 영모네 집 남매가 다 죽었다. 석견네 머슴도 죽었다. 온 동네 집집마다 초상이 나고 울음소리가 나고 동네 인구가 전멸하는 듯 소동이 났는데, 마침내 큰엄마가 자리에 누웠다.

'아, 이일을 어쩌나! 우리 남매도 다 죽는 것이 아닐까?'

영희가 발을 동동 구르는데, 친엄마가 황급히 집으로 뛰어들어와 동생을 누비덮개로 꽁꽁 묶어 업고는 달아나면서 소리쳤다.

"영희야, 큰엄마에게 미음과 더운물을 끓여다 드리고, 약도 잡수시게 해. 너는 딴 방에서 자고, 음식도 따로 해먹고, 수저와 그릇도 끓는 물에 소독하고, 조심하고 있어라."

아들만 귀중한지 자기는 버려두고 가버리자, 영희는 하늘이 캄캄해짐을 느꼈다.

'세상에 나는 죽어도 상관없단 말인가. 이럴 수가 있을까.'

영희네 집 주위에도 새끼줄을 치고 소독을 하고 아무도 출입 못하게 푯말을 붙였다.

하얀 가운을 입고 까만 진찰가방을 들고 손에는 고무장갑을 끼고 입에는 마스크를 한 의사가 큰엄마를 진찰하는데, 아는 병이라 자세히 진찰하지도 않고 겁이 나는지 대강대강 청진기를 대어보고 주사 놓고 약을 주고는 달아났다. 울 수도 없고 학교도 갈 수 없고 영희는 집에 갇혀서 나갈 수도 없었다.

그러나 아버지가 매일 의사를 보내어 주사와 약을 쓰게 하고 극진히 본 탓도 있는데다 큰엄마는 워낙 몸과 마음이 강철같은 분이라 죽지 않고 살아났다. 그런데, 겨우 큰엄마가 머리를 들기 시작하자, 이번에는 영희가 누워버렸다. 역시 영희도 그 무서운 병에 걸리고 말았다. 의사가 조석으로 와서 매일 주사와 약을 먹이고 간호원까지 데려다 링겔주사도 꽂고 갖은 정성을 다했다.

하루는 의사와 같이 아버지가 왔다. 아버지도 의사와 같이 가운, 마스크, 장갑을 끼고 있었다.

"영희야, 아무 걱정하지마. 너는 절대 죽지 않는다. 아버지가 너를 꼭 살릴 테니 마음 든든히 먹고, 미음과 죽을 자주 먹어야 한다."

그러면서 어디서 구해왔는지 과일 통조림도 사다주며 자주 먹이라고 큰엄마에게 당부했다.

"어디를 쏘다니다 그 무서운 병을 옮아와 영희까지 병들게 했느냐? 이 애만 죽는 날에는 당신도 살아남지 못할 것이야."

아버지는 큰엄마를 윽박질렀다.

아무리 무서운 전염병이라도 백부댁이나 동모네 집같이 큰집이고 부잣집은 바깥출입을 안하고 잘먹고 있으니 병에 걸리지 않고 무사했다.

영희는 아버지가 다녀간 후 힘이 나고 마음이 기뻐서 병이 다 나은 것 같은 기분이 들었다. 그 병에 걸린 동네사람들은 거의 다 죽고 별로 살아남은 사람이 없으나, 영희는 죽지 않고 살아날 수가 있었다.

며칠 후 영희네 집 주위에 쳐 놓은 새끼줄도 걷어지고, 동네 이 집 저 집 쳐놓았던 새끼줄도 다 치워짐으로써 그 무서운 병이 끝난 것 같았다.

동모가 학교 다녀오는 길에 영희에게 들렀다. 개나리꽃을 한아름 들고 온 것이다.

"동구밖 야산에 얼마나 개나리꽃이 예쁘게 피었는지, 꽃을 무척 좋아하는 네가 생각나 꺾어왔어. 얼마나 고생했니? 그동안 보고싶어도 너희 집에 새끼줄과 푯말이 붙고 보건소 사람들이 지키므로 올수가 없었다 미안해. 속히 회복되어 학교에 가야지. 네가 없이 기차역까지 혼자 다니자니 참 외로웠단다."

그때 영희는 소학교 5학년이고 동모는 중학교 4학년이었다.

둘이 같이 읍내로 기차 통학을 했다. 면에는 중학교도 없고 소학교도 4년제로 졸업이었다. 아침 시간이 늦으면 둘이서 막 뛰어야 했다. 영희가 힘들어 헐떡이면 동모는 영희 가방을 빼앗아 가방 둘을 자기가 들고서 뛰었다.

하루는 아직 기차역까지 거리가 많이 남았는데 기차가 벌써 역에 도착했다. 영희와 동모는 손을 흔들며 기다려 달라고 소리쳤다.

차장이 깃발을 위로 올리고 호루라기를 불어야 기관사는 출발을 하는 시대라, 차장은 그들이 오는 것을 보고 출발 신호를 멈추고 기다리고 있었다. 그 시절이 얼마나 인정 많고 아름다운 세상인가. 두 사람은 기차 통학을 하는 동안에 차장과 깊은 정이 들었다.

얼마 후, 영희 친엄마가 가마를 타고 동생을 데리고 왔다.

동생은 누나를 보더니 왈칵 안기며 울었다.

"누나 보고싶어서 혼났어. 누나 이제 괜찮아?"

영희 동생은 엄마 아빠보다 누나에게 더 정이 많았다. 일찍 부모를 떠나 누나가 자기를 극진히 사랑하고 보살핀 것을 잘 알고 있었다. 영희 엄마는 영희를 붙들고 한참 울었다.

"얼마나 고생했니? 내가 너를 두고 갈 때 얼마나 가슴이 아팠는지 아니? 엄마가 그때 임신중이라 그 병에 걸리면 약도 못 쓰고 꼼짝없이 죽을 수밖에 없었단다. 너희 집 손이 귀하니 뱃속에 있는 애도 생각해야 하니, 어쩔 수 없었단다."

영희도 엄마 품에 안겨 소리내어 울었다.

엄마는 그동안 두달 가까이 정이 함빡 들었던 사랑하는 아들을 떼어놓고 가기가 너무 힘들어 큰엄마에게 인사한 후 빨리 가마에 올랐다.

"엄마, 나도 갈래."

동생은 가마를 붙들며 울었고, 영희는 그 동생을 업고 달랬다.

"누나가 있잖아. 누나하고 재미있는 게임하자. 네가 누나보다 게임은 더 잘하잖아? 나는 머리가 나빠서 무슨 게임이든 너한테 지잖아. 내 동생은 참 영리해."

그렇게 추켜주자 금새 신이 나서 울음을 멈추었다. 남자라도 팔자인지 성격이 싹싹해서 고집 피우지 않고 말을 잘 듣는 편이었다.

큰엄마는 만삭이 된 엄마의 뒷모습을 바라보며 "빌어먹을 년, 새끼도 잘도 내지르네." 하며 무슨 말인지 중얼중얼 악담을 하는 듯하여 영희는 소름이 쫙 끼쳤다.

그때 난 아기는 딸이었는데, 천하일색이라고 할만큼 예뻤다.

일본에 출장갔던 아버지가 사온 예쁜 간단복을 입히자, 하늘에서 내려온 천사 같았다. 그런데 이 아이는 열두 살밖에 못 살고 죽었다. 미인 박명인지 큰엄마의 저주 때문인지, 영희는 그 애가 죽으면서 "엄마 엄마, 언니 언니" 하고 부르던 장면을 일생 살아가며 잊을 수가 없었다.

엄마는 그 후로 딸 하나 아들 하나를 더 낳아서 잘 키웠다. 그리하여 영희네는 아들 둘 딸 둘인 사남매가 둘씩 떨어져서 자랐으나, 서로를 아끼고 불쌍히 여기며 아주 의좋게 잘 자랐다.

다시 겨울이 왔다.

북쪽 땅은 몹시도 춥다. 밖에는 항상 눈이 펄펄 내려 지붕과 마당에는 눈이 쌓였고, 눈이 안 오는 날도 쌓인 눈이 바람에 날려 눈보라가 치면 눈보다 더욱 차가웠다.

겨울방학이 오고 설날이 돌아왔다. 그때는 설을 음력 1월 1일로 지켰다. 동네 집집마다 떡과 지짐, 만두, 각종 맛있는 음식들을 만드느라 바빴다. 그 중 제일 맛있는 음식은 단떡(노치)이라고 불리는 것으로서, 북쪽 지방 특유한 음식이었다.

영희네도 서포들(셋방살이 식구)을 데려다 온갖 음식을 만들었다. 냉장고가 없어도 광주리마다 항아리마다 담아서 광에 두면 냉장고처럼 꽁꽁 얼어서 몇 달을 두고 먹을 수 있고, 고기도 주렁주렁 매달아 놓고 오는 손님을 대접하고 세배를 받곤 했다. 동네 아이들이 모두 꼬까옷을 입고 바지에다 큰 주머니를 달고 세배를 다니면 금방 주머니에 밤이 가득 차곤 했다.

큰엄마는 동생에게는 고까옷을 해 입혔으나, 영희에게는 검정색 치마 저고리를 입혔다.

"울긋불긋한 옷은 목동 아이들이나 입는 것이야. 학생은 점잖게 학교 다닐 때 입을 수 있는 옷을 입는 것이 실용적이다. 그래서 네게는 검정옷을 입히니 그리 알아라. 치맛단 바로 위에 흰줄을 둘러서 아주 멋있잖니. 다른 애들은 학교를 못 가서 평생 흰줄 두른 치마를 입고 싶어도 못 입어 보는데, 너는 부잣집에 태어나 얼마나 행복하니?"

영희는 대답도 안하고 검정옷을 입고 동생의 손을 잡고 세배하러 나갔다. 집집마다 하는 말이 똑같았다.

"언년아, 왜 고까옷을 안 입고 오늘같이 기쁜 날 검정옷을 입었느냐?"

영희는 기분이 너무 나쁘고 그 소리가 듣기 싫어서 몇 집 다니다가 집어치웠다.

그때 어린 마음에 고까옷이 입고 싶었으나, 무슨 말이고 하기만 하면 주먹으로 쥐어박으니까 말하지 말고 맞지 않는 것이 나아 혼자서 한숨만 쉬고 참는 것을 밥먹듯 하고 살아갔다.

때때로 한숨을 쉬다 들키면 조그만 것이 재수없이 한숨 쉰다며 욕을 퍼붓고 쥐어박았다. 영희는 마음놓고 한숨도 못 쉬나 싶어 자기도 모르게 항상 한숨이 나오곤 했다.

외할머니

영희는 또 큰엄마와 살면서부터 겨울이라도 버선을 못 신었다. 학교갈 때는 마지못해 신고 가지만 집에 돌아오자마자 버선을 벗어 던져야 했다. 더욱이 밥먹을 때는 큰집에서나 남의 집이라도 버선을 신고서는 밥을 못 먹는다. 주위 사람들은 밥을 같이 먹게 되면

"언년아 버선 벗어라. 밥 먹자."

할 적도 있었다. 말하자면 자신도 모르게 홧병이 생겨 그런 행동을 한다고 영희 혼자는 알고 있으나, 친어머니조차도 그 일을 못 깨닫고, 영희 너는 언제 그 버릇을 고치겠느냐 했다.

영희 엄마가 사는 곳은 동쪽이고, 외할머니 댁은 남쪽으로 한 시간 정도 가야 했다.

영희는 어린 나이로 꽤 먼 거리를 혼자 간다는 것은 좀 무서운 일이고 가는 도중에 기찻길이 있어 긴 기차가 기적을 울리며 지나가면 겁도 났으나, 외할머니만 만나면 마음이 편하고 극진히 사랑해 주시고 맛있는 음식도 해주시므로 기회만 있으면 외할머니 집으로 달려갔다.

기찻길을 건너면 모래밭이 나오고 시냇물이 졸졸 흐르는 냇가를 건너야 한다. 큰돌들로 건널목을 대신한 시냇물을 건너뛰다가 미끄러진 적도 있었다. 겨울에는 꽁꽁 얼어서 건너기가 편했다.

조금 지나면 세 갈랫길이 나오는데, 어느 때는 가물가물 어디로 갈지 잘 생각이 안 났다. 한참 앉아서 생각하다가 행인에게 묻기도 하며 찾아간 적도 있었다. 아무리 어려워도 할머니가 보고 싶고 그리워서 못 견디면 큰엄마에게 욕을 얻어먹을지언정 달려가곤 했다.

"할머니, 할머니!"

영희가 대문을 들어서며 고함을 지르면, 할머니는 맨발로 뛰어나와 영희를 안아주었다.

"어린것이 혼자서 이 먼 곳엘 오다니. 어서 들어와라. 가엾은 내 새끼. 할미가 얼마나 보고싶으면 이 먼길을 오다니."

외삼촌과 외숙모도 반겨 영희를 여왕 모시듯 했다.

할머니는 영희를 보자 곧 광으로 들어가서 곶감과 엿을 가져다주었다. 황주 흰엿은 얼마나 향기롭고 맛있는지, 할머니가 주는 엿은 집에서 먹는 것보다 왜 더 맛이 있을까. 사랑이 섞인 음식이니까 더 맛있는 것이리라... 황해도 검정엿은 특이하다. 물렁물렁하면서도 손에 묻지 않아서 먹기가 좋다.

할머니는 부지런하여 잠시도 쉬지 않고 계속 일을 했다. 물레질도 밤늦도록 하고, 베를 잘 매어서 동네 것을 다 매어주고 다녔다. 할머니가 맨 무명실은 베 짤 때 끊어지지 않는다며 집집마다 쌀 한 말씩을 주면서 매여달라고 부탁했다. 전에도 말했듯이, 호랑이도 무서워 도망쳤다는 호랑이 별명의 할머니였다. 영희가 세상에서 제일 사랑하고 좋아하는 사람은 외할머니였다.

외할머니 역시 손자 손녀가 많아도 그 중에서 영희를 제일 사랑했다. 엄마를 떠나서 사는 것이 불쌍도 하였고, 영희 아버지 덕을 보아 점점 부자가 됐으니 그것도 원인에 하나리라. 여하튼 영희는 외할머니를 껴안고 자면 천국에 온 것같이 포근하고 아늑하며 행복했다. 내일 벼락이 떨어져 도 이 밤이 천국이다.

할머니는 영희에게 고까옷을 해 입혔다. 그리고 할머니는 영희를 기찻 길까지 데려다 주면서 업어도 주고 안아도 주며 말하곤 했다.

"영희야, 이 할미가 더 늙으면 네가 업어줄래?"

"그럼요. 업어주고 말고요. 나는 이 세상에서 제일 좋은 사람이 외할머 니인데요. 친할머니보다 할머니가 더 좋은데요. 할머니, 내가 개학 전에 다시 한 번 올게요."

그러나, 고까옷을 매만지며 발걸음도 가볍게 의기양양해서 대문을 들 어서며 "어머니, 다녀왔습니다." 하고 소리치는데, 큰엄마가 방문을 걷어 차며 뛰어나왔다.

"이년아, 그 옷 네 할미가 해주었구나. 잘들 한다. 네가 옷이 없어서 빌 어입고 다니냐?"

그러면서 달려들어 고까옷을 갈기갈기 찢고 입에 거품을 물고 막 욕을 퍼부으며 때리기 시작했다.

"이 망할년의 할미가 몇푼짜리 옷 한 벌 해주고 생색을 내려는 것이냐? 큰돈을 다 뜯어다 떵떵거리고 잘 살면서 이 옷이 대수냐. 이년아, 망할 년 아, 네 할미가 그렇게 좋으면 당장 가서 잘들 살아라."

독이 오르고 미친 사람처럼 이리가 어린양을 잡아먹을 듯이 덤벼들어 찢고 때리고 하는데, 영희가 이때까지 맞은 중 가장 혹독하게 맞았고, 그 대로 계속하면 죽을 때까지 때릴 것 같았다.

"어머니 어머니, 용서하세요. 다시는 외할머니 집에 안 갈 테니 살려주 세요."

"야, 이년아! 이렇게 사느니 오늘 너 죽고 나 죽자. 나는 이런 세상 살 고 싶지 않다."

큰엄마는 아주 세상을 포기한 사람 같았다. 얼굴색이 붉게 변하고 입에서는 계속 거품이 쏟아져 나오고 제정신을 잃은 사람이 아니라 사자의 얼굴 같았다. 영희는 피할 길이 없었다. 이 일을 어쩌면 좋으냐, 정말 내가 오늘 죽는 날이구나 생각하는 순간, 갑자기 맑았던 하늘에 먹구름이 끼고 캄캄해지며 와지끈 지끈 벼락을 치며 그 빛이 온 마당을 환하게 비치더니 소나기가 막 퍼붓는다.

큰엄마는 그래도 양심이 좀 살아있는지, 아니면 벼락을 맞을까 무서워졌는지 때리는 매를 중지하고 방으로 쫓겨 들어가며 소리질렀다.

"이년아, 빨리 들어오지 않고 무엇하고 있느냐. 벼락이 치잖아."

금방 죽겠다는 그 마음은 어디로 가고 살고자 고함을 쳤다.

영희는 어린 마음에도 하늘이 자기를 도왔다고 생각했다.

'이대로 계속 맞으면 오늘 죽든지 병신이 되든지 하겠지. 더 이상 이렇게는 살 수 없어.'

영희는 억수로 쏟아지는 비를 맞으며 신작로를 달려 아버지 어머니가 사는 집으로 달려갔다.

하숙생활

아버지는 영희를 보자 깜짝 놀랐다.

"영희야, 너 웬일이냐? 이렇게 비가 억수로 퍼붓는데 어찌 우산도 없이 여기까지 왔니. 또 그 옷은 왜 갈기갈기 찢어지고. 어서 들어와라. 감기 들겠다. 아줌마, 빨리 옷을 벗기고 목욕탕으로 데리고 가서 씻기세요. 영희야, 자초지종을 자세히 말해봐."

"아버지, 제가 웬만하면 참고 큰엄마와 살아야 하는데, 더 이상은 살 수가 없어요. 맞아 죽던지 병신이 되던지 둘 중 하나예요. 당장 저를 큰엄마 손에서 구해 주세요."

영희는 엉엉 울면서 모든 이야기를 털어놓았다.

"왜 이때까지 말 안하고 숨겼느냐?"

"엄마가 알면 아빠와 이혼하고 우리들을 찾아 가지고 친정으로 가신다니까 이렇게 말해요."

"영희야, 똑똑한 네가 바보가 되어버렸구나. 일어나 집으로 가자."

노발대발한 아버지는 큰 소리로 운전수를 불렀다. 그때 영희네 집에는 트럭이 한대 있었다. 엄마는 마침 볼일이 있어서 친정에 가고 집에 없었다. 얼마나 다행한 일인지 몰랐다.

영희 엄마는 순진하게 자라고 마음씨가 착하고 얼굴도 딸 중 제일 예쁘게 생겼을 뿐더러 어디 내놓아도 빠지지 않는 미인형이었다. 그래서 아버지는 엄마를 무척 사랑하고 마음에 꼭 들어했다.

그러나 엄마는 아버지를 존경할 수가 없었다. 17살 어린 처녀를 속여 엄청난 사연을 숨긴 채 시집오게 했으니 너무나 원망스러운 것이다. 억지로 헤어진 큰엄마한테 애들까지 빼앗겼으니 하루도 좋은 날이 없고 항상 우울한 나날을 보내며, 바깥 나들이 할 때면 두루마기로 얼굴을 가리고 사람들과 만나는 것이 싫어서 큰 신작로를 피하며 지름길, 샛길로 친정집도 다니곤 했다.

영희 아빠는 큰엄마를 만나자마자 따귀를 몇 대 갈겼다.

"비겁한 인간. 할말이 있으면 정정당당히 어른들과 해 볼 것이지, 이 어린것이 불쌍하지도 않느냐? 당장 애들의 옷과 책가방과 소지품 일절을 내놓아. 그리고 이불도 싸고. 중학교를 진학시키려면 지금부터 과외공부를 시켜야 하니 읍내 친구네 집에다 하숙을 시켜야 하고, 석이도 당분간 내가 데리고 있을 테니 잘 생각하고 근신하고 있으라우."

아버지의 분노가 이만저만이 아니니 아무리 독한 큰엄마라 해도 말 한마디 대꾸하지 못하고 슬금슬금 짐을 챙겼다.

그리하여 영희는 아버지 친구인 조용한 과수원집에 하숙을 하게 되었다. 과수원집 딸은 영희와 동기동창인 은경이여서, 둘이서 사이좋게 한방을 썼다.

그 집은 할머니, 할아버지, 은경 부모, 여동생 은옥, 남동생 은구 이렇게 대가족이었다.

그 중에 은경이 작은아버지 한 분이 사랑채에 기거하는데, 정신이 온전치 못하여 엉뚱한 짓을 자주 저지름으로써 온 식구의 골치를 썩였다. 어느 여름날, 점심밥을 참대 바구니에 하나 가득히 담아서 부엌 천장에 달아매 놓고 온 식구들이 과수원 일을 하다가 시장해서 점심밥을 먹으러 들어오니 달아매 놓은 밥바구니가 온데간데 없었다. 알고 보니 은경이 작은아버지가 혼자서 그 많은 밥을 몽땅 먹어버렸다.

영희는 은경이 작은아버지가 너무 불쌍하고 가련해서 왜 정신이상이 되었냐고 물었다.

은경이 작은아버지는 머리가 수재여서 학교 성적은 항상 일등이고 아주 영리했으며, 몸도 건강해서 은경이 할아버지도 큰 기대를 걸고 일본 유학까지 보냈다고 한다.

그런데 일본인들이 비상한 머리와 뛰어난 재주를 가진 은경이 작은아버지를 그대로 두면 반드시 어떤 일이 생기리라 생각한 나머지 독립운동을 한다는 혐의를 씌웠다.

"너는 일본 유학을 온 것이 아니고 독립운동을 꿈꾸는 나쁜 놈이다."

그러면서 갖은 고문과 매질을 하여 죽지는 않았으나 정신이 돌아 바보가 되어 버렸다. 일본놈들 생각에 은경이 숙부를 죽여 없애면 많은 조선인들에게서 여론이 좋지 않을 것을 알고 뇌에 이상이 생긴 것으로 진단서를 붙여 조선으로 내보냈다.

은경 할아버지는 너무 억울하지만 그 당시 일본놈들과 맞서 싸워 봐야 피해만 더 심할 것을 알고 단념하고는 갖은 치료를 다 했다. 병원으로, 한약으로, 침, 뜸, 부황으로 다스려 보았지만 영 제정신을 찾지 못하고, 항상 무슨 말인지 못 알아듣게 중얼중얼하며 걸어다녔다.

나이는 40도 채 안 된다는데 환갑이나 되어 보이고, 완전 폐인이 되어 형님 댁에서 얻어먹고 살며, 물론 장가도 못 가보고 여생을 마치게 되었다.

영희는 어린 마음에도 일본인들이 이렇게 나쁜 민족들인가, 어떻게 하면 우리나라가 독립할 수 있단 말인가 하고 한탄하였다.

과수원집 은경네 집으로 온 후 영희는 아주 예뻐지고 활발해졌다.

온 식구의 사랑을 받고 싱싱한 사과와 채소를 맘껏 먹으며 도시락 반찬
도 정성들여 해주었으므로 영희는 아주 만족했다. 그런데 영희에게는 남
모르는 고민이 있었다. 큰엄마에게 호되게 맞고 옷을 찢기고 난 뒤에 너
무나도 큰 충격을 받아서인지 전에 없던 증세가 가끔 일어났다.

자다가 갑자기 몸을 세게 흔들면서 깨어나게 되고 온 몸에 이상한 느낌
이 오는데, 어디가 아픈 것도 아니고 쑤신 것도 아니고 열이 나는 것도
아니고 무어라 말 할 수 없이 온 몸에 오는 그 증세는 전기고문을 당하듯
참기가 아주 힘들었다. 말로 설명할 수 없는 고통인데, 이것은 몸의 병이
아니고 정신적인 증세 같았다. 심하게 말하면 지랄하는 증세 같기도 하
고, 귀신이 씐 병 같기도 했다. 무서워서 "악!" 하고 큰소리를 지르고 싶
은데, 은경이가 깨고 또 어른들이 알면 이상한 버릇하는 아이로 소문이
나쁘게 날 것도 같았다. 정신은 말짱하지만 안절부절못하며 괴로워하니,
남이 볼 때는 꼭 미친 지랄하는 아이로 볼 수밖에 없었다.

정신을 바싹 차리고 조용히 수돗가로 나가서 물을 온몸에 끼얹고

"하나님, 저를 불쌍히 여겨주세요. 어린 나이로 나 혼자서 해결해야 할
이 문제를 하나님이 해결해 주세요."

하고 눈을 감고 마음을 안정시키면 그 증세가 멎지만, 과로하던가 신경
을 쓰던가 몸이 좀 약해지면 다시 일어나고 또 자주 일어났다. 이 증세가
다행히 밤중에만 일어나기 때문에 사람들에게 들키지 않고 지나갔다.

영희는 큰엄마와 떨어져서 좀 해방이 되었다고 생각했는데, 가끔 일어
나는 이 증세로 심한 고문을 당하고 있는 것 같은 느낌이 들어서 아주 마
음이 괴로웠다. 이 일을 어떻게 해결할까 고민이 되나, 의사에게 증세를
제대로 설명할 수가 없으니 병원에도 갈 수 없었다. 이것은 분명 육체의
병이 아니고 뇌에서 작용하는 것이 틀림없으니, 병원에 가면 틀림없이 정
신병으로 다스리려고 할 것 같았다. 그러면 공부도 못하게 되고 중학교에

진학도 못하게 될 테니, 그렇게 앞길이 막히면 폐인이 될 것만 같아 두렵기만 했다.

큰엄마 집에 9살 나던 해 들어가서 얼마 후부터 일어나는 증세가 한 가지가 또 있었다. 방에서 혼자 공부하고 있는데 큰엄마가 방으로 들어오면, 큰엄마가 칼을 들고 들어와서 뒤통수를 푹 찌르는 것 같은 느낌을 받고 깜짝 놀라곤 했다.

"야, 너는 왜 그리 잘 놀라니?"

큰엄마가 물으면 그제야 간신히 뒤돌아보며 아무것도 아니라고 대답했다. 집에 사람이 많을 때는 괜찮은데 큰엄마와 단둘이만 있을 때는 무서워서 경계를 하고 몸을 떨곤 하였다.

그런데 지금 또 한 가지 더 무서운 증세가 시작되니, 이제 나는 절망적인 인간이 아닌가 하고 낙망할 수밖에 없었다. 나이 겨우 12살이면서 정신적 연령은 어른이 다된 것 같았다. 그렇게 살다가는 오래 살지도 못하고 죽을 것만 같았다. 말하자면 이 증세는 피해망상증이라는 병이다.

그러나 영희는 이런 병세에 대해 부모에게도 친구에게도 아무에게도 말못하고 영원한 비밀로 무덤까지 갈 작정이었다.

세월이 흘러 어느덧 영희가 소학교를 졸업할 때가 되었다.

어느 날 큰엄마가 머리에 무엇을 잔뜩 이고 은경이네 집을 찾아왔다.

영희는 큰엄마를 보는 순간 가슴이 철렁 내려앉았다. 무슨 흉계를 꾸미려고 나를 찾아오나 겁부터 났다.

그런데 김이 무럭무럭 나는 무팥설기떡을 한 광주리를 해 가지고 온 것이다.

"제가 떡을 정성껏 만들어 왔으니 잡수세요."

큰엄마는 은경이네 온 식구에게 감사하다며 그렇게 권했다.

"영희야, 너도 많이 먹어라. 과외공부까지 해서 얼마나 고달프냐. 어서 소학교를 졸업하고 중학교는 너희 아버지가 서울로 보낼 계획인 것 같은데, 공부 열심히 해서 서울의 좋은 학교로 진학하도록 하여라. 그때는 나도 같이 가서 너희 남매를 시중들겠다. 기숙사 밥이 오죽 허술하겠냐. 내가 정성껏 너희들을 돌볼테니, 아빠에게 큰엄마와 같이 가고 싶다고 말하여라. 그리고 나 교회에 나가고 있다. 많이 후회하고 있단다. 또 회개도 많이 하고 있다."

다시 보고싶지 않은 큰엄마이지만 불쌍한 생각이 들면서, 큰엄마 말과 같이 서울에 같이 가면 좋을 것 같은 생각마저 들었다.

은경이 할머니는 떡광주리 속에 사과를 가득 담아서 큰엄마에게 주어 보냈다.

어느 일요일, 동모가 친구들과 같이 하숙집을 찾아왔다.

영희는 깜짝 놀랐다.

"아주 잘 왔어, 오빠! 그렇지 않아도 오빠 일이 궁금해서 학교로 한번 찾아가보고 싶었는데 남자중학교라 못 가고 있었어."

"영희야! 너 벌써 남자 여자 찾게 되었니? 그러고 보니 너도 벌써 14살 처녀 꼴이 나기 시작한다. 너 그동안 많이 예뻐졌구나. 너와 같이 기차 통학할 때가 무척 즐거웠는데 요즘은 너무 심심하단다... 형님께 말씀드려 나도 읍내로 나가 하숙을 할까 생각했으나 이제 곧 졸업이니 그럴 수도 없고. 우리 형님께서는 서울로 이사하실 계획을 하고 계신다. 나를 약대에 보낼 생각이야."

"어머나! 우리 아버지도 나를 서울로 보내어 공부시킬 계획인데, 우리 또 서울서 같이 지내면 되겠네."

영희는 무척 기뻤다. 영희에게도 이제 소학교 졸업날이 임박했다.

졸업, 그리고 서울 유학

　동모에게는 중학 동기동창인 두 친구가 있었다. 한 사람은 원기, 한 사람은 영근이였다. 원기는 쑥우물이라는 동네 부잣집 아들이고, 영근이는 넉넉치 못한 집안이지만 서울에서 중학교 교장인 숙부가 있어서 의대에 진학할 예정이었다. 그래서 이 세 친구는 또 다시 서울로 가서 같이 몰려 다니게 되었다.

　쑥우물 원기네 동네는 이 우물때문에 유명했다.

　옛날 임금님의 행차가 이 동네를 지나갔는데, 목이 몹시 마른 임금님이 무성한 쑥을 보고 한 포기 뽑으니 그곳에서 맑은 물이 마구 쏟아져 나왔다. 그 물을 마시니 너무나 맛이 좋아 이곳에 우물을 파라고 명령했다 한다.

　그 우물은 영희네 집에서 별로 멀지 않아 영희도 가본 적이 있는데, 우물 주위는 시멘트로 잘 바르고, 우물벽도 단정하게 쌓아올린 데다 기와로 지붕까지 얹었으며, 벽에는 임금님의 이름과 그 우물이 생긴 사연이 적혀 있었다. 쑥을 뽑아서 물이 나왔다 해서 쑥우물이라 하고, 본래의 동네 이름은 번동천이었으나 쑥우물이 생긴 후부터 동네이름도 쑥우물이라 부르게 되었다.

이 동네 사람은 모두 이 물을 마셔서인지 건강하고 오래 산다고 했다. 큰엄마의 친정 동네이기도 했다.

영희는 자기를 찾아온 사람들을 그대로 돌려보낼 수 없어 택시를 불러 타고 중국집 식당에 들러 탕수육과 짜장면을 시켜서 마음껏 먹여 보냈다.

들에는 진달래 개나리가 만발하고 벚나무에는 분홍색 예쁜 꽃이 읍내를 아름답게 장식한 봄이 왔다.

3월이면 여기저기서 모두 졸업식을 한다. 동모도 원기도 영근이도 온 가족들이 축복하는 가운데 졸업식을 무사히 마쳤다.

영희와 은경이와 은경 동생 은옥이까지 꽃다발을 하나씩 들고 졸업식장에 가서 영희는 동모에게 주고, 은경이는 원기에게 안겨주고, 은옥이는 영근이에게 선사했다.

며칠 후 영희와 은경이의 소학교 졸업식에도 역시 동모의 세 친구가 선물을 하나씩 준비해 가지고 와서 축하한다며 건네주었다.

영희가 졸업하는 날, 아버지는 천하를 얻은 듯 기뻐하며 어머니와 함께 참석했다. 학교 선생이며 동모 친구들이며 하숙집 은경이네 식구들 모두 식당으로 불러서 푸짐한 축하연을 벌였다. 큰엄마도 왔는데, 아버지 옆에 앉을 수도 없고 그렇다고 젊은 애들 옆에 앉기도 어색하여 이리 저리 앉을 곳을 찾는 것을 보고 영희는 몹시 가엾은 생각이 들어 "큰엄마, 이리 오세요." 하며 자기 옆에 앉게 하였다.

그날 사진도 많이 찍었다.

동모는 형님네 식구들과 함께 서울로 이사하여 약대에 입학하였고, 원기도 약대에 입학하여 하숙을 했다. 영근이도 서울의대에 입학하여 숙부댁에서 통학을 했다.

영희 아버지는 역사가 깊고 크리스찬 학교이며 교장이 미국인이라 장차 영희를 미국까지 진출시킬 심산으로 정신여학교에 입학시켰다.

그 당시는 학교가 많지 않아 모두들 과외공부를 하고 열심히 공부하지 않으면 도저히 들어갈 수가 없었다. 거의 모든 학교가 10대 1의 비율로 입시를 통과해야만 했다.

은경이는 여상에 입학이 되어 기숙사에 들어갔다. 그 동생 은옥이도 2년 후에 여상에 입학했다.

영희 아버지는 너무 기뻐서 다 큰 딸을 번쩍 안아 주었다.

"공부 열심히 해라. 아빠가 미국 유학이라도 보내 줄테니, 돈걱정 말고 필요한 것 다 사거라."

영희가 입학한 정신여고는 미국여자가 교장이라서 모든 시설이 최신식으로 잘 꾸며져 있고 문화적이며, 기숙사 시설도 이 중 창문에다가 침대 시설은 스팀 장치이고 세탁소 시설도 서구적이어서 아주 모든 면이 편리하게 되어 있었다.

영희는 기숙사에 들어가고 싶었다. 그러나 영희 아버지는 아들 석이도 서울에서 공부시키고 싶어했다. 더욱이 기쁜 것은 동모네 집과 나란히 붙은 집을 사게 되어 다행이었다.

큰엄마는 아버지에게 백배 사죄하고, 다시는 아이들을 학대하거나 때리는 일이 없고 헌신적으로 봉사할 것을 맹세하며 애원하여 간신히 허락을 받았다. 그래서 세 식구를 서울로 이사를 시킨 것이다.

아버지는 생활에 필요한 모든 것을 다 장만해 주고, 그 당시 신문지나 아이들 다 쓴 공책으로 휴지를 쓰던 때인데도 일본에서 들여온 휴지(지리가미)를 다락에다 잔뜩 채워주며, 앞으로는 이것을 쓰고 막종이는 쓰지 말라고 했다. 큰엄마에게 한 달 생활비 100원이면 족하니 아끼지 말고 애들 잘 먹이라고 신신 당부하고, 영희에게는 저금통장을 주었다.

"이것은 용돈이니 필요할 때마다 찾아 쓰고, 돈이 떨어지기 전에 편지

하면 또 입금시켜 주마."

영희는 다시 큰엄마와 살게 된 것이 좀 내키지 않았지만, 갑자기 달라진 서울 생활에 매력을 느끼고, 또 바로 옆집에 동모가 살고 있으므로 마음이 든든했다.

동네는 비원 담장으로 둘러 있어서 공기가 무척 좋았다.

영희가 아침 일찍 산책을 하기 위해 대문을 나서면 비원 담장을 끼고 산책하는 궁녀들이 노랑 저고리에 남색 치마를 입고 왔다갔다하는 것이 보였는데, 몹시 처량하게 느껴졌다. 임금님도 없는 저 궁궐 속에 갇혀서 몸단장을 예쁘게 하고 좋은 진미를 먹겠지만 누구를 위해 살고 있는 것인가?

임금은 조선 마지막 임금 영친왕인데, 지금은 동경 일본궁에 갇혀 일본 여자인 방자 여사와 결혼하고 호의호식하며 살겠지만, 이 궁녀들 신세나 다름없는 삶을 살고 있지 않은가.

사랑의 계절

영희의 학교는 그 당시에는 교복이 연보라색 저고리에 검정 치마였다.

예쁜 연보라색 저고리에 반짝이는 뱃지를 달고 새 구두와 시계를 차고 새 책가방을 들고 의기양양하게 비원 담장을 끼고 조금 지나면 창경원 담장이 나오고, 조금 더 걸어가면 원남동 네거리를 건너 학교 뒷문이 나왔다. 정문은 종로 5가를 향하여 서 있었다.

매일 아침 학교를 가노라면 영희네 동네 가까운데 위치한 휘문중학생들이 까만 쯔메에리 교복을 입고 새까맣게 맞은쪽으로부터 걸어왔다. 마주치기가 싫어서 행길을 건너면 그쪽으로 같이 따라 건너오면서 참 예쁘게 생겼다거니, 연애 좀 하자거니, 집이 어디냐거니 하며 짓궂게 굴었다.

어느 때는 연애편지를 써서 들고 기다리다가 억지로 책가방에 넣기도 했다. 영희가 그 자리에서 꺼내어 던져버리면, 어떻게 알아냈는지 집 대문 틈으로 편지를 넣기도 했다.

영희는 너무 귀찮아서 때로는 택시를 탔다. 조그맣고 까만 택시는 영희 집에서 서울역까지 가도 90전 밖에 안 나왔다. 그 당시 11원이면 쌀 한 말 값이었다.

학교 생활은 참 재미있었다.

영희는 책을 좋아하여 항상 책을 들고 다니니까 지육부원으로 뽑혔고, 나중에는 지육부장을 맡았다. 교실 벽에는 항상 영희의 작문이 붙어 있었다.

국어 선생은 일본여자였고, 국어책은 물론 일본어 책이었다. 운동을 좋아하고 또 잘해서 배구 선수로 뽑혀 다른 학교와 동대문 그라운드 큰 연합운동장에서 시합도 여러 번 했다.

겨울이 되면 스케이트장을 학교운동장에다 만들었는데, 체육 선생이 단체로 주문한 스케이트를 첫 시간에 나누어 주었다. 공부시간은 45분으로 정해져 있어 15분 쉬고 다시 공부를 시작하는데, 영희는 다음 수업 시작 종이 치기 전에 생전 처음 타보는 스케이트지만 서서히나마 빙빙 돌았다. 선생님을 비롯하여 모두 놀랐다. 모두 넘어지고 발을 삐고 어떤 아이들은 아예 단념하고 주저앉아버렸는데, 영희는 천부적 소질을 보인 것이다. 영희가 2학년일 때 전교 스케이트 시합을 창경원 연못에서 치렀는데, 그때 영희는 전교에서 1등을 했다.

영희 동생은 집에서 가깝고 고관들의 자녀가 많이 다니는 제동국민학교를 다녔다. 동생은 어느 고관집 자녀들 못지않는 옷차림에다, 그 당시는 부잣집 아이들이나 멜 수 있는 고급 가죽가방(란도셀)을 메고 식모가 데려다주고 데려오면서 호강을 했다.

그러나 영희 남매는 가슴깊이 외로움에 사무쳤다. 일요일이면 동생을 데리고 창경원에도 가고, 백화점에도 가고 맛있는 과자와 꽃을 사다가 방을 장식하고 공주 부럽지 않은 생활을 했다. 그러나 때때로 엄마 아빠가 보고싶고 그리워 외로울 때가 너무 많았다.

영희가 어느 일요일에 동모네 집에 놀러갔더니, 그의 두 형수가 아이들과 마주앉아 삶은 밤을 맛있게 까먹고 있었다. 이 집 식구로 17살에 시집 와서 19살에 과부가 된 청산인 맏며느리와 둘째형 부부와 애들과 동모가 살고 있었다.

그들은 영희를 보더니 반겨 맞았다.

"어서 와. 아가씨 밤 좀 같이 먹어요."

"네에, 고마워요. 저는 지금 배가 불러서 못 먹어요."

그리고는 동모가 쓰고 있는 문간방으로 갔다. 동모는 혼자 외롭게 앉아서 무슨 공상을 하는지 천정만을 바라보고 있는 모습이 아주 쓸쓸해 보였다.

"오빠, 무엇하고 있어?"

"응, 영희 왔니? 들어와."

"오빠, 왜 밤 안 먹어?"

"밤? 무슨 밤?"

"안채에서는 밤들 한창 까먹고 있던데, 왜, 오빠는 안 줘?"

영희는 마음이 언짢았다. 하나밖에 없는 가엾은 시동생에게는 왜 안 주고 자기네들끼리만 먹고 있을까. 세상이 매정도 하다.

영희는 조금 후에 다시 오겠다 하고 빨리 집으로 돌아와 밤을 한 바가지 씻어 푹 삶은 다음 소쿠리에 건져 과도 두개를 담아 가지고 동모의 방 창문을 두드렸다.

동모는 금방 영희인 줄 알아차리고 대문을 열어주었다.

"오빠, 우리도 밤 먹자."

그날 밤이 깊도록 영희는 동모와 이런 이야기 저런 이야기하며 밤을 까먹으며 같이 지냈다.

"영희야, 나나 너나 좀 팔자가 사나운 편이다. 사랑에 굶주린 사람들이다. 우리는 앞으로 좀더 자주 만나고 가까이 지내자."

"오빠, 그렇게 해. 나도 오빠가 좋아. 또 오빠는 내 생명의 은인이잖아."

그 후 영희는 매일 밤 동모 방으로 갔다. 공부를 배운다는 핑계로 책을 들고 갔으나 공부는 머리에 들어오지 않고 이야기꽃만을 피웠다. 동모도 책을 좋아해서 책이 참 많았다. 그래서 영희는 책을 빌려서 많은 책들을 읽었다. 어느 때는 탐정소설을 밤에 읽기 시작하면 너무 무섭지만 재미있어서 중단할 수가 없어서 이불을 뒤집어쓰고 몽땅 읽기도 했었다.

어느 일요일도 영희는 자기 방에서 책을 읽고 있었는데, 안방에서 큰엄마가 이웃집 과부와 함께 열심히 이야기하는 소리가 들렸다.

"저년의 할망구가(언제나 영희 외할머니를 부르는 말투) 인물 반반한 것을 미끼로 삼아 딸년을 부잣집 첩으로 보내놓고 딸년 집에 드나들면서 좋은 것 다 얻어다 이제는 동네서 제일가는 부자가 되었답니다. 저년과 저년의 할망구가 아니면 내가 왜 이렇게 생과부가 됩니까. 저런 피를 받은 저 새끼들을 애써 키워봐야 무슨 덕을 보겠어요. 원수의 새끼들! 저것들도 다 에미를 닮아 인물이 반반해서 남정네 꽤나 홀릴 꺼외다."

영희는 듣고 있노라니 피가 거꾸로 솟구치는 것 같았다. 아무리 참고 견디려해도 참을 수가 없었다.

늘 저년의 할망구, 저년들 하는 욕을 밥먹듯 들으면서 자라왔지만, 이제 나이가 들고 보니 참을 수가 없었다. 영희는 안방문을 화다닥 열고 들어서며 외쳤다.

"무엇이 어쩌구 어째요? 내 엄마가 어찌해 첩입니까? 당신이 우리 집에 붙어사니 첩이지요. 호적을 조사해 보세요. 누가 첩이나. 우리 엄마는 깨끗한 양반집 17살 어린 나이로 아무것도 모르고 시집온 사람인데, 죄인은 바로 당신이예요. 애도 못 낳아서 칠거지악을 저지른 주제에. 우리 집에서 그만큼 대우해 주면 감지덕지 조용히 감사하며 살 것이지, 어느 누구를 헐뜯고 욕하는 거죠? 당장 보따리 싸고 고향으로 내려가요. 당신 신세 안 지고도 넉넉히 살 수 있으니까."

분통이 터진 큰엄마는 왈칵 영희에게 달려들어 머리채를 잡았다.

"이 망할 년아! 내가 이때까지 호랑이 새끼를 키웠구나. 오늘 너 죽고 나 죽자. 이렇게 억울한 세상 사느니 차라리 죽는 것이 낫겠다."

그러면서 영희 머리채를 쥐어뜯었다. 같이 있던 아줌마가 아무리 뜯어 말려도 당해내지 못했다. 큰엄마는 본래 힘이 세고 성깔이 독해서 아무도 이겨내는 사람이 없었다.

과부 아줌마는 급한 나머지 집으로 뛰어가서 시동생 동모를 데려왔다.

동모는 급히 큰엄마를 떼어놓고 따끔하게 충고했다.

"이러시면 안됩니다, 말로 타이르시지, 다 큰 처녀를 이렇게까지 때리면 어찌합니까? 정 이러시면 백주사께(영희 아버지를 부르는 존칭) 편지하여 해결보도록 하겠습니다."

동모는 영희더러 나가자며 손목을 끌었다. 그런 다음 택시를 불러 타고 화신백화점 구내식당으로 데리고 가서 맛있는 음식을 사주며 영희에게 많은 위로를 해주었다.

집에 돌아온 영희는 도저히 집으로 들어갈 수가 없었다.

"오빠, 나 집에 못 들어가. 무서워서 못 가겠어."

"그럼 내 방에 좀더 있다가 가."

동모는 자기 방으로 영희를 데리고 들어갔다.

둘이서 방으로 들어간 순간, 동모는 힘있게 영희를 가슴에 안았다. 영희도 거부하지 않고 안겼다. 넓은 가슴에 얼굴을 파묻고 뜨거운 눈물을 펑펑 쏟았다. 동모는 손수건으로 눈물을 닦아주었다.

"영희야, 어서 커라. 나도 내년이면 졸업인데, 제약회사에 우선 취직하고 기반이 좀 잡히면 일본으로 가서 살고 싶다. 영희 너도 같이 가자."

그리고 영희의 입에다 뜨거운 키스를 오래도록 해주었다.

영희도 싫지 않고 지금 이 감정으로는 누구에게든지 안기고 싶고 의지하고 싶어서 오래도록 동모의 품에 안겼다.

문밖에서 동모의 형님이 부르는 소리가 들렸다.

"아가씨, 집으로 가요. 내가 데려다줄 테니 아무 걱정 말고 가요. 내가 이때까지 어머니와 많은 대화를 나누고 왔는데, 어머니 마음도 다 가라앉고 앞으로 절대로 두 번 다시 그런 일은 없을 테니 빨리 가요."

그러면서 대문을 열고 앞장섰다.

그날 밤 영희는 한잠도 못 잤다. 내 나이 17살인데, 이 나이면 남들은 시집도 가는데 어찌 나를 아직도 이렇게 학대하는가. 분하고 억울했다. 그러다가도 또 좀전에 오빠와 포옹한 일을 생각하니 가슴이 두근거리고 얼굴이 달아올랐다. 우리 두 사람은 점점 정이 드는데 앞으로 어찌할 것인가. 미운 네 글자 '동성동본'. 법적으로 결혼할 수 없는데 정이 자꾸 더 들면 우리는 어찌 되는 것인가. 당분간 만나지 말고 지내볼까? 결심하고 다음날은 동모의 방을 찾지 않았다.

그러나 그들은 하루만 못 봐도 못 견디는 사이가 되어 버렸다. 동모는 기다리다 못해 영희 집으로 찾아왔다.

"우리 잠깐 나가자."

그러더니 영희 손목을 잡아끌었다. 두 사람은 가로등이 반짝이는 행길을 한없이 걸으며 이야기하다 찻집에 들렀다. 차를 마시며 영희는 말했다.

"오빠, 내 친구 말이야, 내가 하숙했던 집 딸 생각나? 여상 다니는 애 말이야. 그 전에는 나에게 자주 놀러 왔는데 요사이는 통 안 와. 오빠 친구들 원기씨, 영근씨 말이야. 오랜만에 우리 다같이 어디 놀러가자. 다음 일요일에 내가 은경이와 그 동생 은옥이도 데리고 나올 테니, 오빠는 원기씨와 영근씨 데리고 나와서 어디 좋은데 가자."

"그래, 그게 좋겠다. 창경원에 지금 벚꽃이 한창 예쁘게 피었을 텐데, 그 정문에서 11시에 만나자."

영희는 언제인가 은경이가 한 말이 생각났다.

"영희야, 너희 오빠 동모씨 그 사람 볼수록 멋있고 잘생겼어. 나 그이와 교제 좀 해볼까? 그리고 영희 너는 의대 다니는 영근씨와 교제를 시작해라. 늘 보면 그 사람 말은 안 해도 눈빛을 보아 너를 사모하고 있는 것이 확실해. 그리고 원기씨 그 사람도 너를 무척 좋아하는 눈치야. 너는 워낙 미인이니까 남자들한테 인기가 많지만, 나는 아무도 좋아하는 사람이 없으니 한심하다. 이제 우리도 곧 졸업인데, 서서히 배우자를 찾아 연애라도 좀 해봐야 하지 않겠니?"

영희는 생각했다. 아무래도 이루지 못할 사랑을 자꾸 길게 끌고 가면 어떻게 할 것인가. 차라리 오빠를 은경이와 정들게 하고 빠져 나오는 것이 지혜로운 일이 아닐까.

일요일 11시, 그들 여섯 사람은 활짝 핀 벚꽃 밑으로 걸어가며 행복한 하루를 보냈다.

"오빠, 은경이 많이 예뻐졌지? 그 애 마음씨도 곱고 집안도 좋고 하니 은경이와 교제 좀 해봐. 은경이도 오빠를 무척 좋아한다고 했어. 나는 오빠가 은경이와 정을 통해 우리 일은 잊어버리고 없던 일로 했으면 좋겠어. 이루지 못할 사랑은 끌수록 불장난이지 않아?"

"영희야, 쓸데없는 말 하지 말고 우리 점심이나 먹자. 벌써 1시다. 배고프다."

동모는 말문을 막았다.

원내 분식점에서 간단한 점심을 끝내고 다시 동물원 식물원으로 산책을 하는데, 영근이 영희에게로 다가오더니 자기와 이야기 좀 하자며 저만치 나무 밑 벤취에 가서 먼저 앉았다. 영희도 뒤따라가서 앉았다.

영근이 조용히 말을 꺼냈다.

"영희씨, 우리 이제 거의 학교가 끝나가는데, 영희씨는 졸업을 하면 진학을 하실 겁니까?"

"물론이지요. 나도 실은 영근씨와 같이 의사가 되고 싶은데요."

"그래요, 그거 좋은 생각입니다. 우리나라에서도 앞으로 많은 여의사가 나와야 되겠지요. 영희씨는 아버지가 부자시니 얼마든지 미국까지라도 가서 훌륭한 박사가 될 수 있지요. 나는 지금도 숙부 덕에 간신히 의과를 공부하고 있으니 더 진학하기는 어려워요. 영희 아버지께서 가끔 방학 때 만나면 용돈을 몇 번 주셨는데 참 미안하고 감사했습니다. 언제인가는 '공부를 더하고 싶으면 우리 영희도 의사가 희망이니 같이 미국이라도 가서 박사학위라도 따 가지고 오면 어떨까? 내가 뒷바라지해 줄 수도 있네' 하셨는데, 내가 무슨 염치로 영희씨 아버님 신세를 질 수 있겠습니까?"

영희는 무엇이라 대답할 지 난처했다. 아버지가 무슨 뜻으로 영근이에게 그런 말씀을 하셨을까 싶었다.

언제인가 집에 내려가 있는 동안 아버지가 어머니에게 하던 말이 생각났다. 영근이가 사람은 똑똑하고 키도 크고 괜찮은 녀석인데, 집이 너무 가난해서 부모들 사는 것이 너무 초라하니 사돈하기는 좀 꺼림직하다는 것이다.

"영희씨, 나와 언제 단 둘이서 만나 줄 수는 없을까요? 구체적인 의논을 하고 싶은데요"

"네에, 생각해 볼게요. 친구들이 기다릴 테니 우리 가봐요"

영희가 먼저 일어섰다.

저녁에 집에 돌아와서 동모가 물었다.

"영근이가 너에게 무슨 말을 했니?"

"응, 아무것도 아니야. 아버지가 용돈을 가끔 주셔서 잘 쓰고 있는데 너무 미안하다고 하면서, 이번 방학에는 나하고 같이 내려가서 아버지께 먼저 인사드리고 자기 집으로 가겠다고 했어."

다각관계

영근이네 집과 영희네 집은 같은 면(面)이고 집이 10분 거리밖에 안 되는 아주 가까운 곳이었다. 거기 비하면 원기는 쑥우물 동네인데, 영희네 동네서 40분 이상 재령강 둑을 따라 북쪽으로 더 올라가야 한다.

동모는 집이 서울이므로 매 방학때마다 고향에 가지는 않고 가끔 친척들 집이 있어서 고향에 갔지만 그리 오래 있지는 않았다. 은경이네 집은 영희네 집에서 두 정거장 기차로 더 가야 한다.

여섯 사람은 서울에서도 가끔 만나서 수영도, 스케이트도 같이 타고, 식당에서 외식도 하고, 찻집에서 어울리고, 영화 구경이나 음악회도 같이 다니며, 잘 어울리고 아주 의좋게 재미있게 시간을 보냈다. 고향이 같으니 방학을 해도 가끔 모여서 같이 지냈다.

더욱이 동모와 영희는 같은 동네서 자랐고 친척도 다 같은 동네에 살고 있는 관계로 이 집 저 집서 청하여 닭도 잡아주고 떡도 해주고 부침도 지지며 환영을 했다. 여름이면 둘이서 재령 강물에서 수영도 하고 겨울이면 꽁꽁 언 강에서 스케이트를 타며 손잡고 빙빙 돌면 시골 사람들이 신나게 손뼉을 치며 신기하게 구경했다.

언제인가는 둘이서 자전거를 타고 읍내 은경이네 집까지 20여 리를 달려가는데, 그 당시 남자도 자전거 타는 사람이 많지 않은데 여자가 모자를 쓰고 바지를 입고 하얀 비단 블라우스를 입고 바람에 휘날리며 둘이서 달려가면 밭에서 일하던 농군들이 허리를 펴고 구경을 했다.

서울로 돌아올 때도 집이 붙어 있으니 같이 쯔바메 열차(제일 빠른 기차 이름)를 타고, 구내식당에서 같이 식사를 하며, 택시도 같이 타고 왔다. 그리하여 동모와 영희는 하루도 떨어지지 않고 같이 다니며 쌍오리처럼 늘 붙어 다녔다.

세월이 흘러 동모는 약학대학을 졸업하고 제약회사에 취직했다.

은경이와 영희도 졸업은 했으나, 은경이는 은행에 취직하여 당분간은 서울에 있겠다고, 고향으로 가지 않고 그대로 학교 기숙사에 남아 있었다. 영희는 졸업 후 더욱 열심히 의과대학 입시 준비를 하며 학원에 다녔다.

하루는 영희가 동모 방에 들렀더니 책상 위에 예쁜 봉투 편지가 몇 장 놓여 있었다.

"오빠, 이거 여자 편지 아니야?"

"그래, 네 친구 은경이가 말이다... 나 골치 아프다. 어찌 했으면 좋으냐? 계속 편지를 보내는데 무엇이라 회답을 쓸 수가 없으니 네가 좀 잘 말해 줘. 다시 편지하지 말라고 해."

"아니야 오빠, 그애만한 아이도 없어. 잘해봐. 오빠 결혼도 해야하고 애도 낳아서 외로운 세상을 끝내야지, 언제까지 이룰 수도 없는 사랑에 얽매여 머뭇거리면 어찌해... 나는 정말 오빠가 걱정이야. 난 정말 괜찮으니 오빠의 행복을 찾아가 줘."

"영희야, 너는 왜 그리 마음이 약하니? 너는 지금 마음이 흔들리고 있구나. 나는 너 외에는 내 가슴에 아무도 없어."

동모는 영희를 힘있게 끌어안고 얼굴 이곳 저곳에 입을 비벼대며 애무한다. 영희도 억지로 결심하려던 마음이 와르르 무너지고 뜨거운 사랑을 동모에게 쏟을 수밖에 없었다.

"우리는 도저히 안되겠지? 이 사랑과 정을... 도저히 뗄 수 없는 이 심정을 어떻게 해. 나도 오빠를 사랑해. 죽도록 사랑해. 누가 뭐라 해도 나는 오빠 곁을 떠날 수 없어. 우리 멀리 멀리 아무도 모르는 땅으로 가서 살아보자. 나도 열심히 일할게. 우리 아버지가 나를 얼마나 사랑하는데, 나중에는 다 용서해 주시고 우리의 행복을 위해 물심양면으로 밀어주실꺼야. 나는 우리 아빠를 믿어."

"영희야, 고맙다. 나는 이제 마음이 놓인다. 사랑해 사랑해. 영희야, 너를 위해서라면 내 몸이 가루가 되도록 힘써 일할게."

"오빠, 실은 나도 영근씨에게서 연애편지 받았어. 수년간 나를 사모해 왔다며, 내가 세상천지에 제일가는 미인이라며 꼭 자기와 결혼해 달래요. 회답도 안 했지만 앞으로 대하기가 껄끄러울 것 같아. 원기도 언제인가 우리 집에 왔다가면서 배웅하는 나의 손을 꼭 잡으며,

'영희씨 참 요사이 더 예뻐졌네요. 아무리 서울바닥 다 훑어보아도 영희씨 같은 미인은 없어요. 나하고 연애 좀 해보면 안돼? 우리 집에서는 혼삿자리가 많이 들어온다며, 너 연애하는 여자가 있느냐 없느냐 하고 따지며 편지를 자꾸 보내 곤란해. 나와 결혼하면 안될까?'

'나는 아직 일러, 공부 더할 예정이니 안되니까 다른 곳에서 찾아봐. 은경이나 그 동생 은옥이는 어때요?'

했더니 시무룩해서 돌아갔어."

"야, 큰일났다. 내가 가장 사랑하는 친구들이 모두 연적이 되다니. 영희야, 우리 단단히 결심하고 살아가자. 변하면 안 된다?"

영희는 생각했다.

동모와 도저히 헤어질 자신이 없어. 가서는 안될 길인 줄 알면서도 점점 빠져 들어가는 내 자신을 막을 길이 없구나. 깊은 늪 속으로 둘이서 자꾸 자꾸 빠져 들어가니. 영근이와 결혼하면 의사 사모님으로 일생 호강하고 존경받으며 버젓한 삶을 살아갈 수 있는데, 왜 내가 스스로 고생길이 훤한 늪속으로 빠져 들어가는 것일까? 또 원기는 부잣집 아들이니 얼마나 호강을 하고 사랑을 받으며 살까? 약국 하나만 차리면 일생 아무 걱정 안하고 잘 살 수 있을 텐데. 어찌하다 이 깊은 사랑의 수렁으로 빠져 들어가는 것일까?

이 생각 저 생각 하다가 머리를 흔든다.

안돼. 동모가 얼마나 불쌍한 사람인데. 나를 자기 목숨보다 더 아끼는데. 내가 만약 다른 사람과 결혼한다면 그 사람은 죽어버릴 거야. 언제인가 말했어. 너와 결혼 못하면 자기는 죽어버릴꺼라고. 아!

영희는 머리가 지끈지끈 아프다. 혼자 있을 때는 생각의 날개를 한없이 허공으로 펴다가도 막상 동모를 대하고 나면 활짝 얼굴을 피고 웃음꽃이 피어나며, 공상이나마 내가 왜 쓸데없는 생각을 했던가 싶어 동모를 포옹하며 가슴에 얼굴을 묻는다.

아, 첫사랑! 아름답고 변할 수 없는 깊은 사랑! 라일락 꽃향기와도 같은 달콤한 냄새! 이 행복감!

영희는 이날 밤도 전과같이 동모 방에 책을 들고 공부하러 갔다. 핑계가 공부지 이 두 사람은 만나기만 하면 머리에 공부는 들어오지 않고 사랑에 빠져서 사랑에 도취되어서 아무것도 머리에 들어오지 않는다.

동모는 영희가 들어오자마자 껴안고 뜨거운 키스를 하고 나서

"오늘도 별일 없이 잘 지냈니?"

하며 귀여워서 못 견디겠다는 듯 영희 볼을 어루만진다.

"응 오빠도 잘 지냈어?"

영희도 오빠의 든든한 무릎에 안기며 그의 허리를 두 손으로 감싸 안는

다. 얼마의 시간이 흐르도록 두 사람은 행복에 도취되어 시간가는 줄을 모른다.

그러다가 영희는 동모의 책상 위에 놓여 있는 예쁜 편지봉투 몇 장을 발견했다. 지난 번보다 더 많은 편지였다.

"오빠, 이거 은경이 편지 아니야?"

"맞아. 그 애가 자꾸 계속해서 보내는데, 너와 의논하려구 일부러 꺼내 놓고 너를 기다린 거야."

"오빠, 은경이는 인물도 좋고 집안 좋고 똑똑하잖아. 그 애와 결혼하면 행복한 가정을 이룰 수 있어. 살림도 알뜰하게 잘할 수 있을 거야. 나하고 는 어차피 이루어질 수 없는 결혼인데. 세월만 흘려보내면 피차 상처만 커질 거 아니야. 오빠, 사랑한다고 다 결혼하는 건 아니야. 특히 첫사랑과 결혼한 사람은 별로 없어. 오빠, 은경이가 오빠를 얼마나 좋아하는데."

"영희야, 너 정말 자꾸 그런 식으로 나를 괴롭혀야겠니? 나는 죽어도 너와 결혼할거야. 너도 마음을 굳혀! 쓸데없는 생각하지 말고. 네가 아주 털어놔라. 은경이한테 말야. 우리 사이를 고백해버려. 다시는 나에게 접 근 못하게. 나도 입장 곤란하고 힘들어."

"난 못해. 어떻게 무어라고 말을 꺼내. 오빠가 말해. 난 못하겠어."

동모는 영희를 와락 끌어안았다.

"요 깍쟁아! 나는 너 없이는 못살아. 내가 너를 얼마나 사랑하는지 넌 몰라? 우리 절대로 헤어지지 말자. 나만이 아니야. 영희 너도 나 없이는 못살아가. 네가 나 사랑하는 것은 내가 너를 사랑하는 것보다 더 강해. 우 리는 죽음 외에는 절대 헤어질 수 없어. 아니, 죽어서라도 나는 너를 포기 할 수 없어. 내 영혼은 죽어도 너와 같이 살꺼야."

동모는 아주 심각한 어조로 영희에게 말하며 힘있게 끌어안았다.

영희도 동모의 입술과 볼에다 수없이 키스했다.

"정말 오빠 말이 옳아. 우리는 죽어도 헤어질 수 없어. 사랑해, 사랑해,

죽도록 사랑해. 이 세상 모두 버려도, 부모 형제를 다 버려도 당신만은 못 버려."

"영희야! 너 지금 뭐라고 했어? 당신이라고 했니? 아, 난 행복해. 이 천지를 다 준다고 해도 영희 너와는 못 바꾼다. 사랑해, 사랑해, 영원한 내 사랑. 여보 영희씨!"

두 사람의 사랑은 절정에 이르렀다. 사람의 힘으로는 절대 떼놓을 수 없는 위대한 사랑, 뜨거운 사랑. 아, 신이여. 이 두 사람의 사랑에 축복을 내려주소서! 동성동본이면 어떻고 그 이상의 이유가 있다 해도 무슨 상관이 있으랴. 이렇게 좋아하고 사랑하는데 둘이서 못 살 이유가 어디 있으리. 사랑하는 사람과 더불어 사는 것이 신의 뜻이다. 신이 내리신 사랑의 선물이다.

은경이는 은경이대로 동모를 사모하는 마음과 존경하는 마음이 날로 더해감을 억제할 수 없었다. 여러 번 편지하며 사랑을 고백하고 한 번 만나주기를 애원해보아도 아무 반응이 없다.

언제인가 영희에게 물어보았지만, 동모에게는 애인이나 사귀는 여자가 없다고 했는데. 도대체 목석이 아닌 이상 여자가 그리 접근하는데 아무 반응이 없다는 것은 도대체 어찌 된 일인가.

어느 일요일, 은경은 단단히 결심하고 영희를 찾았다. 큰엄마도 은경이를 보더니 반색이었다.

"은경아, 잘왔다. 오늘은 우리 집에서 놀다가 저녁밥까지 먹고 가라. 기숙사 밥이 얼마나 허술하냐. 고생 안하고 곱게 자란 네가 고생이 많다. 자주 놀러와서 일요일이나마 좀 잘먹고 가거라. 네 동생도 같이 오지 그랬니?"

그날따라 유난히 은경이에게 친절하다. 지난번 발작 후 영희와 좀 서먹서먹한 관계에 있으므로 영희 친구에게도 친절을 베풀어 영희의 마음을 사자는 것이다. 그래서 은경이한테도 전에 없는 성의를 보이며 수정과도 가져다주고, 저녁에는 쇠고기 스키야키에다 과일까지 손수 깎아다주었다.

"은경이 너 몰라보게 예뻐졌구나. 연애편지도 많이 받겠구나. 우리 영희는 휘문중학 남자들한테 연애편지를 얼마나 받는지... 인물이 반반히 생겨가지고 그것도 아주 힘들다. 대문 안에 날마다 지극정성으로 편지를 넣지만, 우리 영희가 그런 편지에 넘어갈 애냐? 얼마나 이상이 높은데. 요즘은 의대에 간다고 얼마나 열심히 공부를 하는지 애처로울 정도다. 너는 참 진학 안하니?"

"나는 더 이상 공부할 마음 없어요. 여자가 이만큼 공부하고 시집가면 그만이지 공부 많이 하면 여자는 시집갈 데 없어 처녀귀신 된답니다. 김활란, 임영신 박사님을 보세요. 외국 유학이다 박사다 하며... 올드미스 생활 저는 원치 않아요. 여자는 남편 잘 만나 가정 이루는 것이 제일이라 생각해요. 우리 부모님도 제 의견에 동의하세요."

"우리 영희도 좋은데 시집이나 갔으면 좋으련만, 이 애는 공부만 더할 작정이지 뭐냐."

그러면서 은경이를 몹시 대우해준다.

"영희야, 나 오늘 결판을 내기 위해 너한테 찾아왔다."

은경이 정색을 하며 말했다.

"내가 동모씨에게 여러 번 편지로 사랑을 고백했는데, 어쩌면 답장 한 장 안 주고 무슨 남자가 그럴 수가 있니? 오늘 네가 불러서 삼자대면하여 결판을 내리려 한다."

영희는 참 난처했다. 무어라고 은경이에게 말을 해야하나. 나하고 죽자사자 연애중이니 단념하라 말할 수도 없고. 내가 힘써서 너의 성공을 돕겠다고 할 수도 없고. 진퇴양난에 놓였지만 가만히 듣고만 있을 수도 없었다.

"잠깐 기다려, 우리 셋이서 어디 나가서 차라도 마시면서 천천히 이야기해보자."

그리고 영희는 동모에게 달려갔다.

"오빠, 큰일났어. 은경이가 왔는데, 오빠를 꼭 만나고 가겠다는데 어떻게 해?"

"오, 그래? 미안하다. 나 지금 친구와 약속이 있어서 곧 나가봐야 할 시간이야."

동모는 웃옷을 입더니 쏜살같이 대문을 나선다. 정말 약속이 있는 건지 피하기 위한 방편인지 알 수 없으나, 일단 그를 놓치고 말았으니 어이할까.

"은경아, 오빠가 없다. 조금 전에 약속이 있어서 외출했단다. 참 미안하다. 오늘은 그만 가보고 다음 기회에 다시 만나기로 하자꾸나."

영희는 그날 밤 동모 방에 들어서자마자 팔뚝을 때리면서 투정을 부렸다.

"무슨 남자가 그리 비굴해. 정정당당히 '예, 아니오' 분명히 답하지 언제까지 피해 다닐 거야? 곧 은경이 다시 올텐데 그때는 어찌 할 작정이야?"

"영희 넌 그 화난 얼굴이 더 예쁘구나! 네가 내 앞에서 화낸 것이 오늘 처음이잖아. 요 깍쟁이 같은 그 얼굴, 나는 네가 예뻐 죽겠는데 다른 여자가 안중에 있을 수 있니? 나를 더 때려. 아무리 때려도 아프지도 않고 화난 네 모습이 더 아름다워. 너는 어쩜 그렇게 예쁘게 생겼니. 너는 나를 죽여주기 위해 태어난 여자다. 너를 통채로 내 눈에 넣어도 아프지 않겠다. 그만 화내고 이리와. 내가 잘못했어. 우리 연구해보자. 은경이를 물리칠 방법을..."

그러면서 영희를 힘있게 끌어안는다. 영희도 마음이 녹아내리는 듯한 전율을 온몸으로 느끼며 동모의 가슴에 머리를 묻고 두 손으로 허리를 껴안았다.

"영희 너도 마찬가지잖아. 영근이나 원기의 사랑을 왜 물리치지도 받아들이지도 못하고 헤매지? 자기 잘못은 모르고 나만 잘못했다고 하냐. 너나 나나 꼭 같은 입장이잖아. 우리는 아무도 들어올 수 없는 완벽한 사랑의 성을 너무 높이 쌓아올렸다. 누가 감히 뚫고 들어올 수 있으랴. 오늘도 사랑의 성을 더 높이 더 튼튼히 쌓아올릴 작업을 시작하자."

그러면서 온 얼굴에다 뜨거운 키스를 퍼붓는다.

영희도 동모의 목을 안고 같이 얼굴에다 애무를 한다. 누가 이 사랑을 방해하며 떼놓을 수 있으리...

다음 일요일 은경이는 다시 찾아왔다.

영희는 은경이를 만나자마자 동모의 집으로 달려갔다.

큰엄마는 은경이를 보더니 말했다.

"네가 옆집 동모를 좋아하는 것 같은데, 그의 형수들도 시동생이 아무 여자고 거들떠보지 않는다며 이상하다고 하는구나. 나도 아무리 생각해도 납득이 안 간다. 너 같은 좋은 집 처녀가 편지하고 좋아하면 무슨 반응이 있을 텐데, 아무리 생각해도 알 수 없는 일이야. 너 좀 생각해보지 않았니? 동모와 우리 영희는 동성동본이라 마음놓았더니 너무 자주 단둘이서 방에 있는 시간이 길고 놀러 다니는 시간도 잦고 해서 그의 형수들도, 나도 걱정하고 있는 중이다. 우리 영희도 영근이, 원기 모두 좋은 혼삿자리인데 거들떠보지 않으니 좀 이상하지 않니?"

은경이는 영희 큰엄마로부터 그 말을 듣고 나니 생각나는 것이 있었다. 어쩐지 오빠 오빠 하면서도 영희의 그 눈매가 너무 정열적이었고, 동모도 영희야 하며 부르면서도 영희를 다루는 태도가 좀 수상하다고 느낀 적이 있었다.

아, 이제야 알겠다. 그런 사연이 있었구나. 아무리 동성동본이라 해도 십촌이 넘으면 친척이고 뭐고 남녀가 매일같이 지내니 무사할 리 없지. 영희는 또 남달리 뛰어난 미인이잖아. 이제 알았다.

"어머니, 저 가보겠어요. 지금 생각해보니 급한 일이 있었는데 깜빡했어요. 다음에 다시 올께요."

은경이는 허둥지둥 가버렸다.

영희는 동모를 간신히 달래서 데리고 왔는데 은경이가 가버리고 없으니 후련하기도 하고 한편 서운하기도 했다. 내가 너무 오래 지체해 화가 나서 갔나. 정말 무슨 급한 일이 있어서 갔을까.

동모와 영희는 손을 잡고 대문을 나섰다.

"어디 외출이라도 하자. 마음이 찜찜하다."

언덕길을 올라서 시원한 가을바람이 불어오는 야산으로 갔다. 끝없는 시가를 내려다보며 끝없는 사랑을 속삭이며, 은경이의 쓰라리고 아픈 가슴은 생각해 보지도 않았다.

약혼소동

　영희 큰엄마도 심각한 고민에 잠겼다. 동모가 왜 조건 좋고 예쁜 은경이를 거들떠보지도 않나. 정말 우리 영희와 연애하고 있는 것이 틀림없을까. 그녀도 좀 이상하다고 느낀 적이 한두 번이 아니었다. 그렇다면 큰일이다. 영희 아버지께 크게 꾸지람을 들어야 할 텐데. 애들 잘 단속하지 못했다고 단단히 혼날 텐데. 생각하니 보통 일이 아니었다.

　큰엄마는 동모의 형을 만나서 구체적인 대화를 나누었다.

　그 형도 그의 형수들도 다 마음이 같았다. 다들 이상한 느낌을 가졌다는 것이다. 두 사람이 더 깊어지기 전에 우선 동모의 형은 결단을 내려 집을 팔고 이사를 했다. 그리고 동모에게 건너방을 쓰라고 했다. 단단히 감시를 하겠다는 심사인 것 같다. 그래서, 영희는 놀러가도 큰소리도 못 냈다.

　영희와 동모는 큰일이 났다. 매일 저녁 안방에서 먼 문간방에서 자유롭게 만났는데, 그리 멀지 않은 곳으로 이사는 했지만, 어찌 매일 갈 수 있겠는가.

　어느 일요일, 영희와 동모는 덕수궁에서 만났다.

두 사람은 만나자마자 눈물이 핑 돌았다. 손을 꼭 잡고 우리 울지 말고 힘내자하며 서로 위로하며 걷기도 하고 풀밭에 앉기도 하며 장래 일을 속삭였다. 어찌되었던 우리는 같이 살아야 한다. 어떤 방법으로든 헤어질 수는 없다고 하면서...

며칠 후 영희 아버지가 상경했다. 혼자가 아니고 영근이 아버지와 같이 오셨다.

두 사람은 고향에서 가까운 거리에서도 살지만, 영근이의 아버지는 대서업을 하기 때문에 영희 아버지 회사 사무도 많이 도와주는 아주 가까운 사이였다.

영희는 아버지의 갑작스런 상경에 놀라지 않을 수 없었다. 더욱 영근이의 아버지도 같이 나타났으므로 예감이 좋지 않았다.

역시 영희 아버지는 영희를 불러놓고 진지하게 말을 꺼냈다.

"애, 영희야. 다 큰 처녀를 객지에 놔두고 아버지는 늘 마음이 안 놓인다. 너 의과대에 진학한다고 했지? 영근이와 결혼하는 것이 좋겠다. 영근이 아버님께서도 다른 볼일도 있고 해서 같이 오셨는데, 이번 기회에 약혼식이라도 했으면 아버지는 마음이 든든하겠다. 결혼하고 공부를 계속하면 어떠냐? 거처할 집이나 살아나갈 걱정은 안 해도 된다. 아버지가 애써 번 돈을 너에게 안 쓰고 어디다 쓰겠니. 너희들에게 미국 유학이라도 보내줄 수 있다. 영희야, 결단을 내려라."

영희는 마음이 답답해졌다. 무엇이라 답해야 하나 싶었다.

"아버지, 좀더 시간을 주세요. 너무 갑작스러운 일이라 좀 생각해 봐야겠어요."

"무슨 생각을 더하느냐. 영근이 오래 전부터 너를 좋아한 것을 그의 아버지도 알고 나도 알고 있는 일이고, 너도 영근이를 싫어할 이유가 없지 않느냐."

아버지의 어조는 강압적이었다. 큰엄마도 옆에서 거든다.

"영희야, 그 이상 훌륭한 신랑감은 없다. 얼마나 점잖고 준수하며 머리도 좋니? 서울의대에도 일등으로 입학하여 계속 우수한 수재로 학교를 졸업하고, 지금 큰 병원에서 일하고 있지 않느냐? 자식을 낳아도 머리 좋은 부모가 똑똑한 자식을 낳는다. 너희 아버지가 오죽 잘 판단하셨겠느냐. 아버지 말씀 잘 들어야 네가 행복할 수 있다. 쓸데없는 생각 말고, 이번 기회를 놓치지 말고 실천하자. 행운이 아무 때나 찾아오는 것은 아니다. 한번 지나가면 놓치기 쉽다."

"다음 일요일 10시다. 아서원에서 너희 다니는 교회 목사님이나 모시고 간단히 예배드리고 약혼식을 올리자. 친척이래야 여기 있는 동모네 식구들뿐이니, 불러서 식을 올리도록 하자."

반강제요, 강압적이다. 하기야 그 시절은 자식들 결혼은 절대 부모님들 권한으로 진행할 때이다. 영희는 꼼짝 못하고 붙잡혔다. 피할 길이 없다. 날짜까지 잡아놓고 큰엄마는 그날 입을 영희의 한복을 만들어 놓았다. 반이장 저고리에 꽃분홍 치마, 영희는 큰일이 났다. 시간은 바싹 바싹 다가오고 어찌하면 좋단 말이냐.

약혼식 날짜가 내일로 다가왔다.

"어머니, 그 예쁜 옷 내가 한번 입어볼까요?"

"그래, 그러자. 물론 네 옷을 한두 번 만든 게 아니니 잘 맞는 것은 기정사실이지만, 그렇잖아도 얼마나 예쁜지 한번 입혀보려고 했다."

큰엄마는 성격이 강한 반면 무슨 일이든 못하는 일 없이 다 잘했다. 바느질 솜씨는 남달리 뛰어나 동네에서 시집가는 색시옷을 도맡아 해주고, 명주 짜는 일 베 매는 일도 뽑혀 다니며 했고, 음식 솜씨도 좋아서 큰 잔치집에도 불려 다니며 과방을 보았다. 모든 일에 뛰어나고 인물도 둥글고 피부도 희어 미인은 못되어도 누가 보아도 복스럽게 생긴 모습이다. 모든 것을 갖춘 이런 여자가 어찌해 아기는 못 낳을까.

언제인가는 이렇게 말했다.

"나는 애기는 못 낳아도 뱃속에 애기를 한 번 가져만 보았으면 좋겠어. 배만이라도 한 번 불러 보았으면 소원이 없겠어."

얼마나 아기가 소원이면 저런 말을 할까 가엾은 생각마저 들었다. 저렇게 유능한 큰엄마가, 감정도 풍부한 저 양반이 남편을 빼앗기고 독수공방하자니 얼마나 기가 막혔으랴.

그 분풀이 화풀이도 남달리 심했던 것은 기정사실이었다. 밤에 자다가도 발작이 일어나면 요에서 재주를 넘곤 했다. 영희야, 내 등 좀 쳐라. 약 좀 가져와라. 저녁 먹은 것이 꽉 막혀서 숨도 못 쉬겠다. 나 이제 죽는다. 그렇게 소란을 피우면 영희는 물을 데워서 꿀물을 타다주며 약을 먹이고 등을 두드리곤 했다.

그런 일이 어디 한두 번 있는 일인가. 그런데 이제 그 험난한 길을 다 통과하여 시집갈 나이가 되었으니 얼마나 후련하고 해방되는 일인가. 영희는 지금 이 약혼식이 진짜가 되어 곧 결혼해서 큰엄마 품을 떠나갔으면 얼마나 좋을까 싶었다. 자기가 보아도 거울 속의 한복 입은 모습은 황홀할 정도였다. 이대로 약혼식을 진행시켜버릴까? 그렇게 되면 내 팔자는 세인이 부러워하는 팔자가 될 텐데.

"어머니, 수고하셨어요. 어머니 바느질 솜씨는 참 여전하시다니까요. 서울에 오셔서는 별로 안 해보셨는데도 정말 잘 만드셨어요. 나 너무 예쁘지요?"

"그래, 옷도 예쁘지만 너야 절색가인이 아니냐? 영근이가 네 모습을 보면 얼마나 황홀해 할까? 너 잘 결단했다. 네가 갈 길은 오직 영근이 색시 되는 길이다. 아무 생각 말고 목욕탕에도 가고 미장원에 들러서 맛사지인가 그것도 해봐라."

한참 소란을 피우는데 동모와 그의 형님이 들어왔다. 아버지께 인사하

기 위해 찾아온 것이리라. 동모는 들어오자마자 영희 아버지에게 큰절을
올렸다.

영희의 한복차림을 보더니 너무 예쁘고 반해서 포옹하고 싶었으나, 사
람들 이목도 있지만 이제 내 품의 원앙새는 이미 날아가버렸다. 내일이면
영원히 놓치고 말 저 아름다운 새. 아름다운 한 송이 월계꽃. 어제 형으로
부터 모든 사연을 듣고 영희의 행복을 위해서 자기가 희생해야 된다고 마
음 깊이 결심과 맹세를 했지만, 영희를 보는 순간, 더욱이 한복을 화려하
게 차려입은 영희를 대하니 피가 거꾸로 치솟고 머리가 아찔해지면서 졸
도할 것만 같았다.

"영희야, 축복해."

한마디 던지고 나서 차도 안 마시고 냉수만 자꾸 들이켰다.

영희는 대답할 말이 없었다. 자신도 자기를 믿을 수 없고, 갈팡질팡하
는 마음을 어찌 가눌지 몰랐다. 이대로 나아갈 것인가? 이것이 운명이라
는 것일까? 내가 벌받지 않을까? 저 동모가 과연 이겨낼 수 있을까? 자
살이나 하지 않을까?

약혼식날 아침이었다.

아버지.

용서해주세요. 저는 아무리 노력해도 영근씨를 아직은 사랑할 수가 없
어요.

약혼식을 연기해 주세요. 저는 오늘밤 집에 돌아오지 않겠어요.

그러나 걱정은 조금도 마세요.

영희는 이렇게 쓴 쪽지를 남기고 서둘러 집을 나왔다.

택시를 불러 타고 간 곳은 충무로에 사는 막내 이모네 집이었다. 이 이
모는 황주로 시집을 갔는데, 이모부의 직장 관계로 서울로 이사온 지 얼

마 되지 않았다. 막내 이모는 지금 만삭의 몸이라 아버지가 부르지 않은 것 같았다. 이 이모는 영희 외할머니의 딸 중에 유일하게 고등과를 공부하고 부잣집 대학 출신과 결혼했다.

이모는 갑작스런 영희의 방문에 놀라며 물었다.

"어찌된 일이냐? 너 안색이 아주 좋지 않은데 무슨 일이 생겼니?"

"네에, 이모. 일이 생겼어요. 혹시 누가 날 찾아오면 나 여기 오지 않았다고 말해주세요. 오늘밤, 나 이모네 집에서 자야 해요."

이모는 정색을 하며 무슨 일이냐고 물었다.

영희는 대강 자초지종을 이모에게 말하고 머리가 아프다며 이불을 뒤집어쓰고 누웠다.

"큰일났다. 나중에 형부가 네가 우리 집에 숨었다는 것을 아시면 큰일인데. 영희야! 너 웬만하면 돌아가서 일을 치르어라. 어차피 네가 마음에 둔 남자는 결혼할 처지가 못되는데 어찌할려고 그러느냐. 불행한 운명을 왜 만들어 고생을 자청하려고 하느냐?"

"이모, 아무 말도 하지마. 나 괴로워. 어떠한 어려움이 와도 나는 오늘 약혼식은 못해. 그 사람이 죽을 텐데, 죽는 꼴을 어떻게 봐. 나는 못 가. 그 사람은 내가 다른 곳에 시집가면 정말 죽을 거야. 나는 절대 다른 사람과 결혼할 수 없어. 이모 날 도와줘 날 내버려둬."

이모는 영희의 말이 너무 진실함을 깨닫고 약을 가져다주었다.

"애야, 두통약이라도 좀 먹고 한잠 푹 쉬어라."

영희는 너무 흥분도 하고 신경을 써서 머리가 쪼개지는 것 같다. 이모가 주는 꿀물과 약을 먹고 다시 이불을 뒤집어썼다.

영희 아버지는 노발대발하며 큰엄마에게 야단을 쳤다.

"애들을 어떻게 키웠길래 이 지경이야! 왜 나에게 일찍 말하지 않고 내버려두어서 이 지경까지 만들었어? 빨리 사람을 친구네 집이나 처제 집에 보내어 찾아오도록 해."

그러면서 난리를 피웠다.

동모네 집에도 사람을 보내어 동모가 집에 있음을 확인했다. 그리고도 사람을 사방에 보내 보았으나 아무래도 영희의 해방을 찾아낼 길이 없었다.

영희 이모는 영희의 마음이 완고함을 알고 잘못하다가는 두 사람이 동반자살이라도 할 것 같은 예감에 무서운 마음만 앞서 심부름 온 사람에게 오지 않았다고 딱 잡아뗐었다.

영희는 아버지에게 속달을 보냈다

아버지.

저를 용서하세요. 저는 안전한 곳에서 평안이 잘 있으며, 나쁜 짓이나 망녕된 일은 안합니다. 이제 얼마 후 의대 입학시험이 있으니 열심히 공부하고 있어요. 아버지, 사업이 바쁘신데 집으로 돌아가세요. 결혼문제는 천천히 시간을 두고 생각해 볼께요. 안녕히 계세요.

영희 아버지는 속달을 받자 안심하고 고향으로 돌아갔다 내가 떠나야 영희가 돌아오리라 생각했다. 나에게 혼날까봐 못 돌아오는 것이다. 내가 너무 서둘렀던 것이 잘못이다. 시간을 두고 마음을 정리할 시간을 주어야 하겠다고 생각했다.

동모의 생각으로는 아무리 그래도 영희가 다른 사람에게 시집이야 가겠냐 했다. 아버지의 강요에 못 이겨 약혼식까지는 할 수 있으나, 어떠한 핑계나 결단력으로라도 결혼을 안 할 것이다.

영희 약혼식에 안 가면 친구에게나 여러 사람에게 더욱 오해를 받을 것 같고 해서 내일 아서원에서 만나자 하고 집으로 돌아왔으나, 착잡한 심정을 가누지 못했다. 더욱이 한복차림인 영희의 선녀 같은 모습이 눈에 아롱거려 밤새 뜬눈으로 새웠다.

　시간이 임박해서 아서원으로 떠나려는데 영희네 집에서 사람이 왔다.

　영희가 혹시 여기 안 왔어요? 영희 소식 좀 몰라요?

　아무 연락 없어요.

　동모는 가슴이 철렁하면서도 한쪽으로는 안도의 숨을 내쉬었다. 그러면 그렇지!

　영희가 약혼식을 할 수 있나. 잘했다, 영희야. 나는 너를 믿는다.

　영근이네 숙부 댁에는 영희 아버지가 전화를 걸었다.

　영희가 갑자기 몸이 불편해서 약혼식에 못나가게 되었으니 당분간 연기를 해야하겠습니다. 대단히 죄송합니다.

　그래, 우리가 너무 높이 쳐다본 것 같다. 영희가 이 약혼식을 원치 않은 것이야.

　애당초 맞지 않는 궁합이었어.

　영근 아버지 형제들은 침통한 표정이었다.

　영근이는 영근이대로 착잡한 심정으로 아무 말 없이 묵묵히 앉아만 있었다.

파혼

영희 생모는 영희 아버지가 돌아오자마자 물었다.

내가 영희 약혼식에 못 가서 영희가 몹시 서운해했지요? 우리 영희 얼마나 예뻤어요?

그럼, 우리 영희는 정말 천하 일색이야. 예쁜 한복차림에 미소 짓는 그 얼굴, 우리 영희는 얼굴이 미인인데다 그 싱긋 웃는 얼굴이 더 예쁘잖아? 그것까지 꼭 당신 닮았어. 나는 우리 영희가 꼭 하늘에서 내려온 선녀인 줄 알았어. 오늘 새삼스럽게 당신한테 감사해. 당신 영희를 해산할 때 얼마나 산고가 심했어. 나는 그날 당신과 애를 둘 다 한꺼번에 잃어버리는 줄 알았어. 나는 너무 겁이 나서 애를 희생시키고라도 당신만이라도 구하기를 원해서 당신한테 말했더니, 당신은 내가 죽는 한이 있어도 애는 절대 희생시키지 않겠다고 끝까지 참고 견디지 않았소. 출산 전 출혈은 아주 위험한 상태라고 했지만, 당신은 죽어도 괜찮으니 애를 다치게 하지 말라고 했지. 그렇게 천하 일색 가인을 낳느라고 고생이 심했던 것 같아.

여보, 연설 그만하시고 그 절색 가인 딸 사진이나 빨리 보여주세요.

사진? 사진은 아직 안 나왔는데 기다리면 오겠지. 나 몹시 피곤하니 아이들에게 목욕탕에 불이나 좀 지피라고 하오. 좀 쉬어야겠소.

영희 아버지는 기다리다 기다리다 30살이 넘어서 낳은 딸이고 얼굴까지 뛰어나게 예쁘니 세상에 자기 딸 같은 것은 없는 것으로 귀하게 키웠고, 부잣집에 시집보내면 사람 귀해할 줄 모른다며 좀 가난해도 공부만 한 신랑을 구해 재산 삼분의 일을 떼어주면 되지 않겠냐고 했다. 아들에게 삼분의 일 주고 자기 위해 삼분의 일을 가져도 충분하다며, 그렇게까지 영희를 사랑했다. 아들보다 어느 애들보다 영희에게 정을 더 쏟으며 귀중하게 금이야 옥이야 키웠다.

그날 밤 영희 아버지는 영희 엄마를 유난히 친절하게 포옹했다.

그동안 며칠간 혼자서 외로웠지? 좀더 가까이 와요. 내가 당신을 얼마나 아끼고 사랑하는지 당신 잘 알지? 나는 당신이 괴로워하는 것 못 봐. 그러니 이제부터 내가 무슨 말을 해도 놀라지 말고 괴로워하지마.

영희 엄마는 한편 불안하면서도 남편이 자길 아껴주는데 대해 흐뭇하기도 했다.

당신 오늘밤 당신답지 않게 왜 이러세요? 할 말 있으시면 빨리 해봐요.

정말 무슨 말을 해도 놀라지 않을 거지? 약속해.

그래요 약속할게요.

그러면서 남편의 허리를 두 손으로 끌어안았다.

영희 약혼식은 파경이야. 약혼식을 못 치르고 왔어요. 영희가 결사반대고 시간을 좀 달래요. 내가 너무 급하게 서두른 것이 잘못 되었소. 약혼식 두 시간 앞두고 쪽지 써놓고 집을 나가서 돌아오지도 않고 속달을 보내왔는데, 자기는 안전한 곳에 잘 있고 열심히 입학시험을 위해 공부하고 있으니 아버지는 속히 고향으로 돌아가셔서 사업에 힘쓰라더군. 영희가 어디 갔겠어. 충무로 이모네 집에 가 있는 것이 확실하지만, 나는 따지지 않고 추궁하지 않고 돌아왔어.

영희 엄마는 기가 막혔다

여보, 그 동모와의 문제는 어찌되었어요?

오, 그 문제도 시간이 흐르면 해결이 되겠지.

아니, 그렇게 오래도록 정이 들었는데 쉽게 단념이 되겠어요? 어떡하면 좋단 말입니까? 이 모든 것이 우리 잘못이에요. 우리가 키웠으면 저 애가 왜 저리 됩니까? 부모의 사랑이 그립고 큰엄마의 학대 속에서 결국은 사랑에 굶주린 나머지 허전한 마음에서, 동모 역시 부모의 사랑 없이 외로우니 옆집에서 항상 같이 지내다보니 그리되었지 않습니까. 영희가 불쌍해서 어쩝니까? 동모와의 결혼은 절대 안 되는 겁니까?

그건 불가능한 일이야. 국법으로 금지된 혼인이야. 결혼 신고나 호적 정리가 안되면 애를 낳아도 사생아가 될 수밖에 없어. 그것은 망하는 길이야.

영희 엄마는 자리에서 일어나 앉아서 엉엉 울었다.

여보, 미안해. 모두 내 처사가 잘못된 탓이야. 진정해요. 앞으로 모든 일이 잘 될거요. 이리 와서 잡시다.

그리고 눈물을 닦아주고 힘있게 끌어안았다.

영희는 이모가 사다주는 속옷을 갈아입고 이모와 마주 앉았다.

애야, 하늘이 무너져도 솟아날 구멍이 있다. 너무 걱정마. 네가 좋아하는 약밥 좀 만들었다. 어서 먹고 기운 차리고 집으로 돌아가야지? 부모님들이 걱정하실 텐데. 내가 엄마에게 장거리 전화를 걸어서 영희 너는 내가 잘 보니 걱정말라고 했다.

이모 고마워. 나는 이번에 이모가 없었으면 어떻게 할 뻔했어.

고맙긴, 내가 남이냐? 이모는 엄마와 같다. 애 영희야, 너 의대에 합격해서 열심히 공부해 훌륭한 여의사가 되어라. 꼭 결혼하는 것만 여자의 갈 길은 아니다. 김활란, 임영신 박사님들을 보아라. 나도 결혼해보니 뭐 그리 좋은 것만은 아니더라. 영희 너는 인물도 좋고 세상에 날리는 업적을 남길 수 있는 여성 지도자가 될 수 있다. 희망을 가져라. 경솔한 생각과 행동은 금물이다. 알았지?

영희도 이모의 생각과 같았다. 그렇다. 동모와 결혼을 못하면 독신으로 사는 거야! 여성사업에 몸을 바쳐 아직은 해방되지 못한 우리나라 여성들의 자유를 위해 일하는 것 얼마나 보람있고 가치 있는 생이냐. 일본의 속국으로 조선사람들은 수많은 학대와 고생을 하며 살았지만, 정치범 외에는 그럭저럭 활발하게 사업도 농업도 자유롭게 할 수 있었다. 또 수리조합도 만들어 쌀밥 먹는 사람들이 늘어나고, 철로를 곳곳에 개설하여 교통이 편리해졌으며, 학교도 많이 지어 점점 발달한 세상으로 변해 그럭저럭 살만한 세상이 되었다. 부자들 자녀들은 동경으로 많이 유학도 갔고, 영희 사촌오빠도 일본 우에노 미술대학으로 유학을 갔다.

그런데 일본은 제 二차대전 大東亞(대동아)전쟁을 일으켰다. 일본 정부는 욕심이 점점 커져서 만주도 점령하고 대만도 장악하고 하와이까지 공격을 하니, 그 욕심이 하늘에 닿아 백성들은 도탄에 빠졌다. B29 폭격기는 공중을 날아왔고, 불리한 전쟁은 계속 되었다. 돈이 필요해진 일본 정부는 조선 부자의 돈을 빼앗기 위해 공정가격이라는 법을 만들어 발표해서 물건값을 바닥으로 떨어뜨렸다. 부자 사업가들은 모두 망해가고, 물건을 팔지 않으면 은닉죄로 잡아 가두었으며, 암거래가 성행하자 공정가격 위반자라고 잡아 가두고 아수라장이었다.

처녀사장

영희 아버지도 마침 온 재산을 모두 투자해 창고마다 가득히 쌓아둔 백미 수만 석이 몽땅 공정가격에 묶이니 완전히 망해버렸다.

얼마 전부터는 일본과도 거래하기 위해 일본 출장을 자주 다녔다. 일본에서 영희아버지는 조선에서는 볼 수 없는 애들의 수놓은 간단복(드레스)이며, 무지개 색으로 색칠한 공이며, 과자며, 조선아이들은 보지도 못한 맛있는 좋은 물건들을 가져다 먹이고 입히고 하여 온 동네 아이들이 부러워하고 명절때면 일본사람들까지 감귤을 상자로 갖다바쳐 영희와 동생들, 큰집과 외갓집까지 모두 흥청거리고 살았는데 하루아침에 사업이 망해버리니 그 타격과 고통은 이루 헤아릴 수가 없었다.

평양 거래처에서는 빨리 쌀을 보내달라, 평양 시민이 모두 굶어 죽게 되었다. 백사장이 보내는 쌀로 거의 평양 시민이 먹고사는데 갑자기 운송을 중단하면 모두 굶어 죽는다고 아우성 전화가 계속 오므로 어쩔 수 없이 밤에 몰래 배에다 일부 쌀을 운송하는 도중 갑자기 경찰이 들이닥쳐 영희 아버지를 체포해 갔다.

나중에 안 일이지만, 한동네에서 셋째 첩과 살고 있는 심술궂은 기씨

성을 가진 사람이 있었는데, 항상 영희네가 잘 사는 것을 배아파하다가 경찰에 밀고를 했다는 것이다.

영희 아버지는 지방법원에서 1년형을 선고받았다. 고등법원, 대심원까지 상소했지만 여전히 형량은 감소되지 않았다. 일본인 변호사 중 서울에서 1등 변호사이고 판사의 동창이라는 변호사를 집 한 채 값인 2,000원을 주고 사 가지고 영희의 큰아버지가 매일 변호사 집을 통근하면서 애원을 했지만 아무 효과가 없었다. 큰아버지는 일본말을 못하므로 영희 남매가 통역하러 큰아버지를 따라 매일 변호사 집을 다녔다. 그러나 그당시 경제사범은 엄하게 다룰 때라 모두 허사였다.

영희 큰아버지는 일본말도 못하고 관공서 출입도 생전 안하며 동생에게 모든 일을 맡긴채 백촌 동네 복판에 열두대문 기와집 속에서 소작인들이나 호령하며 살던 사람이었다. 그러다 갑자기 닥친 이 엄청난 일을 감당할 수가 없자, 서울에서 며칠 후면 의과대학 시험을 보기 위해 안간힘을 쓰고 있는 영희를 내려오도록 했다. 그렇지 않아도 시험만 보고 곧 내려가려던 참인데 할 수 없이 내려갈 수밖에 없는 상황이므로 동모의 하숙집을 찾았다.

동모네 식구들은 동모를 하숙시키고 소개차 일단 고향으로 내려갔었다.

오빠, 우리 어떻게 해? 하루만 못 보아도 살 수 없는데, 내가 지금 내려가면 언제올 지, 언제 다시 만날 지 기약이 없지 않아?

야, 영희야. 너 시험 어떡하니?

지금 내가 시험치는 것이 문제야? 1년 재수해야지 뭐.

동모는 서울역까지 나와서 전송해 주었다.

영희는 점점 멀어져 가는 동모의 얼굴이 눈물때문에 잘 보이지가 않았다. 오빠 잘 있어. 다시 곧 올께. 말은 그렇게 했지만, 어쩐지 다시 못 만날 것 같은 예감에 뜨거운 눈물이 쏟아졌다.

영희는 큰아버지를 따라 고등법원으로. 아버지의 재판날 한참 추운 겨울날 평양에 갔다. 피고석으로 나오는 아버지의 모습을 본 영희는 아찔해서 쓰러지고 말았다. 큰아버지는 깜짝 놀랐다.

애야, 정신차려라. 너까지 마음이 이렇게 약해지면 우리 집안은 끝장이다.

영희가 본 아버지의 모습은 너무나 기막혔다. 요 망할 놈들, 일본 놈들아! 우리 아빠가 무슨 죄가 있다고 밀짚으로 엮은 긴 용수를 머리부터 목까지 씌우고 포승줄에 매어 끌고 나오느냐. 도대체 우리 조선 부자가 너희들에게 무슨 잘못을 했느냐. 많은 세금을 바치고 학교나 사회에 많은 기부를 하며 공을 세웠는데, 무슨 죄가 있다고, 무슨 잘못을 했다고 이 지경으로 끌고 다니느냐.

재판장은 아버지의 용수를 벗게 하고 몇 마디 물었다.

그 창고의 쌀이 다 당신 것이오? 부자 형님 것도 포함되어 있소?

아니오. 다 제것입니다.

머리 좋은 아버지가 정신마저 희미해졌나 보다. 어린 영희 생각에도 형님의 농작물이 절반 포함되어 있다고 대답하면 형이 좀 가벼워 질 것 같아 가슴을 치며 소리질렀다.

백부님은 모든 재산을 우리 아빠에게 맡기고 살아오셨어요. 우리 백부님 것이 대부분이어요.

그러나 방청객에서 소리치는 어린 처녀의 말이 무슨 효과가 있으랴.

역시 여기서도 1년형이었다. 판사는 탕탕 판결봉을 치고 일어나 나가버린다.

영희는 아버지에게 달려가 소리쳤다.

아빠, 형님것이라고 말하지, 왜 생각이 안 돌아?

영희야, 이 추운데 무엇하러 왔니. 의과대학 시험이나 잘 치지.

아버지는 자기의 초라한 모습을 영희에게 보이고 싶지 않은 눈치였다.

내 걱정 마시고 아빠 몸이나 잘 관리하세요. 사무실일 내가 대신할 테니 신경쓰지 마세요. 시험은 내년으로 미뤘어요.

안 된다. 네가 여기 온다고 도움되는 것 하나도 없다. 빨리 서울로 가서 시험쳐라.

아버지는 자기 걱정보다 영희의 걱정을 앞세운다.

영희는 흐르는 눈물을 손수건으로 닦으며 재판소 문을 나왔다.

영희가 집으로 돌아와 사무실 장부를 뒤지니 엉망진창이었다. 아버지 없는 3개월간 총무와 거간들이 모두 횡령하고, 심지어 아주 가까운 집안 아저씨까지도 돈을 마구 낭비해 버린 것이다.

영희는 총무에게 우선 열쇠들을 내놓으라고 했다. 철궤 열쇠와 기타 모든 열쇠꾸러미를 내놓은 총무의 손이 약간 떨리고 있었다. 영희는 지체없이 장부검사에 들어갔다.

내가 오늘부터 아빠를 대신하여 사장입니다. 서울에 다시 안 가고 이곳에서 사무를 볼 것이니 그리 아십시오. 이제부터 내가 묻는 말에 명확하게 대답해 주세요. 은행 잔고가 얼마이며 외상장부도 내놓으세요. 은행에는 언제나 2만 원 정도는 적립되어 있는 것으로 알고 있는데, 단돈 5,000원 뿐이니, 1만 5,000원을 어디다 다 쓰신 것입니까?

총무가 땀을 뻘뻘 흘리면서 주워대는 말이 변호사비가 2,000원, 사장님 사식 드리는 데 교제비, 여러 친척들이 지방법원 재판시 해주로, 평양으로 가서 재판 방청하는 데 든 비용, 서울 큰어머니 생활비, 이곳 어머니 생활비, 직원들 월급 지불하고... 아무리 둘러대도 1만 5,000원이라는 거액을 어찌 다 맞출 수 없어 쩔쩔 맬 뿐이다.

그건 그렇고, 외상장부 가져오세요. 도매상에서 항상 2만 원 상당의 수금할 액수가 있었는데, 왜 외상장부도 잔액이 5,000원 뿐입니까?

그건 아무래도 사장님이 안 계시니 매상이 떨어져서 그렇습니다, 양해해 주십시오. 세상이 다 아는 사실입니다. 저희들은 사장님이 안 계신다고 사업을 등한히 한것은 아닙니다. 열심히 뛰었지만 세상이 워낙 어수선해서요.

여보세요! 사업을 중단하고 가만 앉아서 까먹어도 3개월 동안 이렇게 많은 돈이 없어진다는 것은 말이 안됩니다. 바른대로 말씀해 주시고, 어디 따로 적립된 돈이 있나, 수금할 돈이 더 있나 잘 생각해 보시고 내일 다시 합시다. 나도 머리가 아프니깐요.

다음날 아침 영희가 사무실에 나와서 아무리 기다려도 총무는 나타나지 않았다.

심부름 하는 애를 총무의 집으로 보내어 빨리 사무실로 나오시라고 해라하고 보냈더니, 이 애가 들어오면서 외쳤다.

큰일났어요. 짐을 챙겨 가지고 도망을 갔습니다. 집이 텅 비었어요.

총무의 집은 사무실에서 3분 거리도 안 되는 곳으로, 사무실 근방 집들은 모두 직원들의 사택이었다.

영희는 앞이 캄캄해졌다. 그 엄청난 돈을 빼돌리고 종적을 감췄으니 어찌하면 좋으냐. 물론 밑에서 일하는 사람들도 많지만 총무가 있어야 앞으로 일하기가 쉬울텐데 난감했다.

영희는 토지대장을 살폈다. 아버지는 무슨 선견지명이라도 있었는지 땅 몇 평, 그주소, 소작인, 성명, 도지 몇 섬 등, 하나하나 세밀하게 기록되어 있어서 가만히 앉아서도 도지를 받는데 아무 지장이 없게끔 세밀하게 만들어 놓았다. 영희는 너무 고마웠다. 토지에 대해서는 어머니나 영희나 깜깜했다. 가까운 곳에 있는 논밭들은 좀 알고 있지만, 먼 곳에 있는 토지에서 받는 도지에 대해서는 전혀 모르는 상태였다.

영희는 이 큰 사업을 어떻게 해 나갈까 걱정은 되었지만, 고종사촌 오빠를 사무장으로 쓰고 이종사촌 오빠를 공장장으로 채용했다. 아무리 공

정가격제도라 해도 농민들이 파는 벼의 가격도 내리니까 그럭저럭 유지
가 되었고, 소금과 비료를 도매상에 넘기는 일도 계속하여 모두 틀이 잡
힌 사업이라 그럭저럭 유지가 잘되어 나갔다.

서울 생활을 청산하고

　영희 아버지는 갑작스레 바뀐 환경과 근심으로 인해 병이 생기니, 아무리 악한 일본 정부라 해도 또 유능한 변호사의 노력도 있고 해서 병보석으로 일단 풀려났다. 가까운 읍내 병원으로 입원하여 요양을 하게 되어 한결 마음은 놓였으나 몸이 아주 많이 쇠약해졌다.

　아버지는 영희를 만나자 손을 꼭 잡고 진지하게 말했다.

　영희야, 앞으로의 세상은 남자나 여자나 구별 없이 직업을 가질 수 있는 시대가 올 것이다. 너는 천성이 워낙 착해서 남에게 봉사하는 일과 또 희생정신이 강해서 무엇이든 이겨낼 수 있고 모험심과 창의력과 개척정신이 뛰어나서 크게 성공할 수 있는 기질이 다분한데, 아빠는 너를 위해 최선을 다해 뒷바라지 할 결심이었는데, 어쩌다 우리 집이 이 지경이 되었느냐? 영희야, 나는 너를 이 세상에서 가장 훌륭한 미인 의학박사를 만들어 세계에 날리고자 했는데, 참으로 분하고 억울하다.

　그러면서 눈물마저 흘렸다.

　영희도 걷잡을 수 없는 설움이 복받쳐서 펑펑 눈물을 쏟았다.

　아빠, 걱정마세요. 아빠의 기대에 어긋나지 않는 딸이 될 겁니다. 어서 아빠 몸이나 빨리 추스려 주세요.

아버지는 또 영희 엄마의 손을 잡으며 말했다.

미안해요, 여보. 당신 말을 들었어야 하는데, 당신이 극구 말리는데도 내가 고집을 피우고 배에 쌀을 싣다가 이 지경이 되었어.

여보, 이제 와서 그런 말씀이 무슨 소용 있어요. 당신은 본래 인정이 많은 것이 병이잖아요. 평양 시민이 굶어 죽는다니까 당신 성격에 참지 못했던 것이지요. 애당초 애 큰엄마에 대한 처사만 하더라도 당신이 정이 많은 탓으로 분명하게 못함으로써 애들을 고생시킨 것이잖아요. 영희도 겉과 속이 꼭 당신 닮아서 맺고 끊는 것이 분명치 못하고 정에 치우쳐서 그르치는 일이 가끔 있어요. 사무실 일은 영희가 곧잘 해 나가고 있으니 조금도 걱정하지 마시고 속히 몸이나 완쾌하세요. 그리고 영희를 서울로 보내어 집도 팔고 석이와 큰엄마를 데려와야겠어요.

당신 뜻대로 모든 것을 처리하오. 내 병이 어디 하루 이틀에 회복될 것 같지도 않으니... 모든 것을 정리하시오. 개성에도 땅을 좀 사놓은 것이 있는데, 그 문서가 철궤 안에 있으니 기회 봐서 처분토록 해요.

영희 아버지는 자기는 이제 모든 것 자신이 없다는 생각을 가지는 것 같았다. 모든 거간들이나 거래처에서 계속적으로 갈비짝이다 과일상자다 줄을 이어 가져오지만, 이제 영희 아버지는 많은 음식을 들지도 못했다.

영희는 오래도록 보지 못한 동모의 일이 너무 궁금하고 정리할 여러 가지 일도 있고 해서 서울행 열차를 탔다.

동모에게 전보로 연락을 했더니 서울역으로 나왔다. 당장 포옹하고 싶었으나, 많은 사람들 앞에서 어쩔 수 없어서 손만 마주 잡았다. 그 시절에는 밖에서 남녀가 악수하는 것도 망측하게 여기던 때이다.

너 그동안 고생했을 텐데 얼굴은 하나도 안 상하고 예쁜 그대로구나.

오빠, 내가 지금 몇 살이야? 19살 꽃이 활짝 피기 위해 꽃봉오리가 탁

터졌어. 23살이면 노처녀라 누가 데려도 안 갈텐데 어쩌지?

걱정마, 요 깍쟁아. 내가 있잖아. 우리 어디 좋은 데 가서 밥부터 먹자. 너를 만날 생각을 하니 마음이 설레고 가슴이 막히는 것 같아 밥도 제대로 먹을 수 없었어.

동모는 영희의 손을 끌어당겼다.

나도 그랬어. 오빠를 만날 생각을 하니 목이 메어 밥을 제대로 먹을 수 없었어.

두 사람은 모든 골치 아픈 상황도 잊은 듯 마주보며 활짝 웃고 어린애처럼 기뻐했다. 맛있게 밥을 먹으며 그 동안에 보고 싶었던 이야기며 고생한 영희의 이야기...

끝없는 말을 주고받다가 같이 집으로 갔다.

큰엄마와 석이는 한동안 보지 못했던 영희를 반겼다.

그동안 고생이 많았겠다, 아버지 어떠시냐?

큰엄마는 진정으로 걱정하는 표정이다.

속히 복덕방에 내어놓아 집을 팔고 고향으로 가셔야 해요.

그렇지 않아도 내가 미리 집을 내놓았단다. 작자가 많이 있으니 곧 팔릴 것이다.

동모는 매일같이 퇴근하는 길에 들려서 집 파는 일, 이삿짐 챙기는 일을 도왔다.

집은 생각보다 빨리 좋은 가격에 팔렸다. 동네도 좋고 그리 크지 않은 아담한 집이기 때문에 쉽게 팔린 것 같았다.

집이 팔리자 동모가 말했다.

나도 고향으로 가서 면서기나 하면서 영희 너를 매일 보았으면 좋겠다.

면서기는 소학교 출신들이 하는 직업인데, 대학 출신을 누가 써 주나? 오빠는 꾹참고 돈이나 모아 놔. 돈이 있어야 우리 도망가서 살지.

그래, 네 말이 옳다. 누가 뭐래도 우리는 결혼해야 해. 알았지? 원기는 동경으로 떠난 지 꽤 오래된다. 그 애는 부잣집 아들이라 공부를 더 한다고 떠났다. 또 만나자.

큰엄마는 옛날에 살던 고향 백촌으로 와서 다시 이삿짐을 풀었다. 석이와 둘이서 살게 된 것이다.

영희는 큰엄마에게 말했다.

어머니, 병원에 가셔서 아버지 한 번 만나보세요. 아무래도 아버지는 회복되시기 어려울 것 같아요.

그래, 알았다.

큰엄마는 내일이라도 가보겠다 하며 눈물을 흘렸다.

다음날 큰엄마는 석이와 함께 아버지 병실을 찾았다.

이리 가까이 와요.

아버지는 큰엄마의 손을 잡고 말했다.

우리가 이렇게 헤어져 살게 된 것을 운명으로 생각하고 나를 원망하지 말고 여생을 평안히 살아가요. 당신에게는 영희와 석이가 있지 않소? 우리 둘이 외롭게 세상을 산 것보다 얼마나 애들이 대견스럽소.

알았어요. 아무 걱정 마세요. 나도 이제 젊은 시절과는 달라요. 영희와 석이를 위해 더 좋은 엄마가 되겠어요.

고맙소. 내가 이제 마음을 놓고 갈 수 있겠구려.

아버지는 긴 한숨을 쉬었다.

영희 엄마도 계속해서 8살인 영희 여동생과 갓난 막내아들을 데리고 아버지의 병실을 찾아갔다. 아버지는 비통한 표정으로 두 애들을 어루만졌다.

아버지의 죽음

언니 말, 누나 말 잘 듣고 공부 열심히 해서 훌륭한 사람들이 되어야 한다.

그런 다음 아내에게 말했다.

여보, 당신이 혼자 살기는 너무 젊어. 36살밖에 안되었으니 말이야. 그러나, 재산과 토지는 넉넉히 있으니 초라하게 살지 말고 애들 씩씩하게 잘 키워요. 형님과 영희가 있으니 아무 걱정 말고 마음 편히 살아요.

아버지는 최선을 다하는 병원 치료와 엄마와 여러 어른들의 극진한 기원에도 불구하고 병이 점점 악화되어 갔다.

영희는 매일 들러서 아버지를 격려했으나, 날이 갈수록 수척해지는 아버지의 모습에 절망과 한숨을 거듭하면서 병원 고갯길 코스모스 만발한 길에다 한없는 눈물을 뿌렸다.

어젯밤 영희의 꿈에 아버지가 백마를 타고 산꼭대기로 달리는 것이 보였다. 아버지는 더 이상 살지 못할 것 같았다. 이대로 가 버리시는 것일까?

아버지는 풀려난 지 6개월만에 병원에서 숨을 거두었다. 마지막 숨을 거두는 순간까지 정신이 말짱했다. 모르는 것이 마음 편할 텐데, 자기가 죽는다는 사실을 알고가는 그 심정이 얼마나 절망적이었을까?

영희는 아버지의 손을 꼭 쥐고 말했다.

아빠! 아무 걱정 마세요. 제가 엄마와 동생을 책임질게요. 안심하시고 가세요.

그래... 영희야, 어린 너에게 큰짐을 지우고 가서 미안하구나.

동생, 남은 식구들은 걱정 말게. 내가 잘 돌볼 테니. 내게 있는 돈을 다 들여서라도 내 자식과 다를 바 없이 잘 키우겠네. 안심하게.

영희의 큰아버지도 목멘 소리로 외친다.

아버지는 고개를 끄덕이며 안심한다는 듯이 아주 편안하게 숨을 거두었다. 아... 죽음... 영원한 이별. 영희는 이 순간처럼 가슴아프고 괴로운 순간은 다시 없으리라 생각했다. 너무 마음이 아프고 원통했다. 야, 일본 놈들아! 너희들이 내 아빠를 죽인 것이야. 두고보자. 일본놈들, 망할 놈들아!

아버지의 장례식은 구일장으로 치렀다.

사람이 죽어서 장례식에 쓰이는 돈이 자기 일생 사는 동안 먹은 것과 맞먹는다 했다. 소와 돼지를 잡고 온 동네 이웃동네까지 면 일대가 떠들 썩하게 먹고 조문을 했다. 더운 여름철이라 관을 널빤지 위에 함석으로 싸고도 삼밭에다 임시 매장했다.

동경에 유학간 영희 사촌오빠가 와서 영희와 동생을 도와서 상제 노릇을 했다. 머리에다 새끼줄을 엮어 씌우고 베 헝겊으로 얼굴을 가리우고 삼베두루마기를 입고 상주막대기를 짚고 짚신을 신은 세 사람은 멍석 위에 서서 곡을 해야 했다. 계속 울면 지쳐서 9일 동안 못 견디니 문상손님 없을 때는 좀 앉아서 쉬었다가 손님이 오면 곡을 하라고 했다. 우리 셋은 시키는 대로 앉아서 쉬다가 손님 온다, 곡해라 하면 아이고 아이고 했다. 나중에는 눈물도 안 났다. 그저 음성으로만 곡을 한다.

손님들은 아무리 나이 많은 사람이라도 우리 세 아이들한테 먼저 절을 하며 곡을 했다. 우리도 맞절을 하며 곡을 했다.

동모가 그의 형님과 같이 왔고, 영근이와 원기도 왔다. 은경이가 그의 부모님들과 같이 와서 위로했다.

동생 석이는 지루해서 어디로 자꾸 달아났다. 손님 왔다. 곡해라 하면 어디서 뛰어오곤 했는데, 한 번은 복숭아나무 위에 올라 복숭아를 따먹다가 손님 왔다 하니까 급해서 뛰어내리다 발을 삐어서 한의사를 불러다 침을 맞히는 난리를 쳤다.

매화산이라고, 영희네 조상 대대로 내려오는 선산이 30리 밖에 있었다.

그곳까지 상여가 가는데, 다리마다 상여가 멎어서 가지 않는다.

이제 가면 언제 오나, 북망산천 머나먼 길 노자 떨어지면 어찌 가나.

10원짜리 지폐들 몇 장 놓아야 움직이고, 또 개천만 만나도 멎어서 성화다. 상여꾼들이 먹고살기 위해서는 부잣집 초상이 가끔 있어야 할 것 같다.

큰엄마가 죽은 아빠가 불쌍하다며 흰 종이로 만든 백합꽃을 주문해다 온 상여에 꽂아 놓고 많은 만장을 띄우고 해서 호화찬란한 상여 행렬이었다. 큰엄마가 날마다 죽으라고 축수한 영희 엄마와 영희는 죽지 않고 사랑하는 남편이 죽었으니 오죽 마음이 아프랴. 눈물을 흘리며 상여 뒤를 따라갔다.

영희 친엄마는 막내아들을 출산한 지 얼마 안되어 상여 뒤를 따르지 못하고 집에 있었다.

매화산에 도착하니 묘지기 부부와 아들딸들이 술과 음식을 푸짐하게 차려 가지고 올라왔다.

묘지기에게는 이틀같이 큰 밭을 사주어 도지는 안 받고 붙여먹게 하고, 산에서 따는 밤, 대추도 조금만 가져오게 하고 마음대로 먹고 팔게 하였다. 단지 산을 관리하고 벌초하는 일을 하며, 한식때와 추석때는 술과 음식을 충분히 장만해오고 영희네 대소가내 식구들은 몸만 가서 조상 묘에 제사를 지내고 하룻밤 잠까지 자고 돌아오곤 했다. 그래서 영희는 어릴때 추석날, 한식날이 오면 대소 사람들이 다함께 소풍가는 날처럼 기뻐하며 기다렸다.

영희 아버지 장례식도 이 묘지기가 장만한 술과 음식으로 푸짐하게 산에서 먹고 무사히 마쳐 기차를 타고 돌아왔다.

동모와 그의 형님도 산에까지 따라와서 위로해 주었다.

동모가 가까이와 영희야, 얼마나 힘드냐. 이제부터 다 잊어버리고 푹 쉬어라.

아버지는 잃었으나, 영희에게는 사랑하는 사람이 지켜주니 많이 위로가 되었다.

영희는 아버지가 세상 떠난 후 매일 밤 아버지의 꿈을 꾸었다. 영희는 어느 날 엄마에게 말했다.

엄마, 아무래도 아빠가 좋은 곳으로 못 가시고 구천을 헤매시나봐. 매일 밤 꿈에 보여.

애 영희야 나도 매일 밤 꿈에 보인다. 어떻게 할까? 재를 올려드려야 할 것 같다.

엄마는 외할머니와 무당을 불러다가 넓은 앞마당에 막대기를 세우고 여러 무명필을 펴서 놓았다. 무당이 춤을 추고 진혼을 하며 축원을 하기 위해 큰절을 한 다음 손으로 찢고 찢은 무명필 사이로 지나간다. 그런 식으로 많은 무명을 다 찢고 난 후 불에 태우고 재를 하늘로 날린다.

이런 식을 올리면 구천을 헤매던 영혼이 극락 세계로 간다고 믿는 것이다. 지폐 조금하고 무명 몇 필을 바쳐서 아버지 혼은 극락으로 가고 나이 40도 못되어 혼자된 어머니가 위로를 받는다면 얼마나 다행스런 일이냐고 영희는 생각했다.

어려서부터 영희는 이런 미신을 섬기는 집안 분위기에서 자라면서 자연스럽게 사람이 죽으면 혼이 꼭 있어서 그 혼이 극락도 가고 지옥도 가는 줄로 믿게 되었다.

외할머니 댁에서도 가까운 산에 올라가서 가끔 굿을 하면, 영희는 그 굿구경이 아주 재미있어서 끝까지 잘 지켜보고, 무당이 돌리는 떡을 치마를 벌려서 받아먹고 30전 50전 돈을 내주기도 했다.

무당은 늘 영희만 보면 수양딸이라고 부르며 사랑하고 예뻐했다.

큰아버지 집에서는 1년에 한 번씩 소를 잡고 굿을 하는데, 귀신 동구리가 70개나 되었다. 이 동구리에는 조상님들의 이름이 적혀 있는데, 한 동구리를 열고는 그 가운데 들어있는 울긋불긋한 옷을 무당이 입고는 춤을 추고 무어라 진혼하고, 또 다른 동구리도 그와 같이 놓고 70개 동구리를 모두 순서대로 진행시킨다. 무당이 혹시 한개라도 빠뜨리는 날이면 굿이 끝난 후 애가 아프든지 재산의 손실이 오든지 해서 재앙을 받게 된다는 것이다.

마지막 7일째 되는 날은 마당굿을 하는데, 마당에서 무당이 춤을 추면서

너도 먹고 물러가라. 목매달아 죽은 귀신, 물에 빠져 죽은 귀신, 시집 못 가 죽은 처녀귀신, 상사병에 죽은 총각귀신 너도 먹고 물러가라.

하며, 떡을 사방에 뜯어 뿌리면서 춤을 춘다.

맨 마지막은 작두 타는 굿인데 아슬아슬하고 겁난다. 나무로 높이 탑을 쌓아 올리고, 맨 위에 물동이를 올려놓고, 시퍼렇게 날을 세운 작두를 물동이 위에 얹어놓고, 무당이 맨발로 작두 위에 올라타고 춤을 춘다. 영희는 그것을 보고 있노라면 그때마다 꼭 귀신이 왔구나 귀신이 아니고서야 어찌 무당이 저렇게 작두를 탈 수 있을까 생각했다.

하루는 큰엄마가 집안 아줌마 한 분을 데리고 영희를 찾아왔다.

큰엄마는 아버지가 세상을 떠난 후 자주 체하는 증세가 깨끗하게 사라져 밥을 잘먹고 얼굴빛이 좋아졌다. 전에는 영희에게 그렇게 무섭던 큰엄마지만 요즘 와서는 영희에게 쩔쩔 매었다. 구박하기에는 너무 나이가 많이 들었고, 이제 아버지가 없으니 영희 엄마에게 시기 질투할 이유가 없기 때문이다. 그리고 영희가 집안의 철궤 열쇠를 쥔 절대적인 재정권을 가졌으니 함부로 대할 수가 없다.

큰엄마는 영희를 보자 친절하게 말을 건넸다.

얼마나 힘드냐? 네가 건강해서 사업이 잘 되어야 우리 모두 잘 살 수 있을 거 아니냐. 끼니때마다 잘 찾아먹고 쉬어가며 일해라. 이 아주머니가 너에게 꼭 청이 있다고 왔는데, 좀 만나 주어라.

정신대와 학도병

들어오세요. 무슨 일이세요?

전에 아저씨 살아 계실 때는 늘 내가 와서 부탁하면 그렇게 잘 보살펴 주셨는데, 이제 돌아가셨으니 누가 나를 돌봐주겠어. 조카님밖에 날 도와 줄 사람은 없으니 내사정 좀 봐주게나. 아들이 군대에 나가서 죽었는지 살았는지 모르는데, 또 16살밖에 안된 내 딸을 정신대로 나오라고 통지가 왔으니. 정신대가 도대체 무엇하는 것이며 내가 과부로 이 두 자식만 믿고 살아가는데 어쩌면 좋은가. 조카님은 일본말이 유창하니 면사무소와 군청에 가서 사정해서 내 딸 좀 못 데리고 가게 해주게나.

일본말이 아니라 중국말을 잘해도 이것은 안돼요. 내가 도와주기 싫어서가 아니라, 이미 통지서가 나왔는데 이제 어떻게 고칠 수가 있습니까? 아버지가 살아 계셨어도 이건 못하세요.

이 아줌마는 유일한 희망을 가지고 영희에게 찾아왔으나 거절당하자 무척 실망하고 돌아갔다.

영희는 큰엄마를 따라 집안 사람들이 많은 옛 동네로 찾아가서 모두 사람들을 모이라고 해서 반상회를 가졌다.

15살 이상 미혼 딸 가진 사람들은 빨리 서둘러서 시집을 보내세요. 준비하려고 지체하지 말고 물 한 사발 떠놓고 식을 올리고 나중에 천천히 잔치해도 됩니다.

그리하여 영희의 말을 듣고 몇 집은 서둘러 시집을 보내서 정신대는 면했으나, 어린것이 아기를 베어 만삭이 되어 친정에 왔는데 차마 못 봐줄 정도로 불쌍했다. 15살 어린것들이라고 생각했는데 그렇게 쉽게 임신들이 되다니, 남녀가 만나면 그냥은 살 수 없는 모양이다. 신에게서 받은 인간의 본능이니 누가 막을 것인가.

영희는 외갓집 동네에 가서도 반상회를 열고 여러 명의 처녀들을 시집보내는 것을 도와서 정신대로 끌려가는 상황에서 구해냈다. 그리하여 정신대에는 그 아줌마 딸 하나만 나가고 집안 아이들은 비교적 모두 무사했다.

정신대는 주로 가난하고 무식한 애들만 데려가고 부자이고 교육받은 사람들은 데려가지 못했다. 그런데 징병은 미혼 기혼 할 것 없이 20살부터 30살까지 모두 징집되고, 징용은 30살부터 45살까지 뽑아갔다. 동네 노동력 있는 남자는 모두 뽑아가니, 온 동네마다 총알이 날아오는 일선보다 더 무섭고 아수라장이었다.

사촌오빠는 일본에서 공부하는 덕에 학도병은 면했으나, 그 당시 대학 공부하는 남자는 한 명도 빠짐없이 모두 소집해 갔다.

3개월의 기한을 주어 어떤 집에서는 손자라도 하나 볼 욕심에 서둘러 결혼을 시키는데, 누가 그런 자리에 딸을 주겠는가? 겨우 소학교나 졸업한 가난한 집 딸들이 부잣집 아들인 대학생에게 시집가는 것이 좋아서 결혼을 하고 일생 생과부로 지내는 영희 소학교 동창생들도 몇몇 있었다. 급한 마음에서 기다려서인지 아기를 가진 집안도 별로 없고 학도병으로 끌려간 사람 치고 돌아온 사람이 전혀 없었다.

왜놈들은 사람만 끌고 간 것이 아니고 유기그릇을 모두 공출해 갔다. 제기만이라도 가져가지 말라고 사정사정 했지만 모두 빼앗아갔다. 그때 영희를 시집보낼 때 쓰려고 큰엄마가 사 놓은 놋쟁반, 놋대야, 놋그릇, 놋수저... 한 번도 써보지 못한 반짝반짝한 것들이며 당장 밥 담아먹는 그릇과 수저까지 모두 가져갔다. 영희 엄마가 쓰던 유기그릇과 영희 큰엄마와 큰집에서 나온 그 많은 놋그릇과 제기그릇이 세집 것만 실어 가는 데 트럭으로 하나였다.

조선사람들한테서 빼앗은 유기그릇과 아까운 대학생들을 같은 배에 싣고 현해탄을 건너가던 배는 현해탄 복판에서 뒤집혀 억울하게 아까운 목숨이 수장되고 놋그릇이 깊은 바다 속으로 쏟아져 산을 이루었다고 한다. 유언비어인지 진짜인지 모르나 학도병을 싣고 가던 배를 일부러 뒤집어 엎었다는 이야기가 암암리에 돌고 돌았다. 그러나 영희는 설마하니 배를 일부러 뒤집어엎기야 했을까, 배가 뒤집힌 것이겠지라고 믿고 싶었다.

정미소 바로 가까운 사택에 박서방네 식구가 살고 있었는데, 아주 일도 잘하고 성실한 사람이었다. 영희가 서울에서 돌아왔을 때는 제일 먼저 인사를 오면서 검정암탉을 가지고 와서

사장님, 그동안 고생을 많이 하셨으니, 검정 닭은 몸보신이 된다니 고아 잡수시고 기운 내셔서 회사를 잘 운영하셔야지요.

하면서 인사를 깍듯이 한 사람이었다.

정미소에서 일을 아주 잘 했기에 철석같이 믿었는데, 그가 쌀을 빼돌려 팔아먹는다는 소문이 들렸다. 그래서 하루는 영희가 박서방을 불러 물었다.

이런 소문이 들리는데 어찌된 일이지요?

그러자 다짜고짜 삿대질을 하며 영희에게 대든다.

수십 년 부려먹고 마지막에는 도둑으로 몰아 내쫓을 심산이냐?

영희 엄마가 뛰어나와 어디다 대고 삿대질이며 큰소리냐고 나무라자, 이번에는 영희 엄마에게도 삿대질을 하며 대든다.

영희와 엄마는 온 전신이 떨리고 기가 막혔다. 적반하장이란 말이 바로 이것이다. 아버지가 안 계시고 여자끼리만 주인 노릇을 하고 있으니 업신 여기는 것이다. 이 일이 있은 후에 박서방은 나가라고도 안 했으나 자진 해서 집을 비우고 이사를 갔다. 엎친데 덮친 격으로 전쟁은 점점 더 치열 해지고 모든 생활필수품은 배급제로 전환되었다.

무역회사인 영희네 큰 회사가 갑자기 면민들 개인에게 배급을 주는 소 매상으로 바뀌었다.

조그만 장사에는 경험도 없이 생활필수품인 비료와 소금을 배급제로 하다가 그만 크게 실수를 하고 말았다. 저울에다 일일이 달아 주는데, 제 분량보다 좀 약하게 주어야 맞추어 나갈 수 있는데 후하게 퍼 주다보니 엄청나게 물건이 모자라게 된 것이다. 배급을 못 받은 면민들은 아우성을 치고 물건은 떨어졌으니 큰일이었다.

영희는 할 수 없이 평양 전매청으로 찾아갔다. 담당책임자를 만나 일본 말로 유창하게 사정을 했더니, 이번만은 사정을 봐서 모자라는 양은 주겠 다며 아주 친절하게 대해주었다.

책임자는 다음부터는 실수없이 실행하라고 말하면서 한국말로 물었다.

아가씨, 어쩌면 일본말이 그리 유창합니까?

아니, 선생님도 한국사람이세요? 나는 꼭 일본사람인줄 알았는데.

서로가 마주보고 웃었다. 그 당시는 젊은 교육받은 사람이나 특히 관공 서에서 일하는 사람들은 일본말이 우리말보다 더 자연스럽고 유창했다.

영희는 이씨라는 이 젊은 전매청 중역을 만나서 어려운 문제가 해결되 어 가벼운 발걸음으로 집에 돌아왔다. 그러나 계속 이씨의 도움으로 배급 량을 넉넉히 받게 되자 오히려 분량이 남아돌아갔다. 남는 양을 개인적으 로 팔기까지 했으나, 이것이 문제가 되어 이씨는 해고를 당하고 영희네

회사도 시끄럽게 되어 조사를 심하게 받게 되었다.

이씨는 미혼이라면서 영희에게 호감을 가지고 적극적으로 도와주었다. 그런데 그것이 너무 지나쳐 직권 남용으로 해고를 당했으므로, 영희로서는 참으로 미안하고 난처한 입장이 되었다.

이씨는 영희를 찾아와 아가씨 회사에서 일을 도와주고 싶다고 했다. 그러나 영희는 동모 외에는 다른 남자와 가까이 하고 싶지도 않고 동모가 알면 좋아하지도 않을 것이 뻔하므로 이것을 거절하는데 여간 힘들지 않았다.

영희 엄마는 딸에게 간곡히 말했다.

애 영희야, 이씨라는 청년이 아주 똑똑하고 사업에도 경험이 많은 것 같은데, 잘 사귀어 볼 겸 같이 일하면 어떠냐? 우리 여자들끼리 앞으로 사업을 계속하기란 여간 힘든 일이 아니다. 큰 처녀아이가 늘 출장 다니고 남자들과 만나야 하고 교제해야 하니 어디 할 짓이냐? 영희야, 우리 이 사업체를 팔아치우던가 아니면 유능한 사업가 청년을 구해 데릴사위를 해서 이 사업을 계속하던가 해야 될 것 같구나.

하루는 영희가 사무실에서 장부를 뒤지고 있는데, 어린 소년 하나가 들어오더니 쪽지를 한 장 건네주었다. 펼쳐보니 이선생이 보내온 쪽지였다. 강 건너 음식점에서 기다리고 있으니 꼭 좀 만나 달라는 내용이다.

집이 평양인 이선생은 가끔 사무실로 찾아오고 편지도 여러 장 보내왔으나 한 번도 답장을 안 해주었다. 또 이씨로부터 받은 은혜가 큰데, 괄시할 처지는 못된다는 생각이 들어, 영희는 곧 음식점을 향해 다리를 건넜다.

이선생님, 왜 사무실로 오시지 않고 여기 계십니까?

미안합니다. 이곳까지 오시게 하여서... 실은 오늘 구체적인 말씀을 조용히 드리고자 해서 찾아왔습니다. 전에도 많이 말씀드렸고 편지에도 말

쓰드린 대로, 저는 어려서부터 큰 사업가가 되고자 하는 꿈을 가지고 있어서 대학에서도 경영학을 전공했습니다. 그러나 워낙 집이 가난하여 뜻을 이루지 못하고 있었습니다. 저는 사업에 경험도 능력도 있습니다. 몸도 건강하고 외모도 그리 밉게 생기지는 않았습니다. 저는 영희씨를 처음 보았을 때 첫눈에 반했습니다. 그리하여 영희씨가 어린 처녀가 혼자서 큰 사업을 짊어지고 고생하는 모습이 너무 애처로워서 내게 어려움이 있을지라도 도와야 하겠다고 결심했었습니다. 영희씨! 저와 결혼해주세요. 결국 제가 실직되어 고생은 하고 있지만 후회하지는 않습니다. 영희씨, 제가 오늘부터 영희씨 사무실에 가서 일을 돕겠습니다. 보수 같은 것 필요없고 그저 영희씨를 돕고 싶습니다. 허락해 주십시오.

영희는 참 난처했다. 무어라 대답할 것인가? 동모와의 관계만 없으면 이 사람과 결혼하면 모든 문제가 해결인데, 이럴 수도 없고 저럴 수도 없다.

선생님, 오늘은 일단 돌아가세요. 백부님과 어머니와 의논해서 일주일 안으로 연락을 드리겠습니다.

그렇게 하여 돌려보냈다. 영희는 깊이 생각했다.

사랑의 도피행

엄마. 아버지께서 이렇게 크게 이루어 놓으신 사업을 어찌 남의 손에 넘기나요? 석이 동생이 장성할 때까지 우린 고생스러워도 붙들고 있어요.

영희 엄마는 몇몇 사람에게 마땅한 신랑감을 찾기 위해 수소문하라고 했다. 계속적으로 선을 보러 신랑감들이 영희네 집을 찾아왔다. 영희는 보는 사람마다 이유를 붙여서 퇴짜를 놓았다.

애야, 너 미쳤니? 그 동안에 신랑감이 30명이나 왔는데, 너 아무래도 그 동모를 잊지 못하는 것 같구나. 돌아가신 아버지께서도 그 일로 걱정을 많이 하셨는데, 그것은 도저히 안 되는 일인데 어찌하려고 그러느냐?

영희는 걱정이 이만저만이 아니었다. 하루는 평양 출장을 간다고 핑계를 대고 서울 동모에게로 갔다.

오빠, 나 오늘 왜 갑자기 여기 왔는지 알겠어? 나는 아무래도 큰아버지와 어머니의 성화에 못견뎌 시집을 가야할 것 같아. 오빠, 나 오늘 밤 오빠 방에서 잘 거야. 나를 오빠 방에서 자게 해줘. 내 몸을 우선 오빠에게 바치고 보겠어. 일을 저지르고 말겠어.

아니, 정 내가 혹시 다른 남자와 결혼하게 된다 할지라도 내 처녀성은 오빠에게 바치고 싶어.

영희야, 내말 잘 들어봐. 내가 당장 일본으로 떠나겠다. 원기도 일본 가서 제약회사에 취직도 되고 공부도 더하고 있는데, 나도 그곳에 가서 취직하고 곧 집도 얻고 준비하고 너를 데리러 부산까지 올 테니 그리 알고 오늘은 그만 돌아가거라. 나는 아름답게 핀 꽃을 꺾고 싶지 않다. 고이 간직하고 바라보는 것으로 족해. 우리 예쁜 영희에게 세상에서 제일 아름다운 웨딩드레스를 입히고 난 뒤에야 내가 그 꽃을 꺾겠다. 내 마음 알지? 마음 굳게 먹고 변치 말아라.

곧 일본으로 건너간 동모는 취직이 되어 영희에게 편지를 보냈다.

지금 일본은 한창 벚꽃이 만발한 봄이다. 우리 꽃동산 공원에서 결혼식을 올리자. 원기에게도 모든 과거를 털어놓았다. 원기도 대찬성이며 우리를 돕겠다고 했다.

영희는 계속 중매 아줌마들이 드나들고, 엄마와 큰아버지의 성화에 견디기도 힘들고, 또 이씨 청년도 계속 편지를 보내고 찾아도 오면서 자기가 이 사업을 하면 크게 성공할 자신이 있다고 하며 끈질기게 달라붙고, 엄마와 큰아버지도 이씨 청년을 마음에 들어하시니 영희 입장이 여간 골치 아픈 것이 아니었다.

전매청에서도 계속 조사가 심하고 배급소를 박탈한다고 위협하고 해서 영희는 동모 있는 데로 가버리기로 결심했다. 어차피 나는 둘 중 하나를 희생시켜야 한다. 식구를 버리느냐, 동모를 버리느냐. 식구는 버릴지언정 동모는 버릴 수 없다. 엄마와 식구들은 아직도 땅이 있고 정미소가 있으니 사는 데는 지장이 없다. 이 사업체가 망한다해도 살아나갈 수 있다.

영희는 동모에게 연락을 했다. 동모는 부산까지 나와서 영희를 기다린다고 연락이 왔다.

영희는 큰 가방에다 옷가지를 챙기고, 영근과 약혼한다며 만들었던 예쁜 한복도 챙겨 넣었다.

엄마, 나 평양 출장 가니 그리 아세요. 이번에는 문제가 좀 복잡해서 시간이 좀 걸릴 것 같으니 조급하게 기다리지 마세요.

그러면서 동생들도 한 번씩 안아보고 하는데 눈물이 주르르 볼로 흘러내렸다. 매정한 인간아! 이 불쌍한 엄마와 동생을 버리고 가면 어쩌자는 것이냐? 사랑이 그리 대단하냐? 못된 인간아! 영희는 자기 자신을 꾸짖으면서 화장케이스를 손에 들고, 애들을 불러서 가방을 차에 실었다.

엄마는 이상한 얼굴을 하며 물었다.

영희야, 너 울긴 왜 울며 가방은 왜 이리 큰 것을 가지고 가냐?

사는 것이 지겨워서 그래요. 걱정 마세요. 전매청 간부들에게 줄 선물을 좀 사서 짐이 많아요. 다녀올게요

그리고 차에 올랐다.

영희로써는 어쩔 수 없는 일이다. 식구들보다 동모를 더 사랑하기 때문에 약속시간에 오빠에게 가야 하고, 일본가는 연락선 표도 준비되었다 하니 제시간에 부산까지 가야 했다.

부산행 기차 안에서 영희는 얼마나 울었는지 모른다.

나는 사랑따라 내 행복만을 위해 떠나가지만 장차 내 어머니와 동생들은 어찌 살 것인지... 나는 못할 짓을 하고 있는 것이야. 부산역에서 초조하게 기다릴 동모를 생각하면 안 갈 수도 없는 길이고, 가자니 마음이 아프고...

부산역에 도착하여 차에서 내린 영희는 깜짝 놀랐다. 동모의 얼굴이 많이 마르고 겁에 질린 사람처럼 초조해 보였기 때문이다.

혹시 영희가 못 오지나 않을까. 이번 기회를 놓치면 영영 희망이 없는 것이 아니냐. 그런 걱정때문이었다. 그러다가 영희를 본 동모는 얼굴이

환하게 빛났다.

영희야, 나 10년 감수했다. 나는 네가 못 오는 줄 알았다. 어디 조용한 데 가서 좀 쉬자. 연락선 출발시간이 많이 남아 있으니 너도 쉬고 나도 좀 쉬어야 하겠다.

그러면서 다방으로 영희를 안내했다.

차를 마시고 두 손을 서로 잡았다. 감격에 넘치는 순간이었다. 영희는 동모와 얼굴을 대하자 걱정 근심이 다 사라지는 것 같았다. 기차 안에서 울면서 고민하던 어머니와 동생들도 다 잊은 듯 철없는 아이마냥 활짝 웃었다.

영희야, 너 그동안 더 예뻐졌구나. 지금 네 나이가 꽃봉오리 피어오를 때가 아니냐. 네가 보고싶어 미칠 뻔했다. 나는 너를 다른 사람에게 빼앗기게 되면 죽어버리든지 미치든지 할 것이다. 나는 네가 못 올까봐 하루 종일 가슴이 답답해서 밥이 넘어가지 않아 굶었단다. 우리 어디로 가서 맛있는 거 사먹자.

그리하여 둘이는 정답게 마주앉아 밥을 먹었다.

오빠, 그만 먹어. 너무 많이 먹는다. 체하면 어쩌려고 그래?

너를 만났으니 이제 돌을 먹어도 잘 씹힐 것 같다. 며칠은 아주 굶다시피 했다.

동모는 얼마나 맛있게 많은 음식을 먹었는지 모른다. 영희는 속으로 내가 참 잘 왔다고 생각했다. 내가 안 왔으면 저 사람은 죽었을 지도 몰라. 앞으로 이 세상이 두동강이 난다 해도 기쁘기만 하고 즐겁고 만족할 것이며, 이제 무서운 것이 하나도 없을 것이다.

오빠, 우리 먼저 어디로 가는 거야?

일본에서

영희가 물었다. 동모는 자신만만 싱글벙글 웃으며 대답했다.

모든 것이 다 준비되었으니, 너는 그저 나만 따라오면 된다. 우선 너에게 웨딩드레스부터 입혀야 하지 않니? 귀하디귀한 너를 그저 데리고 살 수는 없지 않느냐. 고향에서 버젓이 결혼한다면 무척 화려한 결혼식을 할 수 있는 너를... 내가 참 미안하다. 그러나 나는 동경에서 제일 비싸고 화려하고 아름다운 드레스를 너에게 입힐거다.

그날 따라 왜 그리 바람은 부는지 연락선이 몹시 흔들렸다. 몸이 이 구석에서 저구석으로 미끄러지고 어지럽더니 영희가 마구 토했다.

동모는 고생하는 영희를 보면서 애처로워 못 견딘다. 부잣집 딸이고 육체노동을 안해 본 영희인데 나를 믿고 이렇게 일가 친척 모두 버리고 왔으니, 앞으로 내 몸이 부서지는 한이 있어도 영희의 행복을 위해서라면 무엇이라도 하겠다고 결심했다. 괜찮냐고 물으며, 영희를 꼭 붙잡아 안고 같이 흔들렸다.

연락선은 사정없이 바다 한복판으로 들어섰다. 영희는 이제 마음이 안정이 되었다. 죽도록 사랑하는 사람의 품에 안겨서 이제 이 연락선이 뒤집혀 죽는다해도 행복할 것만 같았다.

어머니, 죄송해요. 동생들아, 미안하다. 그러나 이것이 내 운명이야. 내가 없어서 회사가 다 망한다해도 우리 집은 토지가 많지 않니. 도지만 받아도 부자로 잘살 수 있고, 너희들 끝까지 공부 잘하고 훌륭히 될 수 있단다. 누나를 욕하지 말고 나를 이해해 줘.

영희는 동모에게 몸을 의지한 채 마음속으로 계속 중얼거렸다.

오빠 나 행복해. 이제 죽어도 여한이 없겠어.

야, 무슨 방정맞을 소리를 하느냐? 우리는 이제부터 행복이 앞에 쫙 깔렸다. 내가 제약회사에 다니고 너는 그저 아무 걱정없이 아들 딸 낳아 잘키우면 된다. 우리가 일본말을 못하니, 직장이 없니? 우리 형님도 우리가 살림 차린 것을 아시면 어쩔수 없이 재산 일부를 주실 것이고, 영희 너의 어머니께서도 우리를 모른다고 하시지는 않을 것이다.

우리 호적 정리는 어찌 되는 것이야? 동성동본은 결혼할 수 없다며.

영희야, 여기는 일본이야. 내가 왜 일본으로 건너왔느냐. 너와 결혼하기 위해서야.

영희는 일본 땅에 내리자 깜짝 놀랐다. 일본 천지를 전부 둘러보아도 먹을 곳 파는 곳이라고는 한 곳도 없었다. 돈주고 빵조차 사먹을 곳이 없었다.

일본 정부는 미운 짓도 많이 하지만, 우선 자기네 본토부터 솔선수범하고 있었다. 조선이 속국이라고 그들이 업신여기지만, 그래도 영희가 부산에 내렸을 때는 먹을 것이 풍부했다. 이렇게 먹을 것이 없는 일본이지만, 그 누구도 불평하지 않고 모두 친절 명랑하고 발걸음도 씩씩하게 행진하고 있다. 동모를 만나 너무 반갑고 좋았으나, 앞으로 이런 땅에서 어찌 살아갈 지 걱정이었다.

동모는 자기 숙소인 동경 조금 외진 곳의 다다미방으로 영희를 데리고 갔다.

지금은 좀 불편하겠지만, 당장 더 좋은 곳으로 옮길 수도 없으니 조금만 참고 살아보자. 우리 얼마만의 단둘의 시간이야? 얼마나 간절하고 그립던 시간들이냐.

동모는 영희를 꼭 끌어안았다.

다시는 놓치지 않을 거야. 나는 영희 네가 못 올까 봐 얼마나 걱정을 했는지... 며칠동안 먹지도 못하고 자지도 못해서 죽을 지경이다.

영희의 허리를 두 손으로 끌어안고 온몸에 키스세례를 퍼붓는다.

영희는 온몸과 마음을 동모에게 맡기고 행복과 황홀감에 긴 시간을 보냈다.

우리 무엇 좀 만들어 먹자. 모든 것이 배급제이고 물건 사는 것도 시간제한이 있어서 좀 불편하지만, 그런대로 살만해. 너무 걱정 말아라. 전차를 타고 한 시간 남짓하게 시골로 가면 과일, 채소도 구할 수 있다. 아무렴, 내가 예쁜 영희 너 하나 배불리 못 먹이겠니? 내가 굶는 한이 있더라도 너만은 공주마마같이 모실 테니 나만 믿어. 그리고 우리 하루속히 식을 올리자. 원기가 주선해서 목사님도 청탁을 했고 친구 몇 명도 초청했다. 좀 있으면 원기가 너 보러 올 것이야. 우에노에서 미술 공부하고 있는 너희 사촌오빠에게도 연락을 하자. 오빠 한 사람만이라도 결혼식에 참석하게 하자. 젊은 사람이니 이해해줄 것이다. 그리고 이곳 일본은 옛적부터 근친간의 결혼이 보편화되어 있고 민가에서는 언니가 시집가서 죽으면 그 동생이 형부와 결혼하는 것이 거의 의무화되어 있는 나라다.

영희는 왠지 내키지 않았지만, 사촌오빠가 자기를 극진히 아껴준다고 믿고 편지를 보냈다. 동모와 결혼해야 할 사연을 말하고. 일주일밖에 안 남은 결혼식이니 이 편지를 받으면 이삼일 내로 서둘러 와 줄 것을 당부했다. 오빠만이라도 가족 대표로 참석해 달라고 간곡히 부탁을 했다. 그리고 큰아버지나 큰어머니는 아직은 이해를 못하시니 절대 비밀로 해 줄 것도 부탁했다.

그런데, 이것이 어찌된 운명인지 영희의 편지와 큰아버지의 편지가 한 날에 같이 사촌오빠에게 배달되었다.

영희 큰아버지의 편지의 내용은 심각했다. 영희가 평양 출장 간다고 집을 나간 지 일주일이 지났는데도 집에도 안 돌아오고, 전매청에서는 영희보고 출두하라는 명령이 내려오고, 속히 연락해주지 않으면 형사문제로 비화시켜 구속할 수도 있다는 내용이었다. 동모의 형에게 문의했더니, 동모가 동경에 있는데 주소는 밝히지 않아 걱정하고 있는 중이라고 했다면서, 영희가 동모에게 간 것이 틀림없으니 네가 속히 수소문하여 연락하라는 편지 내용이었다.

영희 사촌오빠는 이 두 편지를 받고 난처했다. 아버지에게 연락을 안하고 영희의 결혼식에 참석할 것인가, 아버지에게 이 사실을 알려야 할 것인가.

진퇴양난의 갈림길에서 헤매다가 영희네 집 사무실로 장거리 전화를 걸었다. 영희가 동모에게 와 있다고 밝히고, 아버지를 속히 동경으로 건너오게 한 것이다. 일단은 영희를 고향으로 먼저 보내어 전매청 문제를 해결한 후 다시 동모와의 결혼을 생각해 보라고 할 작정이었다.

영희 큰아버지는 동모의 형님을 데리고 동경으로 건너왔다.

사촌오빠를 기다리던 영희는 뜻밖에 나타난 큰아버지와 동모의 형의 나타남에 깜짝 놀라지 않을 수 없었다. 큰아버지와 동모의 형은 두 사람을 앉혀놓고 조용히 타일렀다.

너희들의 뜻은 잘 알겠지만, 이 일은 절대 안 되는 일이고, 지금 당장 발등에 떨어진 불을 꺼야하니 영희가 일단 집에 돌아가서 해결을 본 후에 다시 잘 생각해 보자.

큰아버지는 한숨을 크게 쉬고 나서 말했다.

우리 영희와 동모 자네는 촌수로 따지면 좀 멀지만 항렬로 따지면 영희가 자네 할머니뻘이 되는데 어찌 이 혼사를 할 수 있겠나? 죽은 영희 아버지도 영희와 자네 사이를 몹시 근심하며 세상을 떠났다네. 그리고 국법으로 혼인이 금지된 동성동본이잖나? 이 혼사는 절대로 안 되는 혼사니 단념하고 헤어지게. 조용히 살다보면 세월이 흐르면 자연히 잊혀질 것일세.

동모 형님도 마찬가지였다.

동모도 그렇지만 아가씨도 잘 생각해봐요. 큰아버님 말씀에 나도 동감해요. 절대로 허락할 수 없는 혼사이니 단념들 해주고, 서로의 행복을 빌어주면서 살면 세월이 흐르면 해결이 될 것으로 압니다. 우리 경험자의 말들을 들어주어요. 당장은 마음이 아프지만 훗날에 생각하면 어른들 말씀을 듣기를 잘했다고 생각할 날이 올 것이오. 백부님께서는 영희 아가씨와 같이 먼저 돌아가세요. 저는 며칠 더 동생과 같이 있다 돌아가겠습니다.

이리하여 내일로 잡혔던 결혼식은 파경이 되고 영희는 꼼짝없이 백부를 따라 고향에 돌아가야 했다.

오빠, 걱정하지마. 내가 꼭 돌아올게.

동모를 위로하고는 큰아버지를 따라 시모노세끼로 향했다.

시모노세끼에서 연락선을 기다리는 동안 좀 시간이 있었다.

이제 집으로 돌아가면 영영 다시는 일본으로 올 수 없을 것이 뻔한 일이고, 또 동모는 비관자살이라도 할 것 같은 근심에 눌려 도저히 견딜 수 없었다.

영희는 결심했다. 연락선을 탈 수 없다. 지금 일본 땅을 떠나면 안 된다. 영희는 큰아버지 연락선이 올 때까지 쉬고 있는 여관방을 나와서 무조건 전차를 집어탔다. 큰아버지가 있는 곳에서 멀리 떠나야 한다는 생각뿐이었다. 어떻게 하겠다는 계획도 목적도 없이 자꾸 자꾸 달리는 전차를 따라 또 가고 또 간다.

전차는 종점에 도달해 승객을 모두 내려놓았다. 할 수 없이 영희도 내렸다. 어디로갈 것인가. 가방을 들고 하염없이 인가를 찾아 걸어가는데, 젊은 남자 세 명이 따라왔다. 너무 놀라서 마구 뛰어가도 계속 따라왔다. 어찌하면 좋단 말인가. 자동차가 막 달리는 큰길까지 뛰어온 영희는 무조건 죽기 아니면 살기로 차가 막 달려오는 큰길 복판으로 들어왔다. 이런 모험을 하지 않으면 저 남자들을 피할 길이 없지 않은가.

다스께데 구다사이(날 좀 도와주세요)!

차가 영희의 양쪽으로 마구 달리고 있었다. 차와 차가 달리는 사이에 서서 손을 들고 외쳤다.

살려주세요! 살려주세요!

차 한 대가 영희 옆에서 삑 소리를 내며 급정거를 했다. 뒤차들도 연달아 급정거를 했다.

무스메상 하야꾸 노리나사이(아가씨 빨리 타요)!

이 사람이 어떤 사람인 지는 몰라도 지금은 저 깡패 같은 사람들한테서 구출되는 것이 먼저였고 방법은 이것밖에 없었다.

무조건 차를 타고 보니 남자와 여자가 타고 있었다. 그래서 좀 안심이 되었다.

뒤차의 사람들이 마구 소리를 지르며

죽고 싶으냐? 바가야로(바보야)!

하며 고함을 질렀다.

영희가 탄 차는 한참이나 달리더니 어떤 집 앞에서 멈춰 섰다. 이때까지 아무 말도 안하고 있던 사람들이 말을 걸었다.

아가씨, 큰일날 뻔했어요. 다치지 않아 다행이군요. 급한 사정이 있는 것 같은데, 우선 집으로 들어가서 천천히 이야기합시다.

그러면서 집으로 안내했다. 집도 좋고 사람도 좋은 사람 같았다. 영희는 구세주를 만난 것 같았다.

고맙습니다. 저를 위해 위험을 무릅쓰고 정차해주셔서. 이 은혜는 죽어도 잊지 않겠습니다.

우선 시장하실 텐데 식사부터 합시다.

그러면서 저녁상을 차려주며 친절을 베푼다.

저는 시골서 올라온 여행객인데요. 사정은 묻지 마시고, 저를 이렇게 구해 주셨으니 끝까지 도와주세요. 제게 일자리를 좀 구해주세요.

무슨 일을 원하는데요? 보아하니 막 일은 할 수 없을 것 같은데요.

네에, 저는 노동일은 안 해봐서 못할 것 같은데, 사무계통 일이면 좋은데요.

그럼 내 동생이 유치원을 경영하는데, 애들을 가르치는 보모를 구하고 있는 것 같은데, 그 일은 할 수 있겠어요?

네에, 그 일이면 할 수 있을 것 같습니다.

다음날 영희는 그 집에서 멀지 않은 곳에 위치한 유치원으로 안내되어 보모로 일하게 되었다.

이름을 하이무라 아끼고 라고 불러주세요.

보수가 맘에 드는 것은 아니었으나, 객지에서 돈마저 궁색해지면 큰일이므로 영희는 열심히 일했다. 또 동모를 다시 만나 생활을 해도 돈이 있어야 하는데, 이런 한적한 곳에서 살면 피난처가 될 것 같았다.

3개월쯤 지난 후 일주일만 여유를 달라고 사정을 하고 동모가 있는 동경으로 갔다.

동모는 그 자리에 없고, 주인 아주머니 말로는 친구와 같이 집을 비우고 어디론지 한 달 전에 가버렸다고 했다. 몸이 몹시 편치 않은 것 같더라고 했다. 우선 동모의 행방을 찾아야하는데, 어떠한 방법으로 찾아야하는

지? 혹 고향으로 가지나 않았나. 동모와 다시 만나 살기 위해 일본 땅에 머물기로 결심했으나, 동모가 없는 이 땅에 있을 필요가 없다.

큰아버지는 영희를 잃어버리고 허겁지겁 동모에게로 다시 돌아갔으나 그곳에 영희가 있을 리 없었다. 아들에게로 가서 얼마간 기다리며 신문에도 내보고 라디오 방송도 해보았으나 속수무책이었다.

아버지, 여기서 언제까지 기다려 보아야 소용없을 것 같으니 집으로 돌아가세요. 제가 계속 찾아볼게요. 언제인가는 동모에게로 돌아갈 것입니다.

아들의 말에 따라 백부는 집으로 돌아갔다.

영희 엄마와 온 식구들은 걱정이 이만저만이 아니었다. 날마다 전화오기만을 기다리고 있을 수밖에 아무 도리가 없었다.

상사병

동모는 영희가 떠난 후 얼굴이 백짓장이 되어 말도 못하고 그 자리에서 주저앉아 버렸다.

그런 동모를 형이 다그쳤다.

정신차려, 이 자식아! 그렇게 이지적인 네가 어쩌면 그렇게도 분별력이 없어졌느냐. 될 것을 고집해야지 도저히 안 되는 일을 가지고 세월만 끌지 말고 조선으로 돌아가자. 일본이 이제 곧 망한다고 한다. 먹을 것도 없는 이곳에서 무엇때문에 이고생을 하고 있느냐? 나도 직장관계로 오랫동안 이곳에 머물 수 없으니 어서 가자.

동모는 품었던 원앙새를 놓쳐버린 듯 마음이 허전해서 견딜 수가 없었다. 모든 주위 사람들과 친구들에게도 부끄럽고 미안하기도 하여 밥을 떠넣으면 모래알 같고 잠을 청해도 잠도 오지 않는다.

형님, 돌아가 주세요. 내가 혼자서 조용히 생각해볼 테니 일단 나를 놔두고 가세요. 정리할 것도 있으니 시간이 좀 걸립니다. 뒤따라가도록 노력하겠으니 제발 돌아가 주세요.

동모의 형은 그때 고향에서 군수로 있었다. 할 수 없이 사흘 더 머문 후 돌아갔다.

동모는 후회 막급이었다. 영희 사촌오빠에게 연락만 안 했어도 일이 이 지경까지는 안되었을 것을. 영희를 데려오고 나서 곧 물 한 그릇 떠놓고 맞절하고 살아버릴것을 무엇때문에 결혼식한다고 일주일이나 세월을 보내다 이지경이 되었나? 영희는 곧 다시 온다고 했지만, 그게 어디 쉬운 일인가? 영희와는 이제 영영 다시 못만날 것이다. 이런 극단적인 공상과 번민 속에서 먹지도 않고 잠도 못 자고 고통중에 헤매다 아주 몸져누웠다.

원기가 자주 와서 간호했으나 차도가 없이 얼굴이 화끈화끈 달고 가슴과 목이 꽉 메여서 물도 안 넘어간다.

원기는 간청했다.

너 이러다 큰일 나겠다. 병원에 가자.

간신히 원기는 동모를 부축하고 병원에 갔다.

아무 병도 없고 신경쇠약 같으니 좀 쉬고 마음과 몸을 안정하라고 했다. 그러나, 영희 큰아버지가 다시 와서 영희가 행방불명이 되었다는 소식을 전하고 나서는 더 큰 충격으로 병은 더해만 갔다.

원기는 자기도 시간이 없는데 친구에게 자주 올 수도 없고 해서 동모를 데리고 한적한 공기 좋은 시외로 거처를 옮겨서 동거하면서 돌보며 자기 직장이 좀 멀지만 출퇴근을 했다. 너무 몸도 마음도 고달프고 동모의 병은 더해만 가니 어찌할 바를 몰랐다. 그래서 동모가 살던 집 주인에게 연락할 사이도 없이 세월이 흘러버렸다.

그러니 영희가 다시 왔을 때는 동모와 원기의 행방은 알 길이 없었다.

광복의 그날

영희는 진퇴양난이었다. 나는 어디로 가야하나? 집으로 가자니 골치 아픈 전매청일이 걱정이고 막연하게 유치원 보모일만 계속하고 있자니 따분하기 짝이 없다. 그러나, 아는 사람도 없는 이 동경. 낯선 도시 복판에서 무엇을 하며 어떻게 살아갈 것인가?

동모가 혹시 고향으로 갔는지도 모른다. 고향으로 돌아가자! 결심하고 시모노세끼행 기차를 탔다. 집으로 돌아가기로 하자 엄마 동생들이 못 견디게 그리웠다. 엄마가 얼마나 노심초사하실까? 그러다 병이라도 얻으면 어떡하나. 여기까지 생각하니 마음이 조급하다.

집에 도착한 영희는 엄마를 붙잡고 한참 울었다

엄마, 미안해요. 내가 잘못했어.

영희야, 아무 말 하지마. 네가 돌아와 준 것만으로 나는 만족한다. 몸이 좀 야위었구나. 목욕물 데워놨으니 몸 좀 씻고 푹 쉬어라. 무엇 좀 먹어야지.

엄마는 너무 흥분해서 어쩔 줄을 모른다. 고종사촌, 이종사촌, 그 외 직원들이 모두 들어와 인사를 하며 반가워할 뿐 책망조로 말하는 사람은 하나도 없었다.

그날 밤 영희는 오랜만에 깊은 잠에 빠졌다. 뭐니뭐니해도 내 고향 내 집이 제일이다. 어머니 사랑의 품이 제일이다.

다음날 아침, 영희는 사무실로 나가서 장부를 뒤졌다. 전매청에서 온 공문서가 여러 장 있었다. 골치가 아프다. 벌금이나 좀 물고 끝냈으면 좋으련만, 이 사람들이 또 나를 들볶으면 어쩌나 하며 밖으로 나가 심호흡을 하고 다시 돌아와 라디오 뉴스를 듣기 위해 스위치를 켰다.

1945년 8월 15일 정오, 일본 천황의 항복이라는 떨리는 음성이 흘러나온다.

영희는 귀를 의심하고 자세히 들었다. 틀림없는 항복하는 일본 천황의 떨리는 음성이다. 이것이 꿈인가 생시인가. 조선 백성이, 더욱 젊은 남자들이 다 죽는가했더니, 오늘까지 살아남은 사람은 모두 무사하겠다.

모든 사람들이 언제 준비했는지 태극기를 흔들며 대한독립만세를 부른다. 영희네집 앞 큰 행길과 다리 위에 사람들이 꽉 찼다.

흥분에 이기지 못해 만세를 부르고 애국가를 부르고 한참 떠들썩하더니, 우르르 장터로 밀려갔다. 와지끈 탕탕 부수는 소리가 들려왔다. 경찰서와 일본인 집들, 순경네 집들을 모두 부수고 장독까지 때려부수고... 간장이 마구 쏟아져 흘렀다. 경찰서에서 일하던 순경들과 식구들은 모두 수수밭골속으로 피하여 해주로 도망가서 삼팔선을 넘어 가서 목숨을 건졌다.

영희네 이웃에 사는 소학교 동창 아버지가 순경이었다. 이 애는 날마다 경찰말을 타고 영희네 집 앞을 으시대며 달리곤 했다.

영희가 서울에서 학교 다닐 당시 미군 항공기의 폭격으로 인해 학교가 잠시 문을 닫고 방학도 아닌데 학생들을 고향으로 소개시킨 일이 있었다.

말을 타고 오다가 영희를 만난 동창은 반가운 듯이 내려서, 어째서 방학도 아닌데 집에 왔느냐고 물었다.

서울에는 B 29가 많이 날아와서 소개 온 것이야.

그랬더니 곧바로 자기 아버지인 순경에게 일러 바쳤다. 경찰 소사애가 영희네 집으로 달려와 경찰서에 잠깐 다녀가란다고 전했다.

영희는 좀 기분이 나빴지만, 죄 지은 것도 없는데 무엇이 무서우냐 하며 출두했다.

어찌하여 방학도 아닌데 왔느냐? 누가 가라고 했냐? 네가 조금 전 말한 B29가 많이 날아오는 것이 사실이냐? 그렇더라도 함부로 말하면 재미없다. 입조심해!

순경은 단단히 훈계했다.

그 당시 어떤 아줌마가 가게에 콩나물을 사러 가서,

이 콩나물은 전쟁터에 갔다왔나, 왜 대가리만 있나?

했다가 경찰서에 끌려가 3일간 구류를 살고 나왔다고 한다. 유언비어라는 것이다. 그처럼 조금이라도 말을 잘못하면 구속할 때인데, 영희는 자기 딸 친구라 특별히 용서하니 조심하라며 방면했다.

그러더니 얼마 못 가서 그 권세가 땅에 떨어져 수수밭골을 헤매는 신세가 되다니, 사람 팔자는 과연 시간문제다.

동네 과수댁 아줌마는 남매를 모두 징병과 정신대에 내어보내고 물 떠놓고 매일 빌더니, 그래도 징병 나갔던 아들이 죽지 않고 살아서 돌아왔다. 그런데 정신대 나간 딸은 종래 못 돌아왔다. 징병과 징용 나갔던 사람들이 간혹 살아서 돌아오기도 했지만 영 못 돌아오는 사람이 태반이었다. 그러나 학도병으로 끌려갔던 대학생들은 한 명도 못 돌아왔다.

일본사람들이 단체를 지어 인솔자의 인도에 따라 줄지어 일본으로 귀국하는 행렬이 매일 행길을 메웠다.

영희네 집 앞에서 잠깐 멈추더니 영희에게 다가와서

오챠 구나사이(차 좀 주세요).

한다. 목이 말라서 죽겠다는 것이다.

아무리 원수이지만, 사람이 죽는다는데 어찌하랴. 큰 가마솥에 보리차를 끓여 주었더니 물통에다 담아 가지고 가면서 아리가도우 고자이마스 (고맙습니다) 를 연발하며 허리를 굽혀 절을 했다.

어떤 사람들은 밥을 떠먹고 물을 마시었으나, 어떤 사람들은 밥을 먹을 만한 여유도 없는지 강가에 기어다니는 수성타리 라고 하는 털이 많은 게를 깡통에 주워담아 나뭇가지를 주어서 불에 끓여 먹고 있었다. 수성타리는 사람이 먹지 못하는 게라 어디가나 바글바글 많았다.

저 일본인들은 우리나라를 강제로 빼앗아 권세를 부리더니 저 꼴들이 웬말이냐? 일본놈들은 죄값을 받는 것이야. 남의 나라를 빼앗아 가진 폭정을 쓰고, 내 아버지도 죽게 한 저 원수들. 너희가 당하는 것은 천벌이야.

그로부터 만 5년 후 우리나라 백성들이 6.25(육이오) 1.4후퇴로 인해 그 꼴이 될 줄은 아무도 몰랐다. 일본인들은 전쟁이 끝난 상태로 곱게 자기 고향으로 돌아갈 수 있었지만, 우리 백성들은 무슨 죄가 있어서 전쟁 중에 중공군이 달려오고 포소리 총소리가 들리는 중에 시체를 밟으며 남으로 남으로 도망가고 공산당원들은 북으로 북으로 도망치지 않았던가. 무슨 죄일까?

일본인들이 한국 땅에서 자취를 감추고 차차 평화가 오며 사업도 본궤도에 오르기 시작하여 이제부터 평안히 살 수 있겠다 싶었지만, 영희는 한시도 마음이 편치가 않았다. 동모오빠도 분명 고향으로 돌아올 텐데 왜 아직 안 오나. 해방이 된 지 2개월이 넘었는데. 날마다 눈이 빠지게 기다리다 날마다 역전에 막연하게 나가서 기다리기도 했다.

그러던 어느 날, 동모가 원기의 부축을 받으며 기차에서 내렸다.

영희는 하마터면 쓰러질 뻔했다. 몇 달 사이 동모는 영 딴사람이 되어

버렸다. 야위고 얼굴이 하얗고 걸음조차 잘 못 걷는다. 완전히 중환자였
다.

오빠, 이게 웬일이야? 어디가 아픈데?

나도 몰라. 처음에는 감기 몸살인 줄 알고 좀 쉬면 나을 줄 알았더니,
날이 갈수록 더 심해져서 더 기다리다가는 고향에도 못 오고 죽을 것 같
아 막 돌아왔다. 원기가 아니면 난 죽었을거야. 원기가 고생 많이 했다.

아, 이 노릇을 어쩌하나. 일단 동모는 형님 집으로 가서 요양할 수밖에
없었다.

영희는 며칠에 한 번씩 동모 병실을 찾았다. 꽃이 시들기 전에 새 꽃으
로 꽃병을 채워주고 갖은 정성을 다해 위로와 용기를 주었다. 그러나 동
모의 병세는 날로 더해만 간다. 그의 형님도 최선을 다해 좋은 약을 써주
고 간호했지만 효험이 없었다.

얼마 후 동모는 바닷가 공기 좋은 곳을 찾아 시중들 아줌마 한 분과 같
이 집을 떠났다.

영희는 곰곰히 생각해 보았다. 동모의 병은 틀림없이 상사병이다. 이제
영희는 완전히 내것이다 라고 생각한 순간 꿈이 완전히 깨어져버렸으니
천지가 무너지는 듯한 충격과 슬픔과 외로움을 이기지 못한 것이다.

영희는 굳게 결심했다. 기회를 만들어 동모오빠 있는 곳으로 가서 내
몸을 바치자. 상사병에는 그 약 뿐이야. 다른 방법이 없다. 내가 죽는 한
이 있더라도, 임신이 되어 쫓겨나든 망하든 나는 그의 곁으로 가야한다.
그도 한 인간이다. 남자다. 성자가 아니다. 괜히 내가 동경에 가서 그에게
병을 준 것이야. 어려서 부모를 여의고 오래도록 사랑에 굶주렸다가 나를
만나 첫사랑의 불을 태우고, 너무 아까워서 내 몸에 손도 못 댔는데 결혼
도 도저히 못할 것 같으니 허전함과 외로움에 잠 못 이루고 먹지도 못하
다 결국 병을 얻은 것이다. 오빠 곁으로 가야해.

엄마, 나 2, 3일간 평양에 다녀 올 일이 있으니 그리 아세요.

너 또 동모한테 갈 생각이지?

아니.

그 사람에게는 네가 가서 얼씬거리는 것이 병을 더 악화시키는 것이다. 조용히 너를 잊어버리는 것이 그 병을 낫게 하는 것이다. 그곳에는 가지 말아.

알았어요, 엄마.

그리고 영희는 집을 나섰다.

시중드는 아줌마는 영희를 만나자 반색을 하며 반가이 맞았다.

얼마나 수고를 하세요?

뭐 별로 수고는 없는데, 너무 갑갑하고 불편해요. 아가씨, 참 잘 왔어요. 내가 집에 가서 가져올 물건도 있고 사와야 할 물건도 많아서 한번 다녀오고 싶었는데 누구 맡길 사람이 없어서 못 가고 있었어. 아가씨, 참 고마워요. 두 밤만 이곳에서 애써주세요. 내가 빨리 다녀올게요.

아줌마, 걱정 말고 다녀오세요.

하늘이 내린 기회다. 영희는 속으로 기뻐했지만 내색하지 않았다.

잘 다녀오세요. 그런데 집에 가면 나 여기 왔다고 말하지 마세요. 나는 지금 평양에 있는 겁니다.

아줌마는 구세주나 만난 듯 기뻐서 날아갈 듯이 집을 나갔다.

오빠, 내가 오빠 떠나고 한 달 동안 얼마나 이곳에 오고 싶어했는지 알아? 궁리 궁리하다가 평양 간다고 하고 왔으니 한 3일간은 있을 수 있어. 내가 와서 기쁘지?

사랑과 죽음

응, 기뻐. 반가워. 그러나 걱정이다. 너희 사무실은 어떻게 하고 왔니? 우리 바닷가에 나가자. 둘이서 산책하자.

밖으로 나갔다. 둘이서 손잡고 자갈을 밟으며 해당화 만발한 언덕을 지나서 모래를 밟으며 바닷가에 앉았다. 파도가 흰구름을 안고 밀려왔다 밀려갔다 한다. 파도를 바라보며 끝없는 이야기를 나누었다.

영희야, 너 내가 죽더라도 낙심 말고 좋은 사람 만나 행복하게 내가 못다 산 명까지 다 잘 살아야 한다.

오빠, 말이면 다해? 오빠 죽으면 나도 따라 죽을꺼야. 죽는단 말 다시 하지 말고 힘내! 씩씩하던 오빠가 왜 이리 힘없는 말을 해? 내가 자주 올 테니 꼭 병을 이기고 일어나야 해.

그날 밤 영희는 서울에서처럼 동모의 처분만 기다리지 않고 잠옷만 입은 채 그의 이불 속으로 들어갔다.

이게 무슨 짓이냐? 너 이럴려면 집으로 당장 가!

동모는 크게 노하며 침대에서 내려가버렸다.

오빠, 나는 오빠의 병만 나을 수 있다면 목숨이라도 바치겠어. 제발 이러지 말고 나와 오늘 밤 같이 자. 오빠의 병을 고칠 수 있는 약은 이것 뿐이야. 오빠가 내 말을 안 듣고 끝내 죽는다면 나는 일생 후회와 눈물 속에서 살아갈 수밖에 없어.

애원하고 간청했으나 끝내 동모는 거절할 뿐 아니라 집으로 돌아가라고 야단을 쳤다.

아줌마 방으로 돌아온 영희는 밤새 울며 한잠도 못 잤다. 자존심도 상하고 오빠의 장래가 너무 걱정이 되어 도저히 잠들 수가 없었다.

새벽녘에 잠깐 잠이 들었는지 비몽사몽간에 넓고 환한 행길로 동모와 영희는 걸어가고 있었다. 길 양쪽에는 분홍색 꽃이 만발하게 피어있고, 영희 역시 분홍색 치마저고리를 입고 가슴에는 분홍색 꽃을 한아름 안고 있었다. 동모는 영희 어깨에 손을 얹고 같이 걸어가면서 말했다. 이제 우리는 아무 걱정 안 해도 돼. 아무도 우리의 사랑을 방해할 사람도 없고, 이 길로 자꾸 자꾸 걸어가면 저기 먼 곳에는 아름다운 꽃과 집이 있는데, 우리 같이 저 먼 곳까지 가서 영원히 같이 살자. 그러면서 한없이 한없이 걸어가는데, 큰 대문이 열리더니 문지기가 나와서 빨리 동모만을 끌어들이고 문을 꽉 닫아버렸다. 나도 들여보내 줘요. 나도 같이 가야 해요. 오빠! 오빠!

영희가 결사적으로 소리를 지르는데 진짜 오빠가 들어와서 흔들어 일으켰다.

왜 그래? 무슨 꿈을 꾸었니? 정신차려.

영희는 꿈 이야기를 들려줄 수가 없었다. 분명 이 꿈은 흉한 꿈이지 길몽은 아니다. 꿈에 본 그 문지기는 누런 군복을 입고 있었다. 오빠는 천국문을 통과한 것이다. 이제 오빠는 죽겠구나. 그런 생각으로 꽉 찼다.

영희는 아침밥을 지어 동모와 같이 먹었다. 머리를 짜내고 또 짜내어 어떻게 하면 오빠의 마음을 돌이켜서 내 몸을 바치고 병을 고칠 수 있을까 그 생각으로 꽉 찼다.

오빠, 나 좀 안아 줘. 나는 오빠 품에 안겨 있는 그 순간은 너무 행복하고 너무 황홀해서 마치 천국이 이러한 곳이 아닐까 생각해. 어서 나를 꼭 안아 줘, 오빠.

영희는 동모의 품에 안기며 가슴에 머리를 파묻고 두 팔로 허리를 꼭 안았다.

오빠가 무슨 성자야? 오빠도 한 인간이고 한 남성이야. 오빠 살고싶지 않아? 나를 두고 어떻게 가려고 그래? 내가 보고싶어 어떻게 저 세상에 가서 견디겠어? 꼭 살아야 해. 살고싶지 않아? 살길이 있다면 그 길을 가야해. 우리 두 사람 이렇게 사랑하는데 못할 일이 무엇이야.

네 마음은 갸륵하고 고마우나, 그러다 네가 임신이라도 되면 어떻게 감당하니?

지금 죽느냐 사느냐 하는 이 마당에 임신 같은 것을 논할 여유가 있어? 임신이 되면 더 좋아. 더 이상 어른들이 우리의 사랑을 막을 수 없잖아. 만에 하나 오빠가 간다해도 나는 오빠를 닮은 아들을 낳아 가지고 그 애를 키우며 오빠에게 못다 한 사랑을 쏟으며 훌륭히 키워 오빠보다 더 훌륭한 사람으로 키울거야. 난 후회 없어. 난 정말 진심이야. 오빠 내 이 진정한 사랑의 마음과 몸을 받아줘. 오빠가 이 일만 성사하면 지금의 그 병에서 거뜬히 일어나서 새사람이 될거야. 틀림없어. 오빠 나를두고 어떻게 가려고 해? 억울해서 어떻게 눈을 감으려고 해? 나도 오빠가 가면 같이 따라가야 해. 나 혼자 이 세상 어떻게 살아가... 죽는 것이 훨씬 편해. 오빠 없는 세상 나는 못살아. 오빠를 위해서가 아니라 나를 위해 오빠 죽지 말고 살아 줘.

영희야, 그럼 내가 이 일만 성사하면 죽지 않고 살 수 있단 말이냐?

그럼. 오빠가 병난 것은 나 때문이니, 그 병의 특효약이 이것이라니까. 빨리 오빠. 망설일 것 없어.

그래, 알았으니 영희야 침대에 올라가자.

그래 오빠 고마워 내 간청을 들어줘서 고마워

두 사람은 침대에 올라가서 꼭 껴안았다.

그때 현관문 열리는 소리가 났다.

동모야, 내가 왔다.

동모 형님의 음성이 들려온다. 아, 이 세상에 이런 악운이 어디 있으리. 두 사람에게 한 시간의 여유만 주었어도 큰 불행은 막을 수 있었을 텐데... 두 사람은 어쩔수 없이 잠갔던 문을 열어주었다.

동모 형과 아줌마가 들어왔다. 영희는 할 수 없이 독 안에 든 쥐의 꼴이 되었다.

오셨어요?

인사할 수밖에 없었다.

네에, 아가씨 이렇게 와주셔서 고맙지만 아가씨가 여기를 왜 오십니까? 동모의 병은 아가씨가 가까이 할수록 더욱 심해집니다. 그만 동모를 내버려두세요.

알았습니다. 저는 잠깐 다녀가려고 했는데, 아줌마가 집에 다녀와야 한다기에 머물고 있었어요. 지금 가 볼게요.

영희는 기차역까지 걸어오면서 많은 눈물을 코스모스와 해당화 꽃에 뿌렸다.

그 후 동모는 점점 병세가 악화되어 휴양도 효험이 없어 집으로 돌아와 죽는 날만 기다리고 있었다. 영희가 집으로 찾아갔을 때는 심하게 기침을 하면서 영희를 보자 들어오지 말라고 했다. 더 이상 나를 찾아오지 말라고 했다.

영희는 할말이 막혔다. 이제 무어라고 희망의 말을 할 것인가.

그는 아까운 26살 결혼도 못 해보고 총각 귀신이 되고 말았다.

그의 상여가 나가는 날, 온 동네가 다 울었다. 배감찰댁 막내아들 불쌍해서 어쩌나. 장가도 못 가보고 죽어 가네. 이 세상에는 쓰레기 같은 인생도 많은데 어찌해 잘나고 학식 많고 잘 생긴 젊은 저 사람을 구태여 데려가야 하나.

영희네 집 앞에는 한강다리 같은 모양을 한, 큰 보기도 좋은 긴 다리가 있었다.

상여가 그 다리 입구에 이르자 딱 멎어버렸다.

이제 가면 언제 오나. 북망산천 멀다더니 멀고도 멀구나. 이 긴 여정길을 노자 없이 어이 가리.

생전에 동모와 영희는 쌍오리처럼 같이 붙어다니며 스케이트와 자전거도 같이 타고, 이웃에 살고, 서울에서도 같이 지내고 가까운 사이인 줄 아는 상여꾼들이 이 강다리를 그저 넘어갈 리 만무였다.

영희는 급히 돈을 듬뿍 갖다 주었다. 이제 떠나리라 생각했는데, 상여는 움직일 생각을 않고 계속 노래를 구슬프게 부른다.

못 가겠다, 못 가겠다. 너를 두고 어이 가리. 발이 안 떨어져 못 가겠다. 이제 가면 언제 오나.

영희 엄마는 급히 방으로 들어가서 영희 치마를 들고 와 관 위에 씌웠다.

어서 가자. 어서 가자. 날 저물면 못 가는 길. 잘 있거라. 나는 간다. 이제 가면 언제 오나.

동모와 영희가 동성동본이 아니었으면 동네사람들이 의심하고 수군거렸을 텐데, 평소에 가까운 사이고 정이 많이 들어서 그저 못 떠나가고 머뭇거린다고 생각하여 이상한 눈으로 보는 사람도, 문제삼는 사람도 없었다. 동네분들 모두가 영희네 집과 큰집의 땅을 부쳐먹고 사는 소작인들이라 영희 말을 함부로 할 수도 없는 처지이기도 했다.

영희와 엄마는 상여가 보이지 않을 때까지 지켜보다가, 상여가 안 보이자 영희는 그 자리에서 주저앉았다.

영희야, 정신차려라. 어서 방으로 가서 눕자.

영희는 그날 이후부터 계속 동모의 꿈과 환상 속에서 깊은 잠을 들 수가 없어서 헤매었다.

동모는 늘 높은 산에서 걸어내려오고 있었다. 손짓을 하며 이리 오라고 영희를 부른다. 영희는 급히 마주 뛰어가다가 강을 만나서 더 갈 수가 없다.

오빠, 강이 막혀 못 가겠어.

헤엄쳐서 이리 건너와. 너는 헤엄 잘 치지 않니?

나는 자신 없어서 못 가겠어. 강이 너무 깊고 길어.

부르짖다 깨면 꿈이고 식은땀이 쫙 흐른다. 얼마동안을 계속 악몽에 시달리고 밥도 못 먹고 죽을 것만 같은 예감에 사로잡히다 결국은 자리에 눕고 말았다.

결국 이번에는 영희가 상사병에 걸렸다. 죽은 사람을 계속 꿈에서 보면 죽는다는 말이 있다. 차라리 이대로 죽어서 혼이라도 동모 곁에 가서 둘이서 살았으면 좋겠다... 이렇게 고통 속에서 헤매느니 차라리 죽는 것이 나으리라... 내가 동모를 죽인 것이야, 동모를 죽여놓고 나 혼자 살겠다는 것은 욕심이야. 나는 동모와 동침은 안 했어도 내 혼과 마음을 다 바쳤으니 우리는 부부와 다름없어. 오빠, 나도 오빠 곁으로 갈께. 나도 이대로 계속 굶으면 기진맥진해서 정신을 잃고 죽어 갈 것이 아니겠어? 오빠 보고 싶어, 오빠 곁에 가고 싶어...

이목사의 성경 이야기

영희야. 너 이러다가 정말 큰일나겠다. 정신 좀 차려라. 여기 깨죽 쑤어 왔다. 좀 마시고 기운 차려라.

영희 엄마는 어쩔 줄을 모른다.

영희야, 병원에 가서 링겔주사라도 맞아야지 너 큰일나겠다. 죽도 안 넘어가니 이대로 죽겠다는 말이냐? 네가 이 집의 세대주인데 무식한 나와 어린 동생을 두고 어쩌려고 이러느냐?

엄마는 운전수를 불러서 읍내 큰 병원에 입원을 시켰다.

며칠을 굶었으니 우선 링겔주사를 놔주세요.

그리고 읍내 남정리로 이사온 영희 외할머니를 불러다가 입원실에 두고 일단 집으로 돌아갔다. 영희가 없으니 엄마라도 집에 있어야 했다.

외할머니는 영희에게 타이른다.

애야, 내가 잘은 모르지만 죽은 동모가 너를 잊지 못해 그 혼이 너에게 붙어서 네가 병이 난 것이다. 상문이라는 병이 네게 붙은 것이다. 이대로 두면 안되겠다. 할미집으로 가서 무당을 데려다 살풀이를 해서 혼을 쫓아 내야 하겠다.

할머니, 그러지 마세요. 혼이라도 내 곁에 머물러 있게 하세요. 얼마나 나를 놓고 억울한 죽음을 했습니까? 제발 아무 말 하지 마시고 이대로 놔 두세요.

영희 엄마는 걱정이 태산같다. 영희를 이대로 놔두면 동모를 따라 죽어 갈 것만 같다. 어떻게 하면 영희를 살려낼 수 있을까?

그러던 어느 날, 집 근처에 사시는 아주머니 한 분이 찾아왔다.

따님때문에 얼마나 고심이 많으십니까? 우리 아들이 목사인데, 서울 재림교회에서 근무하다가 소개로(피난처) 이곳까지 오게 되었어요. 우리 아들은 성경을 아주 잘 가르칩니다. 따님에게 성경을 배우게 하고 예수를 믿게 하면 어떻겠어요?

우리 영희도 가끔 교회를 나가고 있는데요.

들어보시면 아시게 됩니다만, 진리가 좀 다릅니다. 우리 아들에게 배워 보시면 무엇인가 깨달음이 오고 따님 병도 고칠 수가 있습니다.

영희 엄마는 지금 지푸라기라도 잡고싶은 심정이므로, 이목사님이라고 하는 목사를 초청해서 영희 병실을 방문하게 하였다.

아가씨, 고생이 많으십니다. 저는 재림교회 이목사라고 합니다. 제가 이제부터 차근차근히 성경을 가르치고, 인류의 기원과 종말까지 이해할 수 있도록 가르쳐 드리겠습니다.

하나님이 세상을 창조하실 때는 이 지구도 한 천국으로 창조하셨는데, 죄가 들어와서 인류가 에덴동산에서 쫓겨남으로 고생과 병과 죽음이 왔습니다. 이 지구에 죄가 들어온 역사를 간략하게 말씀드리면, 하늘에는 루스벨이라는 천사장이 있었는데 하나님의 정부가 독재다, 불공평하다, 나도 하나님이 될 수 있다 하며 호언장담하며 천천만만의 천사들을 선동하여 쿠데타를 일으켜 하늘에서 전쟁이 시작되었습니다.

그리하여 천사의 삼분의 일을 데리고 이 지구로 쫓겨 내려와서 하와를 꾀어 죄를 짓게 했습니다. 계속적으로 루스벨과 삼분의 일의 천사가 지구에서 귀신, 마귀, 사단으로 변하여 세상을 어지럽히고 천재지변, 병, 죽음, 이별, 전쟁, 등을 가져와서 지구의 백성들은 모두 지옥 같은 세상을 살아갈 수밖에 없이 만들어 버렸습니다.

그런데 왜? 하나님께서는 이 루스벨을 즉시 형벌하지 않으시는가 의문이 되시지요?

하늘 이곳 저곳에는 죄를 짓지 않은 세계가 있어서 천국 생활을 하고 있는 많은 백성들이 살고 있습니다. 하나님의 정부 밑에서 편안하게 안전하게 살고 있는데 루스벨을 그 자리에서 즉시 형벌을 내린다면 하나님은 가혹하고 독재자라고 생각할 수밖에 없지요. 하나님의 정부는 자유와 평화의 나라이기 때문에 죄인을 그 자리에서 처벌하지 않고 유예기간을 주는 것입니다. 과연 하나님이 공평하시고 나(루스벨)는 죽을죄를 지었다고 인정할 때까지 놔두시는 것입니다. 이 세상에서도 살인죄인이라 할지라도 그 자리에서 즉시 사형 집행을 하는 것은 아니지요... 죄인을 감옥에 가두어놓고 여러 번의 재판 끝에 증거가 확실하고 본인이 시인했을 때 사형집행을 하는 것이 아닙니까? 어떤 나라에서는 자기네 국가에 마땅치 않다고 느끼는 인간을 잡아다가 그 자리에서 즉결 재판에 붙이고 처벌하는 국가도 있는 것 같은데, 이런 처형은 인간의 존엄성을 무시하는 너무 가혹한 처사가 아닙니까?

루스벨에 대한 성경 몇 절만 가르쳐 드리겠습니다.

에스겔 28장 13~14절

네가 옛적에 하나님의 동산 에덴에 있어서 각종 보석, 곧 홍보석과 황보석과 금강석과 황옥과 홍마노와 창옥과 청보석과 남보석과 홍옥과 황금으로 단장하였었음이여 네가 지음을 받던 날에 너를 위하여 소고와 비파가 예비되었었도다. 너는 기름부음을 받은 덮는 그룹이여 내가 너를 세우매 네가 하나님의 성산에 있어서 화강석 사이에서 왕래하였었도다 네가 지음을 받던 날로부터 네 모든 길에 완전하더니 마침내 불의가 드러났도다

에스겔 28장 17절
네가 아름다움으로 마음이 교만하였으며 네가 영화로움으로 네 지혜를 더럽혔음이여 내가 너를 땅에 던져 열왕 앞에 두어 그들의 구경거리가 되게 하였도다

이사야 14장 13절
루스벨은 그를 창조하신 하나님께서 그에게 부여하신 높은 지위에 만족하기를 거부하고 이기심을 품고 하나님과 동등되기를 몹시 탐하였습니다. 그는 하늘에 올라 하나님의 뭇별 위에 나의 보좌를 높이리라. 내가 지극히 높은 자와 비기리라. 루스벨의 반역도 그가 대적 사단으로 변신하는 첫걸음이 되었습니다.

이 세상에서 죄와 죽음이 시작된 원인을 잘 이해하셨으리라 믿습니다. 그러면 아가씨가 제일 궁금해하시는 문제를 풀어 드리겠습니다.

영혼 불멸설(창세기 3장 4절)
뱀이 여자에게 이르되, 너희가 결코 죽지 아니하리라

맨 처음 영혼 불멸설을 시작하고 주장한 장본인은 사단 마귀입니다. 하와를 꾀일때 결코 죽지 않는다 라고 하나님의 말씀을 무시하고 반대하였습니다. 하나님께서는 죄를 범하면 반드시 죽으리라 하셨는데 사단은 결코 죽지 아니하리라 했습니다. 그러나 인간은 에덴에서 쫓겨나고 결국 죽

게되니, 사단이 고안해 낸 것이 바로 이 영혼 불멸설입니다.

죽어도 혼은 살아있으니 그 혼을 잘 모셔야 복을 받는다고 사람을 또다시 꾀였습니다.

이 세상에서 부모가 죽으면 제사를 지내게 하고, 처녀가 죽으면 집안에 우환이 그치지 않으니 굿을 해야 한다고 하고, 그런 것들이 발달하여 오늘날은 강신술이 성행하여 죽은 사람을 보여주고, 심지어 말까지 주고받게 해주고 많은 돈을 갈취합니다. 이것을 조정하는 자는 틀림없이 마귀들이 하는 짓입니다. 많은 마귀들이 귀신 노릇을 하고 있습니다. 무당을 시켜 처녀귀신인 딸이 왔다고 갖은 슬픈 말들을 늘어놓습니다. 부모들은 꼼짝 못하고 속아서 정말 내 딸의 혼이 찾아왔다고 생각하고 달라는 비단필 다 내어주고 돈도 줍니다. 어떤 집에서는 아기가 아프면 무당에게 가서 점을 치고, 어떤 조상님이 노하셔서 그 아기가 아프니 살풀이를 해라, 굿을 해라 하고, 이 세상의 갖은 미신들을 하는 사람들이 아직도 많고 심지어 문명이 발달했다는 미국인도 갖은 미신들을 섬기고 있는 것을 봅니다.

사무엘하 13장 39절 다윗왕의 말

술주정뱅이요 근친상간의 죄를 범한 아들 압놈이 고통중에 죽었다함을 보고받고 다윗왕은 위로를 받았더라 했습니다. 그러면 압놈이 지옥불에 들어갔다고 믿었으면 어찌 위로를 받겠습니까. 사람이 죽으면 그 즉시 아무것도 모르고 도모가 끊어지게 된다는 것을 믿음으로 이미 죽은 자는 고통에서 해방이 됨으로 안도의 숨을 쉬었던 것이지요.

하나님께서는 오직 천국만 만드셨고 지옥은 만들지 않으신 분입니다. 사람이 죽으면 그 즉시 아무것도 느끼지 못하는 상태가 됩니다. (시편 14장 3~4절)

아가씨께서는 이 시간 후로 깨끗이 모든 것을 잊으시고 병에서 해방이 되십시오. 죽은 애인의 혼이 항상 아가씨 곁에서 방황한다고 생각하는 것은 마귀, 귀신들이 주는 시험입니다. 사람이 죽으면 아무것도 모르는 상황에 놓이는 것이니, 꼭 믿으시고 앞으로 죽은 자에 대하여, 산 자에 대하여 더 많이 공부해 봅시다.

예수님은 구세주이시고 화목제물이십니다. 하나님이 세상을 이처럼 사랑하사 독생자를 주셨으니 이는 저를 믿는 자마다 멸망치 않고 영생을 얻게 하려 하심이니라 (요한복음 3장 16절)

아담과 하와가 범죄했을 때 하나님은 그들을 버리지 않으시고 살길을 제시해 주셨습니다. 다시 에덴으로 돌아갈 수 있는 길을 예비해 주셨습니다. 예수를 화해의 사자로 인간세상에 보내셨습니다.

그리스도의 속죄의 희생

갈바리에서의 그리스도의 속죄의 희생은 하나님과 인류 사이의 관계에 있어서 전환점이 되었습니다. 백성들의 죄의 기록이 남아 있었지만, 화목의 결과로 하나님은 그들의 죄를 그들에게 돌리지 않으셨습니다. (고린도 후서 5장 19절) 죄인을 무조건 용서하시는 것이 아니고 회개하는 죄인들에게 용서를 허용하시는 길을 준비하신 것입니다. 당신의 아들 예수를 속죄의 희생제물로 쓰셨습니다. 로마서 3장 25절은 그리스도의 희생을 통하여 죄는 그 값이 치러졌다고 기록되어 있습니다.

피는 어떤 역할을 하는가

피는 성소봉사의 속죄 희생 제사에서 중심적 역할을 담당했다. 하나님께서 육체의 생명은 피에 있음이라. 내가 이 피를 너희에게 주어 너희 생명을 위하여 속하게 하였나니(레위기 17장 11절)라고 말씀하셨을 때, 그는 속죄를 위한 만반의 준비를 갖추어 놓으신 것입니다. 예수님이 십자가에서 피를 흘리시고 다 이루었다 하시고 운명하실 때에 양을 잡아 제사드리던 성소에 휘장이 위에서부터 아래로 찢어졌습니다. 이것은 아담으로부터 예수님 십자가 전까지의 모든 인류가 어린양이신 예수님을 대신해서 양을 잡아 제사지내던 제사 제도가 폐했다는 증거입니다. 더 이상 짐승을 잡아 제사하는 제도는 필요 없고, 어린양이신 예수님이 제물이 되셨으니 그 제도는 필요 없고, 오늘날은 성령을 힘입어 내 몸으로 산제사를 드리는 제도로 바뀌었습니다. 좀 어려운 문제이지만 아가씨는 고등교육을 받았으니 잘 이해하리라 믿습니다. 예수님이 마리아의 몸을 빌어 적지인 마귀 땅에서 나시고 그 겪으신 고통과 천국 복음을 전하신 이야기는 복음서에 세밀히 적혀 있습니다. 많이 성경을 읽고 기도하십시오.

예수님의 재림

천천만만의 천사에게 옹위되어 구름을 타고 강림하십니다. 구름이 아니고 천사의 옹위하심으로 오시는 것이지요. 초림 때는 초라하게 오셨지만 재림은 만왕의 왕으로 호화찬란하게 오십니다. 십자가의 예수님은 3일만에 부활하시고, 40일동안을 제자들에게 나타나시고 하늘로 승천하셨습니다. 이제 세상 끝날이 언제인지 예수님 자신도 모르신다고 하셨습니다. 오직 하나님만이 아신다고 하셨습니다. 우리는 열심히 예수를 믿고 순종만 하면 예수님이 재림하실 때 하나님의 천사로 인해 하늘로 올리우심을 받습니다. 우리 생애 중 제일 젊고 예쁜 그 시절로 변화되어 주님의 천사가 우리를 이끌어 올려 공중에서 주님을 영접하게 됩니다. (고린도전서 15장 52~53절)

데살로니가전서 15장 16~17절에 자세히 예수님의 재림에 대하여 기록되어 있습니다. 그리고 믿고 죽은 자들도 예수님 재림시에 나팔소리와 함께 지진으로 온 땅이 흔들리며 무덤이 열리고 자기 생전에 가장 아름답고 젊은 그 시절로, 불멸의 몸으로 부활하여 천사에게 이끌려 공중으로 끌어올리움을 받습니다. 하나님의 보좌는 이 지구에서 수만 광년이 넘는 머나먼 곳 오리온 성좌를 거쳐서 북극성을 지나서 있습니다.

그러나 빛보다 더 빠른 속도로 구원받은 성도들은 단 7일만에 하나님의 나라에 도착하게 됩니다. 아주 흥미 있는 것은 오리온 성좌 한 개에도 큰 구멍이 뚫려서 그 구멍으로 통과하여 하나님 보좌로 도달하는데, 그 구멍 벽 둘레에는 갖가지 이름답고 호화찬란한 반짝이는 광채가 빛나는 보석들로 박혀 있는데, 그 구멍을 통과할 때에는 만족, 감격, 감회, 기쁨, 승리, 감탄... 무어라고 표현해야 실감이 날 것인지, 이 지구상의 말로는 표현하기 힘든 감격입니다.

새 하늘과 땅

천국은 혼하게 가는 곳이 아닙니다. 성경 최초의 두 장 창세기 1장 2장은 완전한 세상을 창조하셔서 인간의 본향으로 주신 것에 관하여 알려주고, 성경 마지막 두 장 요한계시록 21장 22장은 역시 하나님이 인류를 위하여 완전한 세상을 창조하심에 관하여 말해 줍니다. 그러나 이번에는 재창조, 곧 죄가 초래한 폐허에서 지구를 회복시키는 것에 대한 것입니다. 거듭거듭 성경은 구속받은 자들의 영원한 이 본향은 실질적인 장소, 육체와 두뇌를 가진 실질적인 사람들이 보고, 듣고, 만지고, 맛보고, 냄새맡고, 재어보고, 묘사하고, 조사해보고 충분히 경험할 수 있는 장소입니다. 하나님께서는 이 실제적인 하늘나라를 이 새 땅 위에 두실 것입니다.

그리고 이 땅 위에 하나님의 수도를 만드신다고 하셨습니다. 그 성의 구조는 제일좋은 재료들만을 사용하시겠다고 말씀하십니다. 성벽은 벽옥, 지극히 귀한 보석으로 만드시고, 그 성의 기초석은 열두 개의 각각 다른 보석, 즉 벽옥, 남보석, 옥수, 녹보석, 홍마노, 홍보석, 황옥, 녹옥, 담황옥, 비취옥, 청옥, 자정으로 꾸며진다고 하십니다. 거리는 모두 금으로 만드신다는데, 이 금은 오늘날 알려진 어떤 금보다도 더욱 좋은 것입니다. 왜냐하면 계시 요한을 볼 때 정금인데 맑은 유리같더라고 기록했습니다. (요한계시록 21장 18절) 유리 바닷가로 걸어다닌다고 했습니다.

그 성의 식사와 음료수

성의 중앙에 있는 하나님의 보좌로부터 생명수의 강이 흘러나옵니다. (요한계시록 22장 1절) 많은 줄기를 가진 보리수와 같이 생명나무는 강 좌우에서 자라납니다. 그 열두 가지 실과에는 생명의 요소, 곧 노쇠와 정력 손실과 단순한 피로를 없애는 해독제가 들어있어서 이 나무의 열매를 먹는 자들은 쉬어야 할 밤이 필요치 않고 새 땅에서는 결코 피로를 느끼지 않을 것이기 때문입니다.

보라, 하나님의 장막이 사람들과 함께 거하시리니, 저희는 하나님의 장막이 사람들과 함께 있으매, 저희는 하나님의 백성이 되고 하나님은 친히 저희와 함께 계셔서 구원받은 자들은 여기에서 성부와 성자와 함께 살며 그들과 교제하는 특권을 누리게 됩니다. 새 땅에 관한 가장 아름다운 약속 중 하나는 다시 죽음이 없고 곡하는 것이나 슬퍼하는 것이나 아픈 것이 다시 있지 아니하리니, 처음 것들이 다 지나갔음이리라. (요한계시록 21장 4절) 하나님께서는 모든 형태의 죄악, 모든 악의 원인을 제거해버리실 것이기 때문에 이 모든 악들은 영원히 사라질 것입니다. 선악을 알게 하는 나무나 어떤 다른 유혹의 근원을 그곳에 하나도 포함시키지 않습니다. 그 좋은 땅에서는 세상의 혈육과 마귀와 싸울 일이 결코 없고 이 땅에는 흉악자, 살인자, 행음자, 술객들, 우상숭배자, 거짓말하는 자들. 그분께서는 어떤 죄악이라도 들어오지 못하게 하십니다. 모든 저주의 흔적은 완전히 씻어버리십니다. (요한계시록 21장 18절)

사단의 최후

사단과 그 외 무리들은 마지막 유황불이 떨어질 때 하나님께서 하시는 일이 공평하시고 마땅하십니다 하고 인정하면서 최후를 마칩니다. 그리고 사단과 같은 악인들도 자기의 죄악상이 하늘 공중에서 영상처럼 펼쳐짐을 보면서 죽어 마땅하다고 시인하면서 죽어 갑니다. 이것으로 악의 흔적은 끝나고 지옥 같은 것은 없습니다.

영희는 듣기만 하고 침묵을 지키다가 마침내 입을 열었다.

질문 있습니다. 내가 사랑하는 동모는 어찌됩니까? 그가 교회에 정기적으로 출석은 못했으나 마지막 죽기 전에 열심히 성경을 읽고 하나님의 창조와 죄악의 원인을 이야기하고 인정했는데요?

심판은 하나님께서 하시는 일이니 제가 잘은 몰라도, 나이도 많지 않고 순진한 그분은 양심의 심판을 받아 구원해 주실 것 같습니다. 예수님을 모르고 죽어간 많은 사람들, 즉 복음이 들어오기 전에 세상에 태어난 사람들은 양심의 심판이 있습니다. 많은 사람이 예수님을 모르는 상태에서 구원을 얻을 것입니다.

영희는 침묵중에 목사님의 가르침을 다 듣고 나서 말했다.

목사님, 참으로 감사합니다. 어려서부터 교회는 나갔지만 이렇게 정확하게 알아듣기 쉽게 가르쳐주시는 진리의 말씀은 처음 듣습니다. 수고 많이 하셨습니다. 엄마, 목사님 택시 잡아 드리세요. 피곤하실 테니까.

그런 다음 영희는 자리를 털고 일어났다.

엄마, 나 먹을 것 좀 주세요. 시장해요.

영희 엄마는 날아갈 듯이 외할머니 댁으로 가서 영희가 좋아하는 음식들을 만들어왔다.

결혼과 남편

영희는 정말 마음이 가벼워졌다. 제일 기쁜 것은 사람이 죽으면 혼이 없고 아무것도 모르는 상태에 놓인다는 그 말씀이 너무 좋았다. 동모의 혼이 구천을 헤매고 자기주위를 맴도는 줄 알았는데 아주 홀가분하고 희망과 서광이 비쳐옴을 느꼈다.

영희는 어머니가 가져온 음식을 맛있게 먹고 나서 말했다.

엄마 퇴원 수속하세요. 집으로 가요.

영희엄마는 꿈인지 생시인지 어리둥절하여 정신을 차릴 수가 없다.

택시를 불러 타고 집으로 돌아온 영희는 언제 병들었던가 하는 듯 깨끗하고 명랑한 사람으로 변했다.

영희는 이목사님의 권유와 중매로 그의 외갓집 친척이 되는 조씨 성을 가진 사람과 결혼을 했다.

신랑은 나이가 7년이나 위인 그 당시로는 노총각이었다. 재산은 없으나 키가 큰 미남이었다. 만주까지 사업차로 왕래하면서 사업에 많은 경험이 있는 사람이라 영희엄마가 찾는 적합한 신랑감이었다. 그에게는 부모형제가 달려 있어 영희 엄마는 사무실이 달린 그 집을 내어주고 가까운 곳으로 이사를 시켰다.

영희는 이왕 결혼을 할 바에야 전매청에서 만난 평양 이씨를 생각하여 평양에 사는 집안 아저씨를 시키어 이씨에 대해 알아보라 하였더니, 나이가 30이나 되고 자식이 셋이나 있는 기혼 남성인데, 요사이 본부인과 이혼을 강요하며 늘 싸우고 있다고 전해왔다. 영희는 크게 놀랐다. 어쩌면 그렇게 뻔뻔하게 나에게 접근할 수 있었을까?

큰엄마는 내 딸 영희가 시집을 간다며 신바람이 나서 침모를 두 사람이나 앉히고 당신은 계속 재봉을 박으며 돕는다. 세 여인이 밤늦도록 옷을 만들고 혼수를 장만했다. 좀 부유층인 강씨네 딸이 그때 시집을 갔는데, 그곳까지 가서 답사를 하고 뒤지지 않으려고 노력을 하며 중국비단으로 이불을 열 채나 만들고 속이불, 누비이불, 보로방석하며 이불 종류만도 방에 가득 이었고. 의장 차단스, 부엌살림, 솜옷, 개끼 여름옷, 두루마기. 여하튼 트럭으로 가득 실어갔다.

결혼식도 큰 교회당을 빌리고 많은 손님들이 모여와 축하를 해주었다.

큰엄마는 피로연에도 시골 사람들은 잘 먹어보지 못하는 수정과와 궁중요리와 유과를 만들고 멋들어지게 차렸다. 영희에게 잘못한 과거를 씻어버리기라도 할 작정인지 온갖 정성을 쏟았다. 아마, 모든 사람에게 친엄마가 아니라는 말을 듣지 않기 위해 더욱 힘썼는지 모른다.

시어머니는 많은 귀신 단지를 가지고 이사를 왔지만, 며느리인 영희를 따라 교회를 다니며 모든 귀신들을 불태우고, 시아버지는 50년간 피웠다는 담뱃대를 영희 앞에서 꺾고 교회에 나오고, 모든 것이 영희의 뜻대로 안 되는 일이 없었다.

황해도 재령 땅이라면 누구나 다 알다시피 곡창지대다. 그곳에서 난 쌀은 윤기가 돌아 밥을 지으면 반짝반짝 빛이 나고 그 맛은 특이하다. 그 곡창에서 정미소를 운영하고, 남이 못하는 서울 유학까지 하고, 결혼해서는 마음대로 첫아들을 결혼 다음해에, 둘째애는 딸, 셋째는 또 아들을 낳고 하니 시부모나 모든 친척들이 궁전마마처럼 떠받들고, 영희 자식들은 왕자마마 부럽지 않게 자라났다. 식모, 아기보개, 친할머니, 할아버지, 외갓집 할머니들, 친척들, 모두 아기를 땅에 놓지 않고 키우고, 영희의 하는 일은 젖먹이는 일 외에는 할 일이 없다.

남편은 익숙하게 사업을 운영했다. 해방후의 공산국가라 해도 아직은 사유재산을 인정하며, 토지세 3 : 7제로 주어서 전보다는 수입이 약간 줄었지만 워낙 많은 토지라 엄청나게 많은 도지가 들어오곤 해서 주위 모든 사람은 영희를 부러워하고 괜히 칭찬한다.

하루는 영희가 분홍색 예쁜 모기장을 치고 낮잠을 자는데, 시어머니가 김이 모락모락 나는 옥수수를 들이밀며

"어멈아, 시장하지 않니? 이 옥수수 좀 먹고 다시 자거라." 하였으니 이게 어디 시집살이하는 며느리인가.

영희는 생각했다. 나는 일생 아무 걱정 없이 화평하고 편안하고 행복하고 무난히 살 수 있는 팔자와 복을 타고난 인생이로구나. 어려서는 좀 마음 고생을 했지만 이제 불행은 나에게서 다 떠났다.

영희가 한참 재미있게 살림을 살아 나가는데, 뜻하지 않는 폭풍우가 몰아쳤다.

영희 남편 조씨는 과거에 마약을 사용한 경험이 있는 사람이었다. 영희와 결혼 문제가 시작되자 절호의 좋은 혼처를 놓치지 않기 위해 온 식구가 합심하여 마약을 떼고 영희에게 장가를 들었는데, 돈이 손에 쥐어지고 아이들도 낳고 하니 마음이 놓였는지 다시 몸에 약을 대기 시작했다. 읍내를 자전거를 타던가 때로는 트럭을 몰고 매일 한 번씩 드나들었다.

왜 매일 읍내를 다니냐고 영희가 물었더니 정미소에 기계부속품이 필요해서 사러 갔다왔다, 모터에 문제가 생겨 다녀왔다, 열쇠 뭉치를 잃어

버려서 만들려고 다녀왔다는 등 계속 핑계를 대더니만, 나중에는 핑계거리를 찾지 못했는지 일하다 말고 작업복 차림으로 바로 다녀오기도 했다. 분명히 남편에게는 무슨 일이 생긴 것이 틀림없다.

이 양반이 아주 건강하고 잘 생긴데다가 사회 경험이 많은 사람이라 어디 숨겨놓은 여자라도 있는가?

어느 날 밤 남편이 영희에게 속삭인다.

여보, 이제 당신은 나 없이는 못살아 가겠지?

그럼, 나는 이제 당신 없이 못살아. 당신 참 멋있는 남자야.

그래? 당신도 이제 완전한 어른이 다되었네, 우리 지금보다 굿타임(good time)을 더 연장시킬까?

어떻게? 그것을 마음대로 할 수 있어?

그런 비결이 있어. 조금 있다 내가 가르쳐 줄게. 그런데 당신에게 한 가지 물어볼 말이 있어. 왜 당신은 나를 사랑하는 것 같은데 키스하기를 좋아하지 않는 거지? 어떻게 하던지 키스를 피하고자 노력하고 있는 것 같애. 무슨 특별한 이유라도 있는거야?

영희는 난처했다. 솔직히 말해 남편이 예쁘다고 쓸어안고 뽀뽀하는 것이 가장 괴로운 순간이었다. 그렇다고 정직히 남편에게 털어놓을 수도 없는 일이다. 죽은 첫사랑과 많은 키스를 했으므로 당신과는 하기 싫다라고 솔직히 말한다면, 남편의 행복이 깨질 것이 분명한데 어찌 털어놓을 수 있으랴. 영원히 무덤까지 가지고 가야 할 비밀이다.

동모는 너무 나를 아끼고 사랑하기 때문에 키스 외에 다른 선을 넘지 못하고 끝내 죽어간 것이다. 혹시 내가 더욱 적극성을 띄어 그 선을 넘었더라면 죽지 않고 살았을 지도 모른다.

그런 생각을 할 때마다 영희는 한없이 마음이 아팠다. 너무 불쌍한 동모, 불교에서 말하는 윤회설에 따라 내세가 있다면 다시 태어난 그 세상에서는 동모를 다시 만나 살고 싶었다. 영희는 결혼도 하고 애도 낳았지만, 마음속 깊이 자리잡고 있는 동모의 모습은 아무리 지우려고 애써도 지울 수 없는 상처로 영원히 남아 있을 것이다.

결혼을 괜히 했는가? 혼자서 그의 영상을 마음껏 붙들고 혼자 살았더라면 오히려 행복하지 않았을까? 결혼한 여자가 죽은 첫사랑을 그리며 산다는 것은 죄가 아닐까? 남편에게 너무 미안하지 않은가. 아무리 지우려고 노력해도 지워지지 않는 가슴속 깊이 자리잡고 있는 그 그림자를 어찌할 것인가.

인간은 한계가 있는 피조물이다. 나는 왜 이리 정이 많은가. 내 몸에서 정이라는 물체를 떼어놓으면 살기가 좀 수월할까? 그러면 인간이 아니고 로봇이 아닌가? 조물주가 주신 자유와 본능 이것은 인간이 도저히 막을 수 없다. 육체는 혹시 억지로 막을 수도 있겠지만 마음과 생각, 사상은 인간이 자유롭게 누릴 수 있는 본능이 아닌가. 이것마저 자유롭지 못하면 인간은 로봇과 다름이 없지 않은가.

여보, 뽀뽀는 아무 재미가 없는 것 같아. 더 좋은 것이 있는데 그거나 하지, 뽀뽀는 재미도 없는 것 무엇하러 해요?

그래? 그것도 맞는 말이야. 이제까지는 3, 40분을 즐겼지만 두세 시간으로 연장시킬 수도 있고, 경우에 따라서는 올나잇(all night)도 할 수 있지. 그리고 무엇이던 내가 마음먹은 대로 내가 원하는 대로 모든 소원이 이루어지고, 완전히 천국에서도 가장 높은 천국으로 우리가 들어가는 시간이야. 우리 해볼래?

어떻게 하면 그렇게 될 수 있는데?

어려운 일도 아니고 돈도 많이 드는 일도 아니야. 지금 주사 한 대만 맞으면 돼. 우리 한 대씩 맞고 자볼래? 정말 기막혀. 이때까지 한 것은 아무것도 아니야.

그러면 요즘 당신은 그 주사를 맞고 나에게 왔단 말이요?

그래, 많이 한 것도 아니고 밤에 자기 전에 한 대씩밖에 안 했어. 돈도 많이 안들어! 인생은 짧아. 젊음도 짧아. 우리 많은 돈 어디다 쓸래? 인생을 즐기며 한세상 살아가자고. 나 혼자 주사 놓을 때도 당신에게까지 기운이 가서 이렇게 좋은데, 두사람이 같이 쓰고 하면 얼마나 더 좋을 것인가는 상상해 봐도 알 수 있는 문제잖아?

영희는 정신이 번쩍 들었다. 이제 알겠다. 요사이 얼마간의 밤은 나로 하여금 마굴에 빠지게 하였구나. 남편은 마약을 쓰고 있었다.

이 일을 어쩐다. 우리는 망했다. 이리 뒤척 저리 뒤척 영희는 밤새 잠을 못 자고 뜬눈으로 새웠다. 마약하는 사람은 자기 부인에게까지 이전시켜 같이 하게 된다는 말을 들었다.

이런 식으로 해서 두 사람이 같이 마약을 하게 되고 재산은 있는 대로 다 탕진하고 가정세간에 심지어 딸까지 팔다가 맨 나중엔 고추장항아리 들고 나가 마지막 주사를 놓고 길바닥에 쓰러져 죽는다는 저 무서운 마약. 이 사람이 어쩌다 이 꼴이 되었을까. 남편은 곧 코를 드르렁드르렁 골며 깊은 잠에 빠졌다.

마약과의 싸움

다음날 아침 여전히 태양은 빛나게 영희네 식구들이 모여 앉아 식사하는 식탁에 비쳐주었건만, 영희의 마음은 먹구름으로 꽉 찼다. 영희는 시어머니를 조용히 방으로 모셔와 단 둘이서만 만났다.

어머니, 아범이 요사이 읍내를 자주 드나드는데, 왜 그러는지 모르세요?

애야, 어멈아... 그렇지 않아도 내가 너와 의논할 작정이었다. 너희 남편은 그전에 한 번 마약에 빠져 있었다. 여러 번 떼었다가 다시 하고 반복했는데, 너와 결혼 전에는 완전히 새 사람이 되고 이렇게 행복한 삶을 사는데 무엇이 부족해서 또다시 그 짓을 하겠느냐? 조금도 걱정하지 말아라.

어머니, 좀더 구체적인 말씀을 해주세요. 아범이 왜 처음에 그것을 시작하게 되었어요?

그래 말하마. 너희 시아버지가 크게 양조업을 했었는데, 너무 착하고 순해서 친지들과 외상거래를 많이 하고, 또 사기꾼에게 돈도 많이 떼여서, 그 양조장이 망하게 되었단다. 그때 네 남편이 약학전문을 졸업하고 금산 광산에서 약사로 일할 때인데, 하도 속이 상해 그 약을 몸에 대기 시작했던 모양이야. 결국은 광산에서 해고당했지. 돈도 없고, 자기가 잘못 간 길을 깨닫고 이를 악물어 그 약을 끊고 만주를 왕래하며 사업을 하여 식구들을 부양했는데, 일본여자 마약환자와 다시 접촉이 되어 그여자와 동거를 하면서 다시 그 소굴에 빠졌단다.

만주에서 살다시피하고 집에도 돌아오지 않아, 내가 찾아가 끌고 오려고 만주 땅으로 네 남편을 찾아갔었다. 두 사람은 완전히 미친 사람들이더군. 내가 들어오는 것도 모르고, 일본여자라는 것이 알몸이 되어 모자는 왜 썼는지 모자를 쓰고 손짓 발짓하며 모자를 벗었다 썼다하며 춤을 추는데, 노래도 괴상한 노래로 어이야라 샷따샷따 하며 어깨를 들썩거리고 발을 들었다 내렸다하며, 쳐다보고 있는 네 남편 주위를 빙글빙글 돌면서 계속 춤을 추는데, 네 남편은 마치 여우에게 홀린양 넋은 다빠지고 몸뚱아리만 있는 멍한 얼굴로 그 여자를 쳐다보고 있지 뭐냐.

더 이상 나는 그 꼴을 보고 있을 수가 없어서 방문을 차고 들어가 그 여자의 아랫털을 두 손으로 잡아뜯으며,

이 망할 년아, 여우같은 년아, 내 귀한 아들을 잡아먹으려고 도를 닦느냐? 너 이밤으로 당장 이 집에서 사라지지 않으면 오늘밤 너 죽고 나 죽는 날이다. 감히 네가 뉘 앞에서 망측한 짓을 하느냐!

하며 독이 올라 머리카락까지 한줌이나 되게 잡아 뽑았다. 그 여자는 그 밤으로 보따리를 싸 가지고 어디론지 사라지고, 다음날 나는 네 남편을 데리고 집으로 돌아왔다. 네 남편은 천성이 아주 착하고 효자여서 이엄마의 말을 거역한 적이 없고, 또 자기 장래도 생각하여 순순히 나를 따라 집으로 온 것이다. 그때 네 큰 시누이인 내 큰딸이 어멈과의 혼사를 듣고 추진시켜 오늘에 이른 것인데, 너와 혼인할 당시에는 내가 맹세하지만 완전히 그 약을 끊어버린 상태였다. 일이 이렇게 되었으니 어찌하겠느냐 어멈아! 그래도 이 집에서 네 말을 제일 어려워할 테니 네가 따끔하게 일러서 다시는 못하게 떼어 주어야 하겠다! 시작한 지 얼마 안되었으니 그

리 어렵지는 않을 것이다.

영희는 하늘에서 벼락이 자기 몸으로 떨어지는 것을 느꼈다. 앞이 캄캄하면서 그자리에서 쓰러졌다. 다시 정신을 차리고 보니 남편이 무릎을 꿇고 앉아 있었다.

여보, 미안해요. 내가 다시는 이런 짓 않을 테니 용서하고 정신 차리시오. 맹세해요. 두고보시오.

이제 어찌할 것인가? 애를 셋이나 낳았으니 이혼도 할 수 없다.

그럼 두고 보겠어요. 치료를 시작해 보세요.

그정도 하고 말았지만 너무 끔찍한 생각이 들었다.

어려서 본 일인데, 동네 어떤 사람이 만주 가서 돈 벌어온다고 홀어머니와 부인을 놔두고 떠난 지 1년 후에 돈은 둘째치고 아편 중독자가 되어 돌아왔는데, 어머니에게 돈 내놓으라고 고래고래 고함을 지르고 자기 머리를 담벼락에 들이받아 피가 줄줄 나는데도 계속 들이받았다.

영희는 어려서 그 꼴을 보자 너무 무서웠고, 세상에 아편이 무엇인데 사람을 저렇게 미치게 하나 생각했었다. 이제 내 남편의 그 꼴을 내가 보아야하나 생각하니 기가 꽉 막히고 죽을 것만 같았다.

남편은 그 시간부터 자리에 누웠다.

처음에는 수건을 두르고 머리가 몹시 아프다고 하면서도 책을 읽었다 잠도 좀 들었다 하더니, 나중에는 일어나 앉아서 신음을 하는데 눈뜨고 도저히 못 볼 지경이 었다. 눈물, 콧물, 침 등 구멍 있는 데서는 모두 물이 흘러나오고 방바닥을 벅벅 기는데 금방 숨이 끊어질 것 같다.

영희는 자기가 먼저 숨이 끊어질 것 같아서 보고 있을 수가 없었다. 영희는 시동생을 불렀다. 시동생은 농대를 나오고 군청의 수의사로 근무하고 있었다. 이대로 놔두면 형이 죽을 것 같으니 빨리 읍내로 가서 약을 좀 사오라고 했다.

시동생은 아주 소량의 약을 형에게 주사했다.

금방 숨이 넘어가던 사람이 멀쩡해서 물도 마시고 시어머니가 끓여온 깨죽을 먹었다. 영희는 쓰다 남은 약을 잘 간직하기 위해 속바지에다 주머니를 만들어 그 속에 넣고 그날 밤 잠을 잤다.

아침에 일어나 보니 그 약이 몽땅 없어졌다. 아편 환자들은 그 약이 멀리 있어도 냄새를 맡고 찾아간다는 것이다. 같은 동료끼리는 모르는 사이라도 만나면 금방 친해지고 같이하고 같이 합숙하면 더욱 쾌감을 느낀다고 했다.

영희는 그러한 실정을 모르다보니 아주 깊이 잘 숨겨 놓았다고 생각하고 마음놓고 잠자리에 들었던 것이다. 아무리 생각해도 집에서 치료한다는 것은 불가능할 것 같았다.

영희네 집에서 50리를 가면 아주 좋은 명산이 있다.

장수산이라고 하는데, 산 생김새가 금강산을 닮았다고 하여 소금강이라고 불렀다. 물도 좋고, 폭포도 몇 군데 있고, 산을 한바퀴 돌면 또 산이고, 열두 굽이를 돌아야 그 산을 다 돈다. 높이도 굉장해서 절벽위에 세워진 절간은 아래서 쳐다보면 사과상자 만하게 작게 보인다.

영희는 어려서부터 이 산에 자주 놀러왔으므로 그 산과 정이 들고, 바로 산밑에 있는 여관집 주인들과도 친숙한 사이였다.

영희는 남편을 데리고 장수산으로 갔다. 약에 의존하지 않고 깊은 산속에서 강제로 죽기 아니면 살기로 시도해 볼 작정으로 집을 떠났다.

여관 아줌마는 반색을 하면서 수다를 떤다.

애기들은 다 어쩌구 두 분이 다정히 오셨네. 바쁘신데 휴가를 잘 마련하셨네. 좋은 시간 보내세요.

아니예요, 좋은 시간이 아니라, 우리 집 양반이 몸이 안 좋아서 한 10일간 휴양차 왔어요.

그러고는 앞으로 이 아줌마에게 어떻게 말을 할까 걱정을 했다.

낮시간에는 그럭저럭 잘 견디던 남편이 밤이 깊어 가면서 또 발작이 시작된다. 견디는 남편의 고통보다 보고 있는 영희가 더 고통스럽다. 여관집 사람들에게 들킬까봐 겁이 나서 남편은 크게 소리도 못 지르고 입속으로 끙끙 신음하며 눈물 콧물이 쉴새없이 나오고 입에서는 흰 거품이 터져나온다. 영희는 무서운 생각이 들었다. 이러다 죽는 것이 아닌가. 나 혼자 죽는 꼴을 보는 것이 아닌가.

여보, 지금 기차역에 뛰어가면 막차가 있을 것이니, 내가 집에 가서 약을 구해 올께요. 이것은 도저히 사람으로서 참을 수 없는 일이에요. 이러다 죽으면 어떡해요? 내가 다녀올 테니 그때까지만 버티세요.

그리고 캄캄한 밤길을 나와 기차역으로 마구 뛰었다. 십릿길이니 뛰어가도 30분은 걸릴 것이다.

10분 정도 뛰었을까. 산속에서 호랑이 우는 소리가 들렸다. 으르렁 찌르렁 산울림도 같이 운다. 영희는 너무 무서워서 다리가 떨리어 더 뛸 수도 없었다. 머리 끝이 하늘로 올라간다. 다시 호랑이 울음소리는 으르렁 찌르렁 좀 더 크게 들리는 것 같다. 이 철부지야! 이 산속에 호랑이가 있는 것을 왜 몰랐느냐? 여관집 아줌마에게 의논했으면 바래다라도 주었을 텐데 자존심때문에 말도 못하고, 철없이 손전등 하나 없이 이 밤길을 젊은 여자 혼자 뛰어나오다니 죽으려고 환장을 했나?

하나님, 어찌하면 좋습니까? 내가 이제 겨우 25세 꽃다운 나이에 죽어야 합니까? 죽어도 어찌 호랑이 밥이 되어 죽다니요. 우리 애들은 어쩌구요. 하나님, 천사를 보내주세요. 살려주세요.

영희의 온몸에는 땀이 비오듯 방울이 되어 떨어진다.

조금 후 눈을 들어보니 횃불이 훤하게 비쳐온다. 점점 그 불빛이 영희 있는 곳으로 다가왔다. 계속 울어대던 호랑이 울음소리가 멎었다.

횃불을 든 남정네가 세 사람이다. 그들이 영희를 발견하더니 호통을 쳤다.

세상에! 당신이 정신이 있는 사람이요? 여기가 어디라고 젊은 여자가 혼자서 이 밤길을 걸어 나옵니까. 당신은 오늘밤 우리를 안 만났으면 꼼짝없이 호랑이 밥이 될 뻔하였소. 우리는 저 마을에 사는 사람들인데, 호랑이 울음소리가 심하게 나서 내 아들이 막차로 오게 되어 있어서 마중 나오는 길이요. 호랑이는 아무리 힘센 무서운 짐승이지만 불 앞에서는 꼼짝 못한다오. 온 몸이 모두 털투성이기 때문에 불을 제일 무서워하오.

영희는 감사하다는 말조차 나오지 않는다. 입이 붙었는지 말도 안나온다.

그들과 같이 기차역으로 가서 무사히 집에 당도하니, 온 식구가 몹시 놀랐다.

또 실패냐?

네, 저는 도저히 못하겠어요. 눈뜨고 못 보겠어요 도련님을 깨우세요. 이대로 두면 죽어요. 빨리 읍내로 가서 약을 구해 오세요.

이제 약방 문이 닫혔을 텐데 누가 이 밤중에 약을 파느냐?

이목사님 형님께서 경영하시는 약방이 있잖아요. 그곳에 가서 사람이 죽어간다고 문을 두드리면 열어줄 것입니다. 빨리 다녀와야 해요.

새벽 일찍 영희는 첫차를 타고 산으로 갔다.

남편은 죽지 않고 살아 있었다. 알고 보니 심한 발작이 24시간 계속되는 것이 아니고, 그 약을 쓰던 시간이 되면 더욱 심한 발작이 일어나는 것이다. 여관 아줌마에게 모든 이야기를 털어놓고 약을 맡겼다. 약을 줄이고 시간을 줄이고 며칠간 노력한 효험이 있어 많이 치료가 된 것 같지만 아주 딱 끊어버리지는 못하였다.

이 방법도 실패다 생각하고 10일 후에 집으로 돌아왔다.

큰엄마

늘 방문하는 교회 전도사님이 찾아왔다.

영희는 답답해서 전도사님에게 상의했다.

전도사님은 자기네 동네에 같은 교인의사가 있으니 그분을 모시고 와서 시도를 해보자고 하며 곧 집으로 돌아갔다.

2, 3일 후 다시 의사를 데리고 전도사님이 왔다.

요를 두껍게 깔고 남편을 눕힌 다음 링겔주사를 꽂고 다시 주사를 놓았다. 남편은 잠이 들었다. 몇 시간 후 잠에서 깨어나려고 하면 다시 주사를 놓아 잠을 재운다. 수면제 주사를 놓아 깊이 잠들게 하여 진통을 느끼지 못하게 하여 약독을 다 빼는 치료법이다.

영희는 과연 감탄했다. 의술이 이렇게 좋은데, 의술이 과연 최고로구나 느끼며, 처음부터 의사와 상의할 것이지 무엇을 안다고 내가 고친다고 덤벼들어 갖은 고생과 호랑이에게까지 물려죽을 뻔한 것을 생각하니 부끄럽기 짝이 없었다.

이리하여 남편은 일주일간의 긴 잠을 자고 깨어나더니 머리는 좀 아프다고 했으나 발작증세는 아주 없어졌다.

영희는 그 의사에게 큰절이라도 하고 싶어졌다. 일주일간의 수고비, 병원에서 일주일간 벌던 수입, 모두 합쳐서 큰돈을 건네주었다.

남편을 마약에서 구출해 낸 영희는 그동안 마음고생, 몸고생에 지쳐서 견딜 수 없다. 어디서 좀 휴식을 얻고 싶었다.

그때 생각난 것이 석성동(백촌) 큰엄마와 같이 살던 옛집이었다. 지긋지긋한 추억도 많지만, 그래도 어려서 자라난 동네요 동모와 같이 수영과 스케이트를 타던 수리조합 강물이 흐르는 그 강다리가 그리워졌다. 동모와 같이 기차통학을 하며 뛰던 수수밭 조밭이 우거진 오솔길도 그리워진다.

영희는 남편에게 말했다.

우리 당분간 한지붕 아래서 별거합시다. 당신 몸도 몹시 약해졌으니 좀 쉬어야 할 것 같아요.

영희는 딴방에다 남편을 재웠다. 혼자서 쉬고 싶었다.

여보, 나 큰엄마한테 가서 며칠 좀 쉬고 올게요.

그럼 그렇게 해요. 그러나 너무 오래 있지는 말아요. 나 너무 외롭고 힘들어요. 이제 벌 그만주고 나를 용서해 줘요.

알았어요. 그러나 우리는 서로 별거하면서 자기의 잘못들을 반성할 시간이 필요해요.

시어머니가 말했다.

애야, 오랜만에 친정에 가는데, 이웃분들도 있고 모두 친척인데 빈손으로 갈 수 있느냐. 조금만 기다려라.

그리고는 쌀을 담그고 방아를 찧고 법석을 떨면서 떡을 만들어서 식모에게 이워주었다. 그리고 당부했다.

잘 갔다오너라. 어멈아, 너무 오래 있지 말아라. 너희 남편이 불쌍하지 않니?

큰엄마는 뜻밖에 영희의 나들이를 맞이하여 아주 놀라면서 기뻐했다. 하인을 불러서 이웃에게 떡을 돌리고, 가까운 어른들을 불러서 잔치도 하고 법석을 떨었다.

영희야, 어쩐 일로 이렇게 소식도 없이 나들이를 왔느냐? 너희 남편은 이제 괜찮으냐?

기뻐하면서도 어딘가 걱정의 빛이 역력했다.

네, 괜찮아요. 걱정 마세요. 제가 좀 피곤해서 쉬고 싶은데, 생각나는 게 큰엄마 뿐이던데요.

그래, 그래, 잘 왔다. 시집살이하다 친정에 와서 쉬면 얼마나 좋은데. 마음놓고 푹쉬고 가거라. 내가 참 너 어렸을 때는 잘못한 게 많았다만, 너도 이제 남편과 살아보니 나를 이해할 수 있겠지? 그때, 내 나이 한참 젊고 원기왕성할 때이고, 내가 지금도 건강하다만 그때 얼마나 건강하고 원기왕성하였겠느냐? 네가 이제 성생활을 모두 경험해서 이해할 수 있기 때문에 말하는 것이지만, 너희 아버지에게 17살에 시집와서 애기도 안 낳고 홀가분한 상태에서 17년이란 긴 세월동안 얼마나 재미있게 살았겠느냐? 밤마다 꿀맛 같은 세상을 즐기다가 갑자기 너희 아버지가 너희 엄마한테 장가를 가버리고 발길을 뚝 끊어버리니, 영희야! 그 심정을 상상할 수 있겠니? 나는 견디다 못해, 참다못해 편지를 써서 너희 아버지에게 한 번만이라도 와달라고 호소했지만, 너희 아버지는 단 한번도 나에게 오지 않았단다. 큰집 제삿날이면 행여나 제사가 끝나고 와줄까 하고 밤새껏 잠도 못 자고 기다리다가 개 짖는 소리가 나면 혹시나 하고 문을 열어 보고 하다가 혼자서 통곡을 하곤 했다. 그렇게 고통받던 중에 10년이란 세월이 흘러 너희 두 남매가 나에게 오게 되었는데, 그때 네가 아홉살... 어린것을 향해 내 분풀이를 혹독하게 한 것은 사실이다. 내가 못할 짓을 너에게 많이 했다. 이제 와서 돌이킬 수도 없으나 나를 용서해라. 나는 속죄하려는 뜻에서 너에게 최선을 다해 결혼식과 혼수를 해주었다. 영희야!

너 이번에 남편때문에 고생도 많았고 타격도 심했을 텐데, 몸과 마음을 푹 쉬고 가거라. 내가 맛있는 음식, 네가 좋아하는 것 다 해주마.

영희는 그동안 큰 엄마에 대한 감정이 좋지 않았고 원망도 가끔 하고 했지만, 같은 여인으로서 그 고통의 밤을 충분히 이해할 수 있었다.

큰엄마, 재혼을 하시지 왜 그 고통을 참고 사셨어요?

우리 친정엄마나 오라버니께서 재혼을 권고해서 생각을 여러 번 했다마는, 너희 아버지같이 훌륭한 사람이 어디 있니? 가난한 홀아비, 자식이 주렁주렁 달린 그런곳에 가서 속썩이느니 차라리 혼자서 걱정 없이 좋은 집과 좋은 땅을 부쳐먹고, 서포들이 시중들고 집안 어른들의 대우를 받으며 사는 것이 훨씬 보람있다고 느꼈기 때문에 그럭저럭 한세상 이제 다 갔다.

어머니! 동모 형수가 17살에 시집와서 19살에 청상과부되어 홧병을 얻어 심장이 터져 죽은 그분을 생각하시고 위로 받으세요.

애야, 그 과수댁은 시집오자마자 남편이 병들어서 부부생활은 단 몇 번의 경험밖에 없었다며, 자기는 그런데 대해서는 아무 감각이 없다고 했다. 그 문제는 아무 문제가 되지 않고, 다만 남 보기가 창피하고 친정에 가도 얼굴을 들고 다닐 수가 없었고, 친구들이 애기 낳아 업고 다니는 것을 보면 너무 속상하고 그런 것뿐이었으니 좀 살기는 편했을 것이다.

어머니, 나도 너무 철이 없어서 어머니를 이해 못해서 미안해요. 밤중에 자다가 대굴대굴 요에서 굴면서 가슴 치는 어머니... 그때는 미운 생각마저 들었는데, 이제 생각하니 모두 그 진의를 알 것 같아요. 그 잘 체하시던 병이 아버지 돌아가시고는 싹 나아버렸지요? 우리 아버지도 너무하셨네요. 가끔 어머니 곁에서 토닥거려 주시고 같이 잠도 자 주시지, 그렇게 오이 꼭지 따듯이 갑자기 떼어놓으면 사람이 견딜 노릇입니까? 성경에 이런 말씀이 있어요 어떤 부잣집 아들이 총각때 시중드는 종 처녀를 건드렸으면 새장가를 든 후에도 그 종에게 먹을 것을 주고 계속 동침도 해주라는 말씀이 있어요. 아버지가 너무하셨네요.

영희야, 그 얘기하고는 다르지. 그 종 처녀는 아무리 먼저 건드렸어도 결국 첩 취급을 받은 것이고, 우리는 다르지. 너희 엄마는 양반집 처녀로 정식 장가를 들었으니, 나와는 이혼을 하고 했으니 그건 안되지. 내가 사실 너희 아버지에게 고맙게 생각한다. 너희 두 남매를 주어 자식을 얻게 했으니 말이다. 어찌되었건 내가 모르는 것은 아닌데 너희 엄마를 미워한 것은 잘못이다. 너희 엄마는 아무 죄가 없다. 아무것도 모르고 시집을 왔으니까. 억울하다면 너희 엄마도 억울한 사람이다. 남매를 나에게 빼앗겼으니 얼마나 원통했겠니? 나쁜 사람은 너희 외할머니다. 가난을 면하기 위해 딸을 그런 자리에 주었으니 너희 외할머니가 나쁘다만, 그분도 자식은 많고 남편도 병들고 사는 것이 얼마나 지겨워서 그랬겠니? 모든 것이 다 지나간 이야기고, 너희 외할머니나 너희 아버지가 이제 다 고인인데 더 이상 말하지 말고 자자.

어머니, 아버지가 벌받아서 일찍 돌아가셨나 봐요.

그런 말 하지 말아, 이 세상에 일찍 죽은 사람이 다 벌받아 죽느냐? 이 세상 이 지구는 지옥이다. 밤을 새워도 이야기는 끝이 안 나겠다지만, 내가 자다가 밤에 갑자기 미친 사람처럼 요에서 대굴대굴 구르며 재주를 넘었을 때 물론 저녁밥 먹은것이 체한 건 사실이나, 그것만은 아니었다. 네가 꿀물과 약을 가져다주었다만, 그병이 어디 약으로 고칠 병이냐? 너도 좀더 세상을 살고 40이 되어 보아라. 40이 가장 힘든 고비더라. 그때는 인생의 쓴맛 단맛 다 절실하게 느낄 때고 한창 기운도 센 때이다. 잠이 못 들어 애쓰다 재주를 한참 넘으면 기운이 진해서 피곤해서 잠들곤 했다. 이 밤 이 시간에 너희 아버지가 너희 어머니와 재미보며 나한테 말하듯이

당신 몸에서 나오는 꿀맛이 세상에서 제일 맛있다

하며 너희 어머니가 젊었으니 더 좋고 활발했을 것을 생각하면 가슴이 답답하고 숨이 막힐 것 같아 발광을 했던 것이다. 영희야, 너도 너희 남편

과 재미있게 길이길이 잘 살아라. 앞으로 나이가 먹을수록 세상이 더 재미있고 더 황홀해지고 좋아진다. 그 진미는 경험해 보지 못한 사람은 도저히 이해 못한다.

큰엄마는 한숨을 쉬고 말을 이었다.

영희야, 이제 네가 애기까지 낳았으니 말하지만, 너희 아버지와는 정말 재미있게 살았단다. 너희 아버지는 면사무소 회계일을 보시니 육체노동이 별로 없으시고, 나 역시 갑갑해서 채소밭이나 좀 가꾸고 목화 따는 것, 바느질 좀 하는 것밖에 중노동은 안하고, 빨래도 서포들이 해주니 늘 몸이 편하고 한가하며, 먹는 것은 고급 고기나 생선이 주식이고 애들이 없으니 힘들 일이 없고, 먹을 것 입을 것 걱정이 있냐? 밤이면 둘이 마주보고 생각나는 것이 무엇이겠느냐? 너희 아버지는 늘 말했단다.

애기 못 낳아도 괜찮아. 형님에게 아들이 많은데 무슨 걱정이야. 이렇게 당신하고 재미있게 일생 살면 되지 않아?

하면서 너희 아버지는 정말 나를 사랑하고 좋아했다. 내가 복이 없어 너희 아버지를 놓친 것이다. 너희 친할머니 이제는 고인이 되셨지만, 얼마나 내가 미워했는지 아니? 이렇게 꿀맛 나는 우리 사이를 너희 할머니가 깨뜨려버렸잖아. 내가 33살이 되니 서둘러 너희 아버지에게 새장가를 들게 했잖니. 너희 아버지는 너희 할머니가 그냥 내버려두었다면 꿀항아리인 나를 안고 잘 살아갔을 것이다.

어머니, 그렇게 되었으면 나나 우리 형제는 이 세상에 나오지도 못했을 텐데 그런 말씀 하시지 마세요.

아, 정말 그렇구나. 내가 좀 억울한 세상을 살았지만 모든 것이 잘 되었구나. 영희야! 참 너희 할머니 돌아가시기 전에 나의 손을 붙잡고 하시던 말씀이,

내가 몹시 밉지? 그러나 나도 할 수 없이 한 일이니 나를 용서하고 남은 여생 편히 살아라

하면서 숨을 거두셨는데, 상여 나가는 날 모두들 서럽게 우는데 나는 눈물이 나와야 울지. 그때까지도 너희 할머니를 용서할 수 없고 계속 미운 것을 어찌하니? 그날 누가 나를 볼까봐 눈에다 침을 바르고 서럽지도 않은 울음을 아이고 아이고 하며 우느라 고생했단다.

영희는 얼마동안 큰엄마와 같이 지내며 많은 이야기를 나누고 깨닫는 것도 많았다.

집에 돌아왔으나, 남편에게 접근하기가 왜 그리 싫은지 옆에 눕기조차 싫었다.

그동안 어쩌면 그 무서운 마약에 다시 손을 대고, 자기도 고생하고 나도 고생시키고, 온 대소 가내를 근심하게 한 것을 생각만 해도 소름이 끼쳤다. 신음하던 남편을 생각하면 바라보기조차 싫고 존경심이나 사랑은 깨알 만치도 남아 있지 않았다. 나를 사랑한다면 나에게 그렇게 실망을 줄 수가 있을까? 동모와 살았다면 동모는 나에게 그렇게 고생시키는 일은 절대 하지 않을 텐데... 생각하니 동모가 너무 보고싶고 그리워졌다.

세 아이의 어머니로서 그 아이들의 아버지인 남편을 두고 아직도 옛 애인을 생각한다는 것은 도덕에 어긋나는 일이다. 다시는 머리에 그 이름을 떠올리지 말아야 한다 굳게 결심하지만 그 생각은 잠깐이고, 동모의 영상은 영원히 지울 수 없는 그림자와도 같은 것이다. 남편과는 살을 맞대고 아이까지 낳았어도 역시 부부는 피와 살이 섞이지 않은 남이구나... 얼마 사이에 이렇게 미워지고 이렇게 정이 떨어지다니... 남편과 다시 자고싶은 욕망조차 없어졌다. 그리하여 영희는 집에 돌아와서도 계속 남편을 딴 방에서 재웠다.

그러던 어느 날, 교회 전도사님이 와서 순안에서 40일간의 수양회가 있다고 알려주었다.

영희는 서둘러 짐을 싸가지고 성경공부에나 몰두하여 세상 시름을 다 잊으려고 수양회에 떠나려는데, 이웃집 지희가 찾아와서 졸랐다.

나도 같이 데려가 줘. 나도 요즘 마음을 못 잡고 심란해서 죽을 지경이다.

영희는 혼자 가는 것보다 훨씬 잘 되었다고 생각했다.

그래, 같이 가자꾸나. 얼마나 좋으냐.

지희는 바로 이웃집에 사는 기씨집 둘째 첩의 딸이고 영희와는 친구이며 소학교동창이었다. 몇 년 전 결혼을 했는데 실패하고 친정살이하고 있었는데, 영희네 교회에서 아주 열성인 신도 중의 하나였다.

순안 수양회의 40일간은 영희와 지희에게 잊을 수 없는 역사적인 시간이었다. 낮에는 계속 성경공부를 하고 밤에는 지희와 지난날의 이야기를 하면서 재미있는 시간을 보냈다.

지희는 자기가 남편과 결혼에서 이혼에 이르는 긴 역사를 빠짐없이 영희에게 다 털어놓았다. 아주 흥미진진하고 세상에서 처음 듣는 광산촌의 서민층 이야기들이었다.

수양회 말씀과 분위기는 너무 좋아서 영희와 지희는 많은 성경을 배우고 수양도 잘하고 위로도 많이 되었다. 타격받은 두 여인은 힘과 용기를 얻을 수 있어서 참 좋았다. 음식은 완전히 채식이라 주로 무밥, 콩나물밥, 김치밥, 무국, 된장국, 멸치 한 마리 안 넣고 끓인 국이 좀 씁쓸했지만 개운하고 깨끗해서 좋았다.

남편의 배신

집에 돌아오니 시어머니는 영희가 좋아하는 순대를 만들어놓고 기다리고 있었다.

애, 어멈아. 그동안 집 떠나서 먹을 것이 부실해서 힘들었지? 이 순대 먹고 몸 좀 도우라. 어쩌면 네 얼굴이 아주 좋아지고 빛이 나느냐?

네에, 마음이 아주 편했어요. 너무 은혜 받고 좋았어요. 그런데 어머니, 미안하지만 저 이 순대 안 먹겠어요. 앞으로 돼지고기나 비늘 없는 생선 같은 건 일절 안먹을 테니 그리 아세요. 성경 레위기 11장에 있는 인간에게 먹을 수 있는 음식과 먹지 못할 것들이 지시되어 있는데, 그 말씀대로 살겠습니다.

재림교회가 좋긴 한데 너무 까다롭구나.

까다로운 것이 아니고, 인간의 몸에 해로운 것들이라 먹지 말라고 조물주께서 우리 인간을 사랑하셔서 지시하신 것입니다. 구약 당시 양 잡아 제사 지낼때 조물주께서는 이렇게 말씀하셨습니다. 나는 기름과 비계를 좋아하니 그것을 불살라 내게 받쳐라 하셨습니다. 하나님이 잡수실 것이 없어서 기름과 비계를 달라고 하셨겠습니까? 인간들에게 기름과 비계가 아주 나쁘니까 이것을 먹지 못하게 하시기 위해 그런 말씀을 하신 것이지요. 그리고 비늘 있는 생선은 깊은 바다나 강물 깊은 곳 맑은 물에서 사는 것이니까 깨끗해서 우리 몸에 해가 되지 않으니 먹으라 하시고, 비늘 없는 오징어, 새우, 전복, 조개 같은 것은 바다 가녁에서 찌꺼기를 먹고 살면서 그 더러운 바다 찌꺼기를 청소하기 위해 만들어졌고요. 또 콜레스테롤이 많기 때문에 우리 몸에 해가 되므로 금지한 것입니다.

그럼 우리도 이제부터는 맏며느리 하는 대로 먹고 살아갑시다. 영감님, 잘 들으셨지요? 그러나 이 순대는 이왕 만들었으니 이번만 먹어야겠다. 너희 어머니도 오시라고 해서 같이 먹도록 하자

그러면서 영희 어머니를 모셔왔는데, 영희 어머니도 영희의 말을 듣고서 저도 안먹겠습니다 했다.

하루는 식모 아줌마가 아씨 하고 부른다.

왜 그래요?

저, 이불 홑청에 풀을 먹였는데, 같이 좀 잡아당겨 주실래요?

그래, 가지고 내방으로 들어와.

이 식모는 함경도 여자인데, 나이는 30살이고 몸집이 뚱뚱하고 배도 투실투실하여 평상시도 임신 6,7개월은 되어 보이는 사람이고, 음식도 많이 잘 먹는다. 남편은 고향에 있는데, 너무 가난하고 배고파서 돈 좀 벌어 가지고 갈 작정으로 집을 나왔다고 한다. 영희네 집에 온 지도 2년이 가까웠다. 일도 잘하고 마음씨도 착해서 자기가 있을 때까지 데리고 있으리라 마음먹었다.

마주앉아 홑이불을 잡아당기는 데 배가 유난히 부른 것 같다.

아니, 함경도댁. 배가 왜 그리 불러?

네에? 아씨 댁에 와서 너무 잘 먹어서 살이 쪄서 그렇지요. 배가 특별히 더 부른가요?

그러면서 얼굴이 빨개지는 것이다.

얼굴은 왜 빨개져? 일감을 한쪽으로 집어치우고 나하고 이야기 좀 해. 바른대로 말해. 함경도댁은 분명히 임신했어. 원래 몸이 뚱뚱하고 배가 크기 때문에 별로 눈여겨보지 않았는데 지금 8개월은 족히 되었어. 이제 속인다고 내가 속을 사람이야? 나한테 모든 것 이야기하면 아줌마를 도 와주겠지만, 계속 거짓말을 하면 도와주지도 않고, 나에게 맡겨 놓은 돈 도 한푼 안 주고 오늘 당장 우리 집에서 내쫓을 테니 마음대로 해요.

아씨, 살려주세요! 실은 아씨가 친정 큰엄마한테 가실 때 제가 떡을 이 고 갔지 않았습니까? 그리고 돌아오는 길에 어떤 남자가 덤벼들어 밀밭 으로 끌고 가서 나를 덮쳤어요. 소리를 지르려니까 입을 틀어막고, 잠자 코 있으면 살려주겠지만 떠들면 목을 눌러 죽여버리겠다, 아무리 크게 소 리 질러보아도 이곳에 사람도 없다 하며 협박을 하여 너무 무서워서 꼼짝 못하고 당했어요. 정말이에요. 믿어주세요.

그래, 앞으로 어떻게 할 작정이야?

글쎄, 누구에게 의논할 수도 없고 날마다 고민중입니다.

영희는 생각하니 불쌍도 하고, 우리 집 심부름 다녀오다 당했으니 우리 에게도 책임이 있다 싶었다.

그럼 몇 달이지? 8개월은 되었겠네. 할 수 없지 않은가? 애기는 낳아 야지 어찌하겠어. 걱정말고 낳도록 해.

그날 밤, 영희는 남편에게 다그쳤다.

함경도댁으로부터 고백을 받았으니 변명할 생각 말고 다 말하세요. 세 상에 그 무식하고 못난 여자와 관계를 하다니, 내가 다 자존심이 상하네 요. 일을 저질렀으면 수습을 해야지, 배가 저리 부르도록 놔두면 어쩌자 는 거요? 이런 망신이 세상에 어디 있어요?

여보, 나도 오랫동안 당신과 상관을 못하다보니 그만 정신이 없어서 그랬어요. 용서해 주시오.

지금 용서고 무엇이고가 있어요? 큰 망신하기 전에 처리를 하시지 바보 같으니라고. 어디로든 돈을 주어 보내버리지, 이때까지 놔두는 것은 무슨 심보요? 첩으로라도 앉혀 놓겠다는 거예요?

천만에! 그런 것이 아니고, 내가 많이 타이르고 나가 달라고 했지만 말을 안 듣고 버티고 있어서 나도 큰 고통이라오.

영희는 기가 막히다 못해 한심스러웠다. 식모의 말을 듣고 보니 그럴싸했지만 혹시나 해서 남편에게 달려가 넘겨짚었더니 꼼짝 못하고 영희 꾀에 넘어 실토했다. 또다시 영희는 식모방으로 갔다.

아줌마! 내가 아줌마 말을 곧이듣는 척했지만, 그것은 비밀리에 애들 아버지에게서 실토를 시키려는 것이었어. 이제부터 우리 애기아빠하고 맨 처음 어떻게 접촉이 되었으며 얼마동안 계속했는지 솔직히 털어놔. 모든 것을 솔직히 고백하면 용서하고 그 애기를 잘 키우게 도와주겠지만, 이제 다시 나를 속이고 횡설수설하면 맨몸으로 내쫓을 것이야.

아씨, 용서해주세요. 제가 모든 것 고백할게요. 아씨가 친정에 가신 지 며칠 후 애기아빠께서 방에 물을 좀 떠오라고 해서 늘 담는 물병에 물을 가득히 담아 가지고 방으로 들어가니 거기 좀 앉아요 하시더군요. 그래서 앉았더니 오늘 정미소에서 일을 많이 했더니 너무 피곤해서 잠을 잘 수가 없으니 내 다리 좀 주물러 달라고 하시기에 거역도 못하고 주물러 드리고 팔도 어깨도 주무르고 있는데 물으시더군요.

아줌마, 몇 살이지?

30살이요

시집가서 몇 년이나 살았지?

8년이요

그럼 남자와 8년이나 살았는데 남자 생각 안 나?

아이고, 별말씀을 다 물어보시네요. 난 몰라요.

모르긴 무얼 몰라? 굉장히 생각나는 것을 참고 살았구만. 나하고 오늘 좀 자볼래?

　하시며 나를 요에다 눕히셨어요.

　아이고, 큰일났네!

　하며 소리를 지르려니까, 입을 막으며

　조용히 해. 다들 잠들어서 아무도 깰 사람도 없고, 이 방은 유리가 겹이고 밖으로 말이 잘 들리지도 않아. 그리고 8년이나 경험했으니 좋은 것 다 알겠구만. 오늘밤 오랜만에 재미 좀 보라구. 나 좋고 댁도 좋지 뭐. 나 혼자 좋은가? 인생은 즐거운거요. 더욱 젊은 것은 특권이야, 지금 한창 좋을 나이에다 배가 둥실둥실해서 정말 편하고 좋구만! 꼭 풍선배 탄 기분이야. 내 색시는 살이 없어 재미가 없어. 댁은 정말 좋다. 내가 가끔 만나 줄 테니, 우리 재미보자구. 우리 색시는 너무 깍쟁이라 나를 별거시키고 언제 풀어줄지 몰라! 다 자는 이 밤중에 누가 알겠어... 한 대문 안이니 얼마나 만나기 좋아. 이 방 청소도 하고 물도 떠다주고 하니 이 방 드나드는 것이 서툴지도 않지 않아? 자, 자주 오라구.

　그후로는 물 떠오라고 부르고 방 청소하라고 부르고 해서, 저도 솔직히 이왕 시작한 것 한 번이고 열 번이고 도둑질하긴 마찬가지다 싶어 아씨가 돌아오는 날까지 아주 자연스럽게 자꾸 만났어요. 아씨가 돌아오는 날 난 이제 그만이구나, 며칠간 꿈결같이 보낸 순간이 아쉽기까지 했는데, 어찌 된 일인지 아씨가 오고 나서도 계속 별거를 하시며 나를 부르니, 내친걸음이고, 솔직히 말해 묻어놓았을 때는 견디기 쉬웠는데 새삼스럽게 시작을 하니 저도 못 견디겠더라구요. 그리고 내 남편은 촌놈이고 무식해서 그리 재미있지 않았는데 애기 아빠는 보통솜씨가 아니고 완전히 빠져들어서 솟아날 수가 없더군요. 아씨에게는 참 미안해요. 그러나 나로서는 일생 잊을 수 없는 추억입니다. 새삼 용서를 빕니다. 저는 이제 혼자는 못 살 것 같아요. 애기나 낳고 홀아비한테 시집가야 되겠지요.

그럼 아줌마, 우리 애기아빠와 얼마나 오래 접촉했다는 거야?

아씨가 친정가시고 잠깐 돌아오셨다 수양회 가시고, 그러니까 그것만도 50일이 넘고, 그 후 계속 만나고... 어젯밤도 애기 아빠 방에 갔었어요.

완전히 미쳤구만.

네에, 두 사람 다 미쳤어요. 배부르기 전에는 매일 밤 만나고 두 달 전부터는 하루건너씩 만났어요.

자네 지금 나를 놀리는 거야?

아니에요, 내가 아씨를 왜 놀려요. 아씨께서 솔직히 고백하면 저를 도와주신다니까 저는 몽땅 털어놓는 것이에요. 내가 지금 이 배를 가지고 돈도 없이 쫓겨나면 어디서 살아요?

무식해서 그런지 순진해서 그런지 약간 모자라는 인간인지 분간을 못하겠다.

사장과 식모의 스캔들

두 달이 지난 어느 날, 아줌마 방에서 아기 울음소리가 나더니 금방 뚝 그쳤다.

불길한 생각이 들어서 영희가 뛰어들어가니, 이 아줌마 아기를 낳고 탯줄도 끊기전 질질 끄는 상태에서 온 방에 피와 양수가 흥건한 채 아기 목을 조르고 있는 것이 아닌가.

영희는 빨리 아줌마 손을 떼고 소리 질렀다.

콩밥 먹고싶어? 우리 집을 망하게 할 작정이야?

마침 이 애가 살 때라 영희에게 발각되어 구출이 되었다.

그 후 식구들이 계속 그 방에서 한 사람씩 망을 보았다. 애는 다행히 딸이었다. 어쩌면 계집애가 아빠를 쏙 빼게 닮았는지, 세상에는 비밀이 없는 법이다. 사진 찍듯이 꼭 닮은 애가 나왔다. 더 이상 무슨 변명이 필요할까...

백일이 지난 후, 영희의 시고모가 중매를 하여 부인 죽은 홀아비에게 함경도댁은 애기를 업고 시집을 갔다.

동네사람들은 나름대로 해석하고 수군거렸다. 저 함경도댁이 강간을 당해서 난 애기래. 그런 소리마. 강간은 무슨 강간. 그러면 벌써 내어 보내지, 그 집에서 무엇때문에 해산바라지를 하고 시집까지 보내줘? 그 주인 아저씨를 꼭 닮았던데? 그 집안에서 일어난 일이지 뭐...

아무나 직접 대고 말하는 사람은 없고 자기네끼리 실컷 흉보고 찧고 까불다 세월이 흐르니 자연 잔잔해졌다.

영희는 곰곰 생각에 잠겼다. 이런 사건이 벌어진 것은 전적으로 남편의 잘못만이 아니고, 또 식모의 잘못만도 아니다. 인간의 본능인 성 본능은 조물주께서 주신 것, 어느 누구도 자기 힘으로 막을 수 없는 이 본능을 어찌하리. 한 대문 안에서 식모 방과 가까운 거리에다 남편을 내쫓은 나에게도 책임이 있다. 왜 그것을 생각하지 못했을까? 영희는 가슴을 치며 후회했으나 이제 어찌할 것인가. 남편을 점잖은 인격자로 믿고 식모도 여자인데 너무 무시했던 것, 토실토실한 몸매, 못생긴 얼굴, 무식한 여자.. 감히 여자라고도 생각지 않았던 영희의 생각이 너무 잘못되었던 것이다. 남편은 너무 이기적이고 깍쟁이고 잘난 척하는 영희보다 오히려 순박하고 순종 잘 하는데 매력을 느꼈는 지 모른다.

영희는 남자들의 체질과 사상을 잘 알지 못했다.

언제인가 사리원의 어느 무역회사 사장과 그 집 식모와의 스캔들을 들은 적이 있었다. 모든 사람들이 재미있게 이야기를 했지만 귀담아 듣지 않고 남의 일이겠거니 하고 넘겨버렸는데, 자신에게도 그런 일이 일어날 줄은 누가 알았으랴? 너무 기가 막히고 암담했다.

영희는 어느 날 기차를 타고 일부러 수소문하여 그 여인을 찾아갔다.

아주머니, 제가 오늘 불쑥 찾아온 것은 아주머니와 사장님과의 관계에 대한 이야기를 듣고 싶어서입니다. 얘기해주시면 저에게 큰 도움이 될 것입니다. 제발 좀 들려주십시오.

점잖은 아씨께서 얼마나 답답하시면 먼길을 오셔서 이렇게 저를 찾아

주셨겠습니까? 다 말씀을 드리지요. 그러나 내 이야기라 생각하니 부끄러워서 안 되겠고요. 제가 본인이 아니고 제삼자의 입장에서 남의 이야기하듯 하겠습니다.

남자들은 순간적으로 일어나는 욕정을 쉽게 억제하지 못한다. 이 사건은 아저씨, 즉 사장님이 아내가 아들 뒷바라지한답시고 평양으로 가서 무사태평하게 오래도록 있는 사이에 성욕을 참지 못해 식모방을 침입했던 것이다. 식모는 식모대로 10여 년을 혼자 살아왔던 터라 주인 아저씨가 접촉을 해 오니 거절할 수가 없었던 것이다. 여자라서 힘도 약하고 마음도 약하고 본능도 막을 수 없는 데다 게다가 사장의 말이 더 매력적이었다 .

아줌마, 나를 좀 살려줘요. 도저히 못 견디겠어요. 이놈의 마누라 아들밖에 모르고 이렇게 오래 집을 비우니 내가 어찌 살겠습니까? 아줌마도 혼자 오래 있다보니 얼마나 생각이 간절하겠소. 오늘 밤 누이 좋고 매부 좋지 않겠소? 이제 아줌마 나이 40이니 임신을 하겠소, 아니면 이 집에 아무도 없으니 누가 알겠소? 우리 계속 재미보며 삽시다. 우리 마누라는 불감증이라 이일을 밝히지 않아요. 그래서 나도 늘 불만이지만 자식 낳고 살다보니 어쩌겠소. 그저 억지로 살고는 있지만 너무 재미없어요. 아줌마는 영리하고 활발하고 무슨 일이든 잘하시니 이일도 아주 원만할 것이라 믿소. 인생은 길지 않아요. 무엇때문에 묻어놓고 한세상 처량하고 외롭게 살아요. 이일에 만족해야 모든 일에도 활발해집니다. 아줌마 이왕 우리 즐길거면 본격적으로 즐깁시다. 옷을 몽땅 벗어요. 잠옷이 얼마나 거추장스러워요. 우리 두 사람은 이제부터 아담과 이브요. 활짝 벗고 에덴 낙원으로 들어가는 거요. 옳지 옳지, 말도 잘 듣는다. 예뻐 죽겠네. 유방이 어쩜 그렇게 둥그라냐. 얼굴만 예쁜 것이 아니고 몸 전체가 예쁘네. 아줌마는 너무 순진해. 불쌍한 우리 아줌마 10년이나 혼자 살았다면서? 인간이 그렇게 오래 사는 것이 아니야.

이 아줌마도 아저씨의 말을 듣고 보니 맞는 말이라고 생각했다. 그리하여 이 두사람은 참으로 오랜만에 마음놓고 세상을 즐겼다.

아줌마, 내가 생각했던 대로 아줌마는 참 멋쟁이야! 역시 영리한 사람은 달라. 이왕 시작했으니 한 번이든 열 번이든 백 번이든 무슨 상관이 있소. 여자는 더 젊어지고 예뻐져요 우리 마누라는 얼마든지 내버려두어도 생전 요구하는 법도 없고 내버려둘수록 감사해하는 일종의 병신이요. 우리 집에서 오래오래 살면서 마누라가 있던 없던 계속 즐깁시다. 내가 용돈도 듬뿍 주리다.

사장님! 정말 좋아요, 고마워요. 이것이 인생인데 나는 이때까지 짐승만도 못한 삶을 살았군요. 짐승도, 벌레도 이것을 즐기며 사는데 만물의 영장인 인간인 내가 왜 바보같이 살았는지 이제 생각하니 너무 후회돼요. 그런데 아주머니가 돌아오시면 어떻게 나와 만나요?

걱정도 팔자야 우리 마누라는 전혀 이것에 취미가 없다니까…… 오히려 건드리지 않으면 좋아한다구.

그래도 전혀 안 건드리면 눈치채지 않겠어요?

다 길이 있어요, 조금도 걱정하지 마시오. 내가 혈압이 높아서 의사가 여자를 가까이 하면 위험하다라고 했다고 하면 오히려 우리 마누라는 잘 되었다고 할텐데…

그건 그렇고 어디서 만나요? 아주머니 계신데 어떻게 내방으로 옵니까?

내 마누라는 잠귀가 둔해서 내가 화장실 가는 것도 모르고 내가 드나드는 것도 몰라요. 우리 마누라는 또 계모임이다 동창회다 쇼핑이다 외출이 심하니까 외출하면 내 회사에다 전화하시요.

네에, 알았어요. 저도 이제는 혼자 못살겠어요. 기가 막히네요.

기가 막혀? 큰일났네 기가 막히면 죽으니까. 나는 이때까지 인생을 헛 살았군. 로봇 같은 마누라하고 말이야. 우리 결혼할까? 저 마누라와 이혼하고 말이야.

그것이 가능하겠어요?

그것은 차차 생각해보고 우선 오늘 이 시간이나 즐깁시다.

내가 꼭 10년만이니 죽을 지경이네요.

죽어? 죽는단 말 하지마. 요 깍쟁아! 내가 아줌마가 우리 집에 처음 왔을 때 너무 세련되고 얼굴도 예쁘고 깨끗해서 저런 사람이 어찌 남의 집에 살까, 무슨 사정이 있겠지만 오래는 못 가겠다 생각했는데 용케도 6개월이 넘었지요? 당신은 이제 내 것이요. 명예고 돈이고 다 무슨 소용이요. 인생은 길지 않아. 앞으로 20년도 안 남았어. 이때까지 체면 따지면서 남 보기에 좋은 척 하고 살아온 것이 억울해. 우리 결혼해야겠어. 욕을 먹든 재산 절반을 마누라에게 떼어주든 꼭 이혼해야겠어. 바보 멍청이 같은 불감증 마누라하고 말이야.

이렇게 이 두 중년남녀는 세월 가는 것이 아깝고 천당이 이것보다 더 좋을 수가 없을 정도였다. 남자는 남자대로 연분을 만났다고 기뻐하고 여자는 여자대로 썩혀 놓았던 청춘을 되찾는 기분으로 기회있는 대로 밤이고 낮이고 가리지 않고 인생을 즐겼다. 이것이 불륜이고 죄악인 것도 잊어버리고 향락의 나날을 즐긴 것이다.

그러던 어느 날 밤 본부인이 남편에게 물었다.

당신 요즘 내 곁에 왜 오지 않는 거야? 어찌 보면 다행스러운 일이기도 하지만... 당신 갑자기 왜 변한 거지?

어... 그것 말이야. 내가 오래 살아야하지 않겠어? 의사가 그러는데 혈압이 많이 높으니 여자를 가까이 하지 말래.

그래요? 그것 잘 되었네. 그런데... 아무리 그래도 그렇지 당신답지 않게 어떻게 그렇게 오래 견딜 수 있는 거예요?

그래, 그 말이 맞아. 나도 견디기 힘들어. 여보, 오늘은 오랜만에 한번

주구려. 가까이 와요. 당신이 아무리 불감증이라도 한번씩 청소라도 해야지 너무 놔두면 자궁에 병이 생겨요.

그 말이 맞아요. 대개 자궁암 걸리는 사람들은 오래 혼자 사는 여자하고 남자와 너무 의좋은 사람들이래요. 우리 집 아줌마는 10년이나 혼자 썩고 있으니까 좋은자리 있으면 보내 주었으면 좋겠는데 워낙 일하는 것이 마음에 들고 음식도 전의 다른 식모들보다 너무 맛있게 해서 놓치기는 싫어서 말이야.

우리 좋으면 되지 남의 걱정은 왜 해. 오래 데리고 있게 다른데 빼앗기기 전에 월급 듬뿍 올려줘요. 내가 당신 생활비도 올려 줄게. 요즘 우리회사가 일본과 거래가 활발해진 덕분에 우리 회사가 도입하는 기계가 아주 잘 팔려서 기분 좋다니까.

그래요? 어쩐지 당신 요즘 얼굴이 환하고 명랑해져서 왜 그런가 했어요. 식모 아줌마도 아주 명랑해지고. 얼굴도 본래 예쁘지만 요사이 더 예뻐졌고 화장도 더 곱게 하고 옷도 좋은 것 많이 사고 많이 달라졌어요. 바람이 난 것이 아닐까요?

바람은 무슨 바람, 바람이 나면 자주 외출을 할텐데 외출도 전혀 안 하는데 어떻게 바람이 나나... 쓸데없는 이야기 그만하고 정신을 통일하고 이제라도 낫기 위해 노력해봐. 이것도 약도 있고 본인이 노력하면 나을 수도 있다는데 좀 힘써봐.

내 걱정 마시고 당신이나 실컷 좋아하세요. 나는 그저 빌려만 줄께요.

바보 같으니라구. 사람으로 태어나 이 진미도 모르고 죽어가다니 가엾은 인생이야.

그런데 당신 많이 변했네요. 전에는 이 시간만이라도 나를 애무하고 사랑한다고 키스도 많이 해주었는데. 오늘은 무뚝뚝한 표정으로 마지못해 억지로 나에게 오는 느낌이네요.

어... 그게 의사가 하지 말라고 한 것을 하니까 겁이 나서 그렇지 뭐..

여보, 당신 나 죽으면 살수 있어?

아니, 여보 그런 말이 어디 있어. 난 당신이 죽으면 절대 못살지. 내가 아는 게 있어 아니면 재주가 있어? 잘하는 것이라고는 하나도 없어. 아들 하나 낳은 재주밖에.

그래, 그러니까 내가 어떻게 하든 관여하지 말고 가만히 빌려만 줘. 두 달에 한 번 이상은 못 오니까 그리 알고 아무 말 하지마.

알았어요. 나는 아무 상관없어요.

남자들은 말도 참 잘하고 잘 꾸며댄다. 어쩌면 다른 여자와 그리 죽고 못살 정도로 재미를 보면서 본 마누라를 잘 속여넘길 수 있을까? 하기야 불감증이니 그렇지... 예민한 여자라면 그 속임수에 넘어갈 수 있었을까? 그리하여 1년이라는 긴 시간을 감쪽같이 본 마누라를 속이며 둘이서 향락의 세계를 헤맸던 것이다.

어느 날, 마누라가 계모임에 간 사이 전과같이 이 사장은 집으로 돌아와서 마음 푹 놓고 식모를 불렀다.

마누라는 저녁밥까지 먹고 돌아올 테니 우리 세상이다. 천당으로 올라가자. 6시간 이상 안 돌아올 테니 즐기고 즐기자. 밤에 마누라가 자는 사이에 들어오면 마음이 조마조마해서 소리도 못 내고 재미없었는데 오늘은 우리 세상이다. 우리 다 옷 같은 것 벗어버리자. 지금은 밤이고 이곳은 천당이야. 커튼을 쳐버리자. 어때 더 상쾌하고 마음 편해 좋지?

이 두 사람은 계 모임날이 제일 좋았다. 본처가 오는 시간이 정해져 있으니 안심하고 긴 시간 즐길 수 있다. 쇼핑이나 다른 외출은 시간이 짧기 때문에 제한을 받는다.

여보, 사장님! 나는 언제까지 도둑질만 해야해요? 나 더 이상 이 짓 못하겠어요. 결혼해준다더니 그 말은 쏙 들어가고 내가 언제까지 당신 첩노릇만 해줄 수 있습니까? 이것은 첩도 아니예요. 도둑질이예요. 사장님은 좋으시고 편리하시겠지만 나는 싫어요.

아니 갑자기 왜이래? 이 좋은 절호의 기회에 기분 잡치게 왜 투정이야? 우리 일 끝내고 커피나 마시며 차근차근 이야기하자.

알았어요. 오늘은 무슨 결판이던 내려요, 나에게 딴 살림 차려주세요. 그런 후에 이혼하시고 우리 정식 결혼해요.

알았어, 이 좋은 시간에 그런 복잡한 말을 왜 꺼내. 황홀하지? 천당이 바로 이곳이야.

그래요. 맞아요. 음음~ 그래요. 바로 이 순간이예요. 아~~ 아~ 아~ 음음음~~ 사장님, 나는 이제 당신을 절대 놓칠 수 없어요. 나를 버리지 마세요.

내가 할말이 바로 그 말이요. 여보, 나를 떠나지 마세요. 당신 요구조건 다 들어 줄테니 나를 버리지 마세요.

이제는 서로가 떨어져서 살수 없는 몸이다. 이 집은 지금 알몸인 두 남녀의 세계다. 진수성찬이 이보다 더 맛있을 수 있으랴, 궁녀와 놀아나는 왕인들 이보다 더 좋을 수 있으랴? 한참 절정에 도달하여 숨마저 가빠진 순간 정신도 혼미해져 오는데 갑자기 현관 문소리가 나며 복도로 걸어오는 발자국 소리가 났다. 아~ 어찌할 것인가 실오라기하나 걸치지 못했으니 뛰어나갈 수도 없고 옷을 입자니 마구 던져놓은 옷을 입는데 시간은 걸릴 것이고. 이일을 어쩌면 좋단 말인가! 마누라가 온 것이다.

마누라는 곗돈 계산을 하는데 가까운 친구가 곗돈을 못 가져왔다고 호소해서 돈을 가질러 택시를 타고 집으로 달려온 것이다. 그런데 집 앞에 남편의 자가용이 놓여있어 웬일인가 의아해하며 들어왔는데, 식모도 보이지 않는 것이었다.

급히 식모방문을 열어본 순간 이게 도대체 꿈인가 생시인가! 두 남녀가 옷을 찾아 입느라 아수라장이고, 방은 검은 커텐을 쳐놓아 밤중같이 캄캄하고, 방 한복판에는 요가 깔려있고, 요 한복판에는 큰 타올이 깔려

있고, 베개는 두 개 나란히 놓여있으니 두 몸이 붙어 있지 않아도 무엇이라 변명할 여지가 없었다. 본부인은 머리가 아찔하면서 졸도할 지경이었지만 정신을 가다듬고 힘을 내어

이년아! 이 여우같은 년아! 어디다 꼬리를 못쳐서 내 남편을 빼앗으려하느냐!

머리채를 두 손으로 잡아 흔들며 독을 품고 소리를 질렀다.

여보, 진정해요! 그게 아니고 이 아줌마는 죄가 없어. 나를 때려줘요! 이 아줌마는 절대 안 된다고 거절했지만 내가 강제로 한 것이요. 오늘이 처음이요. 내가 집에 서류를 가질러왔는데 온 김에 점심 먹고 가려고 아줌마 방문을 열었소. 마침 낮잠을 자고 있는데 더워서인지 웃통을 다 벗고 고운 유방을 들어내고 누워 있는 것을 본 순간 내가 그만 정신을 잃어서 덤벼들었어요. 이 아줌마는 얼굴만 고운 것이 아니라 유방 두개가 배꽃같이 희고 동그라니 얼마나 예쁜지 하늘 선녀같이 보였어요. 여보 나 그러나 아무 일도 하지 않았어요. 시작하려는 찰나에 당신이 들어왔어요. 아무짓도 안하고 이 아줌마는 정말 아무 죄도 없어요. 낮잠 자다 날벼락이예요. 당신 오해 말아요.

아니, 나를 바보로 아나? 그럼 검은 커텐은 왜 쳐놓고 지랄이야?

그야 피곤해서 낮잠 좀 푹 자려던 것이겠지. 당신도 없고 저녁밥도 당신이 오늘 안 먹으니 마음 푹 놓고 낮잠 한번 즐겨보려던 것이겠지요.

그럼 베개는 왜 두개야? 언제부터야? 오래된 일 같은데 내가 참 바보였구나. 어쩐지 당신 요즘 나하고 영 가까이 안하고 어쩌다 한 번 오면 의무적인 것처럼 무뚝뚝하게 하고 생활비를 올려주고 아줌마 월급도 올려줘라 하며 수다를 떨더니. 이제 알았다. 이럴 수가 세상에 이런 일도 있나. 동네방네 소문내고 회사에 가서도 다 털어놓을꺼요.

그리해요, 마음대로 해요. 이제 나도 당신 같은 바보 불감증하고 그만 살고 싶다. 이혼합시다.

아이고 분해! 사죄하여도 시원치 않은데 이혼을 하자고? 그래, 해봐라! 누구 좋으라고 이혼을 해주냐? 내 목에 칼이 들어와도 이혼은 못한다. 이년아! 짐 싸! 이 시간으로 당장 나가! 네 쌍때기 보고 있으면 졸도할것 같다. 안나가면 동네 밖에 나가서 큰 소리로 외칠 테니 당장 나가라.

여보, 이 아줌마도 갈곳을 마련하고 내보내야지 노상으로 내보내면 어떡해? 잠깐 참아.

이 년놈들이 나를 바보취급하나. 당장 안 나가면 경찰을 불러 쌍벌죄로 고소하여 두 년놈 잡아 가둘꺼야.

식모 아줌마는 주섬주섬 옷보따리를 싸 가지고 밖으로 나갔다.

여보, 아줌마! 어디로 가는 거요? 회사로 연락해 주시오. 꼭이오. 믿겠소.

이 상황에 더 이상 접근하다가는 큰 망신당할 것이 뻔하고 마누라는 입에 거품을 물고 금방 살인이라도 할 기세니 무섭기까지 하여 더 이상 말도 할 수 없어 이불을 뒤집어쓰고 말았다. 이 아줌마가 정말 나에게 소식을 전해 줄 것인가? 아니면 영 종적을 감추어 버릴 것인가? 이 사장님은 그 여인의 모습이 머릿속에 떠올라서 견딜 수 없었다. 망할년의 여편네. 하필이면 그 시간에 나타날게 무엇이냐. 정말 재수 더럽게도 없는 날이다. 이 아줌마는 언제 기별이 올 것인가? 영 안 올 것인가? 어떻게 해서든지 찾아내야지 결심도 하다가도 에이 모든 일이 잘 된거지 뭐. 어찌 한없이 그 짓을 계속할 수 있겠나 하고 생각해 보기도 했다. 하지만 그러다가도 다시 그 여인이 그리워지고 환상이 아른거려 견딜 수가 없었다.

세상에서 제일 복 많은 여자

　아줌마는 아줌마대로 할 수 없이 그 집을 나오기는 했으나 갑자기 갈곳이 없었다. 고민끝에 가장 친한 친구네 집을 찾았다.

　애야, 은희야. 나 너희집에서 며칠만 신세지자. 갑자기 사정이 생겨서 주인집에서 나왔는데 다음 주인을 찾을 때까지 여기 좀 있으면 안될까?

　그런데 애들방인 건넌방 밖에 없는데. 애들과 같이 자야하니... 어쩌지?

　잠시니까 괜찮아, 걱정마.

　이 아줌마는 낮에 있었던 일을 생각하니 아무리 잠을 청해도 잠이 오지 않았다.

　내가 물론 머리채 뜯길 짓을 했지만, 자기가 불감증인 병신이니 남편이 딴 마음을 먹었지 자기가 온전하면 왜 그 사장이 나에게 반하나. 그리고 가만히 혼자 잘 살고있는 나를 건드려 이 지경으로 만든 것은 사장의 잘 못이야. 왜 나만 벌을 받아야 하나? 분하기도 하고 자존심도 상하고 반발심, 복수심까지 생긴다.

　안방 은희 부부가 재미있게 도란도란 이야기를 주고받는데 말소리가

다 들려온다.

우리 나이 지금 한창 좋을 때다. 나이 40이니 애기 생길 걱정이 있나. 어린 게 있어서 울어대기를 하나? 우리 이 좋은 나이에 마음껏 즐기고 보약도 좀 사먹고 행복하게 살자. 우리는 돈과 명예는 없어도 이렇게 궁합이 꼭 맞으니 얼마나 큰 특권이냐. 내 친구는 혼자서 처량하게 사니 지지리도 복도 없지.

참! 우리 동창 중 사리원 역전 가까이 사는 애 있지? 그 애는 남편이 글쎄 조루증 환자래... 그래서 평생 재미를 모르고 산대요. 그런데 아이는 가질 수 있어서 애들때문에 이혼도 못하고 언제인가는 나를 만나 울기까지 했는데 참 불쌍해. 여보, 그러고보니 내가 제일 복이 많으네~ 그래! 우리 두 사람은 천생연분이야.

네 친구 잠깨겠다. 조용히 하자구.

저 애는 고단해서 잘 잘꺼야, 남의 집 살이가 얼마나 고되겠소. 그리고 10년이나 혼자 지내서 이제 모든 것 다 잊어버리고 중성이 되었을거야~ 남들의 불행을 생각하니 내가 더 돋보이고 더 즐거운 것 같아. 더 좋은 기분이야.

야~ 남의 불행을 보며 더 기뻐하는 건 좀 잔인하다.

잔인해도 할 수 없지, 나는 좋은데 어떡해?

이 식모 아줌마 기가 막힌다. 은희는 어떻게 저렇게 남편과 해로하고 잘사는데 나는 천지에 저 많은 남자 중 한 사람의 짝이 없어 외롭게 지내다 겨우 눈뜨고 사장과 재미를 보려고 했는데 박살이 나버렸으니. 나는 이제 어찌할 것인가... 남의 집 살이도 이제 지긋지긋하다. 이제 이 나이에 어디 맞는 짝을 제대로 구하겠는가. 할 수 없다. 나를 이렇게 만들어놓은 사장이 책임져야해, 내일은 사장을 불러낼 수밖에 도리가 없다. 눈이 빠지게 내 전화를 기다릴텐데 너무 빨리 알리면 가치가 없을 것이다. 좀 더 기다리느라 애간장탈 때까지 내버려두자.

아줌마는 둘쨋날도 은희집에서 자기로 했다. 그런데 오늘밤도 은희 부부는 늦게까지 잠을 안자고 불은 꺼져있는데도 말소리는 계속 난다.

야~ 네 친구 잠 못자겠다. 우리 오늘은 조용히 자자.

그애는 그동안 고된 일을 해서 정신없이 잘거야 걱정 말아요. 우리 지금 이 시간이 얼마나 좋은 시간이야? 하루종일 고된 일하다 부부가 단둘이 만나는 이 밤시간이야말로 천당이 아니고 무엇이요? 우리는 저 구름 위로 꽃수레를 타고 날아가요. 선녀가 춤을 추며 박수를 보내온다. 얼마나 황홀하고 기쁜 시간이요.

이 아줌마 오늘도 또 잠을 설쳤다. 왜 하필이면 내가 은희집을 찾아왔던가 은희네가 이렇게 재미있게 사는 줄은 미처 몰랐다. 내일은 정말 이 집을 나가야겠다. 잠을자야 살 것 아닌가 자기 가슴을 쥐어뜯었다. 나는 왜 이렇게 박복한 팔자를 타고났는가? 여자 팔자는 뒤웅박 팔자 넝쿨 돌려놓을 탓이라는데. 할 수 없다. 내일은 사장을 만나 결판을 봐야겠다.

다음날 아침 아줌마는

은희야, 나 다른 데로 갈게.

왜 그래? 어디 불편해?

아니. 너희들 너무 재미있게 사는 것을 보니 샘이 나서 그런다.

야~ 별말을 다한다. 우리가 뭐 그렇게 재미나니? 보통이지. 내가 이곳저곳 알아봐서 일할 집을 찾아줄께. 오자마자 서둘면 귀찮아서 보낼려고 하나 생각할까봐 놔두었던 거야.

아니다. 나 이제 남의 집 안 살꺼야. 나도 너처럼 궁합 맞는 남편 얻어 시집가련다.

아니? 애가 전에는 혼자 산다고 고집부리며 좋은 자리 다 놓치더니. 마음이 변했구나.

그래 변했다! 은희, 너희 부부 사는 것 보니 나도 가정을 가져야겠다고 결심했다. 나 좀 나갔다 올께.

이 아줌마는 오늘밤 또 그 꼴을 보며 잠 못 이룰 생각을 하니 도저히 안되겠다 싶었다.

그녀는 돌아가서 사장한테 전화를 걸었다.

사장님, 저예요. 지금 버스종점 변두리 여관에 와 있어요. 잠깐 뵙고 싶은데요.

고마워, 알았어. 지금 곧 갈께.

이것이 나의 운명이야. 나는 이제 혼자 못살아. 머리꼬덩이 또 뜯기던 매를 맞던 어쩔 수 없는 노릇이다 하며 요를 펴고 누웠다.

이 아줌마 자기에 대한 변명인지 팔자인지 혼자서 중얼거리는 데 허겁지겁 사장이 들어왔다.

여보, 전화 잘 해주었어. 나는 며칠간 신경쇠약에 걸렸었어요. 전화벨 소리에만 신경을 곤두세우고 있노라니 벨이 울리지도 않는데 전화가 울려오는 것 같았어요. 오늘 당신이 안 불러주었으면 나는 미칠 뻔했어요.

그러면서 아줌마를 껴안고 눈물까지 펑펑 쏟는다.

인생에서 남녀관계가 무엇이기에 이다지 심각한 것일까?

여보, 사장님. 앞으로 나를 어찌하겠소? 앞으로 내가 어찌해야 하겠소?

알았어요. 여보, 우리 이렇게 좋은 환경에서 단 둘이 만났는데 앞일을 걱정하게 되었소? 그날 마누라 곗날이 우리에겐 제일 행복한 기회였는데 그렇게 박살이 나고 당신에겐 무어라 할 말이 없어요. 앞으로 당신에게 무엇이든 당신 원하는 대로 다 해줄 테니 앞으로 차차 의논합시다. 요가 깔려있네.

나 이틀밤을 꼬박 못 자서 낮잠 자고 있었어요.

그래, 이제부터는 푹 잠들게 해줄께. 이리 가까이 와요.

하며 아줌마를 끌어안고 키스세례를 퍼붓는다. 아줌마도 사장의 허리를 꼭 껴안았다.

사장님 저 행복해요. 오늘밤 저하고 이곳에서 보내요. 집에 돌아가지
마세요

그래 걱정마. 나 강정제 약도 준비해 왔어요. 나도 오늘밤 마음껏 당신
을 즐겁게 해줄꺼요. 저번에는 너무 미안했어. 갑자기 당하는 일이라 너
무 당황해서 어떻게 대처해야 하는지 생각이 떠오르지 않더라고요. 그놈
의 마누라 살인이라도 할 것 같은 기세라 어쩔수 없었으니 그 일 다 잊어
버려요. 앞으로 두 번 다시 그런 일 없을거요.

사장님, 나 이번에 당신 애간장 다 타도록 숨어 있으려고 했는데, 글쎄,
은희네 부부가 잠도 안자고 어찌나 재미있게 도란도란 이야기꽃을 피우
는지.... 불을 끈 상태로 밤새껏 자지 않고 어찌나 즐겁게 노는지 샘이 나
서 죽겠더라고요. 신랑은 그래도 말이라도 네 친구 저 방에서 혼자 자는
데 우리 조용히 하자 하는데, 은희는 의기양양해서 하는 말이. 오랫동안
혼자 지내서 모든 것 다 무디고 아무 생각도 없을꺼야. 내가 남의 서방과
자나? 무엇이 무서워. 여보! 저 하늘 구름위로 황금마차를 타고 올라가
자. 선녀가 박수를 치며 춤을 춘다. 너무 재미있다.

하며 나를 막 무시하고 떠드는데, 솔직히 내 마음이 들떠서 못 견디겠
더라구요.

내일은 사장님을 만나야지. 너희만 좋으냐. 나도 임자가 있다.

하고 생각하면서 아침을 기다렸어요. 사장님 제 행복을 깨뜨리지 마시
고 저도 은희처럼 즐겁게 기쁘게 해주세요. 나중에 머리채를 다시 뜯기던
죽던 그것이 문제가 아니에요. 당장 죽을 것 같으니 어찌해요? 나는 스스
로 나를 저주했어요. 지지리도 박복한 인간아! 너는 앞으로 어찌 살 것이
냐 하며 내 아랫도리를 내가 스스로 때리면서 나를 저주했어요.

아이고 당신, 내가 눈물이 다 나네... 그렇게까지 힘들었어요? 이제부
터 세상에서 제일 복많은 여자로 만들어줄게. 당장 살림 차리고 좋은 집

에 좋은 가구 들여놓고 좋은 옷 사서 걸어놓자. 은희네 초대하고 집에도 못 갈 정도로 술이 만취하도록 먹여서 건넌방에서 자게 하자. 그러고는 구름 위를 날자 황금마차를 타자 선녀가 온다 그래그래 천당이다 극락이다 하며 큰 소리를 지르며 왕이 궁녀와 노는 것보다 더 좋게 놀자. 너무 좋지? 그렇지? 이만하면 넉넉히 복수가 되지 않겠어? 우리 단단히 복수하자.

그러면서 50만 원짜리 수표를 딱 떼어 주는 것이다.

이 아줌마 다음날부터 분주히 돌아다니며 집도 얻고 모든 준비를 갖추고 은희 부부를 초대하여 단단히 복수할 준비를 갖추었다. 그러나 한편 걱정도 되었다.

사장님, 나 또다시 당신 부인에게 머리채 뜯기는 거 아니예요? 다시 들키면 어떻게 하지요? 아니, 오히려 들키는 것이 잘된 일인지도 몰라. 나는 들키면 이렇게 선언할꺼야! 나는 이 사람 없이는 못산다 네가 물러나든지 물러나기 싫으면 조용히 엎드려있든지 둘 중 하나다. 그리고 당당히 밤에도 당신 집에서 자고 다니면 자기가 어쩔거요. 아무 걱정 말고 배짱 좋게 살자. 안 들켜도 그만이고 들켜도 좋고.

당신은 첩도 아니야. 내 마누라와는 절대 관계를 안하니까 이중생활이 아니야. 요이쁜 것! 당신이 내 정실부인이고 내 유일한 사랑이야. 마음 편히 가지고 정정당당히 살아가요, 다시 당신에게 손찌검하면 이번에는 용서하지 않아... 죽지 않을 정도로 때려줄 테니까. 매에는 장수 없다고 했어. 저번에는 내가 너무 당황한 나머지 머리가 돌아가지 않아서 당신에게 참 미안했지만, 다시 그 짓은 절대로 못하게 해놓을 테니 안심해요.

당신 없을 때 들이닥치면 어떡해?

그때는 같이 붙어! 당신이 훨씬 그 여편네보다 젊고 기운이 쎈데, 머리채 잡고 실컷 패서 보내! 다시 못 나타나게 말이야.

그래도 되는 거요?

되고말고. 당신이 내 아내고 그 여자가 붙어사는 첩이지 뭐... 왜냐고? 관계도 못해주며 물러나야 할 입장에서 붙어사니까. 그 인간이 첩이지. 호적만 붙들고 사는 그 여자가 불쌍한 사람이지. 어찌 그게 인간이야. 알맹이는 당신이 가지고 맛있게다 먹어. 껍데기만 가지고 큰마누라다 하며 위로는 받을지 모르지만 당신은 어떤것이 좋아? 이 맛있고 영양 100퍼센트인 알맹이 먹고사는 것이 좋아? 먹지 못하는 껍데기나 씹으며 사는 것이 좋아? 아무 생각 말고 서둘러 살림차리자.

남자들이 다른 여자에게 미치면 감당 못한다. 더욱이 이 사장은 본마누라에게서 느끼지 못하는 즐거움을 이 식모에게서 느꼈다. 본마누라보다 더 젊었지 더 예쁘지 도저히 비교할 수 없다. 그리하여 푹 빠져서 헤어나올 줄 몰랐다. 무엇이든 다 주고 싶고 몸과 정신이 다 빠져서 제정신이 아니었다.

이 식모도 이제 어찌할 수 없었다. 도저히 혼자는 살 수 없겠고, 가난한 사람 만나 고생하는 것도 지겹고, 남의 집살이 10여 년도 지긋지긋하고, 자기가 갈 길은 오직 이길 뿐이었다. 그리하여 서둘러 집을 구하러 다니는데, 두 식구뿐이니 집주인이 좋다며 싸게 집을 주었다. 아담한 독채집을 얻고 가장집물도 고급으로 장만하고 옷도 고급으로 몇벌 맞추고 부엌그릇 종류도 아주 고급으로만 샀다. 누가 보아도 부러우리만큼 잘 단장했다.

황해도 사리원이면 그 당시도 꽤 큰도시였고, 교통도 편리했다.

그녀는 자가용만 타고 다니며 큰 사업가 사장마누라 행세를 했다.

모든 것이 준비된 후 첫날에 은희네 부부를 불렀다. 진수성찬을 차려놓고 넷이서 마주 앉았다.

은희 부부는 너무 놀라서 어쩔 줄 모른다.

애 너 이게 어찌된 거니?

어서 먹기나 해. 먼저 먹으면서 차근차근 이야기하자. 이사장님은 그 유명한 국제무역회사 사장님이시고 내 남편이야.

야~ 너 실력 좋다. 어떻게 감쪽같이 숨겼냐?

약 1년 전부터 사귀어왔어. 내가 망설였었는데, 너희집에서 이틀밤 자면서 너무 충격을 받고 당장 실천에 옮겼다. 좀 사정이 있으니 당분간은 비밀로 해줘.

그럼... 너 세컨드냐?

그때 사장은 반색을 하며,

아니예요! 그런 거 아니예요, 내 정실부인입니다. 앞으로 잘 부탁합니다. 이 사람은 은희씨를 참 좋아해요. 자주 놀러오세요.

하면서 아내를 어루만지고 쓰다듬고 너무 예뻐서 죽겠다는 듯이 갖은 애무를 했다.

오늘, 밤새껏 먹고 마시며 노시다가 건넌방에서 주무시고 가세요.

은희는 집과 모든 장식물과 환경에 도취되었다.

여보, 우리 자고 갑시다. 집이 참 좋다. 어디서 이렇게 모든 좋은 가구들, 그릇들을 장만했니?

돈이면 다 되는 세상이지 않니? 돈 가지고 못하는 것이 어디 있니?

사장은 의기양양해서,

이 집은 임시입니다. 전세집인데 차차 더 좋은 집을 살 것입니다, 이 사람이 갑자기 승낙하는 바람에 집을 살 시간이 없었어요. 앞으로 천천히 골라봐야지요.

은희는 너무 부러워서 죽을 지경이었다.

그리하여 밤늦도록 먹고 마시고 전축을 틀고 춤을 추었다. 피곤해서 집에 갈 수도 없게 되어 건넌방에서 잠을 자려고 하는데 안방에서 큰 소리가 들려왔다.

어이샤 어이샤 어기야 더이야 노를 저어라 잘도 미끄러진다. 어이야 더

이야 배떠나간다. 당신배는 풍선배 편안하기도 하다. 어이야 더이야 좋구나 좋다. 신선노름인들 이보다 더 좋으랴. 이곳이 천당이냐 극락이냐.

일부러 더 큰소리를 지르니 은희 부부는 잠도 못 이루고 몽롱한 중에 중얼거렸다.

우리에게 무시당한 너의 친구, 저 아줌마 우리에게 단단히 복수하는구나. 여자 팔자 뒤웅박팔자, 호박넝쿨 돌려놀 탓이라더니, 이 아줌마 팔자가 하루아침에 완전히 바뀌었구나.

하루는 은희가 놀러왔다.

둘이서 한참 마루에 걸터앉아 노닥거리다가 갑자기 은희가 말했다.

너 아무래도 세컨드가 틀림없구나. 그렇지 않고서야 어떻게 빨래 속에 남자 팬티가 하나도 안 걸렸니?

그이 속옷은 삶는 중이야. 요즘 세상에 빨래를 삶기까지 하니? 그대로 조금 더 입다가 버려버리지. 이 부잣집에서 무슨 궁상으로 빨래까지 삶느냐?

빨래 삶는 냄새도 안 나는데? 나한테까지 거짓말을 하니? 바른 대로 털어놓아라.

이 아줌마는 할 수 없이 궁지에 몰려 모든 것을 털어놓았다.

본마누라와는 도저히 못살겠다며 앞으로 꼭 이혼을 하겠다니 어쩌냐? 나도 이제 일년 이상을 이 사장과 정이 들어서 이제는 헤어질 수가 없어. 이제 나이도 나이고 도저히 혼자는 못살겠다. 너는 충분히 이해할 수 있잖니? 내가 너희 집에서 이틀저녁 자면서 너희부부가 재미있게 사는 것을 보았다. 너희남편보다 네가 더 정이 많은 것 같더라. 너는 충분히 나를 이해해 주리라 믿는다.

그래 너 참 잘했다. 어쨌든 잘 살아라. 크게 죄짓는 것도 아니다. 본마누라는 그것이 싫은 사람이니 오히려 구제해주고 너는 즐기고 얼마나 좋은 일이야?

　그런데 자기는 불감증이면서 강짜는 무지하게 한단다. 그날 너희 집에 가던 날도 현장에서 들켜서 쫓겨나지 않았니? 그러나 지금 생각하니 화가 복이 되었다. 또 너희 집에서 이틀 밤 너희들 재미있게 사는 것 보고 나도 앞으로 숨어서 살지 말고 정정당당히 은희 너희처럼 살고 싶다고 생각했다. 그리하여 사장님께 연락하여 다시 만났더니 글쎄 50만 원 거액을 주지무어냐... 남자들 여자에게 빠지면 제 정신이 아닌 것 같아. 하기야 이 사람은 불감증 여자와 아무 재미없이 25년이나 로봇과 잠자리를 했으니 무슨 재미로 살았겠니? 늦바람이 나서 그 좋아하는 것 말할 수 없어. 못 봐줘. 우리 집에 왔던 날 너희들 다 보았지? 그이는 자랑삼아 일부러 더 떠들었단다. 내가 일러바쳤단다. 너희 집에서 이틀밤 동안 한잠도 못 자고 고통을 겪었다고 했더니 빨리 집을 사고 은희씨네 초대해서 복수하자고 하더라. 은희야, 이런 복수는 볼만한 재미있는 복수지? 서구에서는 친구들 몇 쌍이 파티하고 나서 색시를 바꾸어 잔다고 들었다. 어떠냐? 앞으로 우리도 가끔 만나서 파티하고 재미 또 보자꾸나. 인생은 짧고 젊음은 빨리 끝난다. 우리 주말마다 모일까? 우리 사장 돈 잘 번다. 이렇게 쓰는 것은 새발의 피야.

남편의 연인

영희는 돌아오는 기차 안에서 곰곰히 생각에 잠겼다. 내가 알지 못하는 세계가 따로 있었구나. 내가 참 불감증이 아니라서 다행이고 우리 집 식모가 무식하고 못생겨서 다행이었구나. 만약 우리 식모가 나보다 예쁘고 더 젊었으면 완전히 남편 빼앗길 뻔했구나. 앞으로 어떻게 처사해야 옳은 길인가.

자존심 상하여 이러지도 저러지도 못하는 착잡한 심정으로 집에 돌아왔으나 잠이 오지 않았다.

하루는 낯선 젊은 여자가 찾아왔다.

시어머니가 뛰어나가더니 아주 반가이 맞이했다

옥선아, 이게 웬일이냐?

네에, 안녕하셨어요. 제가 고향에 내려오는 길에 잠깐 들렀어요.

그 옥선이라는 여인은 며칠을 계속 묵으며 떠날 생각을 안 한다. 도대체 이 여인은 누구며 무엇하러 왔을까? 영희는 좀 기분이 좋지 않았으나 시어머니가 아주 반기는 여인이니 그저 내버려두었다.

가만히 눈치를 살피니 남편과 무슨 비밀이야기를 주고받는 눈치다. 둘이서 무슨 이야기를 하다가 영희가 나타나면 슬며시 중단하곤 한다. 도대체 이 여인의 정체가 무엇인가. 왜 우리 집에 와서 가지도 않고 저렇게 며칠씩 머무는 것인가?

영희는 시어머니에게 물었다.

어머니, 저 여자는 누구며, 무엇때문에 우리 집에 와서 여러 날 묵고 있지요?

야- 그게 좀 말하기 거북하지만 내가 언제인가 말했던 일본여자, 너희 남편과 잠시 동거했던 여자 있지? 그 여자의 친구다. 그 일본여자가 나에게 쫓겨난 후 이 여자에게로 가서 합숙하고 좀 지냈다고 한다. 이 옥선이라는 여자는 전에부터 내가 잘 알고있는 여자다. 너희 남편이 만주로 사업차 다닐때 나도 몇 번 따라간 적이 있었는데, 그때마다 나에게 아주 친절을 베풀어서 객지에 낯선 내가 신세를 많이 졌단다. 그래서 그 고마움도 있고 해서 지금 내가 친절을 베푸는 것이니 아무 오해말고 당분간 봐주기 바란다.

그런데 그 일본여자와 친구라니 좀 마음이 편치 않네요.

얘 어멈아, 걱정 말아라. 그 일본여자는 해방된 후 자기나라로 돌아갔다고 한다. 아무 걱정하지 말아라.

그래요? 알겠습니다.

영희는 천연덕스럽게 말은 하면서도 어딘가 석연찮은 심정이 들어서 마음이 편하지 않았다.

옥선이가 온 지 일주일이 지나서 남편이 영희에게 다가오며 말했다.

여보, 나 오늘 출장갈 일이 생겼어요. 2, 3일이면 되니까 그리 아시오.

무슨 일인데요?

아.. 그게 좀 복잡한 일인데 설명하려면 길어. 다녀와서 자세히 말해줄게. 될 수 있는 한 빨리 끝내고 올 테니 기다려요. 사업상 좀 복잡한 문제가 생겼는데 잘 수습이 될꺼외다. 마음 편히 가지고. 꼭 2,3일이야.

남편은 여행가방에 옷가지와 속옷 몇 벌을 챙겼다.

영희는 마음이 유쾌하지는 않았으나, 보낼 수밖에 없었다.

정말 남편은 2, 3일 후에 돌아왔다.

돌아온 지 3일 후에 또 출장을 갔다.

저번 일이 수습이 덜 되었는데 이번에는 2일이면 돼. 이틀밤 지나서 오리다.

옥선이는 여전히 집에 머물고 있었다.

영희가 예상한 대로 이 옥선은 옛날 남편과 동거했다는 일본여자 미찌꼬의 밀사로 영희네 집에 온 것이다.

그 아편쟁이 여자는 영희네 집에서 30리 떨어진 사리원에 머물면서 영희 남편이 갑부가 되었다는 소문을 듣고 다시 한 번 만나고 싶고 돈도 좀 얻어 쓸 생각으로 옥선이를 보낸 것이다. 그리하여 오랜만에 만난 그날 밤 옛날 그대로 마약을 쓰고 오랜만에 둘이서 밤시간을 보냈다. 얼마나 좋은지 글로는 표현할 길이 없을 정도였다. 옛날 하던 대로 알몸으로 모자를 쓰고 춤을 추었다. 영희 남편은 앉아서 미찌꼬를 쳐다보고, 미찌꼬는 그 주위를 빙빙 돌며 어이야라 삿따 삿따를 연방 지껄이며 방긋 방긋 웃으며 다리도 들었다 놨다하고 모자도 벗었다 썼다 하며... 그 망측한 몰골은 이루 형용할 수 없을 정도였다.

영희 남편은 혼나간 사람처럼 그녀의 얼굴과 몸뚱아리를 번갈아 주시하며,

미찌꼬, 잘 춘다. 역시 너와 나는 연분이다. 너는 이제 아무곳도 가지 말고 내가 집한채 장만해 줄테니 사리원서 살아라. 내 집에서 여기 오는 기차는 두 시간에 한번씩 있으니 내가 자주 올 수 있어. 우리 옛날 같은 굿타임을 자주 가지자.

여보 나, 너무 행복해.

그럼, 미찌꼬. 그동안 다른 남자와 사귀지 않았단 말이야?

여보, 내가 당신과 헤어지고 지금 5년 세월이 흘렀는데 당신같이 나에게 만족을 주는 좋은 미남은 없었어요. 나도 당신과의 재미있는 추억을 안고 영원히 당신만을 가슴속의 환상으로 떠올리며 혼자 살 작정이었어요. 내가 죽을려고도 몇 번 생각했지만 그때마다 당신이 꿈에 나타나 나를 위로해주고 나를 즐겁게 해 주었어요. 꼭 생시처럼요. 그래서 꿈과같이 반드시 만날 것을 믿고 용기있게 살아남았지요.

그후 영희 남편은 일도 못하고 멍하니 미찌꼬가 있는 사리원 하늘만 쳐다보고 있다가 3일 후 겨우 다시 핑곗거리를 만들어 미찌꼬 집으로 갔다.

미찌꼬!

크게 부르며 대문을 들어섰다.

아이고, 이렇게 빨리 또 올 수 있었네요. 아이고 기뻐라~ 아이고 좋아라. 어서 들어오세요.

미찌꼬, 저번엔 3일이었지만 이번은 2일이다. 다음 번엔 낮에나 잠깐 다녀갈 수 있을 거야. 그래도 되지?

좋아요, 만족해요. 다시는 이 세상에서 못 만날 줄로 각오했었는데 꿈이 아니고 현실이니 몇 시간도 만족해요. 눈치채지 못하게 지혜롭게 만나요. 오래오래 계속해야 하잖아요.

영희 남편은 2일에 한번은 꼭 미찌꼬에게 갔다. 낮에 기차시간 맞추어 출발하면 30분이면 사리원에 당도했다. 몇 시간 실컷 놀고 돌아와도 두세 시간이면 족하니, 영희는 꿈에도 의심 않고 아무것도 모르고 세월만 흘러갔다.

하루는 남편을 불러서 물었다.

당신 괜찮아요? 요즘은 왜 아무 말도 없어요? 이제 그만 시간을 감해줘요, 나 정말 못살겠어요 하며 졸라대더니 요즘은 일절 말이 없으니 어찌된 일입니까? 오늘밤 당신을 받아들일까요? 좀 불쌍하네요.

여보, 사내가 결심했으면 기한을 마쳐야지. 나는 괜찮으니 1년 채웁시다. 이제 3개월 남았는데 뭐...

하며 밤이 깊어도 영희 방에 올 생각을 않는다. 아니, 저 양반이 어떻게 저렇게 변할 수가 있을까? 의심이 생긴 영희는 공장장인 이종사촌 오빠와 사무장인 고종사촌 오빠를 불러서 회의를 했다.

우리 애기아빠 요사이 별문제 없어요? 외출하는 일 별로 없어요?

글쎄... 몇 시간씩 사무실을 비울 때가 있는데.

고종사촌 오빠가 말하자 이종사촌 오빠도 말한다.

참, 요사이 공장에도 몇 시간씩 안 나타날 때가 자주 있어. 별로 신경쓰지 않았는데 살펴봐야겠다. 만약 또 무슨 일이 생기면 큰일이잖아.

영희는 마음이 답답했다. 곰곰히 생각해보니 남편이 출장간다는 그날 옥선이도 떠나갔다. 옥선이 무슨 사명을 띄고 왔다면 남편이 출장가는 것으로 자기 임무는 끝났다고 떠나는 것이 아닌가?

대문을 열고 밖으로 나왔다.

소자가 휘파람을 불면서 이쪽으로 다가왔다.

오, 영희 잘 있었어? 영희는 애기를 셋이나 낳았어도 여전히 처녀때와 똑같이 예쁘구나. 역시 영희는 천하 일색이야. 내가 꼭 너를 내 색시 삼으려고 했는데 뜻을 못 이뤄 참 유감이다.

소자야, 농담 이제 그만했으면 좋겠다. 이제와서 말인데 사람이 분수를 알아야지 네가 감히 어떻게 나를 넘볼 수가 있어? 소학교밖에 못나오고 고작 역전에서 운송업이나 하는 주제에. 내가 누구냐? 고등교육을 받았고 집안은 또 비교가 돼? 오르지 못할 나무는 쳐다도 보지 말라했는데 그만 농담 지껄이고 가봐.

어려서부터 한동네 살면서 영희를 만날 때마다 짓궂게 굴던 소자이지

만, 결혼한 후에도 만나기만 하면 동네망신을 하고도 여전히 그 장난기는
그대로였다.

영희야, 요즘 너희 남편 바람났느냐? 아니면 그 마약 또 다시 하는 것
이냐? 요즘 자주 사리원을 드나드는데 무슨 일이 생긴 것이 아니야? 네
남편은 믿을 수 없는 인간이야. 그 마약이라는 것이 어디 뗀다고 완전히
고쳐지는 것이냐? 얼마 있으면 또다시 하고. 돈이 없어야 못하지. 너는
정말 시집은 잘못간 것이 확실해. 나하고 결혼했으면 걱정없이 행복하게
살 것을. 너 생각 잘못했다. 속 꽤나 썩겠다. 정신차려~ 이제라도 이혼하
고 나한테 시집와. 너만 허락하면 우리 애 엄마를 버릴 수도 있다. 나 간
다! 잘 생각해봐.

소자는 이웃에 살아도 이름도 몰랐다. 자기 집에서 소자라 부르니까 동
네사람한테 모두 소자로 통했다.

소자의 말을 듣고 보니 영희는 가슴이 답답해왔다. 틀림없이 남편에게
변화가 온 것이다. 무엇때문에 자주 사리원을 드나드는가. 그래서 걸어가
는 소자를 불러세웠다.

소자야?

왜그래?

소자는 다시 되돌아왔다.

너 내가 부탁이 하나 있는데 들어줄래?

그래 네 말인데, 내가 사랑하는 영희 네 말인데 왜 안 들어줘. 무엇이
냐? 내가 도와줄께.

역전 건달패 중에 똑똑한 애 하나 사서 우리 남편 뒷조사 좀 해줘. 무엇
때문에 사리원을 자주 가는지.

그래, 그건 누워 떡먹기다. 돈 좀 내봐. 내가 아이하나 사서 보내 당장
밝혀줄 테니 걱정마.

그리하여 뒷조사를 해본 결과 미찌꼬와의 비밀을 곧 알아냈다. 그것뿐

이 아니라 남편은 미찌꼬와 자기도 하고 아편을 다시 시작한 것이었다.

　이제 영희는 시어머니와 의논할 필요도 없었고 다시 그를 고쳐주기 위해 노력하고 싶지도 않았다. 이제 끝이다. 헤어질 수밖에 없겠다. 그러나 일단 미찌꼬와의 인연은 끊도록 해야 했다. 마약도 더 깊어지겠고 돈도 많이 소비될 것이 뻔했다.

　영희는 소자를 찾아가서 자객을 사달라고 했다.

　소자는 깜짝 놀랐다.

　너 정말 사람을 죽이려고 그래?

　그럼 어찌해? 우리 재산을 다 말아먹을 년인데 살려두면 안되지.

　너... 난 그렇게 네가 독한 여자인 줄 몰랐다. 나는 그것은 못해. 그런 것 구하는 것도 사양이야.

　돈 줄께. 많이 줄께.

　야.. 돈 아니라 금을 주어도 난 싫다. 사람 죽이는 일은 못해. 영희야, 다른 방법이 있을 것이다. 내가 좀 생각해 볼께.

　소자야, 너 못된 줄만 알았는데 인정도 있고 순진한 데가 있구나. 설마 내가 자객을 시켜 그 여자를 죽이기야 하겠니? 그저 밤중에 칼을 들고 들어가 엄포와 위협으로 어디로 멀리 쫓아보내려는 것이다. 자객이 아니고는 밤중에 남의 집을 드나들 수가 없고 그 여자를 혼낼 수도 없지 않니? 보통 사람들은 그 일을 못해내지. 그러니까 진짜 자객을 사줘. 그러나 절대로 죽이지는 말고 멀리 도망시켜주기만 하면돼. 이 근처 다시는 얼씬 못하게 말이야. 다시 나타나서 계속 이 짓을 하면 그때는 내가 다시 와서 너를 쥐도 새도 모르게 단칼에 죽인다고 엄포만 하면 되는 것이야.

　영희도 다른 방법은 없다고 생각한 나머지 할 수 없이 소자를 시켜 자객을 사게 한 것이었다.

　밤중에 미찌꼬 방으로 칼을 든 자객을 보냈다.

　미찌꼬는 자객의 번쩍이는 칼을 보자 엎드려 빌었다.

선생님, 목숨만 한번 살려주세요. 시키는 대로 모든 것 다 할 테니 제발 살려주세요.

자객은 엄숙한 어조로 말했다.

네 죄를 알렸다?

알고말고요. 제가 잠시 정신이 빠져 죽을 죄를 지었습니다. 남의 꽃밭에 불을 질렀습니다. 오늘밤 이 시간으로 멀리 멀리 달아나겠사오니 용서해 주십시오.

그럼 오늘밤 안으로 짐싸.

짐이라고 무엇이 있겠습니까? 옷만 몇 벌 가지고 가겠습니다.

전쟁과 비극

얼마 후 육이오 동란이 터졌다.

이것은 전쟁이니 영희에게만 떨어진 것이 아니었다. 남북을 통틀어 우리나라 4천만 민족에게 다 떨어진 벼락이었다.

며칠 전부터 열차시간도 아닌 밤시간에 긴 화물차가 밤새껏 해주를 향해, 즉 삼팔선을 향해 달려가는 것을 보고 왜 밤을 새워 화물차가 달려가고 있을까 했다. 또 낮에는 집 앞 도로로 반짝이는 까만 세단차가 여러 대줄을 지어 역시 해주를 향해 달리고 있었다. 국가의 무슨 긴급회의가 있는가 아니면 무슨 변동이 있는가보다 생각했을 뿐 영희는 크게 마음 쓰지도 않고 있었는데 전쟁은 기어코 터졌다.

공산당이 평양에서 정권을 잡은 지 만 5년이다.

라디오를 들으니 삼팔선 이남 남조선 군인이 해주 시가를 침입해 들어왔으나 곧 인민군이 격퇴시켰다고 보도했다. 서울방송을 틀었다. 시동생이 성능 좋은 미국 방송까지 나오는 라디오를 가지고 몰래 듣고 있었다. 서울에서는 공산군이 삼팔선 이남을 진격해왔다고 보도했다. 일요일이라대부분의 군인이 휴가를 갔는데 그 틈을 타서 쳐들어 왔으니 빨리 휴가중인 현역군인은 소속 부대로 복귀하라고 방송하고 있었다.

비행기가 날아오고 폭격이 심해졌다. 정말 무섭고 어찌할 바를 모를 정도였다.

평양과 사리원에서는 많은 피난민들이 도로를 메웠다. 영희네 집은 기차역 도로변이며 배도 드나드는 포구가 끼어 장사가 아주 잘되는 반면 폭격 대상물이 바로 옆에 있기도 했다. 큰 창고가 여러 개 있고 정미소에는 항상 벼와 쌀이 자동차로 달구지로 배로 운반되고 있어서 아주 위험한 곳이었다.

마침 창고에 전주가 많이 쌓여 있었다. 일본 사업가가 맡겨 놓은 것이다. 그 전주를 잘라 가지고 방공호를 크게 지었다. 마루까지 깔고 돗자리를 펴고 사람이 누워잘 수도 있게 잘 지어 놓았다.

땅속이라 얼마나 시원한지 폭격이 없을 때는 들어가서 잠도 잤다. 동네사람들이 거의 들어갈 수 있게 아주 크게 지었다. 비행기만 날아오면 모두 방공호로 들어간다. 밥을 먹다가도 밥그릇을 들고 방공호 안으로 들어와 먹었다. 출생한 지 5개월밖에 안된 영희 사내아이는 많은 사람이 자기만 바라보고 있으니 너무 좋아서 연신 벙글벙글 웃고 있어 근심에 쌓인 모든 사람들도 같이 웃어버렸다.

어느날 밤 영희네 창고에서 쌀을 배에 옮겨싣고 평양으로 운반하는 작업이 한창인데 비행기가 날아왔다. 공중에다 조명탄을 터뜨리는데 한 바퀴 돌 때마다 조명탄 한 개씩이었다. 여러 개의 조명탄을 공중에다 터뜨리니 땅이 환하게 비쳤다.

영희네 식구와 동네 사람들까지 서둘러 방공호로 피신했다. 방공호 문을 열고 비행기를 살피니 공중에서 휘발유를 뿌리고 있었다. 틀림없이 오늘밤 영희네 창고를 향해 폭격을 가할 모양이었다.

모두 방공호 속에서 쥐죽은 듯 앉아있는데 쾅 쾅쾅…쾅 요란한 폭음 소리와 함께 그 두꺼운 방공호 문짝이 폭격으로 인한 바람의 힘으로 열렸다. 몇 명의 남자들이 힘을 합해 문을 닫았다.

폭탄이 아주 가까운 곳에 떨어지는 모양이었다. 문짝이 몇 번이나 열렸다. 모든 사람들이 다 죽는 것 같은 공포에 휩싸이고 고막이 터질까봐 귀들을 꼭 막았다. 한참동안 쾅쾅쾅 요란한 폭격소리가 계속되더니 조용해졌다. 빠져 나오기가 무서워 얼마간 기다리다 나왔다.

모든 사람은 나오자마자 깜짝 놀랐다. 방공호 지붕만 남겨놓고 방공호 바로 옆으로 몇 개의 폭탄이 박히어 우물만큼이나 깊이 파여진 것이다. 파편도 큼직한 것이 주위에 많이 흩어져 있었다. 지붕위로 하나만 떨어졌어도 전원 즉사했을 것이다.

하나님 감사합니다. 이것은 신의 도우심 , 큰 천사의 도움이 아니고서야 어찌 이런 기적이 있을 수 있었을까.

또 크게 놀란 것은 영희의 식구들이 자고 있던 안방에 비단이불을 뒤집어 쓴 중년 여인의 시체가 피에 범벅이 되어 누워 있었던 것이다. 아마 지나가던 행인이 폭탄이 쏟아지니까 너무 무서워서 집으로 뛰어들어 이불을 뒤집어썼으나 파편이 날아와서 가슴을 쳐 즉사한 것 같았다.

영희는 우리 식구가 그대로 자고 있었더라면 지금쯤 모두 피가 낭자한 시체로 변했을 거라고 생각하니 소름이 끼쳤다. 재산이 다 파괴된 것도 아깝지 않았다. 그 시체는 비단이불에 싼 채로 가까운 황산에 묻어주었다.

황산은 영희네 집에서 5분 거리밖에 안 되는 조그마한 산이다. 홍수때 장수산에서 한귀퉁이가 떨어져 내려오다 이곳 황씨네 밭에 머물러서 황산이라 이름했다고 한다. 영희는 어려서부터 이 산에 자주 올라가서 나물도 캐고 꽃도 꺾으며 재미있게 놀면서 자랐다.

일꾼들에게 날아간 함석장을 거두어 오라고 시켰더니 10리 밖에까지 가서 주워왔다고 했다.

부엌 수저통의 은수저가 모두 재 속에 파묻혀 있었다. 수세미로 약간 문지르니 반짝반짝 윤이 나는 새 수저로 변했다. 금과 은은 왜 비싸고 귀한 것인지를 깨달았다. 창고와 정미소에 쌓아둔 쌀은 모두 새까만 색으로 변하여 알알이 굴러다녔다. 그 중 한 알도 흰색을 유지하고 있지 않았다. 그런데 집안 광속 큰 오지항아리에 넣어둔 쌀은 그대로 보존되어 있어 당분간은 식량걱정이 없었다. 다행히 장독도 무사했다.

전쟁이 점점 치열해지자 17살부터 40살까지의 남자들이 모두 군인으로 소집되었다. 영희 남편과 시동생 모두 소집 대상이었다. 집집마다 난리였다. 이것이 난리 아니고 무엇이냐. 전쟁터보다 더 무서운 소집장이었다.

영희는 남편과 시동생을 논바닥 볏가리 속에다 감추었다. 마을 사람들 모두 젊은이들을 이런 식으로 숨겼다. 영희는 일부러 무명치마 저고리를 입고 머리에는 타올수건을 두르고 애를 업은 다음 함지에다 밥을 이고 농군의 여인처럼 꾸며서 남편과 시동생에게 밥을 날랐다. 하나님이 도우셔서 그때는 매일 안개가 짙게 끼어 한치앞 사람도 구별 못하였다.

그런데 내무서에서 영희를 호출했다. 애를 업고 출두했더니 다짜고짜 호령이다.

남편과 시동생을 어디다 숨겼소? 빨리 내보내지 않으면 큰 화를 면치 못할 것이니 빨리 내보내세요.

군인 나간다며 집을 나갔는데, 저는 모릅니다. 군인에 출병했을 겁니다.

아니, 명단에도 없는데 어디로 출병했다는 것이요? 빨리 찾아서 내보내세요. 당신 고생 좀 해보겠소?

그러더니 앞마당의 방공호 속으로 집어넣었다.

그 방공호는 마당을 파고 아무렇게나 판 흙바닥에 그대로 사람을 가두

는 곳이었다. 많은 사람이 쪼그리고 앉아 있는데 땀냄새 구린내가 코를
찌르는데 잠시도 숨을 쉴 수가 없었고 아기가 요란하게 울었다.

여보세요. 나 집에 잠깐 다녀올게요. 밥을 안 먹고 와서 애기가 젖달라
고 우는데, 밥 좀 먹고 다시 올게요.

이렇게 사정했더니, 아기가 박박 우는 것을 보고는 갔다 속히 오라고
했다.

집으로 돌아와 장농을 뒤져서 뉴동 치마저고리감과 여러 비단들을 한
보따리 싸가지고 나왔다.

내무서장 사택으로 가서,

사모님, 사모님!

하고 부르니 젊은, 세련되지 않은 촌색시가 방긋 문을 열었다.

사모님이 무엇이요?

이 서장부인이라는 여자가 얼마나 무식한 지 사모님이라는 단어가 무
엇인지 못 알아듣는 것이었다.

이것... 비단감 좀 가져왔는데요.

아니, 이것을 왜 나를 주어요?

국가를 위해 분투 노력하시니 고마워서요. 저는 이런 것이 많이 있으니
나눠 드리는 것입니다.

아이고, 예쁘기도 하여라. 고맙수다. 잘 입을게요, 나는 이런 옷감 구경
도 못해봤어요. 그런데 애기엄마는 누구세요?

저기 정미소 집이에요.

네에, 알겠어요.

그리고 나서 다음부터는 다시 불러도 서내 의자에 앉으라 하고 방공호
속으로는 들여보내지 않았다.

나중에 방공호에 갇혔던 많은 사람들은 한꺼번에 다 죽어서 식구들이

와서 울면서 시신을 찾았다.

볏동가리 속에 숨겨놓은 젊은이들이 하나 둘 숫자가 많아지고 보니 정보가 당에 입수되어 총을 멘 군인들이 오늘밤 볏동가리를 뒤지러 나온다는 소식이 들렸다.

어찌할 것인가? 진퇴양난이다. 볏동가리 속에서 나와도 잡히고 숨어 있어도 잡힐 판국이니 어찌할 것인가? 국군과 미군이 점점 가까이 오는지 대포소리가 들려왔다. 포소리가 가까와져도 무섭지가 않았고, 어서 속히 전쟁이 끝나기만 학수고대했다.

그런데 볏동가리를 뒤지기 위해 달려든 군인들이 입성한 미군과 국군들에게 오히려 무장해제를 당하여 손을 뒷머리에 깍지낀 채로 미군을 따라 어디론가 사라졌다. 아마 포로수용소로 끌려갔을 것이다. 그리하여 볏동가리 속에 숨었던 젊은이들은 만세를 부르며 다 나와서 자위대를 조직하고 무정부 상태에서 치안을 맡았다. 당원과 공직에 있는 사람과 군인 등 공산당들은 모두 북으로 후퇴하고, 미처 후퇴 못한 당원이나 군인들은 모두 포로로 붙잡혀갔다.

여자들의 수난

위기 직전 미군이 입성하여 살아남은 것은 다행이었지만, 총을 들이댄 미군들이 자위대 청년들을 위협하며,

색시, 색시 내놓으라고!

고함을 치기 시작했다.

자위대원들은 큰일이 났다.

없어! 색시 없어! 노우 노우!

손을 저으며 아무리 부인해도 소용이 없었다.

내놔. 빨리 빨리 색시 많이 있어! 내놔!

할 수 없이 남편이 군인으로 나간 집으로 안내했다. 갑자기 들이닥친 키가 크고 코가 큰 총을 맨 미군이 들이닥치니 젊은 군인 색시들 얼마나 놀랐으랴.

사람 살려! 나 죽는다!

하며 도망을 치나 독 안에든 쥐나 다름이 없었다. 피할 길이 어디 있으리. 시아버지가 문밖에 서서 말한다.

아가야, 가만히 하자는 대로 내버려둬라. 반항하지 말고 가만히 있어

라. 죽는 것보다 나으니 참고 그들의 말을 고분고분 들어라.

색시 예뻐. 굿 굿, 베리 굿.

문밖에 서서 떨고 있는 시아버지의 귀에 씩씩대는 미군의 숨소리가 들려온다

굿 굿, 베리 굿.

색시 예뻐, 하악 흑.

가쁜 숨소리... 세상에 이럴 수가, 이런 일이 어디 있단 말인가? 일부종사 20세에 과부가 되어도 일생 수절하는 우리나라 아낙네들이 무지막지한 외국군인들에게 강간을 당했으니 우리 민족이 어찌하여 동족끼리 싸우며, 이렇게 기막힌 일을 당해야 하나? 그 아낙네들이 무슨 죄가 있단 말인가? 시대를 잘못 타고난 것뿐이지 아무 잘못이 없지 않은가...

미군의 숫자는 많은데 비해 남편이 군인으로 나간 색시는 그리 많지 않은 데다 더러는 재빨리 도망쳐서 여자의 숫자가 부족했다. 미군들이 한 집에 3, 4명씩 줄을 지어 기다리다 차례로 들어갔다. 연약한 이 군인 색시들 그 힘센 미군들을 여러 명 받자니 얼마나 무섭고 고통스러웠으리.

영희는 그 장면을 목격하면서 본인은 당하지 않았으나 가슴 아픈 것은 당하는 그 여인들과 꼭 같은 심정이었다. 아~ 어찌할꼬, 어찌할꼬. 뻔히 보고 있으면서도 구할수 없는 약자요, 패배자요, 무능자인 조선 민족들 전쟁은 누가 시작했으며 전쟁은 왜 이 땅에서 계속되는가? 오~ 하나님, 우리 민족을 불쌍히 여기소서. 어서 속히 이 전쟁을 멈추어 주옵소서. 영희는 간절히 기도를 드렸다.

그러나, 전쟁은 그리 쉽게 끝나는 것이 아니었다. 앞으로 계속 엎치락 뒷치락 삼팔선 이남과 이북이 계속 밀리고 쫓기고 올라갔다 내려갔다 하면서 얼마나 많은 죄없는 우리 민족이 죽고 희생되어야 하는지...

영희는 그 일을 목격한 후 불면증에 걸렸다. 자기가 무사하다고 해서

이웃들이 짓밟히는데 마음이 편할 리가 없었다.

국군이나 미군이 함경도 북쪽까지 점령하여 이젠 전쟁이 끝났는가 했더니, 이게웬일? 머리를 길게 따아내린 더벅머리 노총각 중공군들이 북치고 꽹과리 치며 중국으로부터 쏟아져 내려닥친다는 정보였다.

가난하고 여자가 귀한 중국에서 장가 한번 못 가보고 죽을 이 노총각들을 총도 없이 칼도 없이 인해전술로 무조건 밀어보내며 조선에 가면 예쁜 여자가 많다, 마음대로 가지고 놀아라. 또 여기 아편이 있으니 먹으며 들어가라. 라고 세뇌시킨다는 것이었다.

의기양양하고 기운이 솟구치는 이 중공군 노총각들 신이 나서 너도 나도 앞을 다투어 인산인해를 이루어 산더미같이 바닷물같이 몰려왔다. 많은 인간 무리들이 조선땅에 들어오자마자 여자만 보면 덮쳐서 아수라장이 된 것이었다.

야~ 이것은 전쟁이 아니고 극락이로다. 예쁜 조선족 여인들 참 좋구나! 얼씨구~좋구나! 총각귀신 면했네~ 이제 죽어도 띵호와! 이렇게 많은 각시가 모두 내것이라니 이게 꿈이냐? 생시냐? 이것이 전쟁이냐? 천당이냐? 소원 풀었다. 예쁜 각시 너! 이리와, 너는 내것이다. 내 고향 돌아갈 때 너를 업고 가리라.

유엔군 사령관 맥아더는 잠시 생각했다. 이 밀어닥치는 중공군을 총칼로는 도저히 감당할 수 없다. 이제 할 수 없으니 영등포까지 전 미군과 국군이 일단 후퇴하자.

일차 집결지가 사리원이었다.

맥아더는 전쟁에 아주 능숙한 장군이었다. 작전상 후퇴를 했다가 한국과 중국 경계인 만주 땅에다 원자탄을 투하할 작전이었다. 그러나 미국정부는 적극 반대하여 그 뜻을 이루지 못하고, 비통한 가운데 결국 전쟁은 몇 년 후 휴전상태에서 승자도 패자도 없이 끝나버렸던 것이다.

북쪽으로부터 피난민들이 막 쏟아져 내려오면서 외쳤다.

젊은 여자들은 속히 떠나 남으로 내려가시오! 이대로 있다가는 큰 변을 당합니다!! 중공군 더벅머리 총각들이 여자만 눈에 띄면 덮칩니다. 그리고 또 원자탄이 떨어집니다! 모두 피하세요!

피난민들은 그러면서 해주로 삼팔선으로 달려갔다. 서울로 가는 지름길인 사리원은 군인들이 진치고 서서 피난민이 통과하지 못하게 막고 해주로 몰았다. 그쪽으로 피난민을 가게 하면 도로가 꽉 차서 미군이 후퇴할 수 없기 때문이다.

영희는 그렇게 많은 사람들을 난생 처음 보았다. 얼마나 무섭고 떨리는 이 피난 광경이냐?

영희는 대소 가내를 모았다. 20명이나 되는 이 대가족을 어떻게 이동시킬 수 있는가? 소달구지에다 쌀과 이불과 옷가지를 실었다. 리어카에다 노인과 애들을 싣고 끌어야 했다. 영희는 젖먹이 애를 업고 기저귀 보따리 하나만 들고 걸어가려 했는데, 걷기도 전에 애가 주르르 발꿈치까지 미끄러져 내려와 도저히 걸음을 걸을 수가 없었다. 생전에 애를 업어보지 않았으니 어찌 애를 업고 걸음을 걸을 수 있단 말인가.

이때 3년 전 공부한다고 삼팔선을 넘어간 동생 석이가 군복에 총을 메고 돌아왔다. 죽었는지 살았는지 소식도 모르다 돌아온 동생을 만나서 온 식구는 눈물바다가 되었다. 모두 부둥켜 안고 울고불고 했다.

이것도 역시 전쟁이다. 피난이고 무엇이고 다 제쳐놓고 용하게 이 시간에 잘도 당도했구나, 우리가 다 떠난 후에 왔으면 어쩔 뻔했느냐? 참 잘 왔다.

온 가족이 피난 갈 생각도 잊어버리고 닭을 잡고 잔치를 베풀었다. 큰엄마와 동네 가까운 친척들도 모여왔다. 큰엄마는 아들을 붙들고 한참 울었다.

어머니는 왜 피난 안 가신다고 하셨어요? 가셔야 합니다. 어서 준비하세요.

석이가 극구 권했으나, 종래 큰엄마는 피난을 거부했다. 큰엄마는 금은 보화, 돈보따리, 집과 농토 이것들을 너무 사랑했기 때문에 도저히 버리고 갈 수가 없는 것이다.

영희 남편은 처남을 붙들고 호소했다.

처남, 자네 누나는 도저히 이 아기를 업고 걸어갈 수 없으니 처남이 이 아기를 안고 누나를 책임져주게. 나는 노인과 애들을 태운 리어카를 끌어야 하니, 우리 분산해서 서울 충무로 큰누나 집까지만 가자. 우리도 일단은 충무로 큰누나 집으로 갈 것이니 그곳에서 만나면 되지 않겠나?

누님 한 분이야 내가 책임지고 모시고 못 가겠어요? 서울서 만나요. 누님, 아기는 내가 안고 갈 테니, 30리 길이니 좀 힘드시겠지만 걸어가셔야 합니다.

동생은 모든 사람에게 인사하고 마지막으로 어머니를 붙들고 말했다.

다시 서울에서 만나요. 고생스럽겠지만 서울까지만 오세요.

재령강 수리조합 물은 아무것도 모르고 무심히 흘러가는데, 이 강다리 위에서의 비극이 어머니와 가족들과의 마지막 작별인 줄 누가 알았겠는가.

어머니 옆에는 단발머리 여고생이 손을 흔들며 소리쳤다.

언니, 오빠, 잘 가!

리어카에 탄 영희의 5살짜리 맏아들과 3살짜리 딸은 할머니 품에 안겨 무슨 영문인 지는 모르나 엄마가 떠나간다고 느끼자 갑자기 슬퍼졌는지 엄마, 엄마! 하며 울기 시작했다.

영희는 애들을 한 번씩 안아주며 말했다.

할머니와 같이 서울까지 잘 와. 그곳에서 엄마와 만나.

영희도 눈물이 나서 못 견딜 것 같았다. 며칠 후 다시 만난다는 확신을 가지면서도 왜 그런지 이것이 영원한 이별이 아닌가 하는 예감이 들면서 자꾸 슬퍼졌다. 영희는 치마폭으로 눈물을 닦으며 뒤를 돌아보며 외쳤다.

서울서 만나요.

그때 어머니 치마꼬리를 잡고 불안한 듯 아쉬운 듯 떠나가는 형과 누나를 바라보고 있던 8살짜리 작은동생이 갑자기 영희 있는 곳으로 뛰어왔다. 누나 있는 곳까지 오더니, 영희 치맛자락을 꼭 잡으며 말했다.

누나, 나도 누나 따라갈래.

동생은 치맛자락을 놓칠새라 더욱 힘주어 잡았다.

엄마하고 떨어져 가도 괜찮겠어? 30리를 걸어야 해. 걸을 수 있어?

응, 문제없어. 걸을 수 있어. 걱정마, 누나. 나 잘 걸어. 뜀박질은 우리 반에서 언제나 일등이잖아. 운동회 때 상도 많이 타왔잖아.

동생은 자기의 의사를 더욱 강하게 표현했다. 이 작은동생은 어린 생각에도 누나를 따라가는 것이 안전하고 편안할 것이라고 생각이 들었나보다.

영희는 하나님께서 귀하게 쓰시기 위해 그 어린 마음에 성령이 감동하셔서 그와같은 용기를 주신 것이리라 믿었다.

석이동생이 안성맞춤으로 영어를 할 수 있어서, 10개월짜리 아기와 삼남매는 미군 공병대 트럭을 얻어 타고 군잠바를 뒤집어쓰고 사리원을 떠났다.

하늘도 이별을 서러워하는지 눈이 펄펄 내리고 있었다.

피난길

이때가 1950년 12월 10일, 역사적인 1·4후퇴의 초입이었다.

영희는 이렇게 걷지도 않고 평안히 피난을 하고 있으나, 집에 두고 온 식구들과 두 어린것을 생각하니 마음이 아팠다. 과연 무사히 식구들이 서울까지 당도할 수 있을까? 이 추위에 그 어린 두 남매가 무사히 서울까지 와서 다시 만날 수 있을까? 나만 이렇게 편안히 갈 수 있다는 것이 죄를 짓는 것 같고, 영 다시 못 만나지나 않을까 하는 불안감에 사로잡혀 눈물이 자꾸 흘렀다.

영희가 타고 가는 차는 트럭이라 지붕이 없고 앞이 환히 내다보였다.

사리원을 떠날 때는 피난민이 안 보였다. 모든 피난민을 해주로 다 내몰아서 그런것 같았다. 그런데 남쪽으로 갈수록 근방 주민들이 피난을 나오기 시작해 이곳도 굉장히 많은 피난민들이 길을 꽉 메웠다. 영희가 탄 차를 향해 손을 흔들며 좀 태워 달라고 애원을 했으나 자리가 꽉 차서 도저히 태울 수가 없었다.

다리가 작든 크든 우리 차만 건너면 다리 저만치 먼 곳에다 차를 세우고 몇 사람의 군인이 폭탄을 가지고 다리 가까이 가서 다리를 끊어버리고, 다시 와서는 또 행진하다가 또 다리를 만나면 폭파했다. 볏가리, 콩깍지더미, 쌓아놓은 농산물 곡식더미도 보이는 대로 폭파했다. 적지에 식량 같은 것을 남겨놓지 않겠다는 뜻이겠지...

전쟁때는 큰 행길가에 사는 것이 불리하고 위험하구나... 영희는 새삼 느꼈다. 아군이 미처 파괴하지 못하고 떠난 통조림, 군복, 식량들도 눈에 보이는 대로 폭파시켰다. 통조림이 폭파될 때는 쿠당당탕 요란한 소리와 냄새가 지독했다. 전쟁은 사람도 죽지만 모든 물자가 손실, 파괴된다는 것을 알았다.

피난민들은 다리를 끊을 때마다 아우성을 치며,

우리 좀 건넙시다! 우리가 건너간 다음에 끊으세요!

하고 외쳤다.

이런 답답한 일이 어디 있을까? 이 강만 건너면 무엇하나. 또 강이 있고 다리가 있는데. 그래도 사람들은 죽기 아니면 살기로 보따리 다 던지고 애를 어깨에 무등 태우고 물속으로 걸어서 건너왔다.

처음에는 작은 강들이라 그렇게 했겠지만, 점점 큰 강이 나타나면 사람이 건널 수가 없다. 그리하여 나중에는 급해지니까 처자식 다 버리고 장정만 헤엄쳐 건너오기도 하고, 폭파시켜 휘어 구부러진 철로를 붙들고 배와 가슴을 철로에다 꽉 붙이고 배로 기면서 건너는 광경도 있었다.

사람이 살기 위한 생존본능은 얼마나 무서운 것인가? 아래를 내려다보면 수십 길 강물이 흐르는데 어찌 서커스 곡예사처럼 철골을 타고 건너는 것인가? 애를 길가에 버리고 피난 온 엄마도 있다. 정신없이 애를 버리고 왔으나 죄책감에 몸부림치다 정신이 돌아서 부산거리를 헤매며 내 애기, 내 새끼 하며 통곡하는 젊은 여성들도 많았다. 배를 타고 삼팔선을 넘던 피난민들 중 아기 업은 젊은 한 어머니가 있었는데, 아기가 박박 울어대니까 뱃사공이 아기 울음소리 때문에 감시원에게 들키면 여러 사람 죽으니 빨리 아기를 물에 집어던지라 하여 할 수 없이 애를 바다에 던지고 부

◆ 왼쪽 긴 고름 달아내린 사람이 영희, 피난 나오기 직전에 촬영한 것이다.

산에 도착했으나 정신이 돌아버려 길거리를 헤매는 엄마도 있었다. 아~ 이 비극, 나라의 수치, 무엇때문에 전쟁을 시작하여 자기 동족끼리 총칼을 겨누고 서로 죽이고 서로 원수가 되는 것인가. 장차 어찌하겠다는 것일까?

공병대 차가 반나절이나 임무를 수행하다가 점심때가 되었다.

모두 차에서 내려서 쉬면서 빵과 통조림을 나눠 먹는데 피난을 갔는지 빈집 한 채가 눈에 띄었다. 들어가 살피니 쌀독이 있었다. 뚜껑을 여니 노란 좁쌀뿐이고 흰쌀은 전혀 안 보였다. 씻어서 노란 조밥을 만들어 김치를 통째로 쭉쭉 찢어서 먹는데, 목이 메고 입안이 깔깔해서 잘 넘어가지 않는다. 그러나 아기 젖을 먹이기 위해서라도 억지로라도 먹어야 한다.

작은동생은 철이 없어 빵도 싫다, 조밥도 안 먹겠다 하니 영희는 난처했다.

이 철부지야! 지금 우리가 어디로 가고 있니? 피난길이야! 전쟁터라고! 빨리 먹지 않으면 이것도 못 먹어. 언제 밥을 또 먹을 수 있을지 알 수 없는 일이야!

그렇게 윽박지르며 먹었다.

석이동생은 현역병이라 부대를 찾아 가버리고, 영희는 서울에 도착하자마자 충무로 시누이 댁을 찾아갔다.

서울 지리에 익숙한 지라 집을 찾는 것은 아무 어려움이 없었다. 그러나 벌써 시누이 댁은 모두 피난을 떠나서 텅 비어 있는 빈집이었다.

어찌되었거나 식구들과 만나기로 약속한 집이니 꼼짝 않고 이 집에 있어야 식구들을 만날 것이 아닌가. 영희는 작은동생에게 아기를 맡기고 밖으로 나가서 쌀과 반찬거리를 장만했다.

벽장을 뒤지니 햇솜이불 한 채와 베개가 이불보에 잘 싸여 있었다. 나중에 안 일이지만 이 이불은 어떤 어머니가 자기 아들에게 전해 달라고 맡겨놓은 것이었는데, 얼마나 따스한지 땀이 날 정도였다.

영희는 피난시절 내내 그 이불을 매우 요긴하게 썼다. 하나님께서 우리의 쓸것을 미리 다 준비해 주셨다고 감사기도를 드렸다.

아무리 기다려도 기다리는 식구는 오지 않았다. 게다가 신문 일면에 대서 특필로 보도된 것을 보면, 해주까지 피난 온 피난민이 마구 폭격을 당했다는 것이다. 사람의 시체가 뒹굴고 말대가리, 소대가리, 말다리, 소다리가 땅에 뒹굴고 있는 사진도 실려 있었다. 기사를 읽어보니, 피난민 가운데 불순분자가 섞여 남하한다고 정보가 들어와 마구 폭격했다는 것이다. 아, 우리 식구도 다 죽었겠구나. 살았으면 왜 안 오나?

스피커를 단 선전차량이 지나갔다. 들어보니 이승만 대통령이 떨리는 음성으로 방송하고 있었다.

사랑하는 국민 여러분! 서울은 절대 사수할 테니 동요하지 말고 안정들 하시오.

그래도 사람들은 계속 트럭에다 가득히 이삿짐을 싣고 부산으로, 부산으로 내려갔다.

작은동생은 철도 없이,

엄마 보고싶어. 누나, 집에 가자.

하면서 엉엉 울었다.

영희는 저도 모르게 동생의 따귀를 후려갈겼다. 그리고 소리쳤다.

야! 너 정신 있니? 지금 우리는 앞으로 어떻게 해야 살아갈 지 알 수 없고 너만 엄마 보고싶냐? 나도 두고 온 두 어린 남매와 엄마가 보고싶어! 울 생각을 하면 앞이 캄캄하단 말이야.

그후로 영리한 동생은 다시 보채지 않았다. 얼마나 어린것이 엄마가 그리워 울었겠는가 싶어 두고두고 가슴이 아팠다.

영희는 언제까지 서울 복판에서 앉아만 있을 수 없어서 교회본부를 찾아갔다. 자신을 진리로 인도한 이목사를 만나고자 한 것이다. 그 사람은 애들 아빠의 친척이기도 했다.

이목사는 교회본부에서 한국인으로는 최고 높은 자리인 연합회 총무 일을 맡고 있었다. 영희를 보고 깜짝 놀라는 것 같았다.

잘 오셨습니다. 식구들은요?

영희는 그 동안의 자초지종을 설명했다.

여하튼 서울에는 계시면 안됩니다. 잠시 후에 위생병원 원장인 미국인 유재한 박사께서 이곳에 오십니다. 저와 같이 인천에서 엘에스티(L.S.T) 를 타고 있는 교회 사역자 가족들을 보러 가려고 하는데, 같이 가시지요.

엘에스티라는 큰 함정은 군용 수송함으로써, 유재한 박사가 교회 사역자 가족을 피난시키기 위해 미군과 교섭해서 얻은 것이다. 영희는 참 운이 좋았다. 평신도는 탈 수 없는 이 배를 이목사의 도움으로 탈 수 있었다.

조금 후에 유박사가 자가용을 몰고 와서 영희 세 식구를 인천까지 데려다 주었다. 그런데 영희는 인천부두에 내리면서 감사하다는 말을 안하고 내렸다. 오랜 세월 사람들로부터 떠받듬과 위함만 받으며 살아왔기 때문에 누구에게도 미안하다, 감사하다라는 말을 한마디도 해본 적이 없었다.

수송함이 인천을 출발하면 부산까지 가서야 모두 내려야 했다. 다른 교단 교인들까지 모두 2,000명 정도의 사람을 태워야 하는데 이 함정은 그리 크지가 못하여, 유박사는 다시 더 큰 함정을 미군으로부터 얻어와야 했다. 만약 공산당이 점령해오면 종교인이 우선 위험하다는 것을 알기 때문에, 유박사는 모든 종교인을 제주도로 옮기기로 한 것이다. 그뿐인가? 계속 피난민에게 쌀과 옷을 공급해 주었고, 심지어 실과 바늘까지 필요한 모든 물자를 계속 부족함 없이 공급해 주었다.

유박사는 1930년 한국으로 와서 서울위생병원장으로 근무하면서 많은 환자를 치료했고, 특히 수술하는 기술이 뛰어나 많은 인명을 구해내었다.

❻ 6 · 25때 영희가 엎고나온 아들, 내외와 두 손자.
아들의 아버지, 작은아버지, 형 모두 북에서 죽고, 집안이 몰살할뻔 했으나,
축복으로 두 아들을 낳아 집안이 다시 소생했다.

우리나라 초대 대통령 이승만 박사의 주치의도 지냈다.

한국에 전쟁이 터져 많은 고아가 생기자 서울위생병원에 수용하기 시
작했으나, 고아수가 늘어나면서 병원에서는 도저히 감당하기 어려워졌
다. 그래서 병원 가까이 중랑교를 지난 자리에 고아원을 설립하고, 약
300여 명의 고아를 수용한 후 전쟁때문에 남편과 헤어져서 과부가 된 여
자들을 직원으로 30명을 채용해서 모두 유급으로 일을 시켰다. 그런 식
으로 고아와 과부를 많이 구해주었다.

그때 영희도 동생과 아기와 세 식구가 이 고아원에서 걱정없이 지내게
되었다. 영희는 원아를 가르치는 선생으로 임명을 받아 열심히 일했다.
이 고아원 내에서는 초등학교 과정에서 고등학교 과정까지 가르쳤다.

유박사는 재정이 부족해지면 가끔 미국으로 건너가서 대중이 모이는 공원이나 극장이나 시장에 서서 한국전쟁 고아를 도와 달라고 호소하여 많은 달러를 기부 받아와서 고아원을 운영했다. 게다가 원하는 원생은 누구나 대학까지 보내주었다. 한 아이 한 아이마다 미국 양부모를 연결해 학비를 보조하게 했다. 또 많은 아기들을 미국으로 양자로 보내주기도 했다. 우리민족도 아니고 미국인으로써 우리 한국전쟁에 이렇게 큰공을 세운 사람이 또 어디 있으리...

우리 민족은 은혜를 갚을 줄 모르는 배은망덕한 국민들인 것 같다. 수송함을 타고 갔던 사람들 중 나중에 전쟁이 끝나고 안정이 된 후에 유박사를 찾아가 감사의 인사를 드린 사람이 많지 않았다 한다.

그뿐인가. 유박사는 1967년 68세에 은퇴하여 미국 시애틀 근처에 조용하고 공기좋은 섬에서 여생을 보내다가도 가끔 서울위생병원을 잊지 못하여 찾아와 1년에 3, 4개월씩 봉사활동을 하곤 했다. 근방 산과 땅을 싸게 많이 구입하여 병원 확장을 계획하기도 했는데, 그 다음 후임들이 잘못하여 사기꾼에게도 손해보고 건축업자들이 농간하여 일이 잘 진행되지 못하기도 했다. 실패가 많음을 보고 유박사는 한탄의 눈물을 흘렸다고 한다.

1990년대 초에 92세를 일기로 세상을 떠났는데, 돈이 없어서 화장을 했다고 하니 얼마나 기가 막힌 일인가. 한국교회 연합회본부에서 마땅히 교회장으로 성대히 장례식을 치르던가 아니면 서울에서 여럿이 미국으로 건너와서 장례식을 거행해야 되는 것이 아닐까? 너무나 무심했다.

영희는 그 소식을 듣고 울었다.

제주도에서

영희는 두 아이를 데리고 낯선 부산 땅에 내려 다시 올 수송함을 기다리는데, 어디서 자고 어떻게 먹고 잘 것인지 난감했다. 돈 있는 사역자들은 모두 여관을 얻고 방도 얻어가지만 영희는 할 수 없이 교회를 찾아갔다. 그러나 강단위까지 사람이 꽉 차서 발 들여놓을 틈조차 없었다. 이북 피난민들을 위해 산에 천막을 쳐주었는데 풍로를 사서 숯불에 밥을 지어 먹었는데 아기가 설사를 한다.

쌓인 기저귀를 빨기 위해 물을 찾아 헤매는데 어디선지 졸졸 물소리가 났다. 물소리를 따라가니 얼음 속으로 산에서 흘러내리고 있었다. 돌을 들어 얼음을 깨고 기저귀를 빠는데, 손이 시리다 못해 손가락이 감각이 없고 떨어져 나가는 것 같다. 집에서는 더운물에도 빨래 같은 것은 해보지도 않은 영희가 이제 얼음물에다 빨래를 해야 했다. 이때가 12월 중순이니 아무리 부산은 춥지 않다고 하지만 도저히 못견딜 노릇이었다.

하나님, 날 좀 살려주세요.

이렇게 기도하며 엉엉 울었다.

같은 천막에 있는 어떤 여인이 말했다.

애기 엄마는 참 용해요. 그래도 끝까지 아기를 업고 왔으니 말이에요. 내가 평양역을 지나왔는데, 갓난아기를 기차역 대합실에 모두 버리고 가서 애기들이 아우성치고 우는데 당국에서 모두 데리고 갔다고 합니다.

그 이야기를 듣고 나니 두고 온 아이가 걱정이 되어 잠을 이룰 수가 없었다.

2주간의 천막생활을 끝내고 다시 아주 큰 수송함을 타고 제주도를 향해 출발했다. 한배 안에 2,000여 명이라는 많은 사람이 탔는데, 이 사람들은 영희 교단만이 아니고 여러 교단에서 온 사역자 가족, 군인 가족들이 타고 있었다.

많은 사람들이 이를 잡는데, 영희도 아기 옷과 동생 옷을 벗기어 이를 잡고 자기옷의 이도 잡았다. 수송함 안에 이가 득실득실했다. 잡아도 잡아도 끝이 없이 자꾸 기어들어왔다. 온몸이 근질거려 잠을 잘 수가 없었다.

소금물에 뭉친 주먹밥을 얻어먹으며 망망한 바다를 건너가는데, 그때가 마침 크리스마스날이었다.

식구들을 만나 같이 간다면야 이런 고생도 달게 받겠지만, 식구들과 점점 멀어져만 가고 소식도 모른 채 책에서나 읽어보던 낯선 제주도를 가야 한다니. 장차 우리 세 식구는 누구를 의지하고 무엇을 먹으며 어떻게 살아갈 것인가...

황주 지방에서 오던 한 형제가 진통을 일으키더니 아기를 출산했다. 그런데 피난길에 너무 고생을 한 탓인지 죽은 아기를 낳았다. 죽은 사람은 절대로 배 안에 둘 수 없다고 했다. 그리하여 머리에서 발가락까지 아기를 붕대로 칭칭 감아 꽁꽁 묶어서 바다에다 던졌다. 우선 고기밥이 되지 않게 하기 위한 방법으로 수장을 치룬 것이다.

보는 영희도 이렇게 마음이 안됐는데 갓난아기 부모의 마음이야 오죽

하겠는가.

제주도 성산포에 배를 대고 한 사람씩 내렸는데, 높이 솟은 성산이 눈에 띄고 끝없는 바다와 성산포라는 자그마한 동네가 가까이 보였다.

까만 무명바지에다 감물을 들였다는 벽돌색 뻣뻣한 적삼을 웃도리로 걸친 제주도 여자들이 따끈따끈한 고구마를 구덕에다 가득 짊어지고 왔다.

고구마 사려! 맛좋고 뜨끈뜨끈한 내 고구마 사려! 피난민이라고 돈 많이 받지 않쓰구다!

몇 여자가 길을 막으며 소리를 지른다.

면 직원들의 안내를 받아 세 동네로 분산되었는데, 영희와 북에서 온 교인들은 더 먼 곳 신양리라는 동네로 배치되었다. 모두 현지 주민들의 행랑방 아니면 건넌방을 얻고 물항아리, 밥그릇, 이것저것 빌려서 살림을 시작하게 되었는데 앞날이 막막할 뿐이었다.

첫날밤, 아무리 영희는 잠을 청해도 잠들 수가 없었다. 이 두 어린것을 데리고 앞으로 무엇을 먹고 어떻게 살아갈 것인지. 내 식구들은 죽었는지 살았는지. 삼팔선을 넘을 수는 있었을까. 두고 온 두 남매의 울부짖는 소리가 바다소리에 섞이어 들려오는 것 같았다.

파도소리는 밀려왔다 밀려갔다 하며 마치 기차가 멀리서 점점 가까이 다가오는 것 같은 칙칙칙칙 소리를 냈다. 그 소리는 크게 들렸다 작게 들렸다 했다. 밤에는 방에누워 있는지 바다 위에 떠있는지 모를 지경이었다.

바로 집밖이 망망한 바다이니 낯설고 물설고 근심걱정이 쌓인 채 밤새 잠을 못 이루다 새벽녘에 잠깐 잠이 들었다. 그런데 애들 아빠가 자루에다 쌀을 한 자루 메고와서 방바닥에 하나가득 쏟아붓는 것이었다.

여보, 그대로 와도 반가운데 쌀까지 힘들게 지고 왔소? 애들은 어찌하고 혼자 왔소?

나는 또 가봐야 하니 잘 있어요. 쌀이 떨어지면 내 또 갖다주리다.

남편은 그렇게 말하고는 방밖으로 나간다. 여보~여보~ 가지 말아요! 우리만 두고가면 어떡해! 하고 소리소리지르다 깨니 허무하게도 꿈이었다.

얼마나 허전하고 마음 아픈지 영희는 멍하니 정신나간 사람처럼 넋을 놓고 있는데, 쌀배급 타러 갑시다 하며 이웃 형제가 소리를 질렀다.

안남미 쌀이지만 우리 피난민은 계속 배급을 타서 굶는 일은 없었다.

주인 아줌마가 매일같이 국을 갖다주며, 내가 국을 대줄 테니 소피를 좀 받아달라며 요강을 갖다주었다.

12월 말경이면 한국은 매우 추운 때이지만, 이곳은 봄 날씨같이 춥지도 않고 뜰 안에는 넓고 큰 채마밭이 있어 무, 배추, 파, 시금치 각색 채소가 새파랗게 살아있었다.

아침에 일어나서 배추를 뽑아다가 국 끓이고 무로 나물도 해서 먹었다. 싱싱한 채소라 맛이 좋았다. 참 신기한 곳이었다. 동화책에서나 보던 난쟁이 섬인가. 먼 외국에 온 기분이었다.

변소라고는 말뿐이고, 담벽도 없이 허공에다 나무를 걸쳐 두 발을 올려놓게 해놓았을 뿐이었다. 밑에서는 돼지들이 빨리 먹겠다고 꿀꿀대며 뛰어오르고 사방이 모두 트여서 도저히 처음에는 용변을 볼 수가 없어 변비가 생겨서 혼이 났다.

하루는 애를 업고 이웃집에 가봤더니 반가워서 반색을 했다.

육지 아주망 오람수다. 얼라이 부링 놈소.

외국어인지 우리나라 말인지 도무지 알아들을 수가 없어서 멍청하게 서 있다가 곰곰히 생각해보니 아주머니 어서 오세요. 어린애 내려놓고 놀다가세요 하는 말이었다.

얼마 안 있어 영희는 제주도말을 곧잘 했다. 작산비바리(큰처녀), 무사고람시냐(무슨 말씀이신지요), 고운밥(쌀밥), 남새(채소), 독새끼(계란)... 그래도 자기네들끼리 빨리빨리 주고받는 말은 도무지 못 알아들었고 꼭 외국에 온 기분이었다.

인심은 얼마나 좋은지 집에 온 사람은 그저 보내지 않았다. 고구망 먹읍소 하며 끝까지 권하여 강제로라도 먹여 보낸다. 시아버지에게라도 진지 잡수세요 라고 하지않고 아방 밥 먹읍소, 어망 밥 먹읍소 했다.

제주도는 바람이 너무 세게 불어서 들통에다 우물물을 길어서 집까지 오면 반으로 줄었다. 물이 바람에 다 날아가버렸다.

주민들은 입이 좁은 항아리를 밧줄에 메어 등에지고 다니며 물을 길어왔다. 항아리를 내려놓지 않고 어깨에 멘 채로 한쪽 어깨 밧줄을 당기면서 어깨를 기울이면 물항아리로 콸콸 자동으로 쏟아진다. 자세히 보고 있으니 영희도 쉽게 할 것 같아서 시도해 보았더니 무척 쉬웠다. 쉬운 것을 모두 겁이 나서 못하고 있었던 것이다. 그래서 주인집 물항아리까지 매일 물을 채워주었더니 깜짝 놀란다.

아즈망은 물질(해녀일)도 하면 잘하꾸다. 육지에 가지 말고 물질 배워서 이 섬에서 삽소, 이 섬도 살기 좋쑤다.

그러면서 밭의 채소를 마음대로 뽑아 먹으라고 했다.

이웃에 사는 젊은 여자가 종이와 펜을 가지고 와서 군대나간 남편에게 편지를 써달라고 했다. 여기 편지가 왔는데 좀 읽어주고 회답을 써달라는 것이었다.

이곳의 여자들은 거의 문맹이었다. 한번 써주었더니 소문이 나서 많은 여자들이 편지를 부탁하여 대서소 역할을 했다. 그랬더니 김치, 된장, 고추장, 생선, 미역을 모두 가져다주며 고맙다고 사례했다.

이곳 지붕은 바람때문에 그대로 두면 모두 날아가기 때문에 굵은 밧줄로 동여매어 놓아야 했다. 그리고 밭에 씨를 뿌리면 모두 날아가니까 씨를 뿌리자마자 아이 어른 모두 흙을 덮고 뛰고 밟아 운동장처럼 반반하게 만들어 놓았다.

동네에 젊은 남자라고는 별로 없었다. 한라산으로 빨치산들이 잡아가고, 여수 반란사건에 휘말려 죽거나 아니면 군인으로 징병되기도 하고, 고기잡이 나갔다 풍랑에 죽기도 했다고 한다. 여하튼 남자가 동네에 몇 명 안 되는 것 같았다.

여자들은 농사일, 물질(해녀)하고 애 키우고 잠시도 쉬지 않고 아주 부지런했다. 집집마다 돼지를 키우는데, 도둑이 없어서 그런지 개는 안 키웠다.

말을 많이 키우는데, 동네말을 당번제로 한 사람이 다 끌고 나가서 풀과 물을 먹이고 동네 입구까지만 몰고 오면 다 알아서 말들이 자기 집을 찾아간다.

하루는 비가 오는데 뱀이 꿈틀꿈틀 기어다녔다. 뱀을 죽이면 벌받는다며 죽이지 않아서 산과 들과 집마당에까지 뱀이 많은데, 나중에 피난민들이 극성스레 뱀을 죽여 많이 줄었다고 한다.

하루는 방에 엎드려 기도를 드리는데, 무엇이 등에 떨어졌다. 깜짝놀라 돌아보니 지네가 천장에서 떨어진 것이었다. 이처럼 비위생적인 생활을 우리 피난민들은 이곳에서 만 2년간 했지만, 병들어 죽고 하는 일 없이 전원 무사히 그곳을 떠날 수 있었다.

제주도의 성풍속

　어느 날 영희는 아기를 업고 동네를 한바퀴 돌아보았는데, 이 집 저 집에서 지짐부치는 냄새가 났다. 명절도 아닌데 왜 이렇게 집집마다 같이 지짐을 부치고 있는가 하고 한집에 들러 물었더니 대답이 뜻밖이었다.

　오늘이 애기 아방 제삿날이꾸다, 이웃집 아방들 몇 사람이 한배에 타고 고기잡이 갔다가 풍랑에 휩쓸려 모두 다 같이 한번에 죽어서 제삿날이 한 날이꾸다.

　남자가 젊다고 해야 사십대와 오십대였고, 그나마 몇 사람뿐이었다. 그렇게 남자가 몹시 귀했다. 그래서 한 남자가 여러 여자를 거느리고 사는데, 별로 시기 질투도 안하고 의좋게 잘들 지내고 있었다.

　아니, 그럼 애기 엄마도 돌봐주는 남정네가 있어요?

　예, 이웃집 아주방이 가끔 와서 남정네 일도 해주고 밤에 잠자리도 해주꾸다. 젊은 내가 어찌 그저 살쑤 있수꾸가.

　부끄럼도 안 타고 천연스레 말하는 것이었다. 영희는 호기심이 났다.

　그 아주망 집이 어느 집이요?

　여기서 세 집 건너 넷째집이외다.

영희는 무슨 기자라도 된 기분으로 그 아주망네 집을 찾아갔더니 마침 주인여자가 있었다.

안녕하세요?

육지 아주망 재기 오람수다. 얼라이 부렁 놉소.

영희는 쪽마루에 걸터앉아 말을 건넸다.

이 남자 귀한 동네에서 남편이 있어 행복하시겠네요.

그럼수다. 우리 집 아방은 인제 45세라 한참 나인데 나 혼자만 좋다고 혼자 데리고 살 수 있수꽈. 모든 젊은 여자들이 많이 혼자 살고 있는데… 그래서 몇 젊은 여자들 집에 가서 일도 돌봐주게 하고 잠자리도 봐주게 하고 있수다. 지금 군인 나간집 여자는 안되고요, 남편 죽은 집네 여자들을 데리고 삼수다.

아니, 질투가 나지 않아요?

아니꾸다. 불쌍한 과부들 봐주는데 좋은 일이꾸다. 우리 서방은 옛날 임금이 궁녀들을 거느리고 살듯이 아주 재미 많이 보고 삼수다. 그 여자들은 인역(나)을 형님이라고 부르며 잘해주고 때때로 선물도 줌수다. 내 남편은 재미보고 나는 선물받고 얼마나 좋수꽈.

아무렇지도 않게 자연스럽게 남의 이야기하듯 잘도 엮어나갔다.

그럼 아주머니보다 젊은 여자들일텐데, 아주머니한테는 자주 못오겠네요?

안 그렇수다. 내 아범은 기운이 세어서 모든 여자들에게 골고루 섭섭잖게 순번제로 공평하게 잘하꾸다.

영희는 과연 바닷가 사람들이라 다르다고 생각하면서도 성이 개방된, 또 마음씨도 착하고 순진한 이 동네 사람들의 삶이 과연 시대에 적합한 삶이라고 감탄도 해보았다.

잠자리 할 때도 바다와 노와 배가 주제가지요. 어기야~ 더기야~ 배 떠나간다. 인역(나)배는 풍선배 편안도하다. 순풍에 돛을 달고 잘도 미끄러진다. 시원하다~ 시원해! 그대 배에서 불어오는 향기는 라일락 향기보다 더 달콤하다. 몇 각시 중 가장 젊은 그대의 배 모양은 너무 예쁘고 귀엽구나. 다른 각시들 배보다 더 좋구나. 더 맛있구나. 어찌하다 네 그 고운 배가 내것이 되었느냐? 얼씨구~ 절씨구~ 지화자 좋다. 삿대도 없고 노도 없이 잘도 미끄러진다. 노를 잘 저으니 잘 미끄러지는구려. 그대 노가 최고급품이다. 어쩌면 인역배에 그리 꼭 맞고 튼튼하고 좋은 노가 내것이 되었던고. 어기야~ 어기야~ 내 신랑 노도 잘 젓는다. 펄펄 뛰는 잉어국, 꿈틀대는 전복맛 아무리 맛있어도 네게 비할쏘냐? 어기야~ 더기야~ 배 떠나간다. 잘도미끄러진다.

영희는 이 젊은 여인의 말에 도취되어 시간가는 줄 모르고 듣고 있다가 괜히 야릇한 기분이 들었다.

아줌마 그만하세요, 나 이제 가봐야겠어요.

그리고 싸리문을 나섰다.

무식하고 취미 없는 섬사람들로만 생각했었는데 이렇게 로맨틱하고 세련된 생활들을 즐긴다고 생각하니 무시할 수 없는 사람들이로구나 라고 느꼈다.

하기야 어려서부터 바다에서 몸을 단련하여 튼튼한데다 별 신경쓸 일 없고 머리써서 공부할 일 없이 오직 육체의 본능에 따라 낙이라고는 오직 그것뿐이니 육지사람들보다 더 발달된 것이 이상할 건 없었다. 영희는 새삼 감탄마저 했다.

가난하고 무식한 섬사람들은 무슨 취미로 사나? 밤낮 고기나 잡고 물질하고 여름내내 보리밥, 겨울은 좁쌀밥이나 먹고, 간식이라고는 고구마 찐 것 아니면 고구마말린 것이나 먹고사는 것이 한심하다고 생각했는데, 이들도 나름대로 재미가 있고 취미가 있으며 활발하게 명랑하게 살고 있었다. 조금도 구김살없이 인생을 즐기고 있지 않은가?

영희는 자기자신을 돌아보며 한심한 생각조차 들었다. 공부를 많이 했으면 무엇하나? 지식이 있으면 무슨 소용인가? 앞으로 나의 갈 길은 어딘가?

이 생각 저 생각에 잠을 설치는데, 마당에 사람의 발걸음 소리가 들려왔다. 이 늦은 밤중에 누가 이 집을 찾아오나? 귀를 기울이고 있는데 주인 아줌마가 자고 있는 안방 문이 열리더니 조용해졌다.

가만히 귀를 기울이니 남정네 목소리가 들려왔다. 주인 아줌마 목소리도 들려왔다.

아, 이 아줌마는 5살짜리 사내아이 하나 데리고 혼자 사는 여인인데, 이게 웬일인가? 영희는 귀를 곤두세웠다.

우리 이렇게 해도 되는 것인가?

무슨 소리야? 이 좋은 시간에 잡담하지 말고 조용히 해. 내 마누라는 이제 50이 넘어 도저히 안되겠어. 댁은 이제 겨우 37세, 영감 죽은 지도 2년이 넘었는데, 지금 어찌 혼자 살 수 있단 말이야? 매일 올 것이다. 그래도 괜찮지?

그래요, 좋아요! 매일이요 매일.

그래그래 알았어. 매일 올 테니 걱정하지마... 저 건넌방 피난민 때문에 마음이 걸리네.

걱정마요. 저 여자는 내가 포섭하면 문제없어. 내가 매일 국을 끓여주고 반찬거리 대어주는데 무슨 말을 하겠어요?

그럼 됐네 뭐... 누가 알겠어? 이 집은 동네에서 제일 귀퉁이 외딴집이니 잘되었다. 우리 두 사람의 세상이다.

영희는 낮에 젊은 여자에게 듣던 이야기가 바로 옆방에서 진행되는 것을 보고 한숨이 나왔다. 나는 어찌해야 하나? 오늘 운이 나쁜 것인지 좋은 것인지 이런 것들만 만나게 되는가? 앞으로 이 꼴을 계속 보고 살아야 하나? 이사를 가야하나? 무슨 핑계로 나간다고 말할까? 집은 또 얻을 수 있을까?

밤만 되면 왔다가 살짝 가버리는 이 남자는 바로 몇 집 건너 사는 사람인데, 제주도 사람치고는 신사이고 세련된 남자였다. 육지로 다니며 장사도 하고 막노동은 안하는 사람 같았다.

영희가 묵고 있는 집 주인여자는 37살 과부였다.

건너마을에 살던 이 여인은 신랑이 너무 가난해서 도망쳐 나와 지금 살고 있는 바로 옆집, 이 동네에서 제일가는 부잣집이고 큰집인 늙은 영감의 첩으로 와서 살고 있었다. 그런데 그 영감이 죽은 지 2년이 되었다 한다. 그래서 다섯 살짜리 영감의 아들을 키우면서 영감이 떼어준 집과 큰 채소밭과 밭뙈기가 있어서 아무 걱정없이 살고 있었다. 그러다가 부인이 있는 한동네의 오십대 남정네와 정분이 난 것이다. 매일 밤 그 남자가 와서 자다가 집으로 돌아가곤 했다.

영희는 보기가 참 민망하고 흉하지만 남자의 본부인에게 일러줄 수도 없고 해서 못 본 체하고 지냈다.

그러던 어느 날, 남자의 본부인과 죽은 영감의 며느리가 달려들어 주인여자를 때리고 쥐어뜯는데 참으로 무서웠다. 결국 이 주인여자는 며느리의 등쌀에 밀려 애를 데리고 집과 밭을 다 뺏기고 본남편에게로 돌아갔다.

하지만 어떤 남자가 바보가 아닌 바에야 자기를 버리고 첩으로 시집가서 애까지 낳아 가지고 돌아온 여자를 다시 받아주는가?

영희는 이 일을 보면서 한 진리를 깨달았다. 농토와 집보다도 더 필요한 것이 인간에게는 있었구나. 이 여인은 가만히 있었으면 그 재산을 가지고 일생을 잘 지낼수 있었으련만, 재물보다도 남정네 품을 찾다가 며느리에게 호되게 얻어맞고 동네방네 망신당하며 쫓겨난 것이다.

인간에게는 부부생활이 꼭 필요하고 아름다운 것이겠지만, 이것을 떠나서는 살 수 없을까? 나도 아직 26살 젊은 나이인데 남편을 영 못 만난다면 과연 수절하며 살 수 있을까? 묘한 공상에 머리가 뒤숭숭해졌다.

영희는 주인도 없는 이 큰집에 남자도 없이 살아가자니 무서워서 다른 집을 얻으러 나가보아야겠다고 생각하고 있는데, 이 집 며느리가 왔다.

육지 아주망 이 집 비워줍소. 이 집을 수리하꾸다. 그래, 육지 아주망이 일을 알고 있으면서 인역에게 일러주지 않았수꽈. 아주망, 아주 나쁜 사람이외다.

알았수다. 곧 비워드릴게요. 그렇지 않아도 비워줄려고 생각하고 있었어요.

이 며느리는 아무리 첩 시어머니지만 자기 시아버지와 몇 년을 살고 애까지 낳았는데 매까지 때리면서 내어쫓아보낸 여자다. 세상에 이럴 수가 있을까?

이 며느리는 동네에서 소문난 여자였다. 이 동네에서 제일가는 부자인데다 얼굴도 반반하게 생기고 남편도 있어 의기양양 자기세상이었다. 첩 시어머니가 늘 미웠고 아들자식까지 있으니 장차 재산을 분배해야 하므로 그것이 마음에 늘 걸리던 중 이번 사건이 터지자 절호의 기회라 생각하고 엄마와 아들을 내쫓은 것이었다.

자기는 남편이 있어서 그리운 것 없이 재미보며 살면서 같은 여자끼리 어떻게 그렇게 가혹할 수가 있을까? 조금만 아량을 베풀어 조용히 그 많은 재산을 좀 떼어주어서 남들 모르게 보낼 수도 있었을 텐데, 얼마나 욕심이 많은지 과부가 많은 이동네에서 행여나 남편이 한눈을 팔지 않을까 싶어 대문을 꼭꼭 걸어 잠그고 사람들의 출입을 별로 달가워하지 않았다.

언제인가 자기 남편이 영희가 사는 방 쪽마루에 걸터앉아 영희와 몇 마디 대화를 주고받고 있는데 헐레벌떡 뛰어와서는,

재기재기 집으로 오꾸다. 점심상 차려 놓았꾸다.

하며 끌고 갔다.

미역 따는 날

영희는 속으로 너한테는 귀한 남편이겠지만 나에게는 그런 남자 열 명 주어도 필요없다. 함부로 사람 깔보지 말아! 하고 속으로 뇌까린 적이 있었다.

어느 날, 온 동네가 떠들썩하고 많은 사람들이 오고가고 하고 있었다. 동네 해녀들이 해녀복을 입고 물바가지와 구럭과 낫을 들고 바닷가 모래밭에 모였다.

영희가 사람들에게 무슨 일이냐고 물었더니, 오늘은 어업조합원들이 동원되어 미역 따는 날이라고 했다.

미역은 바다 밑에서 자라는데, 수확기가 되면 다 같이 따고 그 전에 개인으로는 못 따게 하는 엄한 규칙이 있다고 했다. 수확하는 날 하루를 정하고 모든 해녀가 일제히 호루라기의 신호소리가 나면 열길 깊은 바닷물 속으로 낫을 들고 헤엄쳐 들어가서 미역 몇 잎을 따 가지고 물밖으로 헤엄쳐 나왔다.

일단 물속에 들어가는 순간부터 바다 밖으로 나올 때까지는 숨을 쉴 수가 없다. 그러니 힘껏 숨을 참으면서 될 수 있는 데까지 한 이파리라도 더 따 가지고 나와야 한다. 숨을 참았다가 밖으로 나오면 바다 위에 둥둥 떠 있는 자기 바가지를 찾아서 배에 대고 엎드려서 약간 쉬면서 휙휙 소리내면서 숨을 내쉬었다.

그 휙휙 하는 숨소리가 여기저기서 들려오는데, 마치 숨넘어가는 비명 소리처럼 들려왔다.

영희는 이때까지 많은 미역국을 먹으며 살아왔지만, 이렇게 해녀들이 고생 고생하면서 한 잎 두 잎을 따기 위해서 열 길 물속까지 들어가서 따 오는 것인 줄은 몰랐다. 얼마나 귀한 미역인가? 바가지와 같이 매여 묶은 구럭에다가 따온 미역을 집어넣고 한 숨을 크게 쉬고 또 바닷속으로 들어 간다. 해녀 중에도 재빠르고 건강한 사람은 같은 시간에 따도 많이 따고, 나이 먹고 기운이 약한 사람은 적게 땄다.

영희는 아주 좋은 구경을 하고 있다고 생각하고, 아이들을 데리고 바닷 가에 나가 담요를 깔고 흥미진진하게 구경을 했다.

모든 구럭이 차면 남자들이 배를 가지고 바다 한가운데로 빙빙 돌면서 미역을 거둬들였다. 그리하여 각 해녀의 이름을 붙인 자루에다 넣어주었다.

제주도에서는 여자의 이름이 없었다. 윤구 각시, 민구 각시로 불렸다. 물론 애들은 이름이 있지만, 일단 시집을 가게 되면 그 남편의 이름을 부르고 누구 각시라고 부르게 되어 있었다.

그리고 조합원들은 배를 타고 주위를 빙빙 돌면서 해녀들의 안전을 보살폈다.

사고가 나면 금방 발견하는 방법이 있었다. 그 바가지가 꼼짝하지 않고 움직이질 않는다.

물질을 시작한 지 한 시간쯤 지났는데, 갑자기 조합원들이 급하고 빠르게 호루라기를 불기 시작했다. 움직이지 않는 바가지가 발견된 것이다.

저 움직이지 않는 바가지의 주인이 누구냐?

민구 각시꺼우다.

모두 작업을 중지하고 바닷가로 모여라.

소리치는 조합원의 음성은 아주 급했다. 해녀들 중 물질 잘하는 열 명을 뽑아 가지고 바닷속으로 내어보냈다. 올라오지 않는 민구 각시의 행방을 찾으라는 지시였다.

열 명이 바닷속으로 들어가서 아무리 헤매어도 민구 각시는 발견되지 않았다. 15분씩 교대로 해녀들이 몇 시간을 뒤졌으나 해가 거의 질 때까지도 찾지 못했다.

그날의 미역 따는 작업은 일단 중단하고 모두 자기 집으로 돌아갔다.

영희도 몹시 마음이 아픈 가운데 집으로 돌아왔고, 구경하던 모든 피난민들도 쓸쓸한 모습으로 집에 돌아왔다.

민구 어머니는 동네 무당에게 달려가서 점을 쳤다고 했다. 민구 각시를 찾게 해달라고 말이다. 그런데 그 무당이 어느 지점 바닷속 해초덩굴에 다리가 칭칭 감겨 죽었으니 그곳에 가서 시체를 찾아오라고 했다.

다음날 해녀들이 그 지점에 갔더니, 정말로 무당의 말과 같이 해초덩굴에 다리가 감겨서 못 나오고 죽어 있었다.

이 세상에는 귀신들이 많이 있어서 지나간 일들을 맞추는 것도 있다고 한다. 그러나 앞일은 귀신도 못 맞춘다고 한다. 해녀들이 여럿이 들어가서 해초덩굴을 낫으로 베면서 시체를 끌어 올렸는데, 몸의 일부를 하루살이 고기들이 뜯어먹어 누구인지 구별을 못 할 지경이었다. 다행히 손 하나가 바다 밑 땅속에 박혀 있어서 민구 각시인 것을 확인했다고 한다.

제주사람들의 말에 의하면, 바다에서 죽은 시체는 반드시 확실한 증거 하나씩은 남긴다고 한다. 바닷속에서 죽은 어부들도 식구들이 날마다 바닷가에 나가서 간절히 빌면 며칠 후에는 반드시 동네 바닷가로 시체가 밀물에 밀려서 돌아온다고 했다.

영희는 이런 일이 있으니 사람들이 미신을 믿게 되는 것 같다고 생각했다.

영희는 식구들이 금방 배에서 내려 찾아올 것만 같아 하루같이 바다를 바라보곤 했다.

이제 동생은 철이 많이 들어 동네 피난민 아이들과 같이 10리 길이나 걸어서 성산포 면소재지인 곳까지 책보자기를 허리에 동이고 열심히 학교에 다니고 있었다.

10달짜리 업고 온 아이는 환경이 좋지도 않은데 고맙게도 무럭무럭 잘 자라주었다. 집에 있었으면 호화판 돌잔치를 해주었을 테지만, 여기선 그러지 못했다. 쌀밥에 미역국만 끓여놓고 동네에서 제일 나이 많은 할머니를 초대하여 같이 생일밥을 먹으며, 이 애가 그 할머니처럼 건강하고 명길게 살아줄 것을 빌었다.

행상과 화폐개혁

그럭저럭 피난살이 2년 여의 시간이 흘러 1953년 봄이 왔다.

그러던 어느 날 밤에 한라산 공비가 영희가 사는 산양리 마을에 쳐들어와 청년 한 사람을 살해하고 많은 양식들을 탈취해 갔다.

죽은 그 청년은 영희가 살고 있는 집에서 서너 집 건너 사는 청년이었다. 이 젊은이는 몸이 약간 불편한 데가 있어서 군대도 안 가고 집에 있었으며, 영희가 그 집을 방문하여 많은 이야기를 주고받은 적도 있었다.

그런데 그 공비들이 어찌해 피난민 집은 한 집도 들르지 않았을까? 토박이 집에는 쌀이 없고 피난민 집에는 쌀이 있는데, 왜 건너뛰었나?

이스라엘 백성들이 애굽의 고센 땅에서 출애굽할 때 맏아들 죽는 재앙에서 완전히 보호받은 것처럼, 피난민 우리 성도들은 한 사람도 손해나 피해 없이 무사했다. 이것은 천사가 우리를 지켜준 것이 틀림없다.

영희는 이웃에서 소동이 나서 떠드는 데도 깊은 잠에서 깨어나지 않고 밤새 잘 잤다.

그러나 피난민을 인솔해 온 이목사와 여러 간부들은 회의를 한 결과 피난민 모두는 육지로 되돌아가야겠다는 결론을 내렸다. 한라산 공비들이

다시 습격해오지 않는다는 보장이 없고, 이번에는 무사했으나 앞으로 피난민 중에 피해를 안 당한다는 보장도 없었다.

영희는 그동안 2년이나 정든 제주도를 다시 떠난다고 생각하니 몹시 서운했지만, 혹시 육지로 나가면 식구들을 만날 수 있지 않을까 하는 막연한 기대 속에 가슴이 뛰기도 했다. 그러나 또다시 살아갈 걱정에 마음이 무거워지기도 했다. 제주도에서는 정기적으로 쌀 배급과 구제품이 나와서 걱정 없이 지냈는데, 육지에 나가면 배급이 딱 끊어진다니, 이 애 둘을 데리고 어찌 살아갈 것인가.

올 때보다는 많이 넉넉해져서 소금물에 뭉친 주먹밥은 먹지 않고 고구마와 밥을 먹으며, 이도 잡지 않고 깨끗한 옷차림으로 통영까지 무사히 도착했다.

통영에서는 교회 목사님과 그 부인, 그리고 그밖의 여러 교우들이 따스한 환영을 해주었다.

우선 영희네 일행이 안착한 곳은 옛날 전염병동으로 사용했다는 집인데, 칸막이한 판잣집이었다. 그곳생활은 한 아궁이에서 군불을 때 여러집이 밥을 해먹으며 4개월의 세월을 보냈다.

영희네는 한 달은 그럭저럭 있는 돈으로 굶지 않고 지냈지만, 돈과 쌀이 거의 바닥이 났다.

몇 줌 남은 쌀로 밥을 지어서는 10살짜리 동생과 3살 난 아기에게만 먹이고 잠을 자기 위해 이불을 뒤집어썼으나, 도저히 잠을 이룰 수가 없었다. 내일 아침은 이 아이들에게 무엇을 먹일까? 염치없이 하나님께 기도드릴 수도 없다. 이웃집에 가 쌀을 꾸자니 모두 같은 형편이고 자존심이 상하고 창피해 말하기조차 싫었다.

아버지! 사랑하는 나의 아버지! 당신의 딸 영희와 두 아이들은 어찌 살아가야 합니까? 그 많은 재산에 대해 아버지는 늘 말씀하셨지요? 내 재산 삼분지 일은 내가 노년을 위하여 가지고 삼분지 일은 아들을 주고 나머지 삼분지 일은 내 딸 영희에게 주겠다고. 애를 낳지 못해 애쓰시다가 30이 넘어서야 첫딸인 나를 낳으셨을 때 얼마나 귀여워서 금이야 옥이야 키우셨어요. 서울에 집을 사고 식모까지 맡겨서 유학시키시면서 곱게곱게 키운 당신의 딸 영희는 지금 당장 밥을 먹지 못하고 굶게 되었어요. 내가 굶는 것은 참을 수 있지만, 저 어린 당신의 막내아들, 한 살 때에 아버지를 여의고 엄마와 누나 손에서 자라다가 엄마를 피난통에 잃어버리고 누나의 치마꼬리를 잡고 피난 온 저 가엾은 막내, 저 아이에게 내일 아침 밥 먹일 쌀이 없어요. 창고에 그렇게나 많이 쌓였던 수천 석 쌀들이며, 매일 쌀가마를 벌어들이던 정미소며, 아버지의 그 많던 토지며, 좋은 집들이며, 아버지가 피땀 흘려 벌어놓으신 그 많은 재산이 다 어디로 갔습니까? 3분지 1씩 나누어 쓰자하시던 그 많은 재물, 이젠 3분지 3 모두 공산당에게 바치고 심지어 철궤, 전화까지 소련군들이 총을 들이대고 빼앗아 갔고요. 그 소련장교가 나를 강간하려고 내 가슴에 총까지 들이댔으나, 통역관의 만류로 강간은 면했었죠. 그때 4개월이나 된 뱃속 아기를 유산까지 하지 않았습니까? 아버지! 그뿐입니까? 그 좋은 함석으로 만든 창고들은 당에서 중학교를 세운다면서 몽땅 실어 가버렸지요... 그 많은 재산 갑부의 딸 영희는 알거지가 되고, 지금은 내일 아침 밥거리가 없어 근심에 싸였어요. 아버지! 아버지는 잘 돌아가셨어요. 그 환란 고생을 다 피하시고 평안하실 때 잘 돌아가셨어요. 백부님은 얼마나 많은 고생을 하시는지 아십니까? 그 좋은 집과 토지를 다 빼앗기고 숙청을 당해 해주로 이사를 가셨는데, 이부자리와 옷가지만 짊어지고 식구들이 떠나시던 날 이 영희는 얼마나 울었는지. 아버지는 아무것도 모르고 지하에서 평안히 쉬셨으니 참으로 잘 하신 것입니다. 아버지가 살아 계셨더라면 우리도 숙청 대상이었으나, 여자들끼리만 살고 있고, 그 정미소에서 면민들 식량인 벼를 도정하라는 임무를 맡았기 때문에 숙청은 면했었지요. 하지만 피난 나온 이 마당에 숙청보다 나은 것이 무엇입니까?

큰아버지는 큰아들 석지가 일본 우에노 미술학교를 졸업한 유능하고 뛰어난 실력자이고 해주고등학교 미술선생으로 근무할 뿐 아니라 김일성 주석의 초상화까지 그리는 특혜를 받아 생활하는 데 별 지장이 없어 다행으로 여겼었다.

어느날 국군 남한 장교들이 해주로 입성해 들어오자, 석지를 체포해 갔다. 김일성 주석의 초상화를 그렸다는 죄목이었다.

얼마의 문초를 당하고는 집으로 돌아올 줄 알았는데, 나중에 안 일이지만 해주 바닷가에 세워놓고 총살시켜 바다로 던져버려 시신은 떠내려가고 말았다.

큰아버지의 비통한 슬픔은 말로 표현할 수 없을 정도였다. 큰아버지는 날마다 해주 앞바다에 나가서 울부짖으면서 아들의 이름을 불렀는데, 나흘만에 시체가 바닷가 밀물을 따라 떠밀려와서 건져 장례를 치를 수 있었다.

아버지! 당신의 사랑하는 맏조카 석지오빠는 그렇게 불쌍하게 26살 난 아내 내친구와 어린 아들 둘을 두고 영영 돌아오지 못할 길로 떠났습니다. 그후 큰아버지님은 홧병을 얻어 자리에 눕고, 다음해 오빠의 제삿날 끝내 돌아가셨답니다. 듣지도 못하시는 아버지께서 이런 넋두리를 털어놓아 무슨 소용이 있겠습니까? 잠이 오지 않아서 그저 이런 생각 저런 생각을 해보았습니다. 전쟁! 이것은 정말 해서는 안 되는 것이 아닙니까? 특히 우리나라는 왜 자기네 형제끼리 총칼을 마주대고 싸우며, 삼팔선은 또 무엇입니까? 왜 선을 그어놓고 내 고향 내 사랑하는 식구들을 못 만나게하는 것입니까? 왜 그 많은 동족을 죽이고 생이별까지 시키는 것입니까? 사랑하는 부모 형제와 자식이 왜 이별을 해야 합니까? 생이별같이 가혹한 이별이 어디에 있기에 많은 우리 민족이 생이별의 쓰라린 가슴을 안고 홧병에 죽고 정신이상이 되어 길거리를 헤매야 합니까. 당신의 딸 영희도 지금 두고 온 자식들 때문에 가슴을 앓고 내 명껏 살지도 못할 것 같은데 먹을 것마저 없으니 앞날이 막막합니다.

이리 뒤척 저리 뒤척, 이 생각 저 생각으로 밤을 꼬박 새우고 아침이 왔다.

피난민 사무실의 종이 울렸다. 세대주는 전부 모이라는 신호였다.

영희도 종소리를 들으면서 부스스 일어나서 사무실로 갔다. 구제품이 나왔으니 제비를 뽑으라는 것이었다.

이런 기적이 어디 있을까? 뽑아든 구제품 보따리에서 신사복이 와르르 쏟아져 나왔다. 보통 구제품차는 오후에야 오는데 오늘따라 새벽같이 들이닥친 이유는 무엇이며, 제일 좋은 물건만 한 보따리 영희에게 배당된 것은 무슨 뜻일까? 분명히 하나님께서 보내주신 기적의 선물임이 틀림없었다.

영희는 즉시 구제품 파는 시장으로 달려가서 받은 선물보따리를 팔아 꽤 많은 돈을 받아 가지고 쌀과 반찬거리를 사서 돌아왔다. 아침밥을 지어서 혈혈단신으로 혼자 피난 온 옆방 총각도 불러다 같이 즐거운 아침밥을 먹었다.

밥 달라고 하나님께 기도도 안 드렸는데, 하나님께서는 어쩌면 이렇게까지 자상하게 내 사정을 아시고 한 끼도 굶지 않고 먹여 주시는지요. 정말 감사합니다.

영희는 아무리 생각해보아도 이렇게 편안하게 앉아만 있을 처지가 아님을 깨닫고, 있는 돈을 모두 챙겨 가지고 부산행 여객선을 탔다.

여객선은 통영에서 제일 튼튼하다는 철갑선이었고, 날씨도 아주 좋았다. 여객선이 바다 한가운데에 이르자 갑자기 비바람이 몰아쳐 배가 기우뚱거리면서 흔들렸다. 점점 심하게 흔들리고 풍랑이 심해지자, 선장이 마이크로 방송을 했다.

이 배는 철선이요. 한 번도 사고를 낸 적이 없는 튼튼한 배이니 안심하시오.

그러면서도 떨리는 음성으로 계속해서 모든 선객들은 갑판 위로 올라오라고 했다.

모든 선객들은 갑판 위로 올라갔다. 여차하면 뛰어내릴 생각인지, 아니면 구조선이 오면 먼저 뛰어오를 생각인지 급하게들 일어서서 올라갔다.

영희는 아기를 꼭 붙잡고 무릎을 꿇고 찬미가를 부르며 기도를 드렸다.

내 일생 죽을 고비를 수도 없이 겪었으나, 그때마다 살려주신 예수님. 이제와서 이 배 안에서 이 어린것과 함께 죽어야합니까? 내가 헤엄은 좀 치지만 애기를 버리고 나 혼자 사느니 애기와 같이 죽는 것이 나을 것입니다.

큰 배 안에 홀로 남아서 계속 울부짖고 있는데, 시간은 얼마나 지났는지 알 수 없었다.

갑자기 비바람이 멎고 태양이 다시 빛을 내며 캄캄하던 바다가 다시 환해졌다. 모든 사람이 다시 배 밑 객실로 내려왔다.

어떤 분이 아기를 어루만지며 말했다.

아가야, 고맙다. 죄 없는 아가가 여기 있어서 우리가 다 살아난 것이다. 하나님이 어찌 순진하고 예쁜 아가를 죽일 수 있었겠느냐?

한마디씩 모두 말을 한다.

부산에 무사히 도착하여 우선 그동안 연락이 되어 왔던 시누이를 찾아갔다.

사실 영희는 시누이를 만나기가 거북했다. 사랑하는 형제는 못 오고 올케 혼자 왔으니 무엇이 반갑겠는가? 만나니 시누이는 잘 왔다며 반가워했고, 아기를 안고 한참 울었다.

다음날 영희는 국제시장에 가서 포플린으로 만든 구제품 저고리와 치마, 몬뻬이 등을 있는 돈 다 털어주고 샀다. 통영과 부산을 오가면서 행상을 하기로 결심한 것이다.

부산에 도착한 다음날 천지개벽이 일어났다.

1953년 2월, 정부에서는 화폐개혁을 실시했다. 한 세대당 700원만 새 화폐로 교환해 주고, 그 외의 돈은 모두 휴지조각으로 만들어버린 것이다.

모든 사람들이 가방에다 돈들을 잔뜩 가지고 국제시장으로 모여들어 물건을 사기위해 눈들이 빨개져서 날뛰었다.

영희는 사람들이 저렇게 많은 돈들을 가지고 있을 줄은 몰랐다. 살 사람은 많지만 물건을 모두 감추고 팔지 않는다. 영희는 잠깐 망설이다가 에라, 돈이나 실컷 만져보자 하고 생각했다.

저고리 사세요~ 뽀뿌링 무늬 놓은 깨끼 저고리요~ 피난민들 막 빨아 입기 아주 편리해요.

소리치면서 보따리를 풀었더니, 살 사람들이 구름떼처럼 몰려와서 돈을 세지도 않고 뭉치로 던져주고 물건을 집어갔다. 어디 또 물건 파는 데가 있으면 빨리 또 사야 하기 때문에 지체할 시간이 없었던 것이다. 분명 먹지도 입지도 않고 모은 것임에 틀림없다. 별로 세련되지 못한 사람들이었다.

영희는 빨리 통영으로 돌아와 700원도 없는 교우들에게 돈을 나누어 주어 은행에 가서 줄을 서서 돈을 모두 바꾸게 했다.

하루는 군 복무중인 큰동생 석이가 휴가차 통영까지 찾아왔다.

누님이 고생하느라 아주 못쓰게 되었으리라고 생각했는데 뜻밖에 몸도 좋고 정신도 활발한 것을 보고 너무 기쁘다고 했다. 믿음으로 사는 생활이 이렇게 좋은 것인줄 몰랐다며, 주머니에서 담뱃갑을 꺼내어 아궁이에 던졌다. 그도 제대하면 신학대학에 입학하겠다고 맹세했다.

그후 정말 신학대학에 입학할 때는 같은 소대에 있던 한 친구도 같이 입학했고, 졸업도 같이 하고 결혼도 같은달에 함께 했다. 영희에게는 동생 하나가 더 생긴 셈이다.

통영 피난생활 4개월을 끝내고 영희는 서울로 가기로 결정했다.

서울로 갈 준비를 하는데, 옆방에서 살고 있는 총각이 와서 말했다.

누님, 나는 서울에 가서 살아갈 자신이 없어서 서울에 못 갑니다. 부산에 먼 친척 한 분이 살고 있는데, 전기 부속품가게를 하고 있어요. 그곳에 가서 심부름도 해주면서 돈이 모아지면 공부하러 서울로 올라가겠으니 먼저 올라가십시오.

당시 신학대학은 노동하며 공부할 수 있었다.

영희는 입학금은 내가 줄 테니 같이 올라가자고 권했다. 그 총각은 영희의 설득을 받아들여 서울로 올라가 신학대학에 입학을 해 노동을 하면서 공부해 졸업을 했다.

영희는 고생을 많이 하다보니 누구든지 불쌍하고 어려운 사람이 있으면 돕고 싶은 마음이 생겼다. 이 총각은 나중에 훌륭한 목사가 되었다.

서울에 도착해 첫 안식일에 서울위생병원 교회에서 예배를 드리는데, 예배 도중에 일선에서 울려오는 포소리가 '꽝' 하고 나더니 유리문들이 찌르릉 하고 흔들렸다. 가슴이 덜컥 내려앉았다. 그러나 전과 같이 걱정은 안 했다. 하나님께서 앞으로 살아갈 길을 반드시 마련해 주실 것을 굳게 믿었기 때문이었다.

서울생활

영희는 믿음대로 곧 취직이 되었다.

서울위생병원장인 미국인 유재한 박사와 그의 부인 미세스 루가 경영하는 고아원에서 아이들을 가르치는 선생으로 임명되었다.

원생은 300명이고, 학교는 소학교부터 고등학교까지 원내 교육을 시켰다. 영희는 이 고아원에서 아무 걱정없이 동생과 아들아이를 데리고 살고 있지만, 두고 온 아이들 생각에 마음 편할 날이 없었다. 아이들을 가르치다가도 고향을 향한 북쪽 창문을 열어놓고 시꺼멓게 우뚝 가로막고 있는 애깨산을 향하여 울부짖었다.

애깨산아 무너져라~ 내 가슴이 답답하다! 네가 없으면 우리 고향이 훤히 내다보일텐데... 너는 왜 앞을 가로막아 내 고향을 바라보지도 못하게 하느냐!

영희는 쉬지 않고 일을 했다. 온 원내에다 땅이 보이지 않을 정도로 구석구석에 꽃을 심고 언덕에는 코스모스를 심었다. 그야말로 온 원내에다 꽃동산을 만들었다. 그로 인해 꽃선생이라는 별명까지 얻었다.

밤시간에는 혼자서 학교 교실로 내려가 피아노를 배우며 치고 하여 한가한 시간을 가지지 않았다. 한가하면 쓸데없는 공상으로 괴롭기 때문이었다.

영희는 빌로도 까만 치마와 흰 저고리 한 벌만 입고 여러 해 교회를 다녔다, 돈을 모아야 하기 때문이다. 동생과 아이들을 위해서였다. 영희는 그들을 위해 자신을 희생했다.

1953년 7월 27일 휴전협정이 성립되어 전쟁은 일단 끝났다.

모든 사람들이 안도의 한숨을 내쉬었지만, 영희의 마음은 더욱 답답하여 견딜 수 없었다. 이제는 통일이 된다는 희망은 점점 희미해지고 아이들과 식구들을 만난다는 소망은 거의 가망이 없어졌다.

어느 날 고향친구인 순이가 영희를 찾아왔다. 순이는 1.4후퇴 당시 51년 2월초 20명이 함께 안내원을 따라 삼팔선을 넘어왔다. 영희는 자기 가족을 만난듯 너무 반가웠다. 두 사람은 부둥켜 안고 실컷 울었다.

영희는 그 친구를 통해 식구들의 소식을 자세하게 들을 수 있었다.

네가 떠난 직후 너희 남편도 가족들을 데리고 피난길에 올랐단다. 그런데, 삼팔선에 다다랐을 때 너희 시아버지께서 갑자기 병으로 세상을 떠났지 뭐니. 너희 남편은 장례치를 일이 난감할 뿐 아니라, 방송에서는 국군들이 중공군을 곧 반격할 것이니 걱정 말고 되돌아가라고 하는 바람에 그 말을 믿고, 아버지 시신을 실은 리어카를 끌고 마을로 되돌아왔단다. 도착하니 곧바로 당에서 나와 너희 남편 형제를 연행해 가버렸지 뭐냐. 그 후로 두 사람의 소식은 끝이야. 하지만, 너희 애들과 시어머니와 친정어머니와 여동생은 모두 무사해.

친구 순이도 남편이 끌려가 애들만 데리고 월남했다고 했다.

전쟁인데 어찌하냐? 젊은 남자들을 가만히 놔두지 않는 게 전쟁인걸 뭐. 너무 서러워말고 새 출발하자. 너나 나나 이 젊은 나이에 어찌 기나긴 세월을 혼자 살 수 있겠니? 우리 자주 연락하자.

○ 영희는 '하나님 사랑의 체험'을 간증하며 각 교회를 순회했다.

친구 순이는 돌아갔다.

남편과 형제는 없어졌어도 두 아이가 살아있다니 영희는 일단 위로를 받았다. 남편과 헤어진 지 10년이 되었다. 한창 좋은 나이를 혼자서 허송한 것이다. 언제인가 어떤 아줌마가 찾아와서 말한 적이 있었다.

젊고 예쁜 선생님이 무엇때문에 여기서 썩어갑니까? 미군 장교가 여자를 찾는데 결혼하시지요. 평생 호강을 할 텐데 왜 고생을 하고 있습니까?

그 말을 들은 영희는 호통을 쳐서 쫓아 보냈었다. 지금은 조금 후회가 든다. 그때 시집갈걸 그랬나?

또 언제인가는 50이 가까운 고향남자가 찾아왔다. 고향에서부터 영희네 집안을 잘 알고 있다면서 현재 큰 기업체 사장이라고 소개했다.

영희씨 부친도 훌륭한 분인 줄 잘 압니다. 비록 내가 나이는 좀 많지만 일생 영희씨를 호강시켜 드릴 수 있습니다. 나에게 아들 하나만 낳아주세요.

영희는 화가 나서 소리쳤다.

빨리 돌아가세요! 안 가면 수위를 부르겠어요, 다신 오지 마세요!

그러면서 쫓아버렸는데, 내가 잘못한 것일까? 영희는 무엇인가 몸과 마음에 변화가 일어나고 있는 것을 느꼈다.

크리스마스가 다가왔다. 앞으로 많이 바빠질 텐데 오늘밤도 늦게까지 일을 해야겠다고 생각했다.

12월이 되면 한 달 내내 미군들이 선물을 가지고 방문을 했다. 인형, 초콜릿, 과자, 예쁜 새옷들 그야말로 완전 미제만 가지고 와 싱글벙글 웃으며 선물을 나누어주고 갔다. 그래서 원생들은 12월을 몹시 기다렸다. 귀엽고 노래와 춤을 잘 추는 원생들을 뽑아서 훈련을 시켜 미군들을 위로했다. 여러 행사와 일거리가 아주 많았다.

오늘도 저녁밥을 먹은 뒤 사무실로 내려가서 늦게까지 일을 할 생각으로 문을 열었다. 인수는 오늘도 먼저 내려와서 장부들을 정리하고 있었다.

일찍 내려왔구나.

네에, 선생님. 오늘도 늦게까지 일을 해야지요?

그래, 일거리가 너무 많아... 우리 차나 한잔 마시고 일을 시작할까?

둘은 마주앉아 차를 마시며 미소를 나누었다.

인수는 볼수록 미남이고 준수한 청년이었다. 지금 한창 피고 있는 꽃봉오리 같은 24살 나이다. 영희는 하는 일이 너무 많고 병원 심부름도 많아서 인수와 같이 일하고 비서처럼 바깥심부름도 시키고 있었다. 무슨 일이고 잘해내고 실수없이 일 잘하는 총명한 청년이었다.

다가오는 사랑

    인수는 원내교육을 다 마쳤으나, 대학은 안 가고 이 일 저 일을 도우며 지내고 있었다.

    체격도 좋고 성적도 좋아 총무는 의과대학 진학을 시키고자 했다. 그러나, 인수는 어떤 대학도 다 마다하고 음대만 고집했다. 어른들 의견은 절대 반대였다. 음대를 나오면 우선 사치하고 교만해지기 쉬워서 신앙에 손해를 보고 실생활에도 별 도움이 안 된다며 갖은 역설을 했지만, 인수는 음대를 안 보내주면 대학에 안 간다고 버텼다. 벌써 몇 년을 피아노나 치고 갖은 악기만 불어대고 오선지에 악보를 그리고 있었다. 영희도 여러 차례 권고했지만 막무가내였다.

    인수는 대구가 고향인데, 가정환경이 가난하고 전쟁때라 12살까지 학교를 못 다니고 있었다.

    하루는 아버지가 인수를 데리고 미군부대로 갔다 한다. 인수를 미군에게 맡기고, 며칠 후 찾으러 온다면서 여기서 꼼짝말고 있으라고 했다.

    그후 한 달 넘게 기다렸으나 아버지는 나타나지 않았고, 미군은 할 수 없이 인수를 대구 어느 고아원에 맡겼다.

그 고아원에서는 공부는 안 시키고 구두통을 메어서 매일 구두닦이로 내보냈다.

인수는 이러다가는 장래에 노동자밖에 못되겠다고 생각한 나머지, 서울에만 가면 공부할 수 있다는 말을 듣고 무조건 서울행 기차를 집어탔다. 도강증이 없으면 서울에 못 들어가는 전쟁때라 할 수 없이 영등포역에 내려 밤이 으슥해지자 수영을 하여 한강을 건넜다.

미군들이 숙직을 하다 총을 막 쏘는데, 사람은 맞지 않게 머리 위로 마구 쏘았다고 한다.

강을 건너자마자 인수는 미군에게 붙잡혀 또 고아원으로 들어갔다.

이번에는 껌팔이로 내보내 서울역을 돌면서 껌을 팔았다. 어떻게 하면 공부를 할 수 있을까? 오직 그 생각뿐이었다. 다시 그 고아원을 탈주해서 길거리를 헤매다가 또 미군에게 잡혔다. 또다시 고아원으로 갔다. 이 고아원도 역시 구두닦이 아니면 껌팔이였다. 도망을 거듭하다 마지막으로 붙잡혀 온 곳이 이 고아원이었다.

이곳은 원생에게 공부를 시켜주는 고아원이라, 인수가 바라던 곳이었다.

열심히 공부를 하여 월반도 하고 해서 무사히 고등학교 과목까지는 마쳤는데, 무엇때문에 음대만 고집하는 것일까? 영희는 인수를 바라보고 있노라면 참 딱하고 한심스러웠다.

오늘밤도 영희는 열심히 일을 했다. 일을 하다가 고개를 들고 인수를 보았다. 인수는 일손을 놓고 멍하니 영희 얼굴만 바라보고 있는 것이었다. 인수는 영희의 시선과 마주치자마자 놀라서 일감을 이리저리 뒤졌다.

왜 일 안하고 무엇을 봐?

선생님 얼굴이 너무 예뻐서 반해서 보고 있었어요.

망측한 소리 그만하고 일어나 해. 나는 이제 중년 나이인데 무엇이 예쁘니? 네가 한창 예쁜 미남이지.

내가 미남이에요?

그럼, 이 원에서 직원 원생 다 뒤져도 너만한 인물이 어디 있니? 너 의사가 되어서 하얀 가운을 입고 청진기를 목에 걸고 병원 복도를 걸어가면 모든 간호사들이 일도 못하고 너만 쳐다보겠다. 너 의대에 빨리 가서 공부해. 나이를 자꾸 먹어 여자라도 생겨 연애라도 하게 되면 공부도 못한다. 아무 때나 기회가 오는 것이 아니야. 빨리 결정해.

선생님, 나는 죽어도 음대에 가야해요. 작곡가가 될래요. 내 눈에는 오선지밖에 안 보여요.

아... 큰일이구나. 누가 너 음대 가는 뒷바라지를 하겠니?

선생님이 해 주세요. 나를 음대만 가게 해준다면 내 생명 바쳐서 선생님을 섬길게요.

어떻게 나를 섬겨? 나도 빨리 재혼해서 아들 딸 낳고 살아야지. 네 뒷바라지만 하고 있으면 내 인생은 어떻게 하고. 내 나이 34살인데 빨리 서둘러서 애기를 둘은 낳아야잖아? 북에 두고 온 애들은 이제는 있으나 마나야.

선생님! 정말 결혼하실 겁니까?

아무래도 그래야 할 것 같아. 나이는 자꾸 먹어가고. 은근히 여러 군데서 중매도 들어오고 있어 마음이 초조해... 내가 집에서 떠나온 지 벌써 10년이야. 혼자서 너무 오래 산 것 같아. 젊은 여자가 혼자 살다가 잘못되는 수도 많이 있어. 인수도 이젠 어린아이가 아니야. 한 남성이야. 그래서 하는 말인데, 자기 앞길을 위해 잘 선택하라구.

선생님... 내 마음도 내 마음대로 못해요. 나는 동으로 가겠다고 마음을 굳히면 몸은 자꾸 서쪽으로 가겠다고 하니 나도 죽을 지경이에요.

그게 무슨 말이야? 좀 이상한 말을 하네?

이상한 말이 아니에요! 나는 오래 전부터 선생님을 사모해 왔어요. 안된다 안 된다 하면서도 내 마음은 계속 선생님을 사모하고 있으니 어쩌지요?

야! 너 인수 농담도 잘하는구나. 내 나이가 서른넷이야. 너보다 10년이
나 위인데 나 같은 늙은 여자를 사모해서 무엇에다 쓰냐? 쓸데없는 말 그
만하고 일이나 하자.

그날 밤 영희는 숙소로 돌아와서 잠을 청했지만 좀처럼 잠이 들지 않았
다. 인수의 말을 농담으로 넘겨버리고 아무렇지도 않은 척 헤어졌으나 도
저히 잠을 들 수가 없었다.

눈이 말한다.

영희야! 너 나에게 해준 것이 무엇이냐? 나도 아름다운 것만 보고 싶
다. 항상 이 고아원 구석에서 머리 빡빡 깎은 애들이나 바라보고 매일 칠
판에다 백묵으로 그려놓은 글씨나 바라보며 언제까지 이 짓만 할 것이
냐?

영희가 외친다.

아름다운 꽃이 많지 않느냐?

꽃을 보고 살아라!

코가 말한다.

나도 좋은 냄새, 맛있는 음식 냄새, 불고기 냄새 좀 맡아봤으면 좋겠다.

허구헌날 보리밥에 된장국 냄새만 맡고 어찌 사냐?

영희가 외친다.

야! 코야. 건방지다. 피난시절을 생각해!

아프리카에서는 매일 수천 명씩 굶어 죽는데 무슨 불평이냐?

감사하며 살아라!

입이 말한다.

이제 전쟁도 끝났는데, 언제까지 안남미 쌀과 보리밥과 채소만 먹고 사냐? 과일도 고작 농장에서 나는 토마토뿐인데, 세상 밖에는 맛있는 음식과 과일이 얼마나 많으냐? 좀더 맛있는 것 먹고 살자. 여보 당신 하면서 사랑의 말도 하면서 살자.

영희가 외친다.

너희들, 정말 나를 이렇게 공격할꺼냐?

잠 좀 자자!

여기 또 정말로 중요한 말 한마디하겠어요. 한쪽 구석에서 조용히 아무 말없이 10년을 굶으며 살고 있는 나를 기억해 주세요... 다른 것들은 맛있다 없다 하면서도 이것저것 다 먹고 살았지만, 나는 아무것도 못 먹을 뿐더러 물 한 모금 못 먹고 10년을 지내다보니 거의 아사상태에 이르러 곧 병신이 되든지 죽든지 할 겁니다.

영희가 외친다.

그만해! 그 다음 말은 안 들어도 내가 잘 아는 이야기니 중지해.

난들 이렇게 살고 싶어 사냐? 전쟁이 원수지. 나도 힘들지만 할 수 없이 살고 있으니 더 이상 나를 공격하지마. 괴로워!

비몽사몽간에 남편이 나타났다.

그동안 긴 세월 못 와서 미안해. 이제 내가 왔으니 아무 걱정 말아. 오늘밤 내가 같이 당신 옆에서 잘게.

아니, 여보! 왜 이제야 나타나... 좀더 일찍 오지. 나 죽을 뻔했단 말야.

글쎄, 과거는 어찌되었던 이제부터는 내가 매일밤 당신 곁에서 잘 수 있단 말야.

영희는 너무 기쁘고 반가워서 흐느껴 울었다. 꿈속에서 흐느껴 울다가 깨어보니 정말 울고 있었다. 무슨 이런 망측한 꿈을 꾸었는가? 영희는 꿈이지만 부끄러웠다. 괜히 얼굴이 달아오른다.

다음날 영희는 하루종일 어젯 밤 꿈을 생각하며 마음의 안정을 찾을 수 없었다.

그런데 어떤 원생이 영희에게 다가와서 말했다.

선생님, 인수형이 몹시 열이 나서 누워있어요. 가 보세요.

인수는 그날부터 고열이 나면서 밥도 못 먹고 누워있었다. 몸살이니 조금 지나면 낫겠지 했는데 며칠이 지나도 일어나지 못하고 약을 먹여도 열이 내리지 않았다. 영희는 겁이 나서 병원으로 데리고 갔다.

아무 병도 없는데 몸살인가? 신경쇠약인가? 인수, 너 연애하니? 지금 그 나이에 한창 걸리기 쉬운 상사병인가?

의사가 농담인지 진담인지 웃으며 한마디 하고는 주사 한 대 놓고 약 좀 주어 보냈다.

영희는 인수에게 물었다.

왜 그래? 어디가 아픈 거야?

나도 몰라요. 눈만 감으면 선생님 얼굴이 아른거려서 못 견디겠어요. 내 병은 선생님 사모하는 병이에요.

방황과 정착

　　큰일났다. 영희는 14년 전 동모가 죽어가던 생각을 떠올렸다. 지금 인수의 나이가 같은 나이이다. 그때 동모도 상사병이 틀림없는 데도 나의 간청을 거절하고 결국 죽어갔다. 이제 또 인수가 그런 병으로 죽어간다면 영희는 정말 살아갈 희망이 없을 것 같았다. 나는 과연 마녀인가? 내 몸에 사가 끼었나? 왜 남자들이 모두 나 때문에 죽어야 하나?

　　영희는 택시를 불러 인수와 함께 타고 어느 호텔을 찾았다. 망설일 필요도 없다. 사람을 살려놓고 봐야한다는 말은 하지만 실은 영희 자신도 끝까지 온 것 같았다. 어젯밤 꿈도 생각하면서 구석진 한 방으로 들어가 문을 꼭 잠갔다.

　　인수, 이리와. 지금부터 14년 전 어떤 젊은 남자가 나와 결혼 못하게 되자 병이나서 종래 상사병이 되어 죽어갔어... 나는 두 번 다시, 인수까지 죽이고 싶지 않아.

　　영희는 인수를 꼭 껴안았다. 인수도 말없이 영희를 꼭 껴안았다.

　　저수지의 둑이 터졌다. 강물이 마구 쏟아져 흐른다. 너무 오래도록 내버려두었다. 강둑이 터진 것은 자연 현상이다. 이 넘치는 물을 누가 막으리? 아무도 못 막는다. 이 본능은 신도 못 막는다. 자존심도 학식도 명예도 못 막는다. 좀더 빨리 수리를 했어야 하는데 너무 오랫동안 방치해 둔 것이 잘못된 일이다. 터진 둑으로 폭포처럼 물은 쏟아져 나와 동네로 시가로 도시로 흘러가면서 큰 소동이 일어날 것이다.

두 사람은 바깥세상에 나가고 싶지 않았다. 끝난뒤 식당에 내려가서 저녁을 먹고 다시 올라와 방문을 잠갔다. 원내에 돌아가지 말고 계속 여기서 살았으면 좋겠다고 인수는 말했다.

나도 여기서 오래 살았으면 좋겠으나, 우리는 그런 처지가 못 돼. 돌아가요.

영희는 인수의 병을 고쳐야한다고 핑계를 대었지만, 실은 자신도 참아내기 어려웠다. 명색이 교육자이고 성경도 가르치는 입장에서 제자와 더불어 관계를 계속한다는 것은 도저히 양심상 견딜 수 없는 일이었다.

얼마 후 영희는 인수에게 말했다.

우리 모든 것 청산하고, 없었던 것으로 하고, 그전 자세로 돌아가서 선생과 제자로 지낼 수는 없을까?

인수도 물론 마음 편한 일은 아니었다.

정 괴로우시면 저도 노력해 보겠습니다.

둘이서 결심하고 3개월간 관계를 끊었다. 그러나 사무적인 입장에서만 만나고 보니 인생의 살맛이 도무지 없었다.

영희는 그래도 인수를 위해 그의 장례를 위해 내가 참아야지, 이대로 가다가는 둘다 망한다 하고 생각했다.

결심과 노력을 하며 하루하루 마음의 전쟁을 계속하고 있는데, 영희는 임신을 하고 말았다.

놀랄 일도 아니다. 지극히 당연한 일이다. 젊은 여자가 남자와 관계를 한 이상 당연히 올 것이 온 것이었다. 영희는 인수에게 말할 수가 없었다. 말한다고 해결책이 나오는 것도 아니다. 낙태를 해버릴까도 생각했지만 양심이 괴롭고 하나님이 무섭고, 그대로 있자니 배가 불러올 테니 이 일을 어찌하면 좋은가?

얼마 전 한 아이가 낙태 수술을 하다가 심한 출혈로 인하여 분만대에서 내려오지도 못하고 24살 꽃다운 나이로 죽어갔다. 그 애가 바로 동모 큰 조카딸 찬희였다.

동모가 죽은 후 그의 형은 식구들과 더불어 무사히 월남은 했으나, 몸도 약하고 고생도 안 하던 사람들이라 생활고에 부딪혀 호구지책이 난처해졌다. 큰딸인 찬희는 고등학교만 겨우 마치고 회사에 취직이 되어 식구들을 봉양하던 중 약혼자와의 사이에서 결혼 전에 임신이 되었다. 결혼을 했으면 그런 일도 없었을 텐데, 친정 식구들을 걱정한 나머지 좀더 일을 하여 식구들을 도와주려고 결혼을 연기하면서 낙태를 시도하다가 참변을 당했다. 영희는 낙태수술이 무서워졌다.

동모 형을 동생과 같이 찾아갔더니, 부부가 재봉틀을 밟으며 가죽잠바를 만들고 있었다. 찬희를 수술하던 의사가 돈 30만 원을 위자료로 주어 이 사업을 시작했다는 것이다. 찬희는 죽었어도 계속 부모를 돕는 효녀가 되었다.

동모 형 부부는 닭똥 같은 눈물을 뚝뚝 흘리며 과거의 일을 털어놓았다.

영희 남매도 같이 울었다. 물론 동생의 눈물은 그 집 식구들이 불쌍해서 흘린 눈물이었겠지만, 영희는 그 집 식구도 불쌍하지만 옛 애인 동모를 생각하니 슬퍼져서 더 흐느껴 울었다.

동모 형네는 고깃국을 끓여 영희 남매에게 저녁밥을 대접했다.

영희는 돌아오는 길에 가까운 쌀가게에 들러 쌀과 밀가루를 몇 포 사서 그 집에 배달하도록 시키고 돌아왔다.

동모 형은 참 불쌍하다. 한때 지방 군수까지 지내면서 호령하던 사람인데, 형님이 일찍 죽어 청상과부 형수를 부양하다 그녀도 죽고 동생 동모도 죽고 딸까지 죽은 가슴아픈 일만 계속 당했다. 한때는 감찰 아버지 밑에서 호의호식했으나, 아버지가 일찍 세상을 떠나고 어머니마저 아버지를 따라 물가에 몸을 던지고 말았으니, 이집안은 왜 이리 복잡하단 말이냐? 이 집안뿐 아니라 우리 민족 모두가 해방, 공산당의 침입, 6.25전쟁, 1.4후퇴 등으로 소용돌이 속에서 도탄에 빠져 헤맨다는 생각이 들었다.

영희는 퇴직준비를 했다.

집세가 아주 싼 빈촌에 40만 원짜리 전세방을 얻었다. 가게가 딸린 집이었다. 무엇이라도 해 생활 대책을 세워야 했다.

사직서를 냈다. 총무와 교장 그 외 모든 직원이 놀라며 만류했다. 사회생활의 경험도 없이 어떻게 살아가느냐며 걱정해주고 송별회도 열어주었다.

영희는 정 들었던 곳을 떠나며 많은 눈물을 흘렸다. 아름다운 정원의 많은 꽃들까지도 울고 있는 듯했다.

인수는 이삿짐을 정리해주려고 따라와서 말했다.

선생님....나도 여기서 살면 안될까요?

그럴 수가 없다. 나는 힘이 없어서 대학공부를 못시켜요. 제발 돌아가서 의대에 들어가. 나중에 성공하면 음악은 취미로 실컷 할 수 있잖아?

영희도 인수와 같이 살고 싶었다. 그러나 현실적으로 어려웠다.

큰동생은 신학을 나와 교회 기관의 좋은 직장에서 일하고 있고, 작은동생은 대학교 기숙사에 있었다.

초등학교 다니는 아들 하나를 데리고 외롭고 불안한 생활로 살아가야 하니 막막했다. 과자가게를 하면 좀 편할 것 같아서 시작했으나, 워낙 빈촌이라 손해만 보고 그만두고 말았다.

그후 이것저것 해보았으나 다 실패하고, 퇴직금도 전세돈 주고 이럭저럭 다 없어졌다. 장차 어찌 살 것인가? 배는 점점 불러올 테고 참 난처했다.

이웃에는 고향사람이 한 사람 살고 있었는데, 세탁소를 하고 있었다. 그가 하루는 찾아왔다.

내가 가르쳐 줄 테니 세탁소를 해보아요.

가까운 곳에서 하면 아저씨 장사하는 데 지장이 있지 않겠어요?

아무 상관없어요. 우선 살아나가야 하지 않겠어요? 세탁소는 힘이 좀 들어도 자본이 많이 안 들어서 좋고, 돈은 크게 못 벌어도 생활은 해결되니 해보아요.

막다른 골목에서 굶을 수도 없고 해서 다림질하는 기술자 한 사람을 두고 세탁소를 시작했다. 그러나 역시 쉬운 일이 아니었다. 몸은 점점 무거워지고, 수도가 없는 집이라 물지게도 져야 했다. 또 손빨래가 들어오면 빨래도 해야하고…. 생전 안 해보던 힘든 노동에 영희는 견뎌나갈 힘이 없었다.

하루는 인수가 보따리를 싸들고 집으로 왔다.

나도 원에서 아주 나왔어요. 선생님 혼자서 이 일을 도저히 해 나갈 수 없을 테니 아무 말 말고 받아 주세요. 내가 이제는 짐이 될 나이는 지났어요. 내 밥벌이는 합니다.

그러면서 아주 눌러앉는다. 하는 수 없었다.

한 달 가량 다림질 기술자의 일하는 모양을 살피고 있더니, 다림질 일은 자기가 한다면서 기술자를 내보냈다. 자전거도 한 대 사가지고 대학교 기숙사에가 세탁물을 실어다 열심히 정성껏 손질해 배달도 했다. 기술자 월급이 안 나가고 과외로 배달까지 하니 수입이 올라가고 의지할 상대도 생기니 훨씬 살맛이 났다.

그렇다고 저 사람을 노동일만 계속 시킬 수 있겠는가? 공부도 잘하는 사람을 원하는 음대를 보내주지 않고 다림질 일만 시키면 되겠는가?

시련의 시작

어느 날 아침, 일찍 일어나 보니 가게의 유리문이 열려 있는 것이 아닌가?

깜짝 놀라서 들어가 보니, 두 줄로 쫙 걸려있던 신사복이 싹 없어졌다.

하나님! 이제 우리는 어찌 삽니까?

눈앞이 캄캄해졌다. 도둑을 맞은 것이다! 문을 따고 들어와서 물건을 골라서 마음대로 훔쳐 가는 동안 어쩌면 감쪽같이 모르고 잤단 말인가? 뿌리는 수면제 약이 있다더니, 우리에게 수면제를 뿌렸는가?

옷 임자들이 모여들더니 아우성을 쳤다.

내 옷은 맞춘 비싼 옷이다!

1만 원짜리다!

5천 원짜리다!

내 바지는 3천 원이다!

내 한복은 고급인데 3만 원이다!

영희는 할 수 없이 가게를 내어 준다고 약속을 하고, 집주인에게서 전세금 40만 원을 찾았다.

옷 임자가 부르는 값에서 절반씩만 주고 나니 30만 원이 나가고 겨우 10만 원만 남았다. 이 돈을 가지고 방을 얻으려고 아무리 돌아다녀도 10만 원짜리 방은 없었다.

여러 날 헤맨 끝에 겨우 찾아낸 것이 아리랑고개의 판잣집 한 칸이었다.

이사하는 날은 비가 부슬부슬 내렸다. 보따리를 싸 짐을 가지고 갔더니, 방을 비워주기로 한 세든 사람이 아직 나가지 않고 있는 것이 아닌가. 영희 일행이 들이닥치니 부부가 싸움을 했다. 남자는 평안도 사투리를 쓰며 여자를 발길로 찼다.

이 미친년아! 아무 대책도 없이 방을 비워준다고 지껄였느냐?

집주인 여자도 당황했다.

미안해요. 저 사람들이 오늘 아침까지는 방을 비운다고 해서 돈도 다 주었는데, 비가 와서 아직 못 나갔나봐요. 미안하지만 이 천막으로 들어가세요.

그 집 마당에는 아이들의 공부방으로 쳐 놓은 천막이 있었다.

이삿짐이라야 간장 한 병, 쌀 한 되, 된장 한 병이었다. 영희네 세 식구는 처량한 빗소리를 들으며 천막에서 하룻밤을 지냈다.

영희는 아침에 일어나서 쌀을 박박 털어서 밥을 지어먹은 후 어제 밤새 궁리하다 생각한 대로 근처에 있는 천주교회 재단에서 경영하는 큰 병원을 찾아가기로 했다.

그 병원 원장이 바로 영근이였다.

이 막다른 골목에 무슨 자존심이나 부끄러움이 있으랴? 당장 오늘 점심거리도 없는 주제에 망설일 일이 무엇이냐? 얼굴에 철판을 깔고 무슨 일이든 이 병원에서 일좀 시켜달라고 사정을 하려고 마음먹었다.

병원 복도에 놓여있는 긴 의자에 앉았다. 내가 취직을 부탁하면 틀림없이 일자리를 줄 것이지만, 무어라고 말을 꺼낼까 용기가 나지 않아 쉽게 면회신청을 할 수가 없었다.

그대로 앉아 있는데, 하얀 가운에 청진기를 목에 걸고 키가 큰 의젓한 원장선생인 영근이 이쪽을 향해 걸어오고 있었다. 의사 몇 사람과 함께였다.

영희는 반사적으로 의자에서 일어났다.

선생님.

영근은 영희를 보더니 깜짝 놀랐다.

영희씨, 웬일로 여기 오셨습니까?

네에, 몸이 좀 불편해서 진찰 좀 받아 볼까하구요,

영희는 전혀 마음에도 없는 말을 해버렸다.

영희씨, 어쨌든 너무 오래간만이니 이야기 좀 합시다. 지하다방에 가 계세요. 내가 잠시 후에 내려갈게요.

잠시 후 영근이 내려왔다.

두 사람이 마주보고 앉아있으니 감개가 무량했다.

이게 얼마만입니까? 용케 피난을 잘 나오셨네요. 지금 어디서 무엇하고 계십니까?

재림교회 재단인 학교서 교편생활을 하고 있어요.

다행이십니다, 많이 고생하셨지요?

아뇨. 교회재단에 속해서 제주도까지 가서 잘 지냈고, 또 지금도 재단에서 일하며 잘 지내고 있어요.

영희씨, 참 세월이 빨리 흘렀네요. 동모가 세상을 뜬 지도 15년이네요. 영희씨는 지금도 여전히 예쁘십니다. 동모 장례식날 만나뵙고는 처음 만나는 것이 아닙니까? 물론 영희씨는 결혼하신 것으로 아는데 자녀분은 몇이나 두었나요? 저도 결혼하고 애가 셋이나 됩니다. 지나간 이야기 지금 해서 무슨 소용이 있겠습니까마는, 제가 참 바보였어요. 영희씨를 그렇게 사랑했으면서도 이룰 수 없었으니까요. 동모가 간다음에라도 적극성을 가졌다면 그럴 수도 있었겠지만, 워낙 소극적인 내 성격 탓에 마음만 가지고 뜻을 이루지 못했습니다. 영희씨 아버님만 안 돌아가셨어도 지금쯤 영희씨와 나는 둘다 의사가 되어 같이 일할 수도 있고 결혼도 가능했을텐데... 실은 영희씨와의 약혼이 파경이 되고 나서 나는 세상이 다 귀찮고 살기도 싫었지요. 결혼도 하고 싶지 않았으나, 부모님과 숙부께서 강요하여 별 흥미도 없는 결혼을 하고 말았어요. 교제도 안 해보고 어른들 시키는 대로 했더니 성격이 너무 안 맞아 별로 행복하지가 못합니다. 나는 처음부터 영희씨 같은 분이 나와 맞는 분이라고 생각했는데 세상일은 마음대로 안 되는 것이군요. 인물도 영희씨에 비할 바가 못되고요. 그동안 내가 품었던 불만을 영희씨에게 털어놓으니 마음이 좀 후련하네요. 영희씨는 행복하지요?

전들 행복만 하겠습니까? 영근씨와의 약혼식을 거절하고 동모씨도 죽고 파란 곡절이 많은 여자가 어찌 행복할 수 있습니까. 운명이랄까 팔자랄까, 흐르는 대로 떠내려가는 것이 인생이지요.

영희씨 진찰 받으시고 돈 지불하지 마세요. 제가 서류처리 하겠습니다. 그리고 구내식당 가서 점심이나 같이 드시고 가시지요. 아! 원기 소식 아세요?

전혀 모릅니다. 저는 재단 구내에서 일만하며 지내니 바깥으로 나다니지 않아서요.

원남동 로터리에 약국을 하고 있어요. 원남약국이라고 간판도 크게 하고요. 약국이 아주 잘 되어서 큰 부자가 되었답니다. 결혼은 누구와 했는지 아세요?

모르는데요.

영희씨 친구 은경이와 결혼했는데, 애기를 못 낳아 큰 걱정이지요. 그렇게 갑부가 되었으나 물려줄 자식이 없으니 말이요. 한번 만나보세요.

얼마나 반가워하겠어요.

영근은 원기의 전화번호를 영희에게 주었다.

감사합니다, 원기씨를 마지막으로 본 것도 역시 동모 장례식 날이었지요. 은경도 그 후 월남하여 서울로 떠난 후 영 소식을 몰랐지요. 두 사람이 서울서 만나서 결혼을 했군요... 잘 되었네요. 애기가 없으면 없는 대로 더 재미있을 수도 있고 의가 좋을 수도 있지요? 그럼 저 오늘은 이만 가보겠어요. 일이 좀 있어서요.

그럼 전화번호라도 좀 주고 가세요.

영근은 몹시 아쉬워하는 눈치였다.

영희는 당황하여 빨리 일어났다.

제가 곧 연락 드릴게요. 올라가셔서 일보세요. 바쁘신 원장님께서 저 때문에 너무 많은 시간 빼앗기셨네요. 안녕히 계세요.

영희는 돌아오는 버스 안에서 착잡한 심정을 가눌 수가 없었다. 잘했다. 아무리 내가 죽게 되었다 할지라도 어찌 영근에게 취직 부탁을 할 수 있으리. 또 내가 어렵다고 하면 경제적으로 돕겠다고 했을 텐데, 내가 어찌 영근씨에게 도움을 받을 수 있으리. 원기와 은경이가 살고 있다는 원남약국을 찾아갈까도 생각했으나 도저히 갈 수 없었다.

서울서 공부할 당시는 그래도 내가 제일 경제적으로 넉넉해서 여섯 명이 같이 다니며 돈 쓰는 일은 도맡아 썼고, 그 중에서 인물도 가장 뛰어나서 세 남자가 다 집중적으로 사랑을 고백하며 나와 결혼하기를 원했었는데.... 이제 나의 이 꼴이 무엇이냐? 사랑하던 사람은 죽고, 한 사람은 은경이와 결혼해서 갑부가 되고, 지금 방금만난 영근은 큰 병원장으로 위세 당당하게 살아가는데... 나는 무엇이 잘못됐길래 이모양 이 꼴이란 말인가! 결혼은 절대적으로 나 자신의 행복을 위해야 하는 것이지 누구를 위하여 희생하는 것이 아니다. 내가 지금 당하는 이 고생은 팔자가 아니야.

내가 잘못해서 당하는 고생이야! 나 자신을 위해 살아가야지, 왜 남을 위해 희생만 하는 것이냐? 애당초 동모와도 갈 수 없는 길이었다면 빨리 돌아섰어야지... 인정 같은 것은 다 필요없는 것이었어. 그때 영근씨와 결혼했으면 오늘과 같은 고통도 없었겠지. 원장 사모님으로써 대접과 존경을 받으며 한평생 평안히 잘 살 수 있었는데. 원기와 결혼했어도 얼마나 행복했을까? 원기와 결혼했어도 애도 잘 낳았을 텐데.

어리석은 생각이 주마등처럼 영희의 머리를 스쳐갔다.

양키 물건 장사

집에 돌아온 영희는 하도 답답해서 한숨을 쉬었다. 대문밖에 나가서 아리랑고갯길을 내려다보며 생각했다. 이제부터 어떻게 살아갈 것인가...

그럴 때, 한 중년여자가 보따리를 이고 가다가 영희에게로 다가오면서 말을 걸었다.

양키물건 좀 사세요.

영희는 그 여자를 방으로 불러들여놓고 통사정을 했다.

아주머니, 나 좀 살려주세요. 그 양키 물건 장사 나도 좀 하면 안될까요? 나는 세탁소를 하다가 몽땅 도둑을 맞고 알거지가 되었는데, 세 식구가 굶어죽게 되었어요.

아주머니는 영희의 처지가 불쌍했는지 승낙했다.

나하고 지금 가세요. 큰 보자기 하나 가지고 따라 나서세요, 돈은 좀 있어요?

500원밖에 없는데요.

여하튼 가봅시다.

생명부지인 그 아주머니를 따라 나섰다.

어떤 집으로 안내하는데, 다락으로 하나 가득히 양키 물건이 쌓여 있었다. 이 집은 양키 물건 도매집이었다. 남자는 동두천에 가서 사오고 여자는 집에서 팔고 있었다.

영희는 부끄러워서 말도 못하고 있는데, 영희를 데리고 온 여자가 대신 말해주었다.

내가 책임질 테니 물건을 한 보따리 주세요. 돈은 500원 뿐이라는데, 좀 딱한 사정이 있어요. 보아하니 교양도 있어 보이는데 물건값 떼먹을 분이 아니에요.

영희는 은인을 만난 것 같았다. 하나님께서 보내주신 천사인 것 같았다.

그 시간부터 영희는 양키 물건 행상이 되었다. 큰 보자기로 하나가득 물건을 이고 다녔다. 장바구니처럼 배추와 파도 하나가득 꾸려서 이고 다녔다. 죽기 아니면 살기다. 이 판국에 자존심이 어디 있으며 부끄러울 것이 무엇이냐. 다행히 장사가 아주 잘 되어서 먹고살기에는 부족함이 없을 정도로 돈이 조금씩 모였다.

해산달이 왔다.

큰 병원에 갈 형편은 못되고 여의사가 조그맣게 병원을 차리고 낙태수술만 전문으로 하는 집으로 가서 아기를 낳았다. 아들이었다. 얼마나 또렷또렷하고 깨끗한지 아주 아빠를 닮은 예쁜 남아였다.

그런데 그 애가 나오자마자 열이 심하며 끙끙 앓았다.

이 여의사는 당황해서 갓난아이를 데리고 소아과 의사를 찾아갔다. 소아과 의사는 낳을 때 뇌신경을 다치고 병원이 불결하여 균이 아이에게 묻은 것 같다고 했다. 아이가 밤새껏 무엇을 안다고 끙끙 앓는 소리를 했다.

결국 아이는 엄마의 젖꼭지 한번 못 물어보고 죽어갔다. 인수가 죽은 애를 안고 공동묘지에 매장했다.

영희는 그 이름도 없는 아기가 불쌍해 몇날 며칠을 얼굴이 퉁퉁 붓도록 울었다. 내가 너무 마음고생 몸 고생을 해 아기가 죽었나? 다윗왕이 밧세바와 불륜의 관계로 낳은 첫 번째 아기가 죽어 갔듯이, 우리도 혼전에 아무도 모르게 가진 불륜의 관계가 되어 벌을 받아 죽었나? 자기때문에 엄마가 돈벌이를 못해서 굶어 죽을까봐 이 애가 효자가 되어 죽어주었나?

영희는 이 생각 저 생각으로 가슴이 아파서 죽을 지경이었다.

다행스러운건 이 집에 이사온 지 1년이 지나고 돈에 좀 여유가 생긴 것이었다.

이때 영희는 인수와 부부생활을 하고 있었고, 가난했지만 그런대로 행복했다.

문제는 인수가 아직도 음대에 가서 음악공부를 하고 싶다는 욕망을 버리지 못하고 있다는 것이었다. 영희도 젊은 남편의 소망을 가능한 한 이루어주고 싶었다.

마침 바로 이웃집에 가까운 대학의 총장 비서가 살고 있었다. 영희는 그 집에 자주 놀러가고 선물도 했다. 그러다 보니 둘이 아주 친해졌다.

하루는 인수에 대하여 사정을 해보았다. 이 비서는 호감을 가지고 총장과 의논하겠다고 했다.

어느 날 그 비서가 입학원서를 가져다주었다. 다 기록하고 나서 재산조사란을 기록해야 하는데 큰일이었다. 재산이 한푼도 없으면 통과할 수가 없었던 것이다.

비서를 찾아가서 문의했더니, 500만 원이라고 기록하라고 했다. 엄청난 거짓말이어서 양심의 가책을 느꼈으나 500만 원으로 기입할 수밖에 없었다. 학칙을 따지면 불가능한 일이지만, 인수는 완전히 총장 비서의 힘을 뒤에 둔 배경 덕에 평생 소원하던 음대 작곡과에 들어갈 수 있었다.

영희는 등록비를 마련하기 위해 이리 뛰고 저리 뛰고 노력했으나 많이 모자랐다. 그래서 할 수 없이 일수놀이 아줌마를 찾아가 일숫돈을 얻었다. 그러나 긴 장마가 지면서 장사가 잘 안되어 며칠간 일숫돈이 밀렸다.

하루는 시장에서 일수 여인을 만났는데 다짜고짜 영희를 떠다밀었다. 영희는 피할사이도 없이 어느 담벽에 머리를 부딪히고 말았다. 아픈 것보다 창피한 것이 앞서 집을 향해 막 뛰었다.

어느 가게 주인이 따라오면서 말했다.

아주머니, 왜 가세요? 당장 파출소로 가서 고발하세요! 저년은 혼 좀 나야해요. 이 시장바닥에서 여왕처럼 날뛰고 법 무서운 줄 모른다니까요!

그러나 영희는 고발 같은 것은 하고 싶지도 않았다. 열심히 돈벌어서 빨리 갚아주어야 한다고 결심하고, 그 후부터는 밤낮 가리지 않고 더 열심히 뛰었다.

양키 물건 장사만 해 가지고는 도저히 감당하기 힘들었다. 그래서 이불 장사를 시작했다.

그 당시는 전쟁이 끝나고 모두 조금씩 안정이 되어 갈 때라서 이불이 아주 잘 팔렸다. 특히 요정 기생들 숙소를 찾아다니며 장사를 하니 생각보다 잘 팔렸다.

이 여자들은 낮에는 술과 노래를 팔고 밤에는 기둥서방과 잠을 자면서 돈을 벌었다. 대학교수, 국회의원, 고관, 사장 등 경제적으로 안정이 된 사십대 이상의 남자들은 모두 이 기생들을 몰래 만나고 다녔다. 이 기생들은 전부 그런 기둥서방들을 하나씩 가지고 있었다. 때로는 영희에게도 자기들 기둥서방을 자랑삼아 이야기했다.

기생들은 기둥서방들 덕에 경제적으로 부족함이 없었다. 그래서 새 스타일의 이불이 나오면 대부분 잘 사주었고, 덕분에 영희의 장사도 잘 되는 편이었다.

이불장사와 기생들

하루는 장사를 다니다 비를 만났다.

마침 요정 기생들이 사는 집 앞이 보여서 비를 피하기 위해 들어갔다.

이불 장사 아줌마가 왔다며 기생들은 저마다 자기 방으로 들어오라고 했다. 영희가 이 방 저 방으로 찾아다니려 하니까, 기생들은

옥경씨 방으로 다 모여.

하면서 그쪽으로 들어갔다. 그녀들은 우르르 다 모여들어 보따리를 털었다.

아줌마, 오늘 비가 와서 운이 좋았네요. 아무도 외출 못하고 집에 있는 덕에 이불 많이 파셨네요

팔기만 하면 뭐해요! 수금을 빨리 해줘야지.

아이고, 이 아줌마 죽는소리 그만하세요. 솔직히 우리같이 많이 팔아주고 돈 잘쓰는 사람 그리 많지 못할걸요.

그건 그래. 내가 이 집에 드나드는 덕분에 살고 있지 않아? 고마워.

기생들은 저마다 이불을 가지고 제 방으로 갔다.

옥경아씨, 나 좀 여기 있다 가도 되지? 비 멎을 때까지만 좀 앉았다가

갈게.

네에, 아줌마. 이불도 다 팔고 오늘 일당 짭짤하게 버셨는데 무슨 걱정이세요? 실컷 쉬었다 가세요.

그런데 옥경아씨, 나는 그전부터 의문나는 것이 있었는데 물어 볼 기회가 없고 해서 못 물어 봤는데… 왜 아씨들 방에는 두꺼운 검은 커텐을 치고 살지요? 여름이나 겨울이나 말이야.

아이고… 아줌마, 순진도 하셔라. 우리가 누구에요? 남자들 등골 빼먹고 사는 기생들 아니에요. 그 남자들이 어디 총각이나 홀애비만이요? 모두 부인 있는 남자니 밤에 편안히 끼고 잘 수 있어요? 점심시간 아니면 숙직날이나 틈틈이 시간 내서 드나드는데, 방을 어둡게 밤같이 만들고 문을 단단히 걸어 잠그고 만나야지요. 아무리 태양빛이 밝아도 이 검은 포장만 드리우면 캄캄한 밤이 됩니다.

야, 아주 멋진 아이디어네. 그럼 이왕 이야기가 나왔으니, 그 기둥서방을 어떻게 만났으며 그 기둥서방과 같이 자는 이야기 좀 들려줘. 아주 흥미롭고 재미있을 것, 같아

그래요, 세상에 공짜가 어디 있어요? 이불을 특별히 나에게 싸게 주세요.

싸게 뿐만 아니라 거저 줄게.

괜히 영희는 기생들 생활 뒷면이 궁금해지고 알고 싶어진다.

아줌마 정말이에요? 오늘 비도 오고 심심한데 아줌마하고 이야기나 실컷 할까, 실은 아줌마 우리가 기둥서방 두는 것이 좋아서만이 아니에요. 기생질 아무리 해봐야 돈이 모입니까? 옷에, 화장품에, 용돈에, 일생 그짓 아무리해도 남는 것 아무것도 없어요. 기둥서방을 얻어서 과윗돈 벌고, 그리고 아줌마, 우리 기생들도 한창 20대 30대인데 어떻게 술이나 따르고 노래만 부르고 살 수 있습니까? 잠자리도 필요하지 않습니까. 세인들이 생각할 때 우리 기생들은 성생활에 만족을 누리는 줄 알겠지만 천만

의 말씀이예요. 늘 모자라고 굶주리는 생활입니다, 찬밥 얻어먹는 격이지요. 우리들 기둥서방은 대개 50이 넘은 대학교수나 국회의원이나 회사 사장들이예요. 즉 자기 부인들이 이제 좀 나이먹어 싫증날 때가 돼 젊은 여자들 생각나 오는 분들이기 때문에 우리 나이 또래같이 젊고 펄펄하는 사람은 거의 없지요. 또 젊은이들은 돈에 여유가 없잖아요... 그러니까 그렇게 만족하지 못하고 또 자주 올 수도 없잖아요

아! 왜 이렇게 서론이 길어. 본론으로 들어가요.

내 기둥서방은 우리 동네 대학교수님인데 나이는 오십대요. 잘생긴 미남이예요. 이름은 밝힐 수 없지만... 우리 요정 단골손님인데, 술이 약간 취한 어느 날 밤 내가 꼬셨지요. 술이 너무 취하면 몸도 못 가누기 때문에 낭패랍니다... 약간 얼큰할 때가 적격이지요.

손님, 제가 몸이 약간 불편해서 일찍 집에 들어가야 하는데 잠깐 같이 가 주시겠어요?

그래, 그러지. 옥경 너는 내 옆에 시중드는 단골인데 그런 말도 못 들어주냐

그래요. 언니, 잠깐만 나갔다 올게?

나는 마담언니에게 눈짓을 합니다. 벌써 마담언니는 알아차리고 자기도 눈짓을 하지요.

집이 아주 가깝구만. 어디 얼마나 잘 단장하고 사나 방구경이나 좀 할까? 나는 벌써부터 옥경이 방 구경하고 싶었지만 야단맞을까봐 말을 못했었지~ 아이구! 얼굴도 예쁘게 생겼으니 방도 예쁘게 꾸미고 사누만 하며 보료 위에 앉았어요. 그때 나는 그분께 안기며 허리를 감쌌지요.

선생님, 오늘 제 방에서 쉬고 가세요

아주 밤새 잘 수는 없지. 그러나 한두 시간은 머물수 있어

그래요, 한두 시간이면 족해요. 더 이상 바라지도 않아요

하며 이불을 폅니다. 이 남자도 이렇게 되면 못 견디는 척하고 자리에

늙게 되지요. 그때 최선을 다해 내 묘기를 발휘해서 그 남자를 완전히 장악하는 것이지요.

그 묘기. 나 좀 가르쳐 줘... 실은 나도 내 남편이 많이 연하야. 내가 좀 더 늙어 잘못하면 젊은 기생에게 남편 빼앗기겠네.

정말? 아줌마, 내가 그 묘기를 가르쳐 줄께요. 아줌마에겐 절대 필요하네요. 대개 나이 좀 든 이는 한결같이 하는 말이 우리 마누라는 이제 틀렸어~ 하며 젊은 것들이 좋다고 야단이지요. 아줌마 내가 아무리 기생이지만 창피해서 어찌 말을 다 할 수 있습니까? 그저 좀 힘들지만 여자도 율동, 운동, 움직이는 거예요. 그리 아시고 재간껏 해보세요. 대부분의 남자들은 거의가 이렇게 말해요.

너 다른 남자와 자면 죽인다! 나하고만 만나자. 너 어디서 그런 것 다 배웠냐? 보통 재간꾼이 아니구나.

그럼요. 몰랐지요?

애 옥경아, 나 이제부터 너를 자주 찾을 테니 절대 다른 남자와는 발을 끊어라.

그럼 나에게 생활비를 주시겠어요?

그럼 물론이다. 한 10만 원이면 되겠지?

일의 순서가 이렇게 되어 가는 거죠.

그 당시 다섯 식구 생활비가 10만 원이면 살고도 남는데 너무 많이 주는 것이었다. 영희는 깜짝 놀랐다.

아줌마, 그게 뭐가 많아요? 우리 나이 35살만 넘으면 이 기생질도 끝인데 그전에 돈을 벌어야지 노후 대책을 하지요. 가난이 지겨워서 기생노릇 시작했는데, 눈만 높아져서 이제 노동자와는 못살고 돈이 있어야 제비라도 붙어 살아줄 게 아니예요... 이렇게 살다 혼자 살 수 없잖아요.

그럼 계속 그 남자가 지금도 다니고 매월 10만 원씩 꼬박 꼬박 계속 주나?

아이고! 아줌마, 중간에 말이 딴 데로 샜네요. 그래서 10만 원을 배로 올려달라고 갖은 아양과 재주를 부렸지요.

어떻게 재주를 부렸는데?

아줌마, 나 더 이상은 말 못해요. 아줌마 고등교육도 받으시고 운동선수였다면서요? 아줌마 상상에 맡길게요. 그 손님은

야 옥경아, 내 몸이 구름 위로 오르는 기분이다. 그래 알았다. 배다! 배로 올랐다. 아니 배가 아니라 백 배로 올려주마

돈이 어디서 나서 나를 그렇게 줍니까?

야, 나를 그렇게 째째하게 보느냐? 내 고향에 땅마지기나 있다. 한 뙈기 팔아다 쓰지 뭐. 이런 신선놀음에 안 쓰고 돈을 어디다 쓰느냐? 이것은 신선이다, 여태 이때 느껴보지 못한 쾌락이다. 이제 자주 오겠다. 정말 약속해라 다른사람에게 한눈 안 팔겠다고

남자들은 독점욕이 강하잖아요. 나를 독점하기 위해 갖은 애를 쓰면서 젊은 너와 살려면 보약과 몸보신을 잘 해야겠다 하며 아주 만족해합니다. 아줌마 메뚜기도 한철인데 제 나이 25살 지금 한참 전성기예요. 요때 놓치면 망하는 거에요.

그럼 약속대로 그 남자 하나만 계속 받았나?

아줌마는 역시 너무 순진해. 이왕 버린 몸, 한 남자하고 상대해서 돈도 돈이지만 만족할 수 있어요? 15살 때부터 이런 생활을 했는데 지금 한창 무르익은 내 나이에 늙은 남자 하나 상대해서야 되겠습니까?

아니! 그러다 병이나 옮으면 어쩌려고 그래?

대개 요정 손님은 그래도 상류이고, 우리는 자주 병원에 가서 검진하기 때문에 괜찮아요.

영희는 비가 멎는 대로 집으로 돌아와서 천연덕스레 일상생활을 했으나, 머릿속에는 옥경이가 해주던 그 이야기로 꽉 차서 멍청해진 상태였다. 아무 일도 손에 잡히지 않고 이 세상은 별의별 일이 다 있는 요지경이

구나 생각했다.

영희는 그날 밤 남편과 나란히 누워서 잤지만, 괜히 거리감이 생겨서 전 같지 않았다. 남자들은 다 그런 것인가? 내가 조금 늙어지면 이 사람도 마음이 변해버릴까? 나를 버리고 젊은 여자를 추구할 것인가? 옥경이가 말하는 그 남자도 대학교수라는데, 수준이 높아도 학식이 많아도 그 일에는 별 수가 없는 것 아닌가?

인수가 이상하다는 듯이 말했다.

아직 안 자요? 왜 그래?

나 저녁에 비가 와서 요정 기생들 숙소에 가서 이불도 팔고 비도 피하고 있는데, 한 기생애가 자기의 비밀이라며 털어놓는데, 너무 놀라서 잠이 다 안 오네.

무슨 이야긴데 잠이 안 올 정도로 충격적이야?

글쎄, 대학교수가 이 기생에게 반해서 한 달에 돈을 20만 원씩이나 주면서 가끔 자고 다닌다는데, 20만 원이면 쌀이 50가마 아냐. 세상 이런 일도 있나요? 나이가 50이고 이 기생은 25살이라는데, 교양 있는 대학교수가 그 모양이니 남자들은 믿을 사람이 하나도 없잖아요. 여보, 나는 당신보다 10년이나 위인데, 내가 몇 년 더 지나면 당신도 딴 생각하지 않을까?

당신 무슨 말을 하는 거요? 세상 남자들이 다 변해도 나만은 당신에게 그렇게 할 수 있겠어요? 쓸데없는 생각 말고 이리 와요. 당신은 건강한 여자니까 그리쉽게 늙지도 않아. 당신이 늙어 꼬부라져도 나는 당신을 보호하고 사랑할거요. 자! 얼굴 활짝 펴고 웃어 봐요. 나는 당신 웃는 그 얼굴이 너무 아름다워. 이 세상에 당신 같은 미인이 어디 또 있겠소? 나는 아무리 피곤해도 당신이 그 고운 웃음 한번 던지면 피곤이 싹 풀리고 희망이 솟아나요. 어디 가서 당신 같은 여자를 만나겠다고 딴 마음을 먹겠어? 조금도 걱정 말고 나를 믿고 가까이 와요.

오늘은 내가 여왕

영희는 이 악녀들의 소굴에 드나드는 것이 좋지는 않았으나 돈을 벌어야 했다. 인수의 등록비, 아들의 등록비와 가정생활비 등을 모두 벌어야 한다. 다행히 노력한 만큼 장사가 잘돼 조그마한 한옥 한 채를 장만할 수 있었다.

인수는 4대 독자라고 했다. 나이 먹기 전에 그의 아들도 낳아야 한다. 다행히 아기를 가져 만삭이 됐다. 진통이 온 것은 새벽 2시쯤이었다. 인수가 영희를 부축해 나가서 택시를 부르는데 도저히 잡을 수가 없었다. 간신히 파출소 앞까지 갔는데도 빈 택시가 없었다.

순경이 한길로 나가서 손님이 타고 있는 택시를 멈추게해 손님을 끌어내리고 그 차에 영희를 태웠다. 병원에 도착하여 분만대에 오르자마자 출산을 했다. 산모가 너무 고생을 했기 때문에 아기가 빨리 나온 것 같았다. 조금만 늦어도 길에서 낳을 뻔했던 것이다.

다행히도 아들이었다. 딸을 낳고 마지막으로 40이 거의 되어서야 아들을 낳은 것이다.

영희는 아들을 낳고 시를 한 수 지었다. '오늘은 내가 여왕'이라는 제

목의 시였다.

　무더운 여름 밤 두 시
　뱃속에서 아기가
　신호를 보낸다.
　아들인지 딸인지
　알 수 없지만
　나에겐 이번이
　마지막 아이

　음 음
　낮은 소리로
　몇 마디 외쳐보아도
　아무도 꿈쩍을
　하지 않는다.
　아이고 아이고 배야
　옆에 자던 그이가
　벌떡 일어난다.

　택시 택시
　힘차게 불러보아도
　아무도 대답이 없고
　이리 뛰고 저리 뛰고
　발자국 소리만
　들려올 뿐이다.

파출소
앞 마당까지
간신히 당도하니
순경이 나와서
부축을 하여
정중히 소파로
안내를 한다.

오늘은
내가 여왕이다
모든 사람들이
쩔쩔 매는구나
타고 가는 손님을
끌어내리고
순경이 잡아 준
택시를 타고

간신히
서울위생병원
산부인과에 도착하니
이곳서도 역시
의사와 간호사가
쩔쩔들 매며
이리 뛰고 저리 뛰누나

마지막 진통이

고비를 넘겨
낳은 아기는
기다리던 아들
아빠가 만세를 부른다
의사와 간호사도
손뼉을 친다
오늘은 역시 내가 여왕
신나는 날이다.

인수는 공부를 잘했을 뿐 아니라 학교 합창단원 300명을 지휘하기도 했다. 교회에서는 성가대 지휘도 맡고, 봉사 활동도 열심히 했고, 집사직도 맡았다. 서울대학 콩쿨에 제출한 작곡이 일 등으로 당선도 되었고...

영희는 이제 부러울 것이 없었다.

아들을 낳아 업고 교회에 가니 모든 교우들이 한마디씩 했다.

애기가 예쁘기도 하다. 엄마 아빠가 다 잘생겼으니 안 예쁠 수가 있나? 애기 엄마는 복도 많아, 어쩌면 저리 훌륭한 남편을 얻었을까?

몇 년 전 직장을 나와서 고생할 때는 욕을 달구지로 퍼붓던 그 입으로 지금은 칭찬을 한다. 인간은 이렇게 간사한 것인가? 영희는 정말 욕도 많이 얻어먹었다.

과부 주제에 총각과 나이도 10년이나 아래인 사람을 꼬여서 살다니, 그 좋은 직장 버리고 물지게까지 지면서 저 고생을 하니 저 여자는 절대 혼자 못 사는 사람인가봐.

내가 고생한다고 쌀 한 되를 가져다주었나? 무슨 자격으로 나를 이렇게 욕하나. 영희는 이를 악물고 돈을 벌었다. 낮의 수입이 적으면 밤에 저녁 먹고 보따리를 들고 나갔다.

미국 이민, 그리고 이혼

　인수는 제발 그러지 말고 좀 쉬라고 했다. 그러나 인생은 목표가 있어야 한다고 하면서 영희는 굳게 결심했다. 이제 기반이 잡히고 아이들도 잘 커서 딸이 11살, 아들은 6살이 되었다. 피난때 업고 나온 큰아들도 이제 대학을 다니고 있고, 남편도 음대를 졸업하고 유능한 음악선생으로서 두툼한 월급봉투를 매달 안겨 주었다. 이대로 나에게는 좋은 세상만 계속되겠지 하며 즐겁게 감사하며 살아갔다.

　그런데, 인수는 왜 그러는지 미국으로 이민을 가자고 심하게 졸랐다.

　영희의 큰동생은 이미 10년 전 미국으로 이민을 갔고, 작은동생도 몇 년 전에 데려갔다.

　영희네 가족은 아무 어려움 없이 미국으로 떠났다.

　1974년 중반기, 그때만 해도 한국사람이 많이 살지 않는 미국이라 두 동생들의 환영과 도움으로 로스앤젤레스 글렌데일 아파트에 입주하여 미국 생활을 시작했다. 갑자기 오고 보니 취직이 쉽지 않았다. 마냥 놀고만 있을 수는 없어서 할 수 없이 남편은 어느 한국인이 경영하는 큰 식당에 가서 피아노를 칠 수밖에 없었다. 한복을 곱게 차려입은 젊은 웨이트레스들이 많이 있었다.

영희도 할 수 없이 바느질 공장에서 일했다.

2년의 세월이 흘렀다.

영희에게 청천벽력이 떨어졌다. 하루는 남편이 영희에게

당신 이제부터 열심히 영어를 배우도록 하고, 또 혼자 살아갈 준비를 해.

너무도 뜻밖의 말에 어처구니가 없었다.

그게 무슨 말이에요? 나는 도무지 이해를 못하겠군요. 아빠는 어떻게 하고 내가 왜 혼자 살아요?

어디로 가서 돈 좀 벌어 가지고 오려고 그래.

어디를요? 어디든지, 아니, 지옥에라도 같이 가지 절대로 떨어져서는 못 살아요. 나는 혼자는 절대 안 살 거예요.

아이구, 징그러워.

대화는 이렇게 끊어졌다. 남편은 비교적 화려하고 젊은 여성들이 많은 틈바구니에 있다 보니 사고가 생긴 것일까. 이민을 수속할 무렵 어떤 친지가 하던 말이 생각났다.

미국은 성이 개방된 나라예요. 댁의 남편은 미남이니 조심하세요.

그때 영희는 그 말을 귀담아 듣지도 않았다. 착실하고 무게 있는 내 남편이기에 만인이 다 유혹에 쓰러져도 그만은 끄떡없다고 자신만만했다.

다음날은 일요일이었다.

늦게 잠이 깬 남편은 느닷없이 애들을 데리고 바닷바람이나 쐬러가자고 했다.

영희는 불안하면서도 오랜만에 식구가 함께 나간다는 것이 기뻤으며, 또 남편도 마음을 바로잡기 위해 식구들과 같이 나가는 것이 아닌가 하는 기대 속에서 부랴부랴 서둘러 바닷가로 나갔다.

오랜만에 넓고 시원한 바다를 보니 그동안에 응어리졌던 가슴이 풀리는 것 같았다. 애들은 마냥 즐겁기만 한지 천진난만하게 뛰놀고 있었다.

　그날 밤 남편은 조용히 영희를 부르더니 심호흡을 한 후 말을 꺼냈다.

　내가 오늘 바다에 간 것은 식구들과 마지막으로 헤어지기 위한 송별기념이었어.

　갈수록 태산이요 넘을수록 재라더니, 이게 웬말인가. 이때까지 썩인 속은 아무것도 아니었다.

　다시 직장에 나가 보았다. 그러나 몸이 몹시 쇠약해지고 기운이 없어 아무리 안간힘을 써도 일이 손에 잡히지 않는다.

　몇 시간을 씨름하고 있으려니까 옆자리의 동료들이 걱정해 주었다.

　아줌마 안색이 아주 나쁜데 무슨 일이 있어요? 집에 돌아가서 쉬세요. 그러다 병나면 어쩔려구요.

　죽으면 그만이지 뭐 나는 죽고 싶어... 나는 정말 죽고 싶은 것이었다. 이대로 쓰러져서 숨을 거두면 온갖 시름과 고통을 다 잊을 수 있지 않겠는가. 영희는 죽는 것이 무섭지가 않았다.

　남편은 기어코 이불 한 채와 옷 몇 가지를 싸 가지고 집을 나갔다.

　가끔 전화가 왔다.

　아주 먼 곳에서 답답해 바닷바람 쐬고 있으니 걱정마라. 나 혼자 있다.

　그래도 설마 했는데, 드디어 변호사로부터 이혼솟장이 오고야 말았다. 드디어 그이는 일을 저지르고야 말았구나.

　한국인 이모라는 변호사 이 인간은 단돈 200달러를 받아먹고, 우리 동포의 많은 가정들을 파괴시키고 있는 것이었다.

　봉투를 뜯으니 꼬부랑 글씨가 새까맣게 인쇄된 여러 장의 종이가 와르르 쏟아졌다. 맨 첫 페이지에 변호사가 쓴 듯한 펜글씨로 한글이 적혀 있는데 이혼소장이니 표 한 곳마다 싸인을 해서 15일 내로 보내시오 하고 아주 명령조로 적혀 있었다.

아, 내가 이 꼴을 보기 위해, 하늘같은 남편을 빼앗기기 위해 이곳을 찾아왔단 말인가? 이혼. 이것은 남들이나 하는 것으로 알았더니 내 앞에 떨어질 줄은 꿈에도 몰랐었다. 늘 선량하고 착했던 남편이 도대체 누구때문에 이렇게 되었단 말인가? 여우한테 홀려 제정신을 잃었단 말인가? 나는 버릴 수 있다고 하자! 저렇게 귀엽게 자라는 자식을 어떻게 버리겠다는 것인가?

그러던 어느 날 밤이었다.

침대에 누워 있으니까 남편의 차소리가 났다. 귀를 기울이니 차고로 차가 미끄러져 들어가더니 문을 쾅하고 닫으며 구두 발걸음 소리가 났다. 현관문이 열렸다. 남편이 들어오는 소리가 났다.

영희는 후다닥 침대에서 뛰어내려 거실로 달려갔다.

그러나 방금 들어왔어야 할 남편은 보이지 않았다. 불을 켜고 사방을 찾아보았으나 아무 곳에도 남편은 없었다. 애들 방으로 부엌으로 온 집안을 샅샅이 뒤졌으나 역시 마찬가지였다.

나는 이제 미친 것이야! 정신병 초기인 모양이다. 귀가 완전히 미쳤다! 이제 눈까지 미쳐 허깨비가 보이면, 나는 영원히 고칠 수 없는 정신병 환자가 되어 병동에 갇히는 신세가 될 것이다.

오, 하나님, 나를 살려 주세요! 나를 미치게 버려두지 마시고 나를 도와주세요! 너무나 가혹합니다. 잔인합니다! 내가 이런 벌을 받을 만큼 큰 죄는 짓지 않았습니다.

다음날 아침, 친구가 먹을 것을 가지고 찾아왔다.

너무나 반가워서 침대에서 내려서는 순간, 아찔하며 앞이 캄캄해졌다. 그후 영희는 정신을 잃었다.

얼마 후 깨어보니 그 친구가 진땀을 빼고 있었다. 다행히 그녀는 간호사이기 때문에 응급처치를 했던 것이다.

영희는 더 이상 버틸 수가 없었다. 이러다 죽으면 애들만 불쌍해질 테니 살고 봐야겠다고 결심했다. 남편이 출근할 시간을 기다렸다가 전화를 걸었다. 영희는 병이 심해 애들을 돌볼 수가 없으니 집으로 돌아와 주면 원하는 싸인을 해주겠다고 약속을 했다.

그날 밤 남편이 돌아왔다. 그러나 영희의 방에는 들어오지도 않고 혁대도 풀지 않고 양말도 신은 채로 거실에서 잠을 잤다.

영희는 그동안 남편의 마음이 변화되기를 간절히 빌었지만 아무 소용이 없었다. 그는 다시 공격을 개시하는 것이었다. 이번에는 미국인 변호사를 샀고, 아무리 피해봐야 도망갈 길이 막힌 독 안에 든 쥐였다. 그래도 아프다, 어지럽다 핑계를 하며 하루라도, 한 시간이라도 연장하기 위해 안간힘을 쓰며 피해봤으나, 모두 허사였다.

하루는 문밖에서 보기에도 무섭고 끔찍하게 생긴 흑인 남자 한 사람이 서류를 들고서서 초인종을 누르는 것이 아닌가.

영희는 직감적으로 무슨 일인지 짐작할 수가 있었다. 차일피일 핑계를 대며 미루니까 그것을 막기 위해 흑인까지 동원시킨 것이다.

미국이 좋은 나라라고 믿고 찾아왔더니만, 이렇게 무서운 나라일 줄이야! 나약한 여자, 읽을 수도 없는 나에게 저 서류를 전하려고 돈을 뿌려가며 변호사와 흑인을 사가지고 미국법관에게 이혼을 호소하다니... 아, 너무나 분했다. 우리가 결혼할 때 언제 미국 법관의 승인을 받았던가! 왜 내가 미국 법관에게서 판결을 받아야 하는 것인가? 나는 미국과는 상관이 없다. 미국 사람이 왜 우리 부부 문제에 개입해야 하나. 나는 대한민국 국민이다. 내 나라에서 태어났고, 내 나라 정부의 승인을 얻은 부부이며 가정이다. 지금 이 외국 땅에 와서 어찌해 저 사람들에게 우리의 문제를 해결시켜야 하나. 나는 그렇게 할 수 없다. 저 보기만 해도 몸서리나는 흑인한테서 이혼장을 받을 수는 없다. 아, 선량하고 인자하던 내 남편이 어쩌다 저렇게 가혹한 인간이 되어버렸나...

잊을 수 없는 1977년 봄, 어느 날 남편이 문제를 일으킨 지 1년이 넘어서야 영희는 소가 도살장에 끌려가는 심정으로 남편에게 끌려서 변호사 사무실 문을 열었다. 분하고 원통하고 치가 떨리고 부끄러웠다.

남편의 태도는 영희와는 대조적이었다. 개선장군처럼 늠름하고 상쾌한 기분, 거기다 휘파람까지 불어댔다. 화살이 박힌 듯 아픈 가슴을 어쩌면 이렇게도 짐작을 못하고 저렇게 민망할 정도로 좋아할 수가 있을까. 확실히 남편은 제정신이 아니었다.

영희는 손이 떨려서 펜을 쥘 수가 없었다. 떨리는 손을 간신히 진정시키며 한 장 한 장 싸인을 해 나갔다. 적에게 정복당한 한 나라 왕이 자기 나라와 왕권을 넘겨주는 싸인을 해도 이렇게는 분하지 않았으리라. 한 국가가 망하는 것이나 한 가정이 파괴되는 것이나 무엇이 다른가? 가정도 한 작은 왕국이요, 아버지는 한 가정의 왕이다. 거의 20년간 쌓아올린 그녀의 작은 나라 그녀의 집이 이제 종지부를 찍는 것이었다.

양로원 보조간호원 생활

다음날, 영희는 미장원에 가서 곱게 머리를 단장하고 평소 마음먹었던 양로원을 찾았다. 간호과장을 만나 보조원으로 일할 것을 요청하니 경험이 있느냐고 물었다.

간호원 경험은 없지만, 한국서 교편생활을 했다고 말했더니 곧 받아 주었다.

두 주간의 견습기간을 마치고 혼자 방을 배치받았는데, 가슴이 두근거려서 환자방에 들어갈 수가 없었다. 총알이 날아오는 일선의 장병같은 심정으로 마음을 가다듬고 들어섰다.

환자에게 굿모닝 하고 아침인사를 했다.

미국에는 왔지만 그동안 바느질공장에만 다녔던 영희로서는 영어로 대화를 할 기회라고는 전혀 없었다. 인사는 한마디 걸었지만, 다음에는 무슨 말부터 시작해야 할 지를 몰랐다.

한 할머니가 침대 위에 놓인 드레스를 가리키며 말을 걸어오는데, 죽어가는 늙은 노인의 입속에서 웅얼거리는 말은 더 알아들을 수가 없었다.

행 업 이라는 말이 들려서, 영희는 재빨리 드레스를 집어 옷걸이에 걸어서 옷장에 걸었다.

할머니는 만족한 듯 웃으며 땡큐 라고 했다.

그제야 영희는 한숨을 내쉬었다.

복도를 지나가던 한 간호사가 스테이션에서 영희의 이름을 부르는데 왜 안가냐고 말했다. 당황하며 뛰어가서 나를 불렀냐고 했더니, 여러 번 불렀는데 왜 이제야 오냐고 했다. 너무나 긴장을 한 나머지 스피커에서 부르는 자기 이름도 들려오지 않았다.

또 어떤 할머니에게 목욕을 시켜 주려고 의자에 앉혀서 밀고 가는데, 할머니는 목욕을 하지 않겠다고 반항을 했다. 실랑이를 벌이다가 결국 의자에서 할머니를 떨어뜨리고 말았다. 크게 다치지는 않았으나, 머리에 약간 상처를 입고 피가 조금 배어 나왔다. 가슴이 두방망이질을 쳤다. 어떻게 할 것인가. 무엇이라고 설명을 할 것인가? 이대로 내가 닦아주고 보고하지 말까?

오랜 신앙생활이 몸에 밴 영희는 양심의 가책으로 견딜 수가 없었다. 스테이션으로 데리고 가서 치료를 깨끗이 마치고 나니 마음이 홀가분해졌다.

간호과장이 불러서 주의를 주던가 일을 그만두라고 하지나 않을까 하고 눈치를 살폈으나 아무 일 없이 무사히 지나가버렸다.

13명이나 되는 할머니를 혼자서 돌보는 일은 보통 힘든 일이 아니었다. 몸을 닦아주고 옷을 입혀 휠체어에 앉히고, 화장실에 앉히고 머리를 빗기기도 하며 한 사람의 시중을 들다 보면 옆방에서 또 다른 사람이 부르는 초인종소리가 난다.

이리 뛰고 저리 뛰다 보면 식사시간이 된다. 손을 못 쓰는 사람에게는 음식을 떠 먹여 주어야 한다.

한 환자에게 음식을 몇 순갈 떠먹여 주었더니 그만 먹겠다고 거절했다. 영희는 동정심과 불쌍한 생각에 한국식으로 더 드세요 하고 음식을 떠넣

○ 미국 양로원 보조 간호사 시절의 영희. 크리스마스날 파-티 석상에서 한국 고유의 아리랑 춤과 도라지 춤을 추워 한국의 멋을 자랑했다.

었다. 안 먹겠다는데 왜 귀찮게 구느냐면서 밥상을 떠다밀었다. 댕그랑 소리가 나면서 그릇들이 방바닥에 떨어지며 깨졌다. 오늘은 헛벌이했구나 라는 생각이 들었다. 그런데 미국은 식모가 그릇을 깨도 월급에서 공제한다고 알고 있었으나 그렇지는 않았다.

실수 투성이로 첫날의 일을 마치고 오후 3시에 교대준비를 시작했다. 식사는 몇 퍼센트를 먹었나, 변은 보았는지, 드링크는 몇 cc인지 간단 간단하게 13명의 노인환자의 하루 일과 이상유무를 기록했다. 남들은 금방 쓰고는 집으로 가버리는데 영희는 한 시간도 더 걸려서 마쳤다.

집으로 돌아오기 전 거울 앞에 서니 얼굴은 온통 땀으로 얼룩지고 하루 밖에 입지않은 새 유니폼은 엉망이 되어 있었다.

병원을 떠나면서 영희는 속으로 부르짖었다. 다시는 오지 않겠다고.

그날 밤 영희는 곰곰이 생각했다. 나는 또 내일 병원에 나가야 한다. 나는 생활비도 벌어야 하고 말을 배워야 한다. 이를 악물고 모든 난관을 극복해야 한다.

다음날 영희가 맡은 한 환자가 병이 났다. 혈압과 체온을 재라고 하여 막상 혼자서 하려니 괜히 겁이 났다. 이럴 때 한국인 간호사가 한 사람이라도 있으면 얼마나 좋으련만… 그때만 해도 한 명도 없었다.

체온을 재고 몇 도인지 확인하려고 했으나, 수은이 가물거리며 빨리 확인할 수가 없었다. 혈압을 재려고 환자에게 접근했더니, 필요없다고 떠밀어버렸다.

다시 가까이 다가서니, 긴 손톱으로 얼굴을 할켰다. 재빨리 피했으나 조금 상처가 나며 얼굴이 화끈 달아올랐다.

세 번째 접근하자, 소리를 벼락같이 지르며 머리카락을 잡아당겼다. 마침 복도를 지나가던 간호과장이 잘 타일러서 간신히 혈압을 쟀다. 고맙기도 했지만 어찌나 부끄러운지 몰랐다.

한 환자는 설사를 했다. 고무장갑을 끼고 깨끗이 닦아서 새 홑이불로 갈아주었더니 한 시간도 못돼 또 더럽혔다. 구역질이 올라와 밥을 먹을 수도 없었다.

영희는 이날도 집으로 돌아오면서 정말 그만두겠다고 다시 다짐했다. 영희로서는 그 일을 그만둘 수가 없었다. 어떻게 하든지 이곳에서 말을 배우고 공부를 해서 자격 있는 간호사가 되어, 남편이 업신여기지 않도록 해야 한다.

긴장하고 열심히 일을 하니까 공상과 고민할 시간이 없어서 좋은 점도 있었다. 그러나 환자들을 모두 거실로 옮겨 놓고 조용한 방에서 침구를 준비하는 시간이면 근심이 구름같이 마음을 억눌렀다. 그러면 영희는 큰소리로 노래를 불렀다. 마음이 좀 편해지며 가라앉았다.

아무리 힘든 일을 할지라도 행복한 보금자리만 있다면, 전과 같이 남편이 위로만 해준다면 모든 피로가 싹 가시겠지만, 영희는 그런 팔자가 되지 못했다. 못 견디게 고독하고 쓸쓸했다.

3개월이 지나니 일이 좀 익숙해졌고, 월급도 올랐다.

영희는 이제부터 악착같이 돈을 벌어야 되겠다고 결심했다. 시간외 근무도 계속했다.

어느덧 취직한 지 6개월이 지났다. 역시 이혼 서류에 싸인한 지도 6개월이다. 이제는 직장에서도 인정받는 직원이 되었고, 할머니들도 매우 영희를 좋아하며 영희만 만나면 찬송가를 부르라고 졸라댔다. 영희는 어느덧 찬송가 부르는 간호사라는 별명까지 얻었다.

열심히 일하고 죽어가는 할머니들을 위로하는 것으로 삶의 보람을 느끼다가 죽으면 죽으리라 결심하였다. 도시락 두 개를 싸 가지고 아침 시간으로 오전 7시부터 오후 3시까지 일하고, 또다시 오후 시간으로 오후 3시부터 밤 11시까지 일했다.

그렇게 1년이 지나니 얼마의 돈이 모였다.

영희는 집을 사기로 마음먹었다.

혼자서 집 사는 데 드는 비용을 충당하기가 어려울 것도 같고 남편의 마음도 좀 위로가 될까 하고 두 사람의 이름으로 집을 샀다. 그들이 원하던, 생각보다 크고 좋은 집을 발견했다.

이번에는 부동산 세일즈맨이 큰 서류봉투를 가지고 와서 두 사람 앞에 내놓으며 싸인을 하라고 했다. 먼저 남편이 15장이나 되는 서류를 한 장 한 장 뒤지며 싸인을 끝마치고 영희 앞에 넘겨주었다. 영희는 말없이 미소지으며 남편의 이름 옆에다 싸인을 해 나갔다. 이번에는 떨리지 않는 손으로...

남편은 집에는 들어왔으나, 서류상의 재결합은 원치 않았다.

그는 음악학원을 차리고 열심히 피아노, 색스폰, 클라리넷, 첼로 등 여러 악기를 배워주는 학원장이 되었고, 그 학원의 방에서 먹고 자면서 집에는 낮에만 이따금씩 다녀가면서 생활비도 보태주고 집 손질도 더러 해주고 애들을 데리고 놀러도 가고 외식도 하면서 착실히 아버지 노릇을 잘해주었다.

영희는 이대로 계속해 나가는 것만도 다행한 일이라고 생각하고, 남편이 다른 주로 가버리고 애들이 고아가 되는 것보다는 몇 배나 낫다고 고맙게 생각하며 외롭고 쓸쓸할 때마다 시를 한 편씩 쓰면서 마음을 달래고 열심히 일을 하면서 살아가고 있었다.

영희는 남편이 세상사람들로부터 음악가로 점점 인정을 받고, 미국사람으로만 구성된 50명의 심포니 오케스트라를 지휘하며, 로스앤젤레스에서도 제일 큰 극장 로스앤젤레스 뮤직센타 강단에 서서 지휘봉을 휘두르는 모습을 바라보고 있노라면 지난날 고생했던 모든 기억도 잊어버리는 것 같은 느낌이었다. 내가 모든 것을 잘 참아냈다, 내가 참 훌륭한 인재를 출세시켰구나 하는 자부심에 혼자서 만족감을 느끼곤 했다.

음악회를 할 때마다 기부금도 내고 애들을 시켜 꽃다발도 증정했다.

그런데 이런 시절도 잠시였고, 남편은 아주 젊은 여자와 결혼하고 말았다.

영희는 시기와 질투할 자격도 잃어버린 지 오래지만 두 번 상처를 받았다. 처음 이혼한 그때 아주 헤어졌으면 좋았을 텐데...

다시 오가며 학원에 거처하면서도 아이들과 잘 어울리고 영희에게도 진실히 대해주며 늘 말했었다.

"나는 이렇게 살 거요. 결혼 같은 것 안 해요. 애들에게 상처를 주고 싶지 않아요."

애들은 사랑하는 아빠의 경연대회가 있다면 남편은 일등을 할 것이라 생각할 정도였다. 애들에게 너무도 잘해주고 애들을 위해서는 목숨이라도 바칠것 같은 사람이었는데 왜 마음이 변해버렸을까... 영희는 또 한번 크게 상처를 받았다.

남편 인수의 생각에 여자는 누구나 영희같은 줄 알았는데, 새로 만난 여자는 모든 면에서 영희와는 너무나 대조적이었다. 남편을 위해서라면 그토록 목숨바쳐 순종하고 희생하던 영희에 비하면 새 여자는 이기적이고, 젊음을 과시하고, 사치를 좋아하고, 안락하고 멋있게만 살기를 원했다. 일하기는 싫어하면서도 돈 쓰기는 좋아하고, 여행과 외식과 파티를 좋아하니, 인수로서는 도저히 감당하기 힘든 여인이 아닐 수 없었다.

여러 모로 자신과는 맞지 않아서 견디기 어려웠으나, 체면과 남의 이목 때문에 모든 것을 참으면서 가정을 유지하기 위해 수입을 더 얻으려고 음악활동 외에도 가게하나를 더 내어 밤낮으로 부지런히 뛰었다.

영희는 인수가 결혼은 했으나 아이들 아버지임에는 틀림없으므로, 아버지가 죽어 없어진 것보다는 훨씬 나으니 결혼생활을 축복해 주자고 생각했다.

그의 좋은 옷들을 골라서 세탁을 깨끗이 하여 아이들 편에 보냈다.

새 여자는 화를 벌컥 냈다.

이런 것들 모두 필요없으니 도로 가져가! 너희 아버지가 이 옷을 입으면서 너희 어머니와의 옛정을 생각나게 하려고 그러냐? 당장 가져가!

아이가 무참한 얼굴로 옷을 도로 가져왔을 때, 영희는 눈물을 금할 수가 없었다.

너희 아빠가 고생께나 하겠구나. 이 비싸고 좋은 옷을 어째서 도로 보내나? 돈이 많구나...

영희는 그 옷들을 모두 북한 구호품으로 보내기로 마음먹었다.

그런 중에 그럭저럭 5, 6년의 세월이 지나갔다.

인수는 음악활동으로 출장을 가끔씩 갈 때가 있었다. 한번 나가면 2,3

일씩 걸리곤 했다.

어느 날, 평소보다는 좀 이른 새벽 2시경 집으로 돌아오게 되었다.

아파트 주차장에 차를 세우는데, 낯익은 친구의 차가 주차되어 있었다. 이 친구는 최근 부인과 이혼하고 혼자 사는데, 이 밤중에 왜 이 아파트에 와 있을까? 이런 생각하며 가만히 방문을 열고 들어가니, 그 친구와 아내가 같이 있었다.

인수는 혈압이 올라 졸도 직전이었다. 머리가 아찔하면서 쓰러질 뻔했다. 그 자리에서 싸우면 살인이라도 날 것 같아서 아무 말 않고 그 자리에서 나와 차를 몰고 해가 뜰 때까지 운전을 하면서 앞으로 어떻게 처리하는 것이 가장 지혜로운가를 생각했다. 도대체 언제부터인가, 이 인간들의 접촉이...

인수는 온몸에 소름이 끼쳤다.

인수는 다른 곳에 새로 아파트를 얻고 다시는 그 집에 들어가지 않았다.

그 여자가 부모와 같이 가게로 찾아와 백배사죄하면서 한번만 용서해 주기를 빌었으나, 인수는 말 한마디의 대꾸도 하지 않고 그대로 그 일행들을 가게에서 쫓아버렸다.

헤어진 남편의 이혼재판

인수는 이혼소송을 내고는 재판날을 기다렸다.

얼마 후에 재판정에 나오라는 통보서를 받고 나가니 그 여인도 같이 나왔다. 여인은 재판석에서, 세계적으로 이름 있고 값비싸고 고급품에 속하는 스타인웨인 피아노와, 그 외 여러 가지 악기와 집기 등 모두를 자기가 가지겠다고 강력히 주장했다.

그바람에 재판을 일단 중단하고 다음 날짜를 잡았다.

이 피아노와 악기들은 인수가 자진해서 영희에게 주었던 것들이었다. 인수가 집을 나가면서 나는 죄인이므로 몸만 나가겠으니 이 모든 것들을 갖고 아이들과 같이 잘살아만 달라고 말했던 것이다.

그러나 영희는 남편이 필요한 모든 것을 도로 주었다. 그가 얼마나 아끼는 피아노며 악기들인가. 서류에는 조목조목 다 영희에게 소유권을 넘겨주기로 싸인을 받았지만, 영희는 진심으로 남편을 아직도 사랑하고 아끼기 때문에 그 물건들을 남편에게 다 주었던 것이었다. 새 여자는 옷은 되돌려 보내면서 값나가는 피아노와 악기들은 다 받아들였던 것이다.

애를 낳은 조강지처와 후처는 많은 차이가 난다는 것을 알 수 있다. 아주 대조적이다.

영희는 이 재판의 소식을 아이들에게 듣고 나서 가슴이 떨렸다. 새 여자는 애들아빠에게 와서 남편을 위해 무슨 공을 세웠다고 아빠가 애지중지하는 저 물건들을 갖겠다는 것인가?

다음 재판날 영희는 방청석에 가서 앉았다.

인수는 놀라면서 여기는 왜 왔냐고 물었다.

그저 아이들이 가자고 해서 왔어요.

재판이 진행되면서 모든 문제가 여자에게 유리하게 돌아갔다. 이혼의 사유는 어찌되었든 남자쪽은 이민온 지 10여 년이고 경제적으로나 지위로나 기반이 잡혀 있지만, 여자쪽은 한국에서 이 남자 하나 바라보고 이민온 지 몇 해도 되지 않았을 뿐만 아니라, 직장도 없고 돈도 없으니 모든 것을 여자에게 주고 생활비도 얼마씩 주라고 결정을 하려는 순간, 영희는 남편과 이혼할 때 받은 서류뭉치를 들고 앞으로 나갔다.

재판장님! 드릴 말씀이 있습니다. 그 피아노와 모든 물건은 이 남자의 것도 아니고 이 여자의 것도 될 수가 없습니다. 모든 소유권은 이 서류에 적혀 있는 대로 모두 제 것입니다. 똑바로 이 서류를 검토하시고 올바른 판결을 해 주십시오. 나는 내아이들 아버지에게 이 물건들을 아주 준 것이 아니고 임시로 빌려주었던 것입니다. 제 물건을 다시 찾으러 왔습니다.

영희는 소유권 서류뭉치를 재판장 앞에 내놓았다.

재판장은 그 서류를 검토하더니, 오늘의 재판은 이것으로 중단하며, 다음 날짜를 또 통지하겠다고 말했다.

세 번째 재판에서는 거론할 가치도 없이 그 모든 물품들은 영희에게로 돌려주라는 판결이 났다. 영희는 그 여자로부터 모두 되돌려받아 인수의 아파트로 실어 보냈다.

고향 방문

인수는 아파트에서 또 혼자의 몸이 되어 더욱 열심히 음악공부에 열중하고 음악선교인으로서 많은 봉사를 하며 살아갔다.

영희는 영희대로 애들을 데리고 열심히 살아갔다.

이때 마침 평양의 이산가족상봉추진위원회에서 헤어진 가족을 찾아 준다는 소문을 듣고 서류를 제출하고 수속을 밟고 있는 중이었다.

한달후 북에 3살때 두고온 딸로부터 편지가 왔다. 중년여자의 사진과 함께 가슴을 녹아 내리게 하는 편지가 들어 있었다.

오매불망 그리던 어머니

이것이 꿈입니까, 생시입니까? 어머니의 소식을 접하던 그날! 저는 밤새 감사의 눈물을 흘리며 한잠도 못 잤습니다. 어머니를 만난다는 생각을 하면 가슴이 뜁니다. 생사도 모른 채 40년입니다... 비록 할머니는 돌아가셨지만, 이모가 가까운 데서 살고 계시고 작은아버지 딸과 어머니 오촌 조카들이 다 멀지 않은 곳에 살고 있습니다. 어머니 속히 오세요... 하고 싶은 말을 어찌 다 적을 수 있겠습니까?....

🔾 주체탑 앞에서.
왼쪽 두번째가 영희. 그 옆사람이 안내원이다.

영희는 급히 수속을 밟아 평양으로 떠났다.

아침 6시, 약 두 시간 정도 잠들었을까 말까 하는 상태에서 벌떡 일어났다.

큰아들과 함께 온 식구가 정성들여 싸준 큰짐 두개를 과연 북으로 부칠 수 있을 것인가? 또한 손에 들어야 하는 저 네개의 짐들, 식구들에게 가져다주는 것도 좋지만, 과연 내가 저것을 다 가지고 갈 수 있을지 걱정스럽다.

그런 가운데 꿈에 그리던 귀향길 공항으로 향한 장도에 올랐다.

일단 일본에 도착하여 공항에서 두 시간을 보낸 후, 다시 북경행 비행기를 탔다. 대부분 중국 사람들이 탑승하여 중국말로 시끌벅적 떠드는데 한마디도 알아들을 수가 없었다. 이제 우리는 공산 치하로 완전히 들어온 것이다. 물 수(水)자를 종이에 써서 안내원에게 주니 물을 갖다 주었다.

북경에 도착해 안내원 한영이라는 사람을 만나니 구세주를 만난 듯 기뻤다.

북경에서 이틀을 기다려 북한으로 가는 조그마한 비행기인 고려항공에 탔는데, 승객들이 담배를 너무 많이 피워서 머리가 다 아플 지경이었다.

한 시간 반쯤 후에 순안 비행장에 무사히 내렸다.

책임지도원 김용세, 지도원 김성호 두 사람이 가까이 와서 친절하게

수고스럽게 오셨수다.

하며 인사를 했다.

이곳은 돈을 주고 사람을 살 수 없는 곳이다. 이 짐들을 어떻게 운반하나 걱정했는데, 신사복에 멀쑥하게 생긴 두 지도원이 어렵지 않게 짐들을 운반했다. 이곳 제도는 국가의 필요에 따라 신사들까지도 모두 노동을 한다고 한다.

이곳에서는 호텔을 여관이라고 불렀다.

보통강 여관으로 안내했는데, 아주 크고 깨끗하며 시설이 좋았다. 저녁 식사를 준비했다며 식당으로 안내하는데, 아주 깨끗하고 반찬도 훌륭했다.

나는 기도를 드려야 밥을 먹을 텐데 기도를 할 수도 없고 안할 수도 없어서 망설이고 있었다. 눈치 빠른 지도원이 말했다.

기도들 하시고 잡수세요. 이곳까지 무사히 오셨으니 감사기도도 하시고요.

이날이 1989년 10월 4일이다.

하룻밤을 편안히 자고 다음날 10월 5일은 안내원을 따라 평양 시내에 있는 명승고적을 구경했다.

먼저 김일성 주석이 자라났다는 생가 만경대를 찾았다. 초가집 세 채를 아담하게 꾸며 놓았고, 부모님들이 쓰던 물레, 맷돌, 농기구, 밥솥은 부뚜막에 나란히 걸려있고, 온 식구의 가족사진이 방안에 걸려 있었다. 안내양이 예쁜 한복차림으로 손짓하며 자세히 설명해 주었다. 집 주위는 꽃과 울창한 나무들로 단장이 되어 있고 우물도 있었는데 물맛이 아주 좋았다.

주체탑은 국민들의 주체사상을 높이기 위해 지었다고 한다. 높이가 170m인 탑을 세우기 위해 사용된 화강석 숫자가 25,550개이며, 김일성이 세상에 태어나서 산 날짜가 70세 기준으로 25,550일이 되므로 그 숫자에 맞추었다고 한다. 탑 꼭대기에는 세 사람이 마주 손을 뻗치고 서 있는, 화강석으로 만든 상이 있다.

근로 인테리는 촛불을 들고, 노동자는 망치를 들고, 농민은 낫을 들고 있다.

황해도 해주의 산이 모두 화강석으로 돼 있어 캐내도 캐내도 끝이 없기에, 모든 건물을 화강석으로 건축하고 수출까지도 한다고 했다.

다음은 어마어마하게 큰 경기장이었다. 이번 13차 청년대회를 위해, 8년이 걸려야 완공할 공사를 온 국민이 밤잠을 안 자고 봉사대로 나와서 8개월만에 완성했다고 한다.

큰 백화점으로는 대성백화점, 락원백화점 두 곳이 있었다. 여자들의 옷

● 왼쪽부터 영희, 가운데 막내동생, 오른쪽이 북에 있는 영희의 여동생이다.
막내동생은 두 누나를 팔에 안고 만족해 했다. 북의 여동생은 영희보다
10년 아래인데, 영희보다 더 늙어 보인다. 막내동생은 목사이자 수필가이다.

감, 남자들의 양복지, 화장품, 일용잡화 등이 모두 갖추어져 있으나, 먹는
음식은 전혀 팔지 않았다. 이곳 여자들은 빌로도 치마 한번 입어보는 것
이 소원이라고 들었기 때문에 빌로도 몇 벌과 양복지를 샀다.

그 유명하다는 모란봉이 옛날보다 초라하게 보여 안내원에게 물어보았
다.

이 모란봉이 왜 이리 낮아졌나요?

모란봉은 그대로입니다만, 평양 시가에 높은 건물이 많이 들어섰으니
자연 모란봉이 납작해 보이지요.

내려오는 길에 어떤 젊은 여자가 아기를 업은 채 양손에 짐을 들고 힘
들게 내려오기에 짐을 한개 들어다 줄까 했더니 절대 사양하면서, 주체사
상은 자기 일은 자기힘으로 해야 한다고 했다.

소년궁전은 대리석과 화강석으로만 지었다는 어마어마하게 큰 건물이

○ 오른쪽이 영희, 금강산에서.

었는데, 최근에 지은 집이라 했다.

위대하신 김일성 수령님과 친애하는 김정일 동지께서 어린이는 나라의 왕이기 때문에 특별히 어린이들이 이 건물 안에서 마음껏 자기의 재능을 발휘하도록 하기 위해 지은 건물입니다.

안내양의 설명이었다.

많은 칸이 있었는데 어린이들과 지도 선생이 열심히 가야금을 연습하고 있었다. 피아노 연습실, 무용실, 율동실, 수 놓는 방, 붓글씨, 미술 그리는 방도 있었고, 야외에는 수영장이 있어 열심히 수영을 연습하는 소년 소녀들도 있었다. 엘리베이터, 에스컬레이터, 찬란한 샹들리에… 하여튼 놀랄 만큼 어마어마한 규모를 갖춘 건물이었다.

우리일행은 세계적인 명산 금강산을 향해 출발했다. 버스에는 지도원과 안내원이 함께 탔고 모두 화기애애한 분위기였다. 돌아가면서 마이크를 잡고 노래를 시키는데, 영희는 바위고개를 불렀다.

안내양이 금강산 찬가를 가르쳐 주었다.

에헤~
금강산 일만 이천
봉이마다 기암이여
명승의 이 강산아~
자랑이로구나
에헤야 좋구나 좋다
지화자 좋구나 좋아
명승의 이 강산아~
자랑이로구나

10월달이라 마침 단풍이 한창인 계절이어 절벽 사이의 단풍은 글로 다 표현할 수 없는 아름다움이었다. 여러 모범 당원들과 학교 수학여행단들이 많이 모였는데, 가족 단위인 일반 백성들은 없었다.

매처럼 생겼다 해서 이름지은 매바위, 자라와 꼭 같은 모양의 자라바위, 선녀가 내려와서 화장하는 것을 보았다고 해서 이름지은 선녀바위, 나무꾼이 선녀를 잡으러 왔다가 놓치고 화가 나 바위를 도끼로 쳐서 푹 파진 모양으로 만들어졌다는 절부암 등도 보았다.

정상에 이르는 길 중간을 좀 넘어서면 장수 샘물이 있다. 이곳까지 올라오면 거의 기진맥진해 더이상 못 오르는데, 이 샘물을 마시면 기운이 생겨 상봉 절벽까지 무사히 오른다고 했다. 그 샘물에 있는 쪽박으로 한 쪽박 마실 때마다 5년이 젊어진다고 해서, 이것을 마시지 않고 지나가는 사람은 아무도 없었다. 나도 세 쪽박이나 마셨다.

팔담은 정상 꼭대기에 있는데 끝까지 무사히 올라갔다. 8바위가 나란히 서있는데 크게 파져 있어서 사람이 능히 들어앉아 목욕할 수 있을 것 같았다. 옛날 옛적에 하늘에서 8선녀가 내려와 목욕을 하는데, 나무꾼이 한 선녀의 날개옷을 감추니 7선녀는 올라가고 그 중 한 선녀는 나무꾼에게 잡혀 아들 둘을 낳아, 이제 안심한 나무꾼이 날개옷을 주었더니 선녀는 양팔에 아기를 하나씩 안고 하늘로 올라갔다는 팔담바위 이야기도 들었다.

삼일포 역시 금강산 주위의 경치 좋은 곳들 중 하나다. 경치가 너무 아름다워 어떤 왕이 하루를 놀기 위해 왔다가 경치에 도취되어 3일을 묵고 갔다고 하여 삼일포라 이름지었다고 한다.

선무대는 선녀가 내려와 춤을 추고 갔다는 뜻에서 이름 붙인 곳인데, 작은 섬들을 부르는 명칭이다.

북경에서 만나고 평양에 도착하여 만나고 해서 이산가족팀은 거의 20명 가량 되었다.

내일이면 모두 고향으로 보내주는 날짜라 모두들 마음이 들떠서 짐을 다시 정리하고 야단들이었는데, 안내원이 영희를 찾아와 말했다.

백 선생님은 하루 연기되었으니, 그리 아시고 기다리시라우요.

영희는 하늘이 무너지는 줄 알았다. 전원 모두 보내고 나 홀로 남겨놓고 나에게 무엇을 요구하려는 것일까? 혹시 식구들을 못 만나게 하려는 계획일까? 이때까지 상상하고 고민한 것은 아무것도 아니었다. 극도의 고민과 압박감으로 견딜 수가 없었다.

내일은 전원이 다 떠나가고 옆에서 자던 오집사마저 떠나간 뒤 이 큰 호텔 빈방에서 혼자 잠을 잘 생각을 하니 막막했다.

감격의 상봉

영희는 그날 밤 누가 검은 보자기를 자기 얼굴에 씌우고 철망으로 몸을 꽉 조이는 악몽과 가위눌림으로 끙끙 신음을 했다.

옆에 자던 오집사가 흔들어 깨웠을 때는 온몸에 식은땀이 쫙 흘렀다.

오집사는 영희를 붙들고 간절히 기도했다. 그리고 위로했다.

용기를 내세요, 하나님이 이때까지 인도하셨는데 믿으세요.

영희는 자기 앞에 큰일이 기다리고 있는 것만 같았다. 눈만 감고 있었을뿐 한 숨도 잠들지 못한 악몽의 하룻밤이었다.

영희는 본래 큰엄마의 학대로 인해 피해망상증 증세가 있는 사람이었다.

다음날 모든 일행을 떠나보내고 빈 방에 올라와 맥없이 앉아 언제 나를 붙들러 올것인가 생각하며 안절부절 못하고 있는데 밖에서 노크 소리가 난다. 간이 떨어지는 듯한 놀라움과 떨리는 손으로 문을 열었다.

내일 선생님을 모시고 갈 유철입니다.

사십대 신사가 인사를 꾸벅 했다.

아... 네. 감사합니다,

얼떨결에 영희도 같이 절을 하고 대답하며 조금 안도의 숨을 내쉬었다.

혼자서 답답하게 방에만 계실 것이 아니라, 제가 모실 테니 밖으로 시내구경이나 나가시죠.

아, 나를 어디로 데리고 갈 작정이구나 생각하고 당황해서 사양했다.

아니... 조용히 쉬겠어요. 몸도 편치 않고요.

다른 팀이 한 10명 정도 새로 왔는데, 같이 나가시지요.

그때서야 마음이 좀 놓여 따라 나섰다.

서커스 구경을 하는데, 어찌나 아슬아슬한지 손에 땀이 고였다. 무대 밑에 장치한 수영장의 물 속에서는 여러 가지 묘기를 펼쳤다. 얼음판도 밑에 있어서 금방 무대가 스케이트장으로 변했다.

마음이 좀 누그러들어 어제와 같은 꽉 닫힌 마음은 좀 덜했지만, 그래도 계속 마음은 움크러들며 경계를 계속했다.

10월 10일, 드디어 딸의 집을 향하여 떠났다. 안내원이 시키는 대로 맥주와 담배를 잔뜩 샀다. 동네분들을 대접해야 한다고 일러주었기 때문이다.

딸의 집은 송화였다. 동네에서 조금 떨어진 곳에 공장이 있고, 그 옆에 있는 빨간색 기와로 지붕을 올린 깨끗한 집 한 채가 바로 딸이 사는 집이었다.

차에서 내리자, 세 여자가 달려들어 울었다.

나까지 넷이서 범벅이 되어 한참 울다가 좀 진정하며 얼굴들을 살폈다.

그 중 나를 많이 닮은 듯한 얼굴이 있어

네가 내 딸 순이냐?

라고 물었더니

아니야. 나 정희야, 언니...

라고 말하여, 14세 단발머리 여학생 때 헤어진 동생임을 확인했다.

❹ 세살때 북에 두고온 '딸네 집' 앞에서.
89년 처음 방문시 찍은 가족사진. 가운데 앉은 사람이 영희,
맨 오른쪽이 여동생, 그 옆이 딸, 뒷줄 가운데 남자가 사위,
그외 손자, 손녀, 시동생 딸, 사촌들이다.

그 뒤에 엄마... 하며 내 딸이 내 가슴을 안았다. 한 여자는 시동생 딸
이었다.

이어서 연거푸 내가 누구라고 인사들을 하는데 4, 5살때 헤어진 사촌,
처음 보는 조카들... 딸과 식구 말고도 사촌들 조카들까지 합쳐서 아주 가
까운 친척만 해도 50명이었다.

그 중 막내 사촌동생은 의사였다. 나는 그 사촌에게 물었다.

너는 의사니까 돈도 많이 받고 살기가 좀 편하겠구나?

누님, 우리 조국 체제는 그렇지가 않습니다. 의사나 선생이나 사무원이
나 고관이나 모두 월급은 거의 비슷하고요, 국가의 노동력이 필요할 때는
누구든지 모두 동원되어 노동을 해야 합니다. 조금은 낫겠지만 등급은 없

이 국민 모두가 평등한 처지입니다.

그래? 그것도 괜찮은 제도다. 누구를 부러워할 필요도 없고 똑같이 먹고 입으니 마음 편하겠구나. 미국은 국민에게 너무 많은 자유를 주니까 방종해져서 살인도 많고 납치사건도 많고 강도, 강간 등 무서운 사건들이 너무 많단다. 어느 나라나 잘해 보려고 노력하겠지만, 인간이 만들어낸 법에는 일장일단이 있기 마련이다.

이 무슨 비극이란 말인가... 40년만에 만난 딸과 동생, 또 많은 친척들... 무슨 말부터 해야할 지 생각이 나질 않았다. 당 위원장을 비롯한 동네 어른들이 많이 모였고, 당에서 차려왔다는 저녁상은 상다리가 부러질 정도로 진수성찬이었다.

영희는 자기가 먼저 먹기 시작해야 모두들 수저를 들것 같아서 이것저것 조금씩 먹었다. 목이 메어 넘어가지 않아 물을 자꾸 마셨다.

미국에서 온 사람에게는 특별히 포장된 신덕샘물이라는 물을 싣고 다니며 제공했다. 아무 물이나 마시면 탈이 난다고 했다.

밤새도록 한숨도 못 자고 이야기하며 영희의 딸은 어린애처럼 품에 와 꼭 안기며 떨어지지 않는다.

네 남편한테 가서 자거라.

그래도 어머니와 자겠다고 우겼다.

쌓이고 쌓인 40년간의 그리움을 어찌 3일간에 다 풀 수 있으랴? 3일 후 헤어져야하는 안타까운 시간이었다.

다음날은 음력으로 따져서 영희의 생일이라며 군수까지 와서 생일상을 잘 차렸고 사위, 딸, 손자, 손녀, 사촌들, 조카들의 절과 잔을 받았다. 군당, 면당 어른들의 잔도 받았다. 그녀는 생전에 이런 호강은 처음 받는 것 같았다. 무서운 줄로만 알았던 공산 세계가 이렇게 사랑이 넘쳐흐르고 정이 많으며 어른을 잘 섬길 줄 정말 몰랐다. 이 나라는 조상을 잘 받들고

어른들을 공경하는 좋은 풍습이 있었다.

돌아오는 길에 재령 어머니 묘소를 들렀다.

국가에서 세워 주었다는 비석이 아주 깔끔하고, 미국에 살고 있는 영희의 남동생들 이름까지 새겨서 묘를 아주 잘 꾸며 놓았다.

영희는 어머니의 묘를 보는 순간 감정이 북받쳐서 손에 들고 있던 꽃다발이 벌벌 떨릴 정도였다. 동생과 딸은 상석에다 음식과 술을 차려 놓고, 동생은

언니는 예수 믿으니까 가만히 있어.

하며, 둘이서 절을 몇 번 하고 술을 부었다.

무조건 무섭게만 느꼈던 공산당에 대한 영희의 생각은 완전히 바뀌었고 감사하는 마음으로 가득 찼다. 영희의 사위와 딸은 전문대학을 나오고 공장장으로 일하며, 손자 손녀들도 모두 학업에 열중하고 있고 손자 손녀

들은 공대, 의대 학생들이었다.

영희는 걱정하던 모든 문제들을 깨끗이 털어버리고 무사히 로스앤젤레스에 돌아왔다.

그후 1995년도 해방 50돌 기념 축제에 다시 한 번 평양을 방문했고, 2001년에도 다녀왔다. 모두 세 번이나 방문한 것이다. 북쪽의 딸과 모든 식구들과는 계속 연락을 취하며 편지도 주고받는 형편이 되었다.

영희는 이 모든 것에 감사하며, 어머니를 그리는 시를 적었다.

어머니

재림강 흐르는 물은
여전히 잔잔한데
그 강다리 위엔
물결치듯 흘러가는
피난민 무리들
마지막 바라본
어머니 모습
사십을 갓 넘은
까만 머리 둥근 얼굴
지금도 생각하면
가슴 메이고 눈물이 난다
잘 갔다 오너라
어서 어서 떠나라
등을 밀던
눈물 섞인 어머니 음성

구십년 시월 가을 어느날
이산가족 위원회의 인도를 따라
다시 찾은 재령강 다리
금강산 백두산
두만강 대동강
푸른 하늘 뭉게구름
천지는 변함이 없건만
어여쁘던 얼굴들은
주름이 잡히고
까맣던 머리카락
반백이 되고
어여쁘던 내 어머니
무덤 속에 고이 자니
억장이 무너지고
눈물도 안 나온다

어머니 어머니
내가 왔어요
삼 일의 약속이
사십오 년이 지났네요
어머니 어머니
불효 여식 못난이
여기 왔어요
꽃다발 한 아름
묘 앞에 놓고
가슴 메어져

말도 못하는데
조용히 흘러가는
저 뭉개 구름은
아무것도 모른다는 듯
유유히 흘러 만 가네

⬆ 황해도 재령, 어머니 묘소에서 꽃다발을 놓자
    영희는 기운을 잃고 땅에 주저 앉는다.

⬇ 미국의 두 아들 이름도 선명하게 빨간글씨로 묘비에 적혀 있다.

어머니 묘소에서

　영희 어머니의 묘소는 재령읍 남쪽의 한적하고 조그만 야산에 있었다. 북으로는 재령평야가 끝없이 뻗어 있고, 재령강 맑은 물도 유유히 흐르고 있었다. 산 이곳 저 곳에는 들국화가 아름답게 피어 있었다. 영희는 동생의 손을 잡고 말했다.

　애야. 어머니 이야기 좀 들려주렴.

　그래, 언니 들어봐. 어머니는 언니와 오빠와 동생이 떠나간 후 자리에 누워 가슴을 앓고 있던 중 장질부사까지 걸려서 거의 돌아가실 지경에까지 이르렀는데, 그래도 요행히 살아나시고 30여 년 사시는 동안 한숨과 눈물로 세월을 보내셨지. 옆집과 신촌 아줌마와 날마다 손을 붙잡고 눈물로 한탄하며 생을 살았어. 신촌 아줌마는 남편이 일찍 병사하고 딸은 그 옛날 정신대로 가서 못 돌아오고 외아들마저 군대에 입대해 영 안 돌아오니 두 분은 날마다 마주앉아 눈물과 한숨으로 세상을 보냈어요. 나마저 언니따라 갔더라면 어머니는 어찌 살았겠어요? 그래도 내가 어머니 곁에서 돌아가시는 시간까지 같이 지키고 있었는데, 어머니가 운명하시자 하늘도 슬펐는지 갑자기 맑았던 하늘에서 벼락이 치면서 소나기가 퍼부었

○ 동생은 언니는 예수를 믿으니 가만있어, 우리만 절 할께.
동생과 동생의 딸.

○ 나는 어머님께 축도를 드렸다.

답니다. 나는 마당으로 뛰어나가 퍼붓는 비를 온몸에 맞으며 어머니 어머니 하고 불렀지요... 언니, 조금만 더 일찍 오지. 엄마가 얼마나 좋아하셨을 텐데...

간담이 녹아내리는 절규의 대화가 아니고 무엇이랴.

남편은 어디에

형부에 대해서 아는 대로 말해봐. 내 남편 말이야.

형부와 형부 동생 두 사람은 피난을 중단하고 돌아오자 곧바로 당에서 소환해 가서 그후로는 오늘까지 일절 아는 바가 없어.

영희를 먼저 보낸 남편은 온 식구를 거느리고 삼팔선까지 피난을 갔으나, 서울 말씨의 군인들이

여러 국민들, 피난가지 마세요! 우리가 작전상 후퇴는 하지만 3일 후에 다시 진격해올 테니 집으로 돌아가셔서 편히 있으면 곧 전쟁은 끝나고 평화가 옵니다.

하는 말을 듣고 돌아가기로 작정했다. 아내도 다시 돌아오겠지 하는 마음이었다. 또한 설상가상으로 아버지가 세상을 떠났다. 리어카에 시신을 싣고 집으로 돌아와 장례식 준비를 서두르는데, 총을 멘 두 군인이 영희 시동생을 소환해 갔다는 것이다. 영희의 남편은 자기 동생이 끌려가니 마음이 불안해서 뒤쫓아가면서 어디로 데려가느냐고 물으면서 계속 뒤쫓아갔다. 군인들은

당신은 집으로 돌아가세요, 쫓아오지 마세요. 라고 했지만, 동생을 너

○ 5세때 두고온 영희 아들.
27세에 결혼 날짜까지 잡은 이 사람을 당에서
필요하다고 데려간 후 오늘까지 소식이 없다.

무나 사랑했던 형은 포기하지 않고 끝까지 따라갔다가 운명을 같이 한 것이었다.

영희 시동생은 무기 소지자라는 죄목으로 끌려간 것이라고 했다.

그는 미군에게서 수류탄 한 개를 얻어서 장롱 속에 넣어놓은 채 피난을 떠났는데, 급한 상황이 오면 방공호에서 자폭할 예정으로 준비했다고 한다. 미련한 시동생도 원망스럽지만, 살상무기를 개인에게 함부로 주는 미군은 또 얼마나 어리석은가?

그로 인해 영희의 남은 고향 식구들은 성분이 좋지 않다고 하여 늘 주목의 대상으로 살았다.

영희가 두고 온 아들 준이는 27살 되던 해 동네 처녀와 약혼을 하고 곧 결혼할 예정이었는데, 당에서 갑자기 소환해 간 후 영희가 북한에 첫 번째로 방문한 1989년까지 감감 무소식이니 살아 있는 사람은 아닐 것이다. 어쩌면 수용소에 있을 거라는 소문도 들렸다. 수용소 안에서는 배가 너무 고파 진흙을 떡으로 보고 먹어 많은 사람이 죽는다는 글도 읽었다. 또 수용소 생활이 너무 고통스러워서 탈출하다 잡히면 공개처형한다는 기사도 읽었다.

영희는 이런 이야기가 실린 책을 읽으면서, 내 아들이 혹시 진흙을 먹

○ 영희의 딸, 결혼사진.　　○ 영희 동생의 딸, 결혼사진.

북에서의 결혼식은 새 치마 저고리와 머리에 흰꽃을 꽂은 것이 결혼식이다.
결혼후 김일성 동상에 인사하고 보고하는 것이 북 조선의 신혼 부부의 의무이다.

고 죽었나, 공개처형을 당했나 생각하면서 항상 마음이 아팠다.

그럼, 내가 그이 무덤에라도 좀 가보면 안될까?

언니, 더 이상 형부에 대해서는 묻지마. 그때가 전시인데 무덤이 어디 있어?

그럼 내 아들 큰 애 준이는 어찌돼서 안보이니? 평양서 안내원이 죽었다고 설명했는데, 어떻게 죽은 거니?

언니, 이러다가 기운 떨어져서 미국도 못 가시려고 그래요? 그곳에 있는 자식들을 생각하세요. 언니는 잘했어요, 그곳에서 재혼하신 것 아주 잘한 일이에요. 그곳에서 아들 딸 낳았으니 여기 두고 간 아들, 딸 대신할 수 있잖아요.

○ 영희 외손녀, 결혼사진.

영희는 동생에게 차마 새 형부와 이혼했다는 말을 할 수가 없었다. 언니, 피난때 업고 간 만호는 잘 살고 있어요?

그래, 복을 받아서 이곳 조씨는 다 없어졌어도 아들 둘 낳아서 잘 키웠다. 만호는 기술이 좋아서 생활도 걱정 없이 잘 살고 있다.

오빠와 작은 동생도 잘 지내지?

그럼. 그 사람들은 부인들을 잘 만나서 아들 딸 잘 낳고 잘 지낸다. 앞으로 너를 보러 다들 오게 될꺼야. 참, 정희야! 내가 너를 또 울릴 글을 가지고 왔다. 막내동생은 어찌나 공부를 잘하는지 대학을 세 곳이나 나오고 여러 좋은 직장을 다니다 지금은 뉴욕 근방에서 목사일을 하면서 뛰어난 글솜씨로 수필집을 다섯 권이나 냈단다. 그 중에 내가 눈물을 펑펑 쏟게 한 '어머니의 5월' 이라는 내용의 글을, 내가 세 장을 아주 찢어 가지고 왔다. 나는 열 번을 읽어도 스무 번을 읽어도 눈물이 펑펑 쏟아진다. 너도 읽으면서 울고 또 울어라. 사람은 감정의 동물이다. 가슴이 답답할 때 울고 나면 시원해진다. 모든 남북 수만의 이산가족에게 이 글을 읽게 하고 다들 울어서 마음의 답답함을 풀었으면 좋겠다.

그래, 언니. 내가 먼저 읽고 모든 이산가족에게 돌려가며 읽게 할게.

옆에서 순이가

이모 빨리 읽어. 나도 빨리 읽고 싶어.

하며 이모를 독촉했다.

어머니의 오월

어머니, 오월입니다. 개나리 노란 꽃잎이 피어나는가 했더니 샛노랑 파스텔 물감을 엎어 쓴 듯 눈부시게 타오르다 어느새 지고, 암록색(暗綠色) 잎들이 무성하게 울타리를 뒤덮는 오월입니다. 소담스러웠던 목련은 벌써 그 꽃잎을 후드득 떨군 채 말없이 고개를 숙입니다. 너무 서둘러 극성스레 꽃잎을 피웠던 게 약간은 겸연쩍었는지 소리 없이 꽃잎을 모두 털어버린 채 우리들 시야에서 멀어져 갔습니다. 온통 이글거리며 타오르던 진달래, 개나리도 이젠 시들하고 철쭉과 도그우드(dogwood)만 나무 한가닥 흐드러지게 피어 말없이 정념(情念)을 불태우고 있습니다.

어머니! 어제 일본에 사시는 한 친지로부터 엽서를 받았습니다. 지금 일본은 한창 벚꽃이 만발하더란 이야기였습니다. 후지산을 먼발치 배경으로 만개(滿開)한 벚꽃이 하꼬네 호반을 온통 핑크색으로 물들인 광경을 처음 대하며 탄성을 지르던 것이 엊그제 같은데 그때로부터 세월이 어언 4반세기나 훌쩍 지났습니다. 어머님이 곁에 계셨다면 꼭 한번쯤 보여드리고 싶은 찬란한 오월의 일경(一景)입니다.

어머니! 꽃피고 새 우는 오월이 오면, 저는 유난히 어머니를 생각하게 됩니다. 어머님께서 잰걸음으로, 진달래 철쭉으로 불타던 황산 모퉁이를 돌아 흰 무명 옷 치맛자락 펄럭이며 닷새마다 읍내에서 서는 시골 장엘 가실 때면, 저는 어머님의 치맛자락을 움켜쥔 채 종종걸음으로 따라붙고는 했지요. 그때 황산(黃山) 산자락에 흐드러지게 피어 가슴 따뜻한 감동으로 다가들겠지요?

어머니! 어머니를 마지막 뵈온 지가 햇수로 마흔아홉 해, 어언 한 해 모자라는 반세기입니다. 반세기가 아니라 한 세기, 아니 한 밀레니엄(millenium)이 온통 지난다 해도 어머님께 향한 제 그리움은 가시지 않을 것입니다. 세월과 함께 더하면 더했지 결코 퇴색하거나 희석(稀釋)되지 않을 어머님을 향한 그리움이 오월 들녘이 질긴 들꽃 향기 마냥 소록소록 코끝에 묻어납니다. 그런데 어머님은 더 이상 이 세상에 계시지를 않습니다. 인생이 아무리 피었다 스러지는 봄철 한때의 들꽃과 흡사하다지만, 어머님, 어머님만은 제 곁에 영원히 함께 계시리라 생각했거늘, 제 곁을 훌쩍 떠나 돌이킬 수 없는 머나먼 길로 홀연히 사라져 가셨군요.

어머니! 이른 봄, 옷깃을 스치는 부드러운 바람결에 여린 새순이 파릇하게 고개를 쳐듭니다. 그 옅푸른 숨결 속에 어머님의 잔잔한 음성이 꽃향기 되어 귓전에 내려 앉습니다. 철쭉꽃 그 활활 타오르던 정념(情念)의 불길이 제풀에 사그라지고, 도그우드 나무가 꽃잎을 훌훌 털어 버린 채 다시 오는 봄을 기다리며 두 손을 허공을 향해 쳐들고 벌서듯 고개 숙이기까지는 어머님의 봄은 끝나지 않습니다. 그때 가서, 황당하게 가버린 어머님의 봄을 슬퍼하며 애잔한 곡(哭)소리를 터뜨린 데도 늦지는 않을 것입니다.

그런 후 저는 다시 돌아올 어머님의 봄을 기다리며 무더운 여름과 쓸쓸한 가을, 그리고 잉잉거리며 몰아치는 음산한 추위의 겨울을 참아낼 것입니다. 어머님의 봄, 황산자락에 지글거리며 붉게 타오르던 어머님의 봄을 기다리며 살 것입니다.

어머니! 화사한 오월이면, 겨우내 그 무서운 북풍에 시달려 꼭꼭 닫아

❂ 영희의 친 어머니 왼쪽, 백모님은 오른쪽, 가운데가 딸.
76세에 돌아 가시기 전의 어머니 모습.

걸었던 문들을 안팎으로 모두 활짝 열어젖히고 온 집안을 드나들며 말끔
히 청소하시던 어머님의 부지런하셨던 그 모습이, 이제는 그때의 어머님
보다 한참이나 더 나이가 든, 이 못난 불효자식의 기억 속에 여름하늘 피
어오르는 뭉게구름처럼 꾸역꾸역 피어오릅니다.

그러는 새 어느덧 해가 중천을 지나 서편으로 기우뚱할 즈음이면 서둘
러 점심상차려, 머리에 두르셨던 흰 수건을 그대로 두르신 채 뒤꼍 쪽마
루에 걸터앉아 어린아들과 마주앉아 늦은 점심상을 대하시던 어머님의
모습이 이제는 다시 돌이킬 수 없는 한폭의 빛 바랜 스틸사진이 되어 제
가슴에 하얗게 각인(刻印)됩니다. 지금 생각해 보면 그때 흰 수건을 머리
에 쓰신 채 다소곳하게 쪽마루에 앉아 계시던 어머님 뒷모습이 그렇게 외
로워 보일 수 없었습니다. 그 모습은 차라리 체념이 몸에 밴, 인고(忍苦)
의 삶으로 점철되었던 어머님의 자화상(自畵像) 바로 그 자체였습니다.

어머니! 어머님께서 겨우내 수북히 쌓인 빨랫감을 커다란 함지에 담아

이고, 10리는 족히 됨직한 재령강까지 가서서 그 시리도록 맑은 강물에 빨래를 하신 후 헹구시던 모습이 지금도 눈감으면 제 망막에 아프게 아른거립니다. 하얀 이불 홑청이 쪽빛 강물을 머금고 물 속에서 파도되어 출렁이던 광경이 한 폭이 되어 눈앞에 아른거립니다. 겨우내 때탄 이불 홑청을 빨래방망이로 두드리실 때면 그 쩡쩡한 소리가 재령강 다리 밑 교각을 휘감으며 건너편 강가에서 벌거숭이로 멱을 감던 제 귀에까지 내려앉고는 했습니다. 어머님, 그게 아직 강물이 시려웠던 오월 초였을 것입니다.

그리고 어머니, 반들반들하고 단단한 다듬잇돌에 새하얀 광목을 두드리시던 어머님의 뒷모습을 어찌 잊을 수 있겠습니까. 그때 어머님 이마에 맺힌 땀방울 하나 하나에는 어머님의 꿈과 한, 원망이 겹겹이 배어 있었습니다. 어두운 밤, 새로 팔아 빳빳하게 풀먹여 갈아 끼운 새 하얀 광목 이불 홑청의 상큼한 촉감, 그 풋풋한 내음은, 이렇게 세월이 억수로 흐른 지금도 어머님의 체취로 제 가슴에 겹겹이 묻어 있습니다. 그런 밤이면 멀리서 어둠을 가르며 훈훈한 봄바람에 껴묻어 아련히 귓전에 내려앉던 리드미컬한 다듬잇돌 두드리는 소리... 먼 듯 가까운 듯 아득히 다가왔다가는 멀어져가던 이웃 마을에서 들려오던 컹컹 개 짖는 소리... 그즈음 어머님은 찾아올 이도 없는 외롭고 아득한 봄밤을 무슨 생각을 하시며 그 사무친 그리움을, 한울 삭이셨지요.

해 떨어질 녘, 온통 서쪽 하늘이 감색으로 곱게 물들고 집집마다 굴뚝에선 하얀연기 모락모락 피어오를 때면, 어머님은 하얀 수건을 머리에 두르신 채 부엌 아궁이 앞에 다소곳이 앉아 저녁밥을 지으시기에 여념이 없으셨습니다. 지금 돌이켜보면 그렇게 단조롭고 외로운 일상을 어머님은 무슨 생각을 하시며 무엇을 기다리시며 막연히 세월을 삭이셨는지요.

어머니! 몇 해 전 북녘 땅을 밟아 작은누나를 만나 45년 단절(斷絶)의 아픔의 이음새를 찾아보려 했더랬습니다. 그때 45년만에 저를 대하는 작은누나의 첫마디가야, 너 왜 이제야 오니? 어머니가 너를 얼마나 애타게 찾으셨는지 아니? 라는 말이었습니다. 그 원망 섞인 작은누나의 한마디 말 속에서, 만 여덟의 철없는 코흘리개, 이 못난 아들을 떠나보내시고 자나깨나 걱정하시며 아픈 가슴 달래고 세월을 삭이셨을 어머님의 한 맺힌 모습이 제 가슴에 못이 되어 두고두고 아프게 후빕니다.

어머님이 숨을 거두시던 새벽, 아들 대신 어머님 임종을 지켜드린 우리 집안 효녀 작은누나가 너무 슬프고 허망해 엉엉 울며 문 박차고 뛰쳐나갔더니, 별들이 총총한 마른하늘에서 갑자기 소나기가 한차례 쏟아 퍼붓더라는 것이었습니다. 어머니! 하늘도 어머님의 한 맺힌 일생을 가엾게 여겨 슬퍼함이었을까요. 일생 어머님 가슴에 무거운 부담과 걱정과 아픔만 안겨드린 이 불효자식을 용서해 주십시오. 언젠가 통일이 되어 자유롭게 고향 땅이라도 드나들게 되면, 이 불효자식은 어머님 유택(幽宅)으로 먼저 달려가 어머님 영전(靈前)에 엎드려 싫도록 통곡이라도 해야 제 가슴 속 겹겹이 쌓인 한과 설움이 조금은 잦아들 것 같습니다.

어머니! 오월입니다. 만상이 소생하는 이 생동의 계절, 저는 아득히 먼 옛날 그시절 고향 땅, 까마득한 시공(時空)을 훌쩍 뛰어넘어 제 어린 시절의 고향으로 돌아가 봅니다. 어머님 치맛자락에 매달려, 진달래, 철쭉으로 활활 타오르던 황산 모퉁이를 돌아 읍내 장터로 향하던 그 시절이 눈물겹도록 그립습니다. 그런데 그 철없던 코흘리개 사내아이는 이제 그때의 어머님보다 한참은 늙은 초로(初老)가 되어 이렇게 어머님의 오월을 추억합니다.

어머니! 세월이 정말 엄청나게 많이도 흘렀습니다. 세월이 강물이 되어 어머님의 한과 설움, 그리움을 모두 실어 멀리 아득히 떠내려 보냈습니다. 세상도 많이 변했습니다. 하지만 어머니, 아무리 세월이 흐른다 해도 한 가지 변하지도, 변할 수 없는게 있습니다. 어머님의 오월, 그 싱그럽고 넉넉한 품입니다.

어머니! 인생의 극한 시련과 좌절, 슬픔이 닥쳐와도 저는 이제 제 얼굴 파묻고 싫도록 통곡이라도 할 오월 들녘같이 포근하고 싱그런 어머니의 넓은 가슴이 없는, 이 넓은 천지에서 천애(天涯)의 고아입니다. 그렇더라도 해마다 오월이 오면 어머님의 오월을 반추하며 작은 기쁨과 위안이라도 맛볼 수 있는 이 운명적인 어머님과의 만남을 가슴속 깊이 소중하게 간직한 채 여생을 살아가렵니다.

제 인생의 태초(太初), 어머님의 그 캄캄한 좁은 태 속에 갇혀, 대기권을 유영(遊泳)하는 우주인처럼 탯줄로 어머님과 연결된 채 함께 숨쉬며 밀착되어 살아온 눈먼 10개월, 그리고 이 세상에 태어나 숨쉬며 누렸던 제 인생 최초의 8년이, 세월이 흐르고 연륜이 더해갈수록 더 진한 감동과 그리움이 되며 가슴을 파고듭니다.

오래 전, 차고 어두운 나라로 어머님을 먼저 떠나보내고, 이 황량(荒涼)한 천지에 부평초(浮萍草)되어 홀로 떠돌며 그리움을 삭이는 이 얼뜨고, 이 영악한 세상을 살아가기에는 턱없이 모자라는 당신의 못난 아들은, 오월이 오면 어머님 생각에 목이 메입니다. 사랑하는 이를 먼저 떠나보낸 살아남은 자의 슬픔을 가슴속에 간직한 채 살아갑니다. 어머님의 마지막 임종도 지켜드리지 못한 이 불효 자식은, 아직 어머님의 영전에 엎드려 곡(哭) 한번 못한 채 이렇게 살아갑니다. 그래서 이제부터는 어머님의 오월을 더 소중하게 가슴속에 품은 채 살아갈 것입니다. 어머니, 오월의 들녘처럼 포근하고 짙푸른 향내 솔솔 풍기는 어머니를 향한 추억을 제 가슴속 심처(深處)에 갈피갈피 접어 귀하게 간직한 채 살아갈 겁니다.

어느 눈부신 오월의 아침, 황산녘이 온통 진달래, 개나리로 붉게 타오르는 오월 초순의 어느 아침, 새하얀 무명 저고리 치마에 흰 고무신 신으신 채 황산 모퉁이를 돌아 다가오시는 어머니 모습을 꿈속에서나마 만날 수 있을까, 오월이면 저는 밤마다 아련한 꿈에 취합니다.

어머니, 사랑해요. (1999년 5월)

기씨네 사람들

　사랑하는 딸 순아, 할머니와 이모가 너를 잘 키워 주시고, 국가에서는 전문대까지 공부를 시켜주셨고, 또 남편도 똑똑하고 기술이 좋아서 공장 장까지 하며 이렇게 단란하게 아들, 딸 잘 키우고 사는 것을 보니 이 엄마는 이제 죽어도 여한이 없겠다. 참 미안하다. 엄마 아빠 없이 얼마나 외롭고 서러운 세상을 살았겠느냐? 정말 너를 볼 면목이 없구나.

　엄마, 그런 말씀 마세요. 이것이 어디 엄마의 잘못입니까?

　분단의 서러움이지요.

　그래 고맙다. 네가 나를 이해해 주니 정말로 고맙다.

　영희는 다시 한 번 딸을 힘껏 껴안았다.

　순아, 정아, 내가 꼭 알고 싶은 일이 한 가지 있다. 그 기씨네는 어떻게 살아가고 있느냐? 아버지를 모함하여 옥살이를 시키고 결국은 돌아가시게 한 그 기씨네 말이다. 그 못된 여자... 기씨 셋째 첩은 어찌 되었느냐? 내가 피난 갈 때까지는 아주 잘 살고 있었는데, 계속 잘 살았느냐? 그 셋째 첩의 악행은 내가 잘 알고 있지만, 너희들은 아주 세밀한 내용은 너무 어려서 모를꺼야. 내가 먼저 이야기해 줄게.

그 기씨는 천하의 팔남봉이라 조강지처가 아들 둘 낳은 후에 아주 젊고 예쁜데도 첩을 얻었다. 첩은 아주 예쁘게 생긴 여자였다.

그런데 아들 하나 딸 하나 낳으니 또 버려두고 집 한칸 사주어 아이들 만 키우게 하고는 그 둘째 첩을 또 데려왔단다. 인물도 없고 욕심만 많고 기운도 세서 동네누구와 싸워도 이겼지.

우리 엄마가 재미로 부치는 채소밭 바로 옆에 그 셋째 첩도 채소 농사 를 짓는데, 해마다 밭을 먼저 갈면서 우리 엄마 채소밭을 두세 고랑씩 빼 앗아 갈아서 수숫대로 엮은 바자를 쳐 놓았다고 한다.

엄마는 모든 것을 다 알고 있었지만 못된 것과 싸움하기 싫다고 내버려 두면서 하시는 말씀이,

얼마나 땅이 가지고 싶으면 땅 도둑질까지 하느냐. 아무리 훔쳐도 우리 땅엔 미치지 못할 테니 내버려두어라.

하셨단다.

그 집 식모아이, 나와 동갑인데 아홉살때 데려다가 공부도 가르치지 않 았는데, 이름이 예쁜이였는데 정말 예쁘고 똑똑했지.

틈만나면 나한테 와서 내 책을 가지고 가르쳐 달라고 해 어깨너머로 배 운 공부로 국문을 해독하고 구구단도 잘 외우고 나중에는 여성동맹 위원 장까지 해서 언니가 많은 도움을 받았다. 매일 저녁 소집하는 학습회에 그 애 빽으로 많이 빠져도 별 어려움 없이 살았지.

그 애, 예쁜이를 실컷 부려먹은 둘째 첩은 그 애가 20살이 되니까 남의 이목도 있고 생모의 성화도 있고 해서 시집을 보내야겠으나 돈이 아깝다 는 생각이 들었단다. 그래서 꾀를 내어 한 동네 부자 영감 박씨 방에 예쁜 이를 들이밀면서 말했지.

애야, 너 가난한 집에 시집가서 한평생 고생하며 사느니 저 영감 첩이 되어 호강하고 사랑 받고 아들이나 하나 놔주어라. 저 집이 아들이 귀한 집인데 그 재산이 다 네 것이 될테니, 오늘 그 영감 이불 속으로 들어가

라. 그 부인이 친정 결혼식에 가고 없으니 가서 피곤하시죠? 제가 다리 주물러 드릴게요 하며 온몸을 손으로 주무르는 거야. 대부분의 남자들은 참지 못한다. 너에게로 달려들게 돼 있다. 처음에는 안돼요, 이러시면 큰일나요… 하며 피하는 척 해라. 그러면 이 영감 더 못 견디고 별 수작을 다 부릴 거다. 그때 너는 못 이기는 척하고 네 몸을 맡기는 거다. 내말 잘 알아들었느냐?

알겠어요. 하지만 무서워요.

무섭기는… 맛있는 음식 먹는 기분이, 비단옷 입는 기분이 그것에 다 비하냐? 네가 아직 몰라서 그래. 빨리 너도 그 영감에게로 시집가서 좋은 시간 가지면서 쌀밥에 고깃국 먹고 살게 해줄테니 잘해 보아라.

예쁜이는 그날 밤 시키는 대로 영감 이불 속에 들어가서 각본대로 성공을 거두었단다. 다음날 아침 의기양양한 둘째 첩은 영감이 앉아 있는 사랑방에 들어가서 말했다.

영감님! 아무리 철없는 아이가 영감 방에 놀러갔어도, 다 큰 처녀가 밤 늦게 다니면 되냐고 꾸짖으면서 집으로 돌려보냈어야지, 그 어린것을 데리고 장난을 치시면 그 애는 어찌 시집을 가라고요? 이제 책임지세요! 집 한 채 사주시고 살림 장만하여 첩으로 머리 얹어주세요.

아이고, 기씨네 아줌마. 나를 살려주오~ 나도 모르게 내가 일을 저질렀는데, 우리 마누라나 아이들이 알면 또 동네 망신스러워 어찌 살겠나? 내 나이 50이 넘었는데 이제 그 일은 안되네. 어디 다른 방법은 없을까?

내게 묘안이 있기는 있지요.

셋째 첩은 처음부터 예쁜이를 첩으로 줄 마음은 없었다. 공갈, 협박으로 돈을 뜯어내려는 심사였단다.

영감님, 첩으로 못 들어앉으면 돈 300원만 주세요(당시 쌀 50가마 상당의 큰 돈이었다). 빨리 성사시켜 시집을 보냅시다. 저 애가 몸이 충실해서 임신이라도 되면 큰일입니다.

이렇게 엄포를 놓아 300원을 뜯어내어 동네의 장가 못 가고 있는 한쪽 다리를 못 쓰는 절름발이 남자에게 시집을 보냈다. 그런 자리에 두어야 돈도 적게 들고 봉숭 옷도 안하고 오히려 그 절름발이에게서 돈 받을 수 있을지도 모른다.

꿩 먹고 알 먹는 식으로 얼마나 잘 살았겠느냐? 그뿐이 아니었다. 그 셋째 첩은 남편을 어지간히 좋아하여 기씨 본부인이나 둘째 첩에게는 절대로 하룻밤도 못가게 해서 그 두 여인은 생과부로 늙어갔단다.

하루는 제삿날이 되어 영감이 본부인 집에 가게 되었다. 제사는 밤 12시에 드리는 것이므로 이 셋째 첩은 영감에게 못을 박았다.

영감, 오늘 밤 제사 지내고 밤으로 나에게 돌아와야 해요. 나는 하룻밤도 영감 없이 못자는 것 잘 알지 않아요. 거기서 자는 날에는 영감 죽고 나도 죽는 날이야.

그래, 알았어. 걱정 말고 자고 있어. 내가 끝나는 대로 돌아올 테니 걱정 말아.

제사가 끝나 이 영감이 셋째 첩에게로 돌아가려고 방문을 여는 순간, 본부인이 영감의 두 다리를 양손으로 꼭 잡았지 뭐냐.

오늘밤은 못간다. 나와 자고 가라. 나도 인간이고 여자다. 나는 억울하다. 나도 딸 하나 더 낳아야 하겠다.

그러면서 엉엉 울기까지 하니, 아무리 모진 마음을 먹었던 기씨도 더 이상 뿌리칠 수가 있겠냐.

몇 년만의 만남인가. 몇 년을 기다린 본부인이 회포를 풀며 흑흑 흐느껴 울기까지하자, 기씨는 본부인을 보고 있노라니 내가 과연 죄인이다. 이런 순진한 여자를 몇년씩 버려 두었다니. 하는 후회가 앞서서, 앞으로는 제사때마다 품어 주고, 또 기회를 만들어 자주 만나줄 것을 약속했지.

기씨가 셋째 첩에게로 돌아올 때는 훤히 밝은 아침이었다. 셋째 첩은 달려들어 영감을 때리고 할퀴고 했지만 어찌하리, 기차는 이미 떠나가버린 것을.

본부인은 임신을 했단다. 셋째 첩이 더욱 독이 올라 난리를 치는 가운데 소원하던 딸을 낳았지.

기씨의 둘째 첩은 예쁘고 얌전해서 영감과 싸움도 한번 못하는 성격이었다. 멀리서 사는 것도 아니고 한집 건너 사는데 말은 못하고 속으로만 가슴앓이를 하면서 살다가 가끔 그 영감네 집 앞을 지나가다가는 기절을 했어. 나도 몇 번인가 목격했단다.

셋째 첩은 기절한 둘째 첩에게 물바가지를 부으며

멀리 이사를 보내지, 곁에 두고 못 봐주겠네! 이 여자 얼마나 독한지 기절하는 순간 항문으로 숨을 쉰다니까. 끔찍해 못 봐주겠어

하며 지껄이더라.

언니, 사람이 죄를 범하면 죽어서 지옥으로 간다지, 기씨네는 살아서 아주 젊은시절에 벼락을 맞았어. 휴전되던 날 바로 새벽, 그 집에 들이닥친 두 청년이 있었는데, 알몸으로 자고 있는 기씨와 셋째 첩에게 총격을 가해서 둘 다 죽어버렸어. 무슨 이유인지, 그 사람들이 누구인지 아무도 몰라. 이 동네에서 제일 부잣집이 어디냐고 해서 동네 애가 그 집을 가르쳐 주었대요. 사실은 제일 부자도 아닌데 말이야!

본부인의 두 아들들이 셋째 첩은 공동묘지에다 묻어주고 아버지는 선산으로 모시면서 자기 어머니와 합장할 수 있게 묘를 만들었다고 해요. 셋째 첩이 낳은 어린 딸 둘과 막내아들도 다 본부인이 키울 수밖에 없었어. 언니, 우리 집안도 망하게 하고 부인 둘을 목졸려 죽이려던 그 여인은 자기가 먼저 그렇게 비참하게 죽어갈 것을 알았으면 좀더 착한 삶을 살지 않았을까?

둘째 첩의 아들은 본이름이 무엇인지 모르겠지만, 항상 아버지 기씨가

소자야 소자야 하고 불렀지. 총각때 그 주제에 나보고 늘

너는 내 색시야. 나하고 결혼해야 해.

하며 늘 나를 괴롭히더니, 사리원에서 데려온 참한 여자와 결혼했지. 애도 낳았는데 애비를 닮았는지 바람을 피워 늘 싸우고 소동을 피웠지.

우리 사무실 앞 다리를 건너 한길가에서 빈대떡, 인절미, 묵을 만들어서 팔던 그집 생각나? 어머니는 애들을 시켜 자주 그 집 음식을 사다가 우리에게 먹였어. 그아줌마 음식 솜씨는 기가 막혔거든.

그 집에 18세 처녀 딸이 있었지. 소자는 날마다 역전의 아버지 일을 돕느라고 하루에도 몇 번씩 그집 앞을 지나면서 음식을 사먹고 술도 한잔씩 마시면서 그 처녀와 눈을 맞추었단다. 그 집에는 방마다 술꾼들이와 언제나 왁자지껄했고, 부엌 구석진 곳에 딸의 방이 있었지. 그 딸과 소자는 그 방에서 늘 같이 놀아났어. 틈만 있으면 방구석에서 둘이 틀어박혀 있었다.

이 떡장수 아줌마는 자기 딸이 가난한 집에 시집가서 고생하느니 이 소자의 첩이 되면 편히 살 것으로 생각하고 그들이 놀아나도 꾸짖기는 커녕 한술 더 떠서

소자야, 너 왔니? 금방 부친 빈대떡이다. 먹어라 했고, 어떤 때는 들르지 않고 지나가면

소자야, 들어왔다 가라, 금방 묵이 맛있게 식었다. 한 그릇 먹고 가거라. 하며 끌어들였어.

소자와 기씨는 역전에서 운송업을 했는데, 수입이 아주 짭짤하고 꾸준했다.

소자의 직업은 아주 단순하고 쉬웠고, 하루에 몇 번씩 기차시간 맞추어 역전에만 왔다갔다하면 되었다. 생활고의 걱정도 없고 시간도 많고 항상 주머니에 돈도 있고 하니 바람 피우는 것이 당연했다. 아버지도 자기가

첩을 둘씩 얻고 사니 아들을 나무랄 자격이 없었다.

하루는 대낮에 그 구석방에서 그집 딸과 놀아나고 있는데 소자 색시가 참다못해 습격을 했다. 가끔씩만 만나면 그래도 봐주겠는데 항상 붙어 있고 자기한테는 전혀 오지 않는 상태니 소자 색시는 더이상 참을 수가 없었다.

다리를 건너 그집 옆으로 살금살금 가서 부엌 뒷문으로 들어가 방문을 확 열어제꼈다. 소자는 바지의 단추도 못 잠그고 바지를 붙든 채 도망을 쳤다. 소자 색시는 독이 올라서 벌거벗은 처녀의 머리채를 끌고 집앞 한길로 나왔다.

이년! 이 화냥년! 오늘 너 죽고 나 죽자! 처녀가 어디 사람이 없어서 내 남편을 홀려서 우리 집안을 풍비박산나게 만드냐.

그러면서 머리채를 휘두르고 발로 밟고 주먹으로 쳤다.

온 동네사람들이 다 모였다.

오래 살다 보니 별 좋은 구경 다 한다. 죽여라! 저런 년은 죽어야 한다!

그러면서 아무도 말려주는 사람이 없었다.

떡장수 아줌마는 그래도 누가 뜯어말려 줄줄 알았는데 아무도 안말려주니, 그러다가 딸이 정말 죽을것 같아서 발이 손이 되게 싹싹 빌었다.

새댁, 이제 그만 분을 푸세요. 앞으로는 두번다시 이런 일이 없을테니 그만 놓아주세요. 내 맹세하리다.

소자는 숨어 있다가 살인이 날것 같아 나타나서 자기 색시를 끌고 집으로 갔다.

기씨의 셋째 첩이 소자를 보고 말했다.

애야, 너 이제 할수 없다. 처녀를 망가뜨렸으니 그집에서 가만있겠냐? 고소라도 걸면 너 위자료 호되게 많이 물어야 한다. 빨리 집장만하고 살림 차려야 한다.

뜻밖의 도움을 받은 소자는 기뻤다. 이젠 오히려 당당하게 떡집에 드나들기 시작했다.

　난감해진 소자의 색시가 하루는 소자에게 애원했다.

　나도 당신 어머니처럼 처박아 놓을 거야?

　귀여운 내 아들을 낳아준 당신을 내가 버릴 수 있어? 우리 아버지는 이제 늙어서 두 여자를 거느리지 못하겠지만, 내 나이 이제 한창 30세다. 셋도 넷도 다 거느리고 살 수 있어. 걱정하지마... 알았지?

　전쟁은 이런 인간들 때문에 터진게 아닐까.

　이 소자도 달콤한 세월은 잠깐이었다. 6·25가 터져서 이리 숨고 저리 숨고 도망다니다가 그후 어찌 되었는 지 알 수가 없었다.

　그 뒤로 영 안 나타났니?

　나도 몰라, 언니. 이날까지 안 돌아왔으니 죽은 사람이지 뭐... 살았으면 왜 못 돌아오겠어?

　그 떡장수 딸은 어찌 되었니?

　어머니는 죽고 아직도 그 자리에서 그 딸이 그 장사 계속 하면서 살고 있어. 당에서 관리하고 월급받고 배급받으며 살고 있을 거야.

짓밟힌 꽃은 어찌되었나

정희야, 참 그때 미군이 입성했을 때 몇몇 인민군 아내들이 미군한테 강간당한 사건이 있었잖니? 그 후 전쟁이 끝나고 남편이 돌아와서 잘들 살았니?

가지각색이지 뭐... 동네 끝집에 살던 전모는 높은 장교라 죽지 않고 살아 왔는데, 아내가 당한 사실을 알고 노발대발하며 각시를 친정으로 쫓아 보내고 새장가 들었다오. 그 아내가 울면서 수리조합 다리를 건널때 동네 사람들이 다 울었어.

석수 색시는 어찌 되었니?

석수는 본래 마음씨가 착하니까 이게 어디 내 색시의 잘못입니까? 하면서 용서하고 지금껏 잘 살고 있어요. 석훈이는 색시를 내쫓지는 않고 문간방에서 살게 하고 다른 색시를 얻어다 살았으니, 그 본색시가 얼마나 가슴 아프고 울면서 살았겠어. 안방 툇마루에 자기 남편과 새 색시의 나란히 놓인 신발을 볼 때마다 죽고 싶었을 거야... 이것은 너무 가혹한 일이야. 차라리 쫓아내는 것이 훨씬 나아! 석훈이는 우리 식구들만 만나면 괜히 눈을 부라리고 미워했단 말이야. 며칠 전 나를 만나서 언니가 온다며? 하기에 그렇다고 했더니 너희 반동들이 왜 그리 잘사냐? 여자들까지 다 어디로 보내버렸어야 하는데 잘못되었다 하며 으르렁거렸어요.

정희야, 나에게 잘못하는 사람일 지라도 누구에게나 친절하게 대하며 지혜롭게 잘 살아가라.

과수원집 사람들

정희야, 너 내가 하숙했던 기차역 건너편 과수원집 생각나니? 거기 잠깐 들러서 소식 좀 알고 싶다.

그럼, 가 언니. 일어서.

영희는 딸과 동생을 데리고 운전수에게 사정해서 은경의 집을 찾아갔다.

운전수와 안내원은 계속 그들을 모시고 다니는 건지 감시하고 다니는 건지 어디든 같이 다녔다. 걸어다닐 수도 없으니 그 차를 탈 수밖에.

그 택시는 일산인데, 평양을 떠나면서부터 미터제로 돈 액수가 찰칵 찰칵 나왔다. 영희가 평양으로 돌아갈 때까지 요금이 300달러쯤 나왔다. 은율에 가서 사촌들을 데려온 것도 그 택시였다.

은경이네 집에 갔더니, 백발의 할머니와 50세 정도의 은경이의 남동생과 40대 여자 부부가 살고 있었다.

백발 할머니는 은경이의 엄마였다. 은경이의 아버지, 할머니, 할아버지, 불쌍한 정신병자인 작은할아버지 모두 세상을 뜨고 그래도 은경이 엄마는 명이 길어 꼬부랑 백발 노인이 되어 혼자 살아남아 있었다.

행여나 하고 왔더니, 여기서 아직 살고 계시네요.

누구야, 이게 누구야?

내가 영희인 줄 안 노인은 몹시 반가워했다.

살아 계셔서 반갑네요. 어떻게 이 집에서 그냥 살고 계시네요? 혹시나 하고 찾아왔는데.

우리도 이 집에서 일단 쫓겨 나갔었지... 이제 모든 것이 국가의 소유니까. 그런데 이 과수원을 가꾸는데 기술이 필요하지. 우리가 나간 뒤 과수원이 엉망이 되어 열매가 맺지 않으니까 다시 불러들여 여기 다시 살게 되고, 과수원을 잘 가꾸게 되었지... 우리는 이 과수원에 아무 권리가 없다. 수확한 건 나라에서 다 가져가고 불량 사과나 좀 얻어먹지. 이곳 백성들은 모두 식량을 배급받아 살아가고 있다. 영희는 부잣집 딸로 태어나서 어려서부터 복이 많았으니, 살기 좋은 미국까지 갔으니 잘 살겠지...

영희는 은옥이의 안부를 물었다.

우리 둘째 은옥이는 평양에 사는 판사에게 시집을 갔으나, 이 나라는 계층이 없고 높은 지위나 낮은 지위나 모두 고르게 똑같이 배급을 받아서 먹고 산다네. 은옥이는 배급을 15일치씩 타는데, 받고 나서는 바로 15개의 봉지에다 하루치씩 나누어 놓고 먹어야 한대요. 마구 먹으면 나중에 며칠은 쌀이 떨어져서 굶게 된다고 했어. 우리는 빈땅을 이용해 채소라도 심어 보태 먹으니 도시에 사는 사람보다는 좀 낫게 먹고 산단다. 큰딸 은경이는 삼팔선 넘어 서울로 간 후 영 소식을 알 수가 없는데, 네가 혹시 우리 은경이 소식을 알고 있니?

네, 은경이는 원기와 결혼해서 약국을 차려 장사가 잘 돼서 갑부가 되어 아주 잘살고 있으니 조금도 걱정하지 마세요.

고마워, 영희야... 우리는 길에서 스치면 서로 알아보지도 못하겠네.

마침내 영희는 자리를 털고 일어났다.

지희네 부부

모처럼 만났는데 이렇게 섭섭하게 헤어져서 어쩌지?

아무 걱정 마세요. 저는 당에서 먹을 것을 풍성하게 만들어다 줘서 잘 먹고 지내요

그러면서 100달러를 쥐어 주었다.

이것 많지 않은 돈이지만 쓰세요.

아이고, 이게 적은 돈이라고? 생전에 만져도 못 볼 돈이야.

노인은 자기 아들에게 건네주었다. 은경의 동생은 영희에게 절을 꾸벅 했다.

고맙습니다. 이 은혜를 무엇으로 보답하나요. 이 돈은 제가 받는 월급 으로 치면 50개월분입니다.

얼마나 좋아하는지 몰랐다. 미화 100달러가 이 사람들에게는 엄청나 게 큰 돈 같았다.

영희는 돈, 옷, 또 다른 물건을 가져갔는데, 영희의 딸 순이는 욕심부리 지 않고 고루고루 모두에게 나누어 주었다. 다른 집들은 미국에서 누군가

물건을 가져오면 서로 많이 가지겠다고 싸운다는데, 순이는 이것은 이모가 가지라 하고, 이모는 순이 네가 이것도 가지라고 하며 서로 안 갖겠다고 싸우니 영희는 참으로 마음이 흐뭇했다.

영희가 안부를 꼭 알고 싶은 사람이 한 사람 더 있었다. 기씨의 둘째 첩의 딸인 지희였다. 결혼에 실패하여 친정살이를 하고 있을 때 영희가 들려준 성경말씀과 재림교회의 교리에 홀딱 반해서 독실히 믿으며 순안 수양회에도 같이 따라갔던 그 지희였다.

지희 어머니는 너무 얌전하기만 해서 아무 권리도 주장하지 못했고, 딸이 시집갈 나이가 지나도 아무 대책이 없었다.

지희는 소학교도 졸업하고 공부도 우등만 했기에, 전문대 나온 남자한테 시집갈 자격까지도 갖추었는데, 집안의 절대적인 재정권을 갖고 흔드는 셋째 첩은 돈이 많이 들어가는 좋은 혼사자리는 다 거절하고 광산 동네에 사는 소방 대원에게 시집을 보냈다.

첫날밤 남편의 하는 말이 걸작이었다.

당신은 진짜 숫처녀구나. 너무 좋다.

그럼 처녀 아닌 사람과도 자보았단 말이에요?

아이고~ 요 순진한 아가씨야. 내가 지금 몇 살이냐? 30살 노총각이다. 이때까지 내가 그대로 어떻게 살아? 그러나 처녀는 처음이다. 그러니 이제부터는 다른 짓 안하고 너와만 지낼 테니 나만 믿고, 너도 나처럼 같이 좋고 같이 흥미를 돋구며 이세상을 즐겁게 행복하게 천국으로 만들자, 돈은 많지 않지만 먹고살기는 걱정 없으니, 배불리 먹고 밤에는 쾌락을 누리며 살았으면 이것이 천국이지. 부자라고 밥 세그릇 이상 먹고 더 재미있게 살겠느냐? 부잣집에 시집가면 다 외도하고, 첩 얻고, 그 가슴아픈 꼴 당하느니 나같은 놈에게 와서 마음 편히 사는 것이 훨씬 좋다! 남자는 기분에 사는 거야! 첫째로 새것, 아무도 건드리지 않은 새것이잖아! 기분이 좋으니 흥이 더 나고 소유감이 있잖아. 내것 나만의 것이라는 것.

그럼 나 말고 다른 여자와 놀아난 이야기 좀 더 해주세요. 나는 세상을 너무 모르니 그 세계도 알고 지냈으면 좋겠어요.

그럼, 우리 밤새껏 내가 건드린 여자 이야기나 하면서, 밤새워볼래?

그래요.

어느날 밤 어떤 집에 불이 났는데, 그집이 불에 휩싸여서 뛰어들어가 젊은 여자를 안고 나오는데, 무슨 여자가 그런 여자가 있냐? 내 몸에 찰싹 달라붙어서 떨어지지를 않는 거야. 견딜수 없어서 그 시간에 여인숙으로 안고 갔지 뭐..

생전 처음 보는 남자와 여자가 그럴 수 있어?

여자가 하는 말이 오늘 참 고마웠어요. 목숨도 구해주고 목마른 가슴에 생수도 주시니 이제 살겠네요. 내 남편은 광부였는데, 광산서 작업중 사고로 죽고 나서 나혼자서 광산에서 주는 위자료로 살고 있어요. 배불리 먹고, 애도 없으니 할일이 없고 생각나는 것이 죽은 남편 생각뿐이예요. 나와 또 만나 주시겠어요? 나는 처녀나 다름없어요. 우리 남편은 몸이 약한데다 노동은 심하고 해서 별로 나와 많이 관계도 못해본 채 세상을 떴어요. 선생님이 나를 안는 순간 온몸에서 찌르르 전기가 오면서 나도 모르게 그만... 선생은 참 멋있는 남자에요. 뿌리치고 가버렸으면 나는 어찌할까 했어요. 내집은 광부사택이니 다 광산에서 수리해줄 것이고 나는 그 집에서 또 살아야 하니 자주 들러 주세요 라더군

그래서 그 뒤로 또 만났어요?

물어보나 마나지, 굴러오는 떡을 내던져? 애가 있나, 방해꾼이 있나, 단 둘이서 만나는 그 재미~ 그 여자 말대로 별로 헐지 않은 좋은 새 기계였어. 거의 매일밤 가다시피 했지. 그때가 내 나이 25세였으니까 한참 전성시대 아니냐! 한 2년간 잘지냈는데, 그의 어머니가 우리 어머니를 만나 결혼해 줄것을 강요했지. 내 어머니는 노발대발 나를 몽둥이로 치고 그의 어머니에게 호통을 치며 어디다 대고 그런 망칙한 수작을 부리는 거야!

우리 총각 아들에게 감히 광부처를 떠맡겨? 이 광산 바닥에서 쫓겨나고 싶으면 또다시 나타나라 하며 아주 강력하게 뿌리치니, 그 여자의 어머니는 그 딸을 데리고 친정으로 가서 애 딸린 홀아비에게 시집보내면서 이년아! 너는 혼자는 못살 년이니 빨리 시집이나 가라. 그대로 놔두면 또 놀아날 년이니 그꼴을 어찌 보냐 했던 거야.

그럼 갑자기 그 여자가 가버렸으니 그 다음은 어찌 살았어? 털어놓는 김에 다 털어놔 봐요.

광산 바닥에 계집애들이 얼마나 많은데 무슨 걱정이야? 우물가에 갔더니 물동이를 이고 궁둥이를 살랑살랑 저으며 지나가는 예쁘장한 계집애가 있기에 휘파람을 불었지. 이 계집애가 휙 나를 돌아보더니 생긋 웃더라. 그래서 나와 좀 만나자, 시냇물이 흐르는 저 산뒤 잔디밭으로 오늘 저녁 나와라 했더니 틀림없이 나와주더라. 이 애도 최근 실연당한 여자였어. 어떤 남자가 몇 년이나 데리고 놀다가 부모의 반대로 다른 데로 장가를 갔다는 것이다. 분하고 억울하지만 워낙 수준이 떨어지는 탓이라 할 수 없이 가슴만 앓고 있다가 반반한 내가 부르니 따라 나선 것이다.

야~ 아무리 무슨 계집애가 남자가 부른다고 당장 쪼르르 따라 나서냐? 좀 빼다가 나와야 재미가 있지, 매력없이.

내가 무슨 숫처녀라고 빼냐? 16세때부터 남자하고 자고 다닌 몸인데, 이제 혼자살 수가 없다. 보아하니 너도 숫총각은 아닌것 같아. 그저 재미라도 좀 보자는 것이지 너도 나하고 결혼이야 해주겠어?

야! 시집도 안간 계집애가 이렇게 당당할 수가 있나? 그럼 오늘밤 너는 나와 같이 잘 수 있겠구나? 나도 요즘 좀 여러날 혼자 지냈더니 좀 살맛이 없다.

그래, 나도 마찬가지야... 그 인간새끼 매일 나를 데리고 놀다가 헌신짝 버리듯하니 나도 갑자기 혼자 지내려니 못 살겠다.

그 후부터는 자주 만나니 불이 붙었다.

야! 너 얼굴은 매끈하니 예쁜데 이것은 별로구나... 애도 낳았냐?

애는 안 낳았어도 자연유산도 하고 애도 떼노라 몇 번 소파수술을 했는데, 왜 그리 자주 애가 들어서는지... 얼마 안 가서 또 애가 들어설 텐데, 소파수술할 돈은 대줄거니? 먼저 그 녀석도 소파수술비는 주었단다.

너 지금 몇 살이니?

21살이다.

노처녀구나.

그래, 노처녀이고 이제 시집도 제대로 못 갈것 같으니 기회봐서 먼 곳으로 가서 술집에 나가 갈보나 될까봐. 이제 촌놈한테 시집가서 한남자 거느리고 살기는 힘들것 같아. 무슨 재미로 살겠어? 자기 같은 멋진 난봉꾼이면 나에게 만족감을 줄 수 있겠지만, 나를 당신 어머니가 며느리로 받아 주겠어? 내가 놀아난 것을 많은 사람들이 알고 있는데.

그리하여 그 계집애하고 1년쯤 지냈는데, 하루는 정말 보따리를 싸 가지고 집을 나가버렸다. 듣자하니 사리원과 평양으로 전전하며 술집에 돌아다닌다더라

그 다음부터는 또 어떻게 살았어?

야~ 당신도 흥미진진한가봐? 처녀가 무슨 이런 걸찍한 이야기를 좋아한다냐?

모르니까 더 알고 싶지, 그 이야기를 듣고 있자니 나도 몸이 야릇해지는 것 같은데요

맞아! 맞아! 그것이 바로 되어가는 과정이야~ 좋은 징조야~

여보, 나와 결혼하기 전 여자들 이야기 이제 끝났어요? 시간적으로 따지니 더 이야기가 있어야 하는데.

맞아! 계산도 잘하네, 과부하고 놀아날 때가 25세, 2년 놀았으니까 27세, 동네 예쁜처녀와 1년... 그러니 28세, 나와 결혼한 것이 30세니까 한 2년 동안의 이야기가 남았네. 또 시작해 볼까? 재미있지?

그래요, 생전 처음 들어보는 이야기라 너무 재미있네요

그 예쁘장한 계집애가 간 후에 시끌시끌 많은 동네 광부딸들, 이번에는 하나 정하고 데리고 놀지 않고 매일 바꾸어 가며 ABCD 번호까지 붙여서 오늘은 A, 내일은 B 하면서 여인숙으로, 그 계집애 집이 비어있을 때는 그리로, 우리 집이 비어있을 때는 우리 집에서, 심지어 산속 잔디밭에서, 호숫가 잔디 위에서 만나기도 했었다. 마치 임금이 궁녀들을 데리고 놀듯 그때가 참 좋았다. 계집애들 하나 하나 모양이 틀리더라. 하루는 산속 잔디에서 놀고 있는데 인기척이 나서 놀라 일어나려고 하는데 중년남자가 손을 저으며,

됐어, 됐어~ 중지할 것 없어, 좋은 때다 좋은 시절이야~ 재미 많이 보라고! 나이들면 영 틀렸어. 젊어서 실컷 놀라구

세상에 야단을 칠줄 알았는데 박수 갈채를 보내며 후원을 하니 더 신나고 좋더라! 그 중년남자, 도리를 파악하고 깨달은 사람이야... 이해심도 많고. 답답한 인간들이 이해도 못하고 자기는 배불리 먹으면서 남의 배곯는 사정 모르고 과부, 홀아비의 흉이나 보고 욕하고 손가락질하는 인간들은 다 벌받을 인간들이야. 인간은 밥과 물이 필요하듯 정과 정서적 생활도 필요한 것인데, 자기는 마음껏 놀아나면서 남의 흉보는 인간들 죽일 놈들이야.

그래서 나하고 결혼하기 전까지는 계속 동네 처녀들과 놀았단 말이야?

그럼, 너무 좋았지~ 하나만 데리고 노는 것보다 번갈아 데리고 노니까 더 좋아! 왕들이 맛보는 재미를 나도 보았단 말이야.

그럼 그 계집애들이 서로 싸우지는 않았나?

싸우지는 않았으나 재미있는 일이 있었지. 하루는 A와 그 집에서 한참 재미있게 시간을 보내는데 B가 왔다가 기절초풍을 하고 달아났단다. 그 후 B와 만나서 너 놀랐지? 화났니? 했더니 B여자가 하는 말이 놀라기는 뭐... 나도 알고 있었어. 나 혼자만 데리고 놀 인간이 아니라는 것 나도 벌

써 알고 있었어. 마침 우리 엄마가 장에 가서 오늘 늦게 온다고 했어... 신 벗고 들어와서는 화가 나서 싸우자고 덤빌 줄 알았는데 방으로 들어서는 나를 꼭 껴안으며 다른 애들보다 나하고 더 많이 만나줘, 우리 집은 엄마가 장사를 다녀 늘 비어 있으니 아무때고 오면 내가 기다리고 있을게... 다른 애들은 여인숙으로 데리고 가려면 돈 들지 않아? 이제 세상이 달라졌다. 옛날에는 여자를 보려면 돈보따리를 가지고 가야 하니까 부잣집 아들들 바람나면 논밭 전지가 다 날아갔는데 땡돈 한푼 안들이고 여자들이 이곳 저곳에서 공짜로 부르니 참 좋은 세상이 온 거지.

그럼, 당신 그대로 왕 같은 좋은 세상 살지 장가는 왜 갔어?

나 사실 장가가고 싶지 않았다. 얼마나 자유롭고 재미있는 시간들이냐? 그런데 우리 엄마가 너 이놈아! 우리 집 대를 이어야지, 장남인 네가 언제까지 여자들 뒤 꽁무니만 따라다니고 장가를 안가면 어찌하려고 그러니? 몇 달 전 중매 아줌마가 와서 말하는데 아주 좋은 혼삿자리가 있더라. 너 같은 돈 없는 팔남봉놈, 아는 사람이야 누가 딸을 주겠냐? 처녀도 괜찮고 공부도 하고 인물도 무던하다는데 이제 정신좀 차리고 장가좀 가라. 간곡히 타일러서 나도 이제 30이고 정신 들 나이도 되고해서 당신과 결혼했으니, 이제 내 모든것 다 털어놓았으니 그리 알고 나와 재미있게 잘 살아보자구.

지희는 모든 이야기, 이런 저런 이야기를 들으며 그런대로 1년을 살았는데, 시어머니는 매달 애야~ 또 아니냐? 왜 애기가 안 들어서냐? 하며 보채더라는 것이다. 그래서 지희는 아드님이 너무 난봉을 많이 피워서 애기가 안 되나봐요 했더니.

애야, 여자는 바람을 많이 피워서 많은 남자와 접촉하면 애를 못 갖지만, 남자는 백 여자를 건드려도 그런 일 없다. 기다려 보자꾸나. 내 아들이 너무 여자를 좋아해서 지장이 있는지도 모르겠다... 네가 좀 조절을 해라 그랬다고 한다.

이때 서울에서 소방대원이 부족해서 일좀 잘하는 소방대원을 뽑아서 데려가는데 이 지희 남편이 뽑혔다. 지희가 나도 같이 갈래요. 나 혼자 있기 싫어요 했더니 서울 같은 백사지 땅에 돈 없이 가서 어찌 살림을 살아? 기다리고 있어. 내가 돈벌어서 집도 얻고 기반이 잡히면 데리러 올께 하며 이별을 했는데, 저 남편이라는 인간이 곱게 가만히 살아줄 것 같지 않았다. 억지로 한 달이나 견딜까? 아마 한 달이 지나면 주말에라도 한번 다녀가겠지 하고 기다렸는데 한달, 두달, 석달, 1년이 지나 아버지 제삿날에야 겨우 돌아왔다.

내가 아는 대로라면 당신은 혼자 못 지낼 사람인데, 어떻게 1년이나 있다 지금에야 오는 게요? 어떤 여자와 만나서 살림이라도 차렸나요? 이야기 좀 해요.

돈이 있어야 살림을 하지... 정 못견디면 사창가에 가끔 갔지. 정부에서 허가내준 사창가는 값이 싸고 여자들은 항상 검진하고 치료해서 안전한 곳이었어. 당신 그동안 혼자서 무척 외로웠지? 오늘밤은 올나잇이다~

여보, 나 제사음식 차리느라 피곤했고, 당신 역시 제사 지내느라, 집안 사람들과 이야기하느라 잠도 못 잤으니 내 걱정 말아요. 당신도 이제 33세야 몸조심해야 해요.

무슨 소리야? 아무래도 내 몸에는 장수의 피가 흐르고 있는것 같아. 장수는 하루에 밥을 한말씩 먹고 술 한동이를 마시고 여자도 3, 4명 같이 데리고 자야 한다는데, 족보를 뒤져봐야겠어.

여보~ 사창가에서 여자들과 놀던 이야기 좀 들려줘요.

이 사람, 그런 말 듣기 참 좋아하네.

당신과 나뿐인데 못할 말이 어디 있어요? 그런 말을 듣다보면 재미도 있고 더 부부생활이 흥미도 있고 일거양득이잖아요. 도대체 몇 애하고 만난 거예요?

전라도 계집애

　한 계집애하고만 상대했다. 인물도 반반하고 기술도 제법이고, 아직 어린 나이라 그곳에 온지 오래지 않아 병도 없는것 같아서 그애만 상대했는데, 이 계집애가 사창가에 오게 된 경위와 그곳에서 겪은 이야기가 참 재미있더라.

　어서 해 보세요. 나뿐 아니라 세상 모든 남자들, 지식인이나 무식인이나 가난하거나 부자거나 이런 걸쭉한 이야기 듣기 싫어하는 사람이 어디 있어요.

　그래, 들어봐. 이 계집애는 전라도 벽촌의 가난한 농가에 태어난 첫딸인데, 집이 가난하다보니 한방에서 엄마 아빠와 같이 잠을 자야 했지. 애들은 많고... 이 애는 제일 큰애라 애들 키우고 밥도 하면서 갖은 고생을 했지. 저녁만 먹으면 불을 끄고 일찍 자야한다고, 석유값이 비싼데 등잔에 불을 켜고 오래 있으면 안 된다며 일찌감치 애들을 재웠지. 엄마 바로 옆에 자면서 동생애들이 칭얼대면 돌봐줘야 했대.

　열 살쯤 되었을 때부터 엄마 아빠의 잠자리를 보았는데, 흥미가 생겨 자는척 눈을 감고 조용히 있다가 그 일을 다 보고야 잠이 들었다 한다.

12살이 되니까 몸이 이상해지면서, 엄마 아빠가 얼마나 좋은 것이면 날마다 저럴까, 나도 빨리 커서 시집을 갔으면... 하면서 못 견디어 손으로 장난을 했다고 한다.

14살이 되는 봄, 이웃집 아줌마가 놀러와서 어머니와 이야기를 주고받는 것을 들었는데, 서울 청량리 역전에는 사창가가 있어 시골에서 식모 산다고 올라온 계집애들을 꼬셔서 사창가에다 판다는데, 우리 애도 식모 산다고 서울에 갔는데 잘 있는지 모르겠다며 걱정을 하더란다. 이 말을 듣고 이 계집애, 엄마의 돈을 훔쳐 가지고 서울로 도망쳤단다.

청량리 역전으로 가서 보따리를 들고 왔다갔다 하는데, 어떤 아줌마가 다가와서

애! 너 시골서 지금 막 올라왔지? 부잣집 식모로 보내줄 테니 날 따라 오너라, 너 전라도서 왔지? 전라도 사람은 음식을 참 맛있게 잘한다. 너 돈 많이 벌게 해줄 테니 나를 따라 오너라 라고 했대.

싫어요. 난 식모 살려고 오지 않았어요. 나는 일이 지긋지긋해요. 동생들 많고 가난한 집에 태어나 여덟 살부터 물동이 이고 밥하고 동생들 업어 키우고... 지겨워요. 난 식모살이 안 해요

그럼 몸 편히 돈버는 일이 세상에 어디 있단 말이냐?

그런 곳이 있대요, 난 그곳으로 갈 거에요

아, 알았다! 날 따라와라, 난 네가 너무 어린것 같기에 차마 그곳에 못 데리고 가고 식모로 소개하려고 했는데, 너 나중에 나 욕하지 말아라! 네가 원했으니까 내게는 책임이 없다.

그러면서 데려다 준 곳이 바로 이 집이에요. 그 아줌마는 호박이 덩굴째 굴러왔지. 어린 처녀아이를 데려왔으니 소개비를 듬뿍 받았겠지요. 그 당시는 그 내용도 모르고 고맙다고 인사까지 깍듯이 했는데, 주인 포주 아줌마가 나에게 물었어요.

너 몇 살이니?

열네 살이요

아주 숙성하구나! 나는 열대여섯 살 정도 된줄 알았다. 정말 비싼 숫처
녀로구나,

그러면서 아주 좋아했대.

그날 밤으로 이 계집애는 창녀가 되었는데, 첫날밤 40세도 넘어 보이
는 중년신사가 방에 들어오는데 별로 무섭지도 않더래요.

오늘 재수 좋다. 너 인물도 예쁘구나!

그러면서 살살 다가오더니, 이 중년신사 아주 신사적으로 아주 곱게 능
숙하게 잘 다루어 별로 어려움 없이 잘 치렀단다. 물을 한컵 들이키고 담
배 한 대 피우고 나더니 말하더래.

참 기분 좋다. 너 다른 남자는 절대 받지 말아라, 나하고만 만나자

그게 어디 내 마음대로 됩니까? 주인여자가 시키는 대로 해야지요

아니다! 내가 주인여자에게 돈을 많이 주어 너를 내것으로 삼고 매일
밤 올 것이다. 여자는 역시 어린것이 좋아, 너 약속해라. 절대 다른 남자
와 상종하면 안 된다?

그러면서 정말 예뻐 죽겠다며 안아주고 쓰다듬고 하다가 팁도 두둑하
게 주고서 돌아갔다더라.

그런데 어찌 당신 차례가 왔어요?

그래, 그 다음 이야기다. 이 신사가 계속 3개월을 이 애한테 다녀갔는
데, 이 신사는 큰회사 간부였대. 부인이 갑자기 습격해 와서 그 신사를 끌
고 갔는데, 그 다음부터 다시는 못 왔다는 이야기다. 이 신사는 외도를 가
끔만 하고 자기 부인에게도 가 주어야 하는데, 어린 계집애가 좋다며 하
루도 쉬지 않고 왔고 돈도 많이 허비하다보니 펑크가 나서 부인에게 덜미
가 잡힌 것이다. 틀림없이 큰 싸움이 벌어졌겠지?

너 그 좋은 자리 그만두고 망할래? 아니면 사창가 출입을 계속할래?

아무리 어린것이 좋고 외도가 좋다지만 더 이상 계속할 수 있겠어? 그러니 이 계집애는 단독 창녀에서 일반 창녀로 떨어진 것이야.

하루는 역전에서 지게꾼이 왔는데, 땀냄새와 구린내가 심하게 났다고한다.

견딜 수가 없어서 코를 막고 얼굴을 수건으로 덮고 몸이나 좀 씻고 오시지 하고 불평을 했더니, 지게꾼은 이렇게 말하는 것이었대.

야! 내가 그럴 시간이 어디 있니? 하루종일 지게 지다가 언제 여인숙을 갔다 다시 이곳에 오냐? 여인숙이래야 우리 같은 놈들 방 한칸에 여러 명이 합숙하는 곳인데, 새우잠 자고 이른 아침이면 또 지게지고 나와서 하루종일 일해야 몇 푼이나 벌겠어. 너 아느냐? 내가 여기와서 겨우 조개탕한 그릇 먹고 가기위해 피땀흘려 번돈 삼사일 품삯을 다 주어야 한다. 그래도 무엇보다 세상에서 제일 좋은 맛있는 것이 조개탕이니 안 먹을 수 있니? 나도 돈이 없어서 안 오려고 매번 결심하지만, 이것은 막을수 없는 자연 현상이라 나도 막을길이 없다. 내 여편네가 몇년전 가난이 싫다고 도망나가 버린 후 나는 줄곧 이 집에 드나드는데, 아무리 열심히 벌어도 이 집에 다 가져다 주고 새우잠 자는 숙박비 주어야 하고, 죽을 때까지 이렇게 살다가 가는거지 뭐... 너는 악착같이 돈 모아 노년에 밭뙈기라도 사서 좀 편히 살아라. 너는 애도 못낳고 시집도 못갈 테니 조금 나이를 먹으면 이 짓도 못한다! 뚝에서 터지는 홍수는 막을수 있지만 이것은 못막아 그러면서 중얼중얼 하더니, 절정에 이르자 으악 으악 소리를 지르며 방바닥을 뒹굴러 떨어져서 한동안 꼼짝도 못하더라는 것이다. 노동이 심하고 잘못 먹으니 힘이 더 들겠지?

아이고 여보, 너무 재미있다! 듣는 것이 진짜보다 더 재미있다! 또 없어, 다른 이야기?

왜 없어. 많지 뭐... 그 여자가 들려준 다른 이야기인데, 이렇게 지게꾼처럼 정기적으로 찾아오는 사람도 있지만, 포주가 시키는 대로 문밖을 내다보다가 남자들이 지나가면 빨리 나가서 붙잡아 와야 한댄다. 남자 허리를 두 팔로 꽉 껴안으면 안돼. 왜 이래? 하며 사양하는 척하면서 따라 들어오기 마련이란다.

여보, 사창가 이야기를 듣고 있자니 이해가 안되네요... 국가에서 무엇 때문에 사창가 같은 것을 만들어 놓았죠? 사창가 한 곳만 해도 30명의 창녀가 우글댄다는데, 서울에 그런 곳이 여러 군데 있다면서요? 사람 다 망가뜨리는 그런 곳을 왜 허가를 내주어 경영하게 합니까? 국가에서 미풍양속이란 말은 구호로만 외치고... 그게 할 짓입니까?

이런 맹추야! 하나만 알고 둘은 모르는 거요, 맹꽁아! 만약에 이 서울 바닥에 사창가가 없다고 가정해 봐... 그곳에 다녀가는 많은 남자들이 다 어찌되겠어? 어디로 가겠어? 길거리에서 방황하다 오직 갈곳은 처녀들 집 아니면 유부녀 집으로라도 달려들어 강간할 것이 아냐? 그럼 하루에도 수백 건의 강간이 서울바닥에서 발생할 수밖에 없잖아. 우선 나부터라도 급하면 앞뒤 가리겠어? 보이는 대로 덮칠 수밖에... 나중에 콩밥을 먹든 철창에 갇히든 우선 저지르고 볼게 아니겠어? 이제 알았냐?

아 참! 듣고 보니 그럴듯한... 맞는 말이네요.

그래, 왜정때 정신대를 왜 뽑아 갔는데. 일선 군병들의 사기를 돋구기 위해 뽑아갔단 말이야. 남자들은 얼마만에 한번씩 여자를 못보면 아무 일도 할 수 없는 몸이란 말이요.

그러고 보니 여자가 위대하네요.

그럼, 위대하고 귀중하고 절대적인 존재이지. 나는 여자를 만들어 주신 조물주께 늘 감사하면서 살고 있어요. 그러던 어느 날 아주 젊고 잘생긴 깨끗한 청년이 문밖에서 서성대기에 빨리 뛰어나가서 허리를 꽉 껴안으니까 반항도 안하고 순순히 따라 들어오더래. 그런데 진짜 총각이더래. 어떻게 하는 건지 몰라서 쩔쩔매더래요. 총각이 왜 이런 데 찾아왔느냐고 물었더니, 실은 약혼을 한 몸인데 색시를 얻어다 어떻게 하는 것인지 모르겠기에 하도 걱정이 되어 배우러 왔다는 거요. 오늘 잘 가르쳐 주어 고맙다며 이제 안심하겠다고 했대요.

　여기서 필자는 이 기나긴 소설을 거의 마감하는 단계에 이르고 남녀간의 성문제도 이것으로 끝을 맺고자 한다. 독자들께서 무슨 그리 유치한 글을 많이 썼느냐 하며 책망할 분도 계시겠지만 인생에 있어서 가장 신성하고 아름다운 것이 결혼제도가 아니겠어요? 조물주께서 다른 모든 물건들을 만드시고 좋다 좋다 하셨지만 아담, 하와를 만드시고는 심히 좋다고 말씀하셨다. 조물주께서 만드신 모든 것 중 인생의 결혼제도는 걸작품 중에 걸작품이다. 그 중 두 남녀에게 축복하고 말씀하신 중 생육하고 번성하라는 그 복된 축복은 무엇을 의미합니까? 두 부부사이에 인간의 고귀한 생명이 탄생하는 것이니 이 이상의 축복이 어디있습니까? 인간들이 이 축복을 감사하면서 결혼의 참 뜻을 이해하고 실행하는 데서 아름다운 가정이 이루어지고 사회가 유지되고 국가가 유지되는 것이므로 조물주의 참뜻을 받들어 그 뜻대로 실천하는 인생들이 되어주기를 바라는 바이다.
　남편은 절대로 독재자가 되어서는 안될 줄 압니다. 아내를 사랑스럽게 보살피고 가정이 어떤 결정을 하는 과정에 있어서 아내는 동등하게 참여할 자격이 있는 동반자임을 잊어서는 안된다. 서로 사랑하고 서로 돕고 의지하는 아름다운 관계에서 자연적으로 이루어지는 관계는 얼마나 신성하고 고귀한 행동이며 그 속에서 탄생하는 생명이야말로 얼마나 축복가운데서 맺어지는 열매인가. 그러나 간혹 이성간의 관계에 있어서 결혼 관계에서 벗어난 성적인 탐닉이나 혼전이거나 혼외이거나 왜곡된 어떤 형태의 결합이거나간에 그것은 영적, 정서적 건강에 치명적인 해를 입힐 뿐 아니라 인간을 지어주신 조물주의 뜻과도 정면으로 위배되는 행동으로 육체적인 건강에도 파멸을 가져올 것이다.

'너는 네 우물에서 물을 마시며 네 샘에서 흐르는 물을 마시라 네 샘으로 복되게 하라 내가 젊어서 취한 아내를 즐거워하라(잠언 5장 15절~18절)'

마지막으로 필자가 어려서 자라난 동네에서 있었던 이야기 중에 중년 40대 남성이 살고 있었는데, 이웃에 젊은 유부녀와 관계를 가지다 여자의 남편에게 현장을 들키어 집으로 도망을 쳤는데 그 남자는 그자리에서 누워서 병을 얻어 소생하지 못하고 죽어갔다. 간이 떨어진 모양이다. 너무 놀라면 간이 떨어진다는 말이있다. 그의 부인의 남편이 죽었는데도 슬퍼하지도 않고 눈물도 안 흘렸으며 늙어서도 계속 그 죽은 남편을 욕하며 살아가는 것을 보았다. 올바른 부부관계는 복된 것이지만 잘못된 관계는 병과 죽음까지 가져올 수 있는 것이다. 이런 뜻을 생각하시며 여기의 모든 이야기들은 실화이니 재미있게 읽어주시고 필자를 관용으로 덮어주시기 부탁합니다.

영희는 6·25 전 지희로부터 들은 이 긴이야기를 동생과 딸에게 노골적으로 자세히 이야기할 수는 없어서 대강대강 이야기해 주고, 혼자서 밤새 그 이야기를 되살리며 잠을 설쳤다.

그 후 지희는 남편으로부터 무서운 임질과 매독이 옮아 머리까지 헐고 걸음도 못걸을 정도가 되어 친정으로 도망쳐 와서 남편과 이혼했다. 꾸준한 치료 끝에 낫기는 했으나 비가 오거나 흐린 날, 또 봄과 가을 환절기만 되면 몸이 쑤시고 아파 완전한 폐인이 되었다. 지희는 아기도 못 낳아 보고 그렇다고 다시 시집도 못가고 혼자 살면서, 그래도 다행히 영희의 전도로 예수를 믿는데 열중하면서 위로를 받고 새소망 안에서 그럭저럭 살아갔다.

6·25가 터지고 영희는 남쪽으로 무사히 피난했으나, 지희는 결국 공산 국가에서 믿음을 지킨다고 고집하다가 어디로 갔는지 영 소식이 없다

며, 영희 동생은 아마 지희 언니가 수용소에 끌려갔을 것 같다고 했다.

공산국가 수용소는 깊은 산중의 넓은 철조망 속에서 노동하며 갇혀 사는 곳인데, 밥은 하루 한끼만 먹고 산다고 한다. 지희는 형무소에서는 물론이고 아마 수용소에서도 주님의 날은 노동을 거부하며 고집을 부리지 않았을까.

아직 살아나 있을까? 언니보다도 두살 위인데 참 안됐어.

안된 것이 아니라, 앞으로 우리는 다시 만날 수 있어. 예수님 재림때 우리는 다시 만날 수 있어. 예수님 재림때 지희는 분명히 부활하여 천국에 갈 수 있다.

영희는 동생과 딸에게 하나님의 이야기를 더 들려주고 싶지만 더이상 말할 수가 없었다. 이곳은 무슨 종교든 절대 금지되는 공산국가이므로 딸에게 해가 될까봐 말을 할 수가 없었다.

우리 집에 늘 오시던 목사님, 전도사님은 그후 어찌되었는 지 모르지?

응, 언니. 몇몇 분들은 가끔 어머니와 나에게 들렀는데, 삽을 여러개 메고 다니며 삽장수를 가장하고 있었어. 그런데 1년도 못 지나서 다시는 안 오셨으니까, 그분들도 지희 언니처럼 수용소에 가셨을 것 같아.

그런데 왜 하필 그 무거운 삽장사를 했을까?

응... 언니, 그 당시는 폭격이 심해서 집집마다 방공호를 파야 하니까 삽이 아주 잘 팔렸거든.

그래, 그분들은 고생을 많이 하셨구나. 그분들도 지희처럼 부활의 아침에 다시 만날 것을 믿는다. 정희야, 궁금하던 모든 분들의 소식 잘 들려주어 고맙다. 밤이 깊었으니 다들 자자.

그러면서도 영희는 통 잠을 잘 수가 없었다.

흔히 사람이 죽어서 천당도 가고 지옥도 간다고들 하지만, 죽은 사람에게, 형체도 없는 혼에게 무슨 천당 지옥이 있단 말인가? 지금 우리가 살고 있는 이곳이야말로 바로 지옥이다.

큰엄마의 무덤 앞에서

평양으로 돌아가기 전에 마지막으로 꼭 갈 곳이 있었다.

운전기사님, 안내원님, 죄송하지만 제가 수고비는 후하게 드릴께요. 이곳 재령읍에서 15분만 달리면 쑥우물이라는 동네가 있어요. 그곳을 꼭 들렀다 가야 합니다! 죄송합니다.

그렇게 양해를 얻어 영희가 찾아간 곳은 큰엄마의 무덤이었다.

큰엄마, 내가 왔어요! 영희요, 그렇게도 미워하고 구박하던 영희요.

건강하시고, 기운 창창하시고, 정신도 그렇게 쟁쟁하시던 큰엄마도 염라대왕 사자가 부르는 데는 꼼짝 못하셨구만요. 큰엄마가 무덤에 누워 계시다는 것은 실감이 안나요. 그 많은 돈은 다 어찌하고 돌아가셨어요? 금붙이 은붙이 꾸러미는 누굴 주고 가셨나요? 내가 첫아기를 낳았을 때, 내 친엄마가 허약해진 내 몸을 걱정하여 살찐 검정 암탉 한 마리를 앞뜨락에 매어 놓고 가시면서 어미 좀 잡아 먹이세요 하고 부탁했지만... 그것마저 아까워 안 잡아주시고 꼭꼭 모은 재산... 그걸 다 억울해서 어찌 놓고 돌아가셨습니까?

내가 어려서부터 큰엄마에게 들어온 욕을 주워 쌓으면 큰 산더미만 할

텐데... 그 중에서도 빌어먹을, 해눙, 노눙, 백정년이라는 욕은 아침부터 밤까지 나에게 퍼부어, 나는 욕으로 자라고, 내 몸은 욕으로 만들어졌다고 해도 과언이 아니었지요.

빌어먹으라고 그리도 많이 저주하더니, 나는 그 말이 적중이 되어 제주도까지 피난가서 2년 동안이나 동냥자루 모양의 자루를 들고 미국이 주는 안남미 쌀을 받아먹고 살았지요.

큰엄마 그것뿐이에요? 옷도 얻어 입고 실, 바늘, 일용잡화... 일절 얻어서 살았어요. 이것이 빌어먹는 생활이 아니고 뭐겠어요? 해눙, 노눙년이라고 매일 저주하셨는데 해눙, 노눙질은 안했지만 첫남편과 해로하지 못하고, 일부종사 못하고, 요조숙녀 못되고 시집을 두번 갔으니 이것 역시 그 욕에 해당되었네요.

큰엄마가 밤낮 퍼부은 욕이 적중되었습니다. 백정년이라고 퍼부은 욕도 꼭 나에게 맞아떨어졌어요. 내가 한때 아주 어렵게 지낸 일이 있어요... 갑자기 직장을 그만두게 되고 무엇을 할까 방황할 때, 잠깐이었지만 닭고기 장사를 하던 이웃집 아줌마의 닭 잡는 일을 도와준 적이 있어요. 많은 닭을 잡아보았어요. 이만하면 백정질도 하지 않았습니까? 또 세탁소를 경영할 때 정육점 아저씨 핏물 가운도 많이 빨았구만요.

큰엄마, 큰엄마가 밤낮으로 백정년이라고 욕하시더니... 큰엄마... 나는 정말 백정질도 했어요. 나에게 항상 말씀하셨지요.

애야, 나는 죄가 많아서 천당은 못 가겠지만 지옥은 안 가겠지? 예배당에 그래도 조금은 다녔으니까... 중간 공중에 연옥인가 낙원인가 하는 곳이 있다는데, 그곳에나 갔으면 좋겠다 하셨잖아요.

그건 죄를 그래도 인정하시는 것 같았는데...

지금 어디 가서 계십니까. 천당이요? 지옥이요? 전지 전능하시고 공평하신 하나님, 나는 큰엄마가 지옥 가는 것을 원치 않아요. 그렇다고 꼭 천당에 가실 거라고도 할수 없어요. 실은요... 나도 어려서 교회에 다니면서는 사람이 죽으면 그 즉시 천당이나 지옥으로 가는 줄 믿었었는데, 성경을 자세히 공부해 보니 큰엄마가 말씀하던 연옥도 지옥도 없어요.

다만, 천국만 있습니다. 사랑의 하나님께서 지옥을 만드셔서, 짧은 세상 살면서 지은 죄 때문에 영원히 불속에서 신음하게 하시겠습니까? 의인이 천국에 가서, 불 속에서 헤매는 자기 부모나, 형제나, 자식을 보고 있어야 한다면 그것이 어찌 행복한 천국이 될 수 있습니까?

큰엄마, 나는 큰엄마가 천국에 가시기를 원합니다. 1·4후퇴 후 혼자 외롭게 사시면서 많은 회개와 기도를 드리시고 평안한 마음으로 운명하셨을 거라고 믿고 싶습니다. 예수님이 십자가에 매달리실 때 옆에 함께 매달렸던 강도질한 사람은 즉시 회개하고 주님을 믿음으로써 구원받지 않았습니까? 또 기생 라합도 정탐꾼을 숨겨주고 잘 믿었기 때문에 다윗 왕의 조부를 낳을 수 있는 영광을 누렸습니다.

큰엄마, 나를 그렇게 학대, 구박, 욕설, 구타까지 하고... 죄없는 우리 엄마, 17세 어린 처녀로 아무것도 모르고 우리 아빠에게 시집와서 아들딸 낳아 주고 생전에 애 구경도 못할 큰엄마에게 나와 내 동생을 주어 엄마 노릇하게 해준 그 내 엄마를 미워하고 저주하고 욕하고 엄마와 나를 죽이고 싶어했지요.

그러나 영희는 60살이 넘도록 잘 살아서 미국에서 북한 땅까지 와서 돌아가신 큰엄마 무덤가에 서서 영화 필름같이 지나간 과거를 더듬으며 눈물짓고 있습니다.

큰엄마! 그 모든 큰 죄를 회개하셨습니까? 나는 예수님 재림때 큰엄마와 함께 주님 품에 안겨 천국으로 가기를 원합니다. 천국이 얼마나 좋은 곳인지 큰엄마 알고 계십니까? 그럼 이제 나는 가봐야 합니다. 안녕히 계세요. 다음에 또 기회가 있으면 다시 찾아오겠습니다.

정희야, 큰엄마를 왜 이 쑥우물 친정 동네로 모셨니?

언니가 떠난 후 너무 외로우니까 친정 동네로 이사를 가시게 됐고, 그곳에서 약 20년 살다가 돌아가셨어요. 맘껏 사셨어요. 우리 엄마는 생각할수록 참 착한 분이셨어요. 큰엄마 생신때는 잊지 않고 과일이라도 사서 나에게 꼭 가서 뵙고 오라고 시키셨고, 설이 오면 또 세배도 갔다 오라고 꼭 시키셨는데, 큰엄마 성깔은 여전하셔서 반갑게 친절하게도 대해주지 않았죠. 가고 싶지 않았지만 엄마가 시키니까 가끔 찾아갔지요.

잘했다, 너 참 착하다. 사람 천성은 고치기가 힘든 것이다. 너를 보니 나와 석이가 생각나서 슬퍼서 인상을 썼겠지만... 큰엄마의 삶도 기막힌 인생이었구나.

정아, 나 참 몇 사람의 기별을 꼭 알고 싶은데, 여기 서늘한 곳에 앉아서 잠깐만 이야기 좀 하자.

누구?

그밖의 사람들

병도오빠... 큰이모 아들 말이다. 우리 집에서 공장장으로 오래 일했잖니? 집이 가난해서인지 열렬한 당원이었는데, 미군과 국군이 입성했을 때 자기 신변이 위험하다고 생각했는지 두 손을 높이 쳐들면서 이승만 대통령 만세! 를 삼창했지... 그후 다시 공산군이 돌아오니 또 위험했을 것 아니냐?

응, 언니... 1.4후퇴 때 언니가 떠난 후, 부부가 보따리 한개씩 짊어지고 딸 5살짜리를 짐 위에 올려놓고 동네를 떠났는데, 그후 일절 소식이 없으니 어디로 갔는지, 죽었는지 살았는지 알 수 없어.

그래... 그 다음, 고모 아들 두 형제는 어찌 되었니? 미군과 국군이 입성했을 때 태극기를 만들어 들고 나와서 만세를 부르고 자위대를 조직하여 무정부 상태에 놓여 있는 면민들을 잘 보호하던 아주 똑똑했던 그 형제들 말이다. 그 고종사촌 오빠들의 소식은 어떻게 되었니?

역시 그 오빠들도 형부와 같은 신세지 뭐... 당에서 다 데려갔어. 이때까지 소식몰라. 고모가 그 아들들 때문에 가슴앓이하다 일찍 돌아가셨어.

해주 아줌마는? 나는 그 아줌마에게 너무 미안해. 그 아줌마를 너무 멸시했거든... 부잣집 며느리였는데, 두 아들을 낳고 과부가 되었다는데, 가만히 아들들만 키우며 살았으면 오죽 편하고 좋았겠니? 그런데 동네 홀아비와 정분이 나서 아들 둘 데리고 도망와서 우리 동네 구석진 땅에 조그만 집을 짓고 가난하게 노동일을 하며 간신히 살아가며 우리 빨래와 허드렛일을 해주었지 않니? 나는 그 아줌마를 이해 못하고 멸시했었지 뭐니... 내가 피난살이 고생살이하며 남편과 애들과 이별하고 나서는 그 아줌마를 멸시한 것을 많이 후회했다. 나도 역시 혼자 못 살고 재혼했으니... 내가 잘살 때 그 아줌마를 후하게 도와줄 것을 하고 후회 많이 했다.

그 아줌마는 시부모가 돌아가신 후 애들도 자라고 해서 고향으로 돌아가서 큰집 다시 찾고 잘 지낸다고 들었지. 언니가 떠난 후에도 8년간은 사유재산을 인정해 주고 자유롭게 장사도 하고 살았어. 그래서 우리도 조화를 만들어 평양에다 팔아서 걱정없이 지내고 재봉틀로 옷도 만들어 팔고 잘 지냈어.

고맙다... 정아, 정말 애썼다.

언니도 고생 많았지? 동생 둘이나 성공시키고, 만호도 성공시키고, 두 애들 또 뒷바라지하며... 새 형부도 좋은 사람 만났으리라 믿어.

그래! 좋은 사람이야. 참, 그런데 사리원 국제무역회사 사장으로 식모와 새살림 시작했던 그 집은 어찌 되었느냐?

언니, 그 사장은 그 여자와 10년은 재미있게 살았나봐. 그런데 너무 재미있다 보니 몸에 무리가 갔는지 사장이 중풍으로 고생하다 죽고, 그 여자는 겨우 50고개에 또다시 혼자 됐어. 그러니 생활도 어렵고 혼자 지내기도 힘들고 해서 날마다 술과 춤으로 타락한 삶을 산다고 들었어. 그런데 사장 본부인은 원래 남편이 있으나 없으나 끄떡없이 잘 지내는 분이고 또 아들이 있으니 아무 걱정없이 잘 지낸대요. 그 식모 아줌마는 인생을 잘못 살았지... 애당초 정당한 알맞은 짝을 찾아 행복하게 살아야지, 억지로 남의 남편을 빼앗아 살았으니 복을 받겠어요?

첫사랑의 무덤 앞에서

끝도 없고 한도 없이 너와 이야기하고 싶지만, 이세 떠나야 하니 그만 헤어지자... 순이야, 잘 있어라... 엄마가 다시 올께.

딸은 그 말이 떨어지기 전에 재빨리 돌아서며 두 손으로 쏟아지는 눈물을 닦으면서 엄마 잘가. 소리지르고 막 뛰어가는 것이 아닌가.

쏟아지는 눈물을 감당할 수가 없고, 엄마와 헤어지는 아픔을 참을 수가 없어서 뒤도 안 돌아보고 마구 뛰어가는 것이다.

정희도 울며 영희를 부둥켜 안았다.

너도 빨리 가.

언니! 잘 가. 또다시 와.

그래. 정희야, 순이를 따라 빨리 가라! 잘 타이르고 기차 시간 놓치지 말고 잘들가라.

눈물때문에 서로의 얼굴이 보이지도 않는다. 고향에 와서 만나 서로 안고 울고, 그러다 헤어지며 흘린 여러 사람의 눈물을 다 동이에 받아 놓았으면 동이가 하나차고 넘었을 것이다.

영희는 딸과 동생을 먼저 떠나보내고 정말 마지막으로 가볼 곳이 남아 있었다. 큰엄마 무덤에서부터 평양으로 가는 도중에 약 1시간쯤 달리면 동모오빠의 묘가 있다. 그곳은 그 집안의 선산이다.

운전기사님, 여기서 좀 내려주세요.

아니, 아직도 갈 곳이 남았어요?

네에, 기사님. 미안합니다. 정말 마지막이예요... 제가 앉았던 자리에 과일과 과자좀 있으니, 두 분이 드시면서 기다려 주십시오.

오빠! 동모오빠! 내가 왔어요, 영희요. 오빠가 이 세상에서 가장 사랑하던 영희요. 끝까지 나를 너무 사랑했기에 바라만 보고 꺾지 못한 채 저 세상으로 가버린 오빠! 오빠는 내 행복을 빌면서 끝까지 그 순애의 정신을 간직한 채 가버리셨지요...

나는 오빠의 위대한 사랑에 비하면 너무나 못난 여자, 너무나 비굴한 여자였어요.

나는 결혼도 하고 아기도 낳았어요. 그러나 이것은 진실이에요. 오빠의 모습을 하루도 한시도 잊은 적이 없어요. 꿈에서도 수 없이 만나고요. 그러나 아쉽게도, 꿈에 만나도 한번도 손 한번 못 만지고 멀찌감치 바라만 보면서 헤어졌어요. 오빠와 나 사이에는 긴다리가 있고 깊고 넓은 강이 항상 가로놓여 가까이 갈 수가 없었어요. 오빠! 이제 저로서는 오빠에게 해 줄 것이 아무것도 없네요. 드리는 이 꽃다발 한아름밖에는... 내 눈물이 담긴 이 꽃 한 포기밖에는...

오빠! 보고 있어요? 내 눈물방울을? 아름다운 이 꽃송이에 방울방울 맺히는 이내 눈물방울은 진정한 사랑의 선물입니다. 오빠! 오빠의 고귀한 사랑에 비하면 이 눈물 몇 방울은 비교가 안됩니다. 오빠! 오빠도 서러운가봐요... 맑았던 하늘에서 빗방울이 쏟아지네요. 하늘도 서러운가봐요. 내 눈물이 너무 약해서 하늘이 같이 울어 주네요...

오빠 내가 다시 올 기회가 있으면 다시 만나요. 혹 다시 못 온다 해도 우리는 꼭 만날 날이 있어요. 영광의 그날 예수님 재림의 그 아침에 오빠는 영광의 부활을 하실 겁니다. 오빠... 그날 그때에 나를 안아주세요.

평양 여관으로 돌아온 영희는 정말 꼭 만나봐야 할 두 모녀가 있었다. 그대로 돌아갈까도 생각했지만 양심의 가책때문에 마음이 괴로워서 견딜 수가 없었다.

지도원 선생님! 한 가지 부탁이 있는데 들어주실 수 있습니까? 마지막으로 꼭 만나야 할 사람이 있는데 꼭 좀 만나게 해주세요.

누구인데요?

실은 내게 딸 하나가 더 있습니다. 이 애는 내가 배 아파 난 아이는 아니고요. 내 남편의 딸입니다. 부끄러운 말씀입니다만, 내 남편이 한때 실수로 낳은 아이인데, 그 당시 내가 너무 가혹하게 그 어미와 딸을 내쫓고 돌보지 않았습니다. 늘 마음에 걸려서 못 견디겠으니 이번 기회에 만나고 싶습니다. 그 엄마는 지금 70살이고 이름은 김명순이고요, 딸은 조혜금이라는데 나이는 45세입니다. 황해도 재령 근방에 살고 있었는데, 지금은 어디 사는지 잘 모르겠습니다. 날짜도 급하고 주소도 확실치 않으니 이런 경우에는 사람을 급파해야 하니 힘듭니다. 선생님, 비용이 좀 많이 들어도 좋으니 꼭 좀 부탁합니다.

영희는 100달러짜리 몇 장을 손에 쥐어 주었다.

며칠 후 이 모녀는 영희 앞에 나타나서 큰절을 했다. 죄인인 우리 모녀를 불러 주셔서 무엇이라 감사의 말씀을 올릴지 모르겠습니다 하며 눈물을 흘렸다. 영희도 여러 가지 과거지사가 주마등처럼 머리에 스쳐서 한참 같이 울었다.

영희가 물었다.

그동안 얼마나 고생을 했으며 어떻게 지냈어요?

네에, 저는 죄값을 받아서 많은 고생을 했습니다. 혜금이를 업고 재혼을 했으나, 혜금이가 자라나면서 그 남자는 혜금이를 몹시 학대했습니다. 나중에는 때리기까지해서 그 남자와 못 살고 함경도 고향으로 돌아갔습니다. 그랬더니 본남편은 아직도 결혼을 못하고 혼자 살면서 자기와 같이 살기를 청하였어요. 혜금을 잘 키워준다고 약속을 하기에 다시 합쳤는데. 이 남자도 혜금이를 미워하고 학대하고 때리고 했습니다. 저는 이 혜금이가 아버지의 얼굴도 못 보고 자라난 것이 너무 불쌍해서 어떠한 고생이 와도 혜금이 만큼은 훌륭하게 키우고 싶어서 다시 재령 땅으로 혜금이를 데리고 도망쳐 나왔습니다. 안 해본 장사없이 고생고생 했지만 혜금이는 영리해서 김일성 주석께서 의무교육을 시켜 주셔서 우수한 성적으로 전문대까지 마치고, 지금은 결혼도 잘하고 직장도 가지고 잘 살고 있습니다. 애기도 아들 하나, 딸 둘을 낳아 잘 키우고 있습니다. 모두가 혜금이를 살려주신 형님의 덕분입니다. 다시 한번 감사드립니다.

영희는 혜금이가 자기 아빠를 쏙 빼 닮은 것을 바라보며 피는 못 속인다고 혼자 중얼거렸다. 영희는 두 모녀에게 각각 돈을 좀 주고, 혜금이를 한번 안아 보았다.

그리고 그의 엄마의 손을 잡으며 말했다.

"혜금이를 잘 키워줘서 고마워요. 앞으로 기회 있는 대로 다시 만나요."

그런 다음 헤어졌다.

출구없는 고속도로

영희가 방북을 무사히 마치고 미국으로 돌아왔을 때, 아들이 말했다.

엄마, 이젠 그만 내리세요. 너무 오랫동안 고속도로를 달렸어요. 이제는 내가 남들이 다 부러워하는 미국 방송국에서 아나운서로 일을 활발히 하고 있고, 누나도 미국 큰 병원에서 수간호사로 일하고 있잖아요. 그만 달리고 편히 좀 쉬세요.

딸도 한마디한다.

엄마, 동생 말이 맞아요. 엄마는 출구 없는 고속도로에서 고된 길을 너무 너무 오래 달렸어요. 엄마 나이 이제 60이 넘었어요. 이제 쉴 때가 되었어요.

그래... 너희들의 말이 모두 맞는 말이다. 엄마는 너희 두 남매가 내 뒤에 타고 있으니 아무리 달려도 고달프지 않고 희망을 가지고 달릴 수 있다. 내가 달리는 고속도로는 몸만 고달픈 경주가 아니고 정신적인 달음박질이다.

그 옛날 나를 몹시 사랑하던 사람이 26살 청춘에 죽어갔단다. 나는 지금도 40여 년이 지난 오늘도 그 사람을 잊을 수가 없단다. 또 내가 북한

❏ 미국 방송국에서 아나운서로 재직하고 있는 아들과 함께.

에서 결혼했던 그 사람은 33세였고, 그 동생은 27세 되던 해에 죽었으며, 북에 두고 온 아들도 27세에 죽어갔단다.

6·25라는 전쟁에 죽어간 우리 민족 모두와, 남북에 걸쳐 죽은 수많은 사람들과 미군과 유엔군 병사들을 생각하면 나는 편히 살 수 없다.

나의 친정 아버지는 46세, 한창 사업이 왕성할 때 왜놈들이 잡아다 돌아가시게 했고, 나의 어머니는 내가 피난 나오면서 마지막으로 뵈었을 때 주름살 하나 없는 까만 머리 어여쁜 미인이셨는데 40년 후에 방북했을 때는 무덤 속에 누워 있었으니, 내 가슴이 얼마나 아픈지 아느냐?

나와 같은 수많은 이산가족이, 우리 민족이 가슴을 앓고 살고 있다. 너희들이 세상에 나기도 전에 일어났던 우리 나라의 비극적인 역사이다.

네에, 어머니 잘 알고 있어요. 그러나 과거는 깨끗이 잊으시고 새출발하세요. 엄마 저기 아련하게 출구가 보이네요. 점점 뚜렷하게 보입니다.

엄마! 저 출구에서 어떤 남자분이 흰 깃발을 들고 내리라고 흔들고 있

○ 간호대학을 졸업하는 딸과 함께.

어요. 빨리 내리세요. 저 흰 깃발을 들고 흔드는 남자분이 우리 아빠예요. 아빠! 아빠! 창문을 열고 애들이 소리를 지른다. 결국 영희는 출구를 향해서 내려갔다. 애들 아빠가 깃발을 접으며 말을 건다.

"나도 태워 줘요. 집으로 돌아가고 싶어... 10년간 당신과 애들을 떠나서 나도 당신 이상으로 고달픈 세상을 달렸어요. 출구 없는 고속도로 이상으로 고생을 하며 힘든 세상을 살았어요. 나의 보금자리 내 집으로 나도 데려가 줘요..."

영희는 말없이 자기 옆자리에 애들 아빠를 태운다.

이제 이 네 식구는 출구 없는 고속도로를 벗어나서 평평대로인 로컬 길을 천천히, 집을 향해 달린다.

밝은 아침 태양이 동쪽 하늘에서 힘차게 솟아오른다. 🔁

뿌리출판사 에서는
다음과 같은 원고를 기다립니다.
훌륭한 글, 맞춤법이 어긋나거나
멋진 문장이 아니라도 좋습니다.
멀리 타국땅에서 삶의 향기가 짙게 배인
진솔한 이야기나, 다른 이들에게 기쁨을 줄 수 있는
이야기면 더욱 좋습니다.
모두 소중한 인연으로 여기고 반기겠습니다.

문학 창작 작품 : 시, 소설, 희곡, 기타 문학작품
비 소설 부분 : 최신 경영신서, 수기, 번역작품
산문 및 논문 : 인문, 사회, 철학, 여성, 과학, 기타 분야 등
위의 분야와 그 밖의 집필 계획이 있으신 분은 집필계획서를
제출하셔도 좋습니다.

그동안 뿌리출판사는 유명 중진작가 30여 분의 소설집 간행에
이어 앞으로 사업의 다각화로 위의 작품을 출판할 계획입니다.
독자님께서 출간 계획들을 갖고 계신다면
저희 출판사로 연락해 주십시오.
최소한의 경비로 출간할 수 있는 방안을
친절히 상담해 드리겠습니다.

뿌리출판사 · 뿌리문화사 www.rootgo.com
root Publishing & Printing co.
서울시 성동구 성수 2가 3동 317-10호 2F. 우 133-835
TEL : (02)2247-1115(代), FAX : (02)466-4517.
(02)466-4516.   E-mail : rootgo@dreamwiz.com